世界的声音

陈黎爱乐录

陈黎 著

华东师范大学出版社

华东师范大学出版社六点分社　策划

现在,你听到的是
世界的声音
你自己的和所有死者、生者的
心跳。如果你用心呼叫
所有的死者和生者将清楚地
和你说话
——陈黎《岛屿边缘》

目 录

1   泪水中迸出许多美丽的花朵
        ——舒曼联篇歌曲集《诗人之恋》

14   慰藉与希望的讯息
        ——勃拉姆斯合唱作品:《德意志安魂曲》、《命运之歌》、《女低音狂想曲》

32   生命与爱情的赞颂
        ——卡尔·奥尔夫"胜利三部曲":《布兰诗歌》、《卡图卢斯之歌》、《爱神的胜利》

92   浪漫主义最后的堡垒
        ——勋伯格《古雷之歌》

121   福雷,德彪西,魏尔伦

129   拉威尔的歌曲世界
        ——〈巨大幽暗的睡眠〉、《天方夜谭》、《鸟兽志》

140   啊,波希米亚

146   亲密书
        ——雅纳切克的音乐之春

151   一个消失男人的日记
        ——重探雅纳切克歌曲集

169   爱与自由
        ——雅纳切克最后的歌剧《死屋手记》

179	肖斯塔科维奇的两部歌剧
	——《鼻子》和《姆钦斯克的马克白夫人》
197	向爵士乐致敬
200	永恒的爵士乐哀愁
	——怀念迈尔斯·戴维斯
205	奇异的果实
	——比莉·哈乐黛
210	欧文·柏林的音乐传奇
216	永恒的草莓园
	——披头士歌曲入门
248	圣者的节奏
	——保罗·赛门
256	想象葡萄牙
	——灵魂之歌 Fado 传奇
280	灯火阑珊探卢炎
292	咏叹南管
298	生命的河流
	——马勒《复活》备忘录

〈延长音〉

306 诗人与指挥家的马勒对话
　　　——陈黎 vs. 简文彬

316 马勒艺术歌曲三首诗译

320 春夜听《冬之旅》及其他
　　　——舒伯特歌之旅

泪水中迸出许多美丽的花朵

——舒曼联篇歌曲集《诗人之恋》

1840年是众所周知舒曼(Robert Schumann, 1810—1856)的"歌曲之年"。这一年,31岁的舒曼与26岁的克拉拉在经过漫长、辛苦的恋爱旅程之后终于缔成连理。1840年9月12日,克拉拉生日前两天,不顾克拉拉父亲的反对,在法庭的承认之下,这对恋人终于在莱比锡近郊的舒内佛德教堂结婚了。这幸福的婚姻之年引发了舒曼无穷的创作灵感,使他的艺术生涯进入了一个新的发展期。在此之前,舒曼的创作大都仅限于钢琴作品,但在艰苦的爱情获得胜利之后,他无法克制内心澎湃的热情、狂喜,"艺术歌曲"遂突然成为他表白自己的新媒介。在歌声的旋律里,他找到了一种比钢琴更能表达他内心喜悦的诉说方式。在写给克拉拉(当时还是他的未婚妻)的信中,他说:"哦,克拉拉,写歌是多么幸福啊,我居然一直断绝自己的这种幸福!"狂热的爱情之火使舒曼在一年之内接连创作了将近140首歌曲,这不但是舒曼个人内心世界的鉴照,也是浪漫主义最珍贵的音乐果实。在这些歌里,舒曼借同时代浪漫诗人的诗作呈现、探索了人类内心最深邃的秘密,并惊人地展示了一个热情天才汨汨不断的创作才能。

对当时的作曲家而言,海涅(Heinrich Heine, 1797—1856)无疑是最令人叹服心动的诗人了。他的诗生动地刻画了诸般微妙的情感面貌:热情与忧郁,喜悦与沮丧,幻想与讽刺;他能唤起朴实无华的民歌以及古代叙事诗的兴味,他也能写作哀婉动人、深入人心的情歌;他能表达柔美、静安的幸福感,他也能写出痛苦的呼喊、真美的感召,或者讽刺、夸张的喜剧效果。而对于舒曼,海涅诗歌最吸引他的地方自然是那与他自身气质相像的忧郁、善感的一面:深沉的感情,浪漫、忧郁的激情。然而,舒曼却同样能领会海涅尖刻的反讽,他诗中惯有的嘲戏与严肃并配。论者多谓舒曼是瓦格纳之外最具文学修养的音乐家,我们只需检视舒曼所谱的海涅诗歌——从抒情、联篇的歌曲集作品24、作品48,直到那些传奇诗与叙事诗,譬如作品45之3〈海滨黄昏〉、作品49之1〈两个榴弹兵〉、作品49之2〈战斗的兄弟〉、作品53之3〈可怜的彼得〉、作品64之3〈悲剧〉以及作品57《巴比伦王贝尔撒泽》——即可发现舒曼对多样诗情体会之深。

作品48《诗人之恋》(Dichterliebe)谱自海涅诗集《歌集》(Buch der Lieder),这是海涅18、19岁到30岁的作品集,内容主要以他和两位表妹的恋爱经纬为题材,描述青春的爱与苦恼。舒曼从其中的"抒情插曲"一辑中选出了16首诗,谱成仿佛有情节可循的联篇歌曲集,并且冠以标题"诗人之恋"。"诗人之恋"四字暗示我们:爱情主要是想象的游戏,只是轻柔的梦的材料;但全篇中却也包含了一些认命顺从、孤寂悲伤的曲子,呈示了诗人命运黑暗的一面。在这一长串诗情与音乐紧密契合,完好如系列画的歌曲集中,只有几首因为它们的悲怆性或叙事诗的性格显得有些与众不同——譬如第15首、第16首——它们的题材负荷较庞大,因之表现的幅度也较其他首要大些。

第1首歌〈在可爱明丽的5月〉(Im wunderschönen Monat Mai)确定了全篇歌集浪漫、柔美的气氛。纯真、民谣风的旋律被织进一张纤巧、闪烁的柔美和声的网里;钢琴部分奔驰的十六分音符音型串联出春日和风的细语;大调与小调交织如夏日翁绿树荫下的光与影;曲子以未经解决的属七和弦终结,予人以一种在永恒中消失的感觉。

一连串跟花有关的曲子维持着同样的情调:第2首〈从我的泪水迸出许多美丽的花朵〉(Aus meinen Tränen spriessen viel blühende Blumen hervor)中热情的诉说;第2首〈玫瑰,百合,鸽,太阳〉(Die Rose, die Lilie, die Taube, die Sonne)中愉悦的自语;第5首〈我要把灵魂浸入百合的花杯〉(Ich will meine Seele tauchen in den Kelch der Lilie hinein)中对于爱的曲调幸福的回忆——伴之以钢琴最弱的琶音;第8首〈如果小花们知道我的心受了多大的创伤〉(Und wüssten's die Blumen, die Kleinen, wie tief verwundet mien Herz)中闪耀、颤动的音乐效果,以及哀歌般在飘逝的钢琴声中溶失的第12首〈明亮的夏天早晨我漫步于花园中〉(Am leuchtenden Sommermorgen Geh ich im Garten Herum)。

与这些歌曲形成对比的是一些简单而未经修饰的曲子，在这些曲子中感情未经诗化，直接地被倾泻出。第 4 首〈当我凝视你的眼睛〉(Wenn ich in deine Augen seh)是内心宁谧的爱的宣告；第 10 首〈当我听到那首我爱人唱过的歌〉则是以小调写成的自抑的悲叹；第 13 首〈我在梦中哭泣了〉(Ich hab im Traum geweinet)是阴森森的幻象，流动的旋律在此被分解成仅如夸张的口白，在几个零星阴暗的和弦伴奏下空无地流逝；而第 14 首〈每夜我在梦中见到你〉(Allnächtlich im Traume she ich dich)则是一首淡淡的、忧郁的牧歌。

第 6 首〈在圣河莱茵粼粼的波光中〉(Im Rhein, im heiligen Strome)与第七首〈我毫无怨恨〉(Ich grolle nicht)是非常强有力的对照：一个是祥和的圣母般的光辉，一个却是"没有光能穿透"的毒蛇般的黑夜。

在第 9 首〈笛声，琴声多悠扬〉(Das ist ein Flöten und Geigen)中，舒曼用尖锐的不协和音描绘歌中人的内心冲突：被拒绝的失恋者在他爱人的婚宴上听着乐师弹奏舞蹈的音乐，钢琴部分以华尔兹节拍不断循环的十二分音符音形表现婚礼中团团转的喜气，这音乐最后却化作一阵绝望的波浪涌上失恋者的心头，逐渐地逸入死寂。这是用钢琴与人声表现戏剧性张力的一个成功的例子。

另一首尖诮、幽默的曲子是第 11 首〈一个男孩爱上了一个女孩〉(Ein Jüngling liebt ein Mädchen)，这首曲子里低音旋律小丑般滑稽的跳动造成了一种怪诞的效果。

在倒数第二首（第 15 首）〈自古老的童话故事里一只白色的手伸出来招喊〉(Aus alten Märchen winkt es hervor mit weisser Hand)中，我们看到一切浪漫的玄思、狂想终究得在现实的朝阳中化掉，因此诗人在最后一首（第 16 首）歌〈那些古老邪恶的歌谣〉(Die alten, bösen Lieder)中说出了他最后的话语：他希望找到一只大棺材，把所有的他的爱与痛苦葬进大海里！舒曼在此借钢琴奏出一段长而动人，充满感情的收场白以结束全阙作品：爱情的甜蜜与痛苦纵然逝去，一股诗般沉静、冥想的满足感却仍然存在。

在德国艺术歌曲史上，舒曼无疑是继舒伯特后另一个伟大的高峰。但舒曼不只是在舒伯特丰富歌曲作品之后再添加几曲的数量而已，他还为艺术歌曲的写作开辟了一个新的局面。舒伯特以前的欧洲歌曲对于伴奏都非常轻视，舒伯特注意到这一点，特别留心于人声与钢琴伴奏的平衡，因此使他的作品具有新的效果；而钢琴家的舒曼比舒伯特更注重钢琴伴奏，在他所写的歌曲中钢琴伴奏的部分往往比声乐部分更加重要，强烈地暗示着歌曲的气氛：他用切分法（syncopation）、挂留法（suspension）及复音音乐的手法，使歌曲的伴奏能充分辅助歌词的表现不足，又能独立而自成一富于诗趣的钢琴小品，舒曼最雄辩动人的旋律有许多就是在这些歌曲的前奏与尾奏中！此种对钢琴伴奏的强调直接启发了后来的沃尔夫（Hugo Wolf, 1860—1903），就此一意义而言，舒曼实在可以称得上是一位承先启后的歌曲大师。

附：舒曼《诗人之恋》16首诗译

第一首

Im wunderschönen Monat Mai,	在可爱明丽的五月
als alle Knospen sprangen,	当所有的花蕾绽放，
da ist in meinem Herzen	爱情，那时
die Liebe aufgegangen.	也在我心里滋长。
Im wunderschönen Monat Mai,	在可爱明丽的五月
als alle Vögel sangen,	当所有的鸟儿歌唱，
da hab' ich ihr gestanden	我向她透露了
mein Sehnen und Verlangen.	内心的思念，渴望。

第二首

Aus meinen Tränen sprießen
viel blühende Blumen hervor,
und meine Seufzer werden
ein Nachtigallenchor,

und wenn du mich lieb hast, Kindchen,
schenk' ich dir die Blumen all',
und vor deinem Fenster soll klingen
das Lied der Nachtigall.

从我的泪水迸出
许多美丽的花朵；
我的叹息逐渐变成
夜莺的合唱。

而如果你爱我，亲爱的，
我将送给你全部的花朵，
在你的窗前将听到
夜莺甜美的歌唱。

第三首

Die Rose, die Lilie, die Taube, die Sonne,
die liebt' ich einst alle in Liebeswonne.
Ich lieb' sie nicht mehr, ich liebe alleine
die Kleine, die Feine, die Reine, die Eine;
sie selber, aller Liebe Bronne,
ist Rose und Lilie und Taube und Sonne.

玫瑰，百合，鸽，太阳——
我曾多么热爱它们啊。
但我不再爱了；我只爱
优雅，甜美，纯洁的她一人；
众爱之所在，她自己就是
玫瑰，百合，鸽，太阳！

第四首

Wenn ich in deine Augen seh',
so schwindet all' mein Leid und Weh!
Doch wenn ich küsse deinen Mund,
so werd' ich ganz und gar gesund.

Wenn ich mich lehn'an deine Brust,
Kommt's über mich wie Himmelslust,
doch wenn du sprichst: Ich liebe dich!

当我凝视你的眼睛
我的忧愁与痛苦都融解了；
而一旦吻着你玫瑰般的红唇，
我便通体康复健壮。

当我靠在你的胸前，
我感觉自己被绝妙的幸福所攫，
但当你轻声低语"我爱你"，

so muß ich weinen bitterlich. 我却禁不住要悲痛地哭了。

第五首

Ich will meine Seele tauchen 我要把我的灵魂
in den Kelch der Lilie hinein; 浸入百合的花杯,
die Lilie soll klingend hauchen 让百合轻柔地吐出
ein Lied von der Liebsten mein. 一首关于我爱人的歌。

Das Lied soll schauern und beben, 这歌将震颤、悸动,
wie der Kuß von ihrem Mund', 好像来自唇间的吻,
den sie mir einst gegeben 啊那在一个美妙、甜蜜的
in wunderbar süßer Stund'! 时刻,她一度给我的吻。

第六首

Im Rhein, im heiligen Strome, 在圣河莱茵粼粼的
da spiegelt sich in den Well'n 波光中,倒映着
mit seinem großen Dome 大教堂高耸的
das große, heilige Köln. 圣城科隆。

Im Dom da steht ein Bildniß 教堂中有一幅画像,
auf goldenem Leder gemalt. 画在金色的皮上,
In meines Lebens Wildniß 在我生命的沙漠中
hat's freundlich hineingestrahlt. 它时时和祥地发出光芒。

Es schweben Blumen und Eng'lein 花与天使绕着
um unsre liebe Frau; 圣母飞翔;
die Augen, die Lippen, die Wänglein, 她的眼睛、嘴唇、脸颊,
die gleichen der Liebsten genau. 和我的爱人一模一样。

第七首

Ich grolle nicht,	我毫无怨恨,
und wenn das Herz auch bricht,	即使我的心要碎了,
ewig verlor'nes Lieb!	永远失落的爱!
Ich grolle nicht.	我毫无怨恨。
Wie du auch strahlst	虽然闪耀的珠宝
in Diamantenpracht,	带给你辉煌,
es fällt kein Strahl	却没有光能穿透
in deines Herzens Nacht,	你心中的黑夜。
das weiß ich längst.	我非常了解。
Ich grolle nicht,	我毫无怨恨,
und wenn das Herz auch bricht.	即使我的心要碎了,
Ich sah dich ja im Traume,	在梦中我见到你,
und sah die Nacht in	见到黑夜盘踞在
deines Herzens Raume,	你的心室,
und sah die Schlang, die dir am	见到毒蛇啃噬着
Herzen frißt,	你的心,
ich sah, mein Lieb,	爱人啊,我见到
wie sehr du elend bist.	你那般地悲惨。
Ich grolle nicht.	我毫无怨恨。

第八首

Und wüßten's die Blumen, die kleinen,	如果小花们知道
wie tief verwundet mein Herz,	我的心受了多大的创伤,
sie würden mit mir weinen	它们将跟着我哭泣,
zu heilen meinen Schmerz.	安慰我内心的苦痛。

8   世界的声音

Und wüßten's die Nachtigallen, 如果夜莺们知道
wie ich so traurig und krank, 我病痛得有多厉害,
sie ließen fröhlich erschallen 它们将轻快地为我咏唱
erquickenden Gesang. 纯美、提神的曲调。

Und wüßten sie mein Wehe, 啊如果它们知道我的悲伤——
die goldenen Sternelein, 那些金色的小星星,
sie kämen aus ihrer Höhe, 它们将从天上下来
und sprächen Trost mir ein. 对我诉说甜美的话语。

Die alle können's nicht wissen, 但它们,它们都不能了解。
nur Eine kennt meinen Schmerz; 只有一个人她知道我的痛苦,
sie hat ja selbst zerrissen, 而就是她
zerrissen mir das Herz. 弄碎了我的心。

第九首

Das ist ein Flöten und Geigen, 笛声,琴声多悠扬,
Trompeten schmettern darein. 喇叭多响亮;
Da tanzt wohl den Hochzeitreigen 结婚的喜宴正热闹,
die Herzallerliebste mein. 我的爱人在舞跃。

Das ist ein Klingen und Dröhnen, 鼓声、角声啊
ein Pauken und ein Schalmei'n; 多喧嚣!
dazwischen schluchzen und stöhnen 在那里面,
die lieblichen Engelein. 善良的天使啜泣了。

第十首

Hör' ich das Liedchen klingen, 当我听到那首
das einst die Liebste sang, 我爱人唱过的歌,

so will mir die Brust zerspringen
von wildem Schmerzendrang.

我的心禁不住忧伤的压迫
狂狂然遥欲迸裂了。

Es treibt mich ein dunkles Sehnen
hinauf zur Waldeshöh',
dort lös't sich auf in Tränen
mein übergroßes Weh'.

一股莫名的渴望引我
走向森林高处，
在那儿我让忧伤
倾泻在无尽的泪水当中。

第十一首

Ein Jüngling liebt ein Mädchen,
die hat einen Andern erwählt;
der Andre liebt eine Andre,
und hat sich mit dieser vermählt.

一个男孩，他爱上了一个女孩，
而她却看上了另一位。
这一位又爱上了另一位
并且跟她结婚了。

Das Mädchen nimmt aus Ärger
den ersten besten Mann
der ihr in den Weg gelaufen;
der Jüngling ist übel dran.

一气之下，这女孩
嫁给了路上第一个
碰到的男人；
而男孩还是孤单一个。

Es ist eine alte Geschichte
doch bleibt sie immer neu;
und wem sie just passieret,
dem bricht das Herz entzwei.

这是很老、很老的故事了，
但是却历久而弥新。
而他，故事中的主角，
他的心碎成了两半。

第十二首

Am leuchtenden Sommermorgen
geh' ich im Garten herum.
Es flüstern und sprechen die Blumen,
ich aber wandle stumm.

明亮的夏天早晨
我漫步于花园当中。
花儿们轻声低语，
而我徘徊默默。

Es flüstern und sprechen die Blumen,
und schau'n mitleidig mich an:
Sei uns'rer Schwester nicht böse,
du trauriger, blasser Mann.

花儿们轻声低语，
她们爱怜地注视着我：
"请不要怨恨我们的姊妹，
悲伤而苍白的人啊。"

第十三首

Ich hab' im Traum geweinet,
mir träumte du lägest im Grab.
Ich wachte auf, und die Träne
floß noch von der Wange herab.

我在梦中哭泣了，
我梦见你在你的墓里；
我醒来，泪水仍
挂在我的脸上。

Ich hab' im Traum geweinet,
mir träumt' du verließest mich.
Ich wachte auf, und ich weinte
noch lange bitterlich.

我在梦中哭泣了，
我梦见你正离我而去；
我醒来，继续哭泣，
久久悲伤不已。

Ich hab' im Traum geweinet,
mir träumte du wär'st mir noch gut.
Ich wachte auf, und noch immer
strömt meine Tränenflut.

我在梦中哭泣了，
我梦见你仍爱着我。
我醒来，让苦涩的泪洪
继续奔泻。

第十四首

Allnächtlich im Traume seh' ich dich,
und sehe dich freundlich grüßen,
und lautaufweinend stürz' ich mich
zu deinen süßen Füßen.

每夜我在梦中见到你；
见到你友善地对我问好；
我大声哭着，俯身于你
亲爱的脚下。

Du siehest mich an wehmütiglich,

你悲哀地看着我，摇摇你

und schüttelst das blonde Köpfchen;
aus deinen Augen schleichen sich
die Perlenträntröpfchen.

美丽的头儿。
自你的眼中流下
许多珍珠的眼泪。

Du sagst mir heimlich ein leises Wort,
und gibst mir den Strauß von Zypressen.
Ich wache auf, und der Strauß ist fort,
und's Wort hab' ich vergessen.

你低声对我说句秘密话
并且递给我一束丝柏枝。
当我醒来，丝柏枝已然无踪，
而我也忘了你告诉我的话语。

第十五首

Aus alten Märchen winkt es
hervor mit weißer Hand,
da singt es und da klingt es
von einem Zauberland';

自古老的童话故事里
一只白色的手伸出来招喊：
歌声与乐声描述着
一个魔术的国度。

wo bunte Blumen blühen
im gold'nen Abendlicht,
und lieblich duftend glühen
mit bräutlichem Gesicht;

在那儿群花灿开于
金色的夕阳里，
并且，带着怡人的芳香
辉耀如新娘的颜面。

Und grüne Bäume singen
uralte Melodei'n,
die Lüfte heimlich klingen,
und Vögel schmettern drein;

在那儿绿树们歌唱着
古老的曲子，
微风低语，
小鸟轻巧地鸣啭。

Und Nebelbilder steigen
wohl aus der Erd' hervor,
und tanzen luft' gen Reigen
im wunderlichen Chor;

朦胧的物像自地上
神秘地升起，
舞踊入云霄
纵放于神秘的和谐里。

Und blaue Funken brennen
an jedem Blatt und Reis,
und rote Lichter rennen
im irren, wirren Kreis;

蓝色的火花燃烧在
每一片叶子和树枝上，
红色的光绕着圈子
狂乱地奔跑。

Und laute Quellen brechen
aus wildem Marmorstein,
und seltsam in den Bächen
strahlt fort der Widerschein.

喧嚣的泉水自粗暴的
大理石块中奔泻而出，
倒影光怪陆离地
反映在溪流里。

Ach! könnt' ich dorthin kommen,
und dort mein Herz erfreu'n,
und aller Qual entnommen,
und frei undselig sein!

啊多希望能够到那儿去，
到那儿，让我的心欢喜，
忘掉一切苦恼，
再一次清心自由！

Ach! jenes Land der Wonne,
das seh' ich oft im Traum,
doch kommt die Morgensonne,
zerfließt's wie eitel Schaum.

啊，那幸福的乐土
我时常在梦中见到，
但等朝阳来临
却又像泡沫般化掉。

第十六首

Die alten, bösen Lieder,
die Träume bös' und arg,
die laßt uns jetzt begraben,
holt einen großen Sarg.

那些古老、邪恶的歌谣，
那些恶毒、愤怒的梦，
来吧，让我们埋掉它们，
拿个大棺材埋掉它们吧。

Hinein leg' ich gar manches,
doch sag' ich noch nicht was.

但我先不告诉你们
要把什么东西放进里面；

| | 泪水中迸出许多美丽的花朵　　*13* |

Der Sarg muß sein noch größer 　　这棺材比海德堡的
wie's Heidelberger Faß. 　　　　　特大酒桶还大。

Und holt eine Totenbahre, 　　　　还要一具用又厚又坚固的
von Bretter fest und dick; 　　　　木板做成的棺架,
auch muß sie sein noch länger 　　它的长度甚至超过
als wie zu Mainz die Brück'. 　　　梅因斯著名的大桥。

Und holt mir auch zwölf Riesen, 　另外,替我找十二个巨人,
die müssen noch stärker sein 　　　他们都必须比科隆
als wie der starke Christoph 　　　大教堂里强硕的
im Dom zu Köln am Rhein. 　　　　克里斯朵夫还健壮。

Die sollen den Sarg forttragen, 　　他们将负责抬棺,并且
und senken in's Meer hinab; 　　　把它沉进大海,
denn solchem großen Sarge 　　　　因为这么庞大的棺材
gebührt ein großes Grab. 　　　　　得要有一个巨大的坟墓。

Wißt ihr warum der Sarg wohl 　　你可知道为什么这棺材
so groß und schwer mag sein? 　　要这么重、这么大?
Ich senkt' auch meine Liebe 　　　因为我把我的爱情和所有的
Und meinen Schmerz hinein. 　　　痛苦,都放在里头。

慰藉与希望的讯息

——勃拉姆斯合唱作品：
《德意志安魂曲》、《命运之歌》、《女低音狂想曲》

勃拉姆斯（Johannes Brahms，1833—1897）是典型的"孤寂的艺术家"，他的音乐沉静、深刻，在严密节制的形式中散发无限的深情、温暖、渴望与苦恼。《德意志安魂曲》（*Ein Deutsches Requiem*，作品45）、《命运之歌》（*Schicksalslied*，作品54）、《女低音狂想曲》（*Alt-Rhapsodie*，作品53）是他所写以管弦乐伴奏的合唱曲中最卓著的几首。在形式、内容乃至于乐曲规模上它们自有相当的差异，但一种内在的相似使它们在精神上互相通连：这三首作品处理的主题皆是苦难与哀愁，然其所传递的讯息却散发着慰藉与希望。既使在写作的时间上，这些作品也是关联的。《德意志安魂曲》全曲于1868年完成，就在同年，勃拉姆斯因威廉港友人之介绍读到了德国诗人荷尔德林（Friedrich Hölderlin，1770—1843）的〈命运之歌〉，并且即刻触发了他谱曲的念头。而与《命运之歌》作品编号相连的《女低音狂想曲》，是1869年谱自歌德（Goethe，1749—1832）的诗作的；一如〈命运之歌〉，其希腊精神与浪漫主义的作风反映了勃拉姆斯对那时代德国文学的关注与共鸣。

1. 德意志安魂曲

勃拉姆斯是自我批判精神极强的作曲家，他对自己作品的完成有极严格之要求，一首曲子往往改之又改，经年累月地再思考、再酝酿，最后方与世人见面。在此种情况下，夭折或被毁弃的乐曲自是多之又多。以弦乐四重奏为例，勃拉姆斯一生发表的仅有三首，但在他让第一首（作品51之1）问世前早试作过20多首；作品8第一号钢琴三重奏原是早岁（1854）的作品,但勃拉姆斯晚年(1890)又对之大事修改,终成今日之定版。论者或谓这是舒曼在其《新音乐杂志》(1853)上对20岁的勃拉姆斯做太早、太过重的肯定,乃至于在勃拉姆斯心里形成一股极大的压力,使他不敢轻易发表自己的作品。但检视勃拉姆斯作品中精心设计的作曲技巧,严密、繁复的艺术特质,我们发觉他之所以如此审慎,是有其对作品内在完整要求的必然性的。

在《德意志安魂曲》——勃拉姆斯所写最庞大,同时也可能是最伟大的作品当中,此种苦心修改经营的特性尤其显著。早在1854年,克拉拉·舒曼(舒曼夫人,勃拉姆斯一生的朋友)即在日记里记说,她曾与勃拉姆斯试弹了他双钢琴奏鸣曲的第三乐章。这三个乐章中,有两个乐章后来被用在勃拉姆斯D小调钢琴协奏曲里,而其萨拉班德舞曲般的葬礼进行曲却在1857—1859年间被转化成《德意志安魂曲》第二乐章的骨干。到1861年,勃拉姆斯已选好了他计划中此一葬礼清唱剧四个乐章的歌词。往后的几年,勃拉姆斯的心思被其他工作计划所占据,一直要等到1865年,当他母亲去世之后,始继续此曲的写作。在痛苦与忧伤的笼罩下,写作速度进展得很快,第二年全曲七个乐章中有六个已完成。1868年4月10日,耶稣受难节那天,在作曲者亲自指挥下德国北部的布莱梅(Bremen)大教堂举行了六个乐章的演出。此次演出虽然大获成功,但勃拉姆斯自己却认为此一作品尚未完成。1868年5月,他加入了感人至深的第五乐章女高音独唱,全曲的写作于此大功告成。

在《德意志安魂曲》中,作曲家的心血并不只限于音乐的创作,在歌词的挑选上亦可发现勃拉姆斯的苦心。勃拉姆斯安魂曲的歌词与其他作曲家——如莫扎特、柏辽兹、威尔第所用的天主教传统拉丁文仪式经文迥然不同。勃拉姆斯从马丁·路德翻译的德语《圣经》里选用了他的词句;《圣经》是勃拉姆斯从小就酷爱读的一本书,那里藏着许多他深思、热爱的字句。勃拉姆斯精心地从新、旧约中的诗篇、预言书、福音书、使徒行传以及启示录中挑选珠玉般的片断组成歌词,整首曲子因之如"镶嵌细工"(mosaic)般具有一种深沉的意义和独特之美。天主教拉丁文的安魂曲原是祈求亡魂安息的祈祷词,祈祷惊惧于最后审判日恐怖的死者们内心能够平安,但勃拉姆斯的安魂曲却是用来抚慰生者的——告诉活着的我们尘世生命的结局并不足为惧,因为它使我们自劳苦与忧虑中获得平和与幸福的解脱。

勃拉姆斯其实并不是第一个想到写作德国语葬礼音乐的作曲家。早在 1636 年,舒茨(Heinrich Schütz, 1585—1672)即写成一《德意志葬礼弥撒》(*Teutsche Begräbnis-Missa*),后来的作曲家也有同类的作品;并且勃拉姆斯所选用的词,部分也曾被舒茨在其《神圣歌曲集》(*Cantiones Sacrae*, 1625),以及《僧侣合唱音乐》(*Geistliche Chormusik*, 1648)中用过。就合唱写作技巧而言,亨德尔无疑是勃拉姆斯师法的对象。然而与勃拉姆斯此曲最接近的却是一出甚至不曾被标明为"安魂曲"的小规模作品:巴赫第 106 号清唱剧。极度崇拜莱比锡圣托马斯教堂乐长巴赫的勃拉姆斯一定知道这出作品。在此一葬礼清唱剧中,巴赫同样地自新、旧约《圣经》撷取诗句当作歌词;这些歌词充满着幸福与救赎的允诺。巴赫此一作品的结构看来正好是勃拉姆斯安魂曲的缩影。勃拉姆斯安魂曲第一乐章奇特的管弦乐法,有可能是因巴赫作品中对乐器选配的一项重要细节激发而成的。然而,自一更高意义层次观之,巴赫与勃拉姆斯此二作品却是互异的。巴赫诉求的是救赎者的慈悲,求其将死者的灵魂带往天国,相对地,勃拉姆斯却避免直接提到耶稣。他的安魂曲具有深沉的宗教感,但这种宗教感是带着普遍的人性意义的;质言之,它是为人,而不是为任何教派而写的音乐!

《德意志安魂曲》七个乐章的演唱需要一个女高音,一个男中音,混声合唱以及管弦乐。第一、二、四、七乐章纯是合唱与管弦乐,第三、六乐章加入了男中音独唱,第五乐章加入了女高音独唱。每一乐章的性格各自不同,又因勃拉姆斯微妙的乐器法显得更突出。举例言之,第一乐章没有用到小提琴,因之呈现一种阴暗沉重的气氛;相对地,有男中音独唱的两个乐章都以赋格做结,其庄严、强力因此更加可感。

底下是全部歌词的翻译,以及各乐章的解说:

一、合唱

Selig sind, die da Leid tragen,
denn sie sollen getröstet werden.
Die mit Tränen säen,
werden mit Freuden ernten.
Sie gehen hin und weinen
und tragen edlen Samen,
und kommen mit Freuden
nd bringen ihre Garben.

哀恸的人有福了，
因为他们必得安慰。
流泪撒种的
必欢呼收割。
那带种流泪
出去的，
必要欢欢喜喜地
带禾捆回来。

二、合唱

Denn alles Fleisch ist wie Gras
und alle Herrlichkeit des Menschen
wie des Grases Blumen.
Das Gras ist verdorret
und die Blume abgefallen.

凡有血肉的都似草，
而人类所有的荣光
都好像草上的花。
草必枯干，
花必凋谢。

So seid nun geduldig, lieben Brüder,
bis auf die Zukunft des Herrn.
Siehe, ein Ackermann wartet
auf die köstliche Frucht der Erde
und ist geduldig darüber, bis er empfahe
den Morgenregen und Abendregen.

兄弟啊，你们因此要忍耐，
直到主来临。
看哪，农夫等待
地里宝贵的生产，
耐心等待，直到得了
晨雨夜雨。

Aber des Herrn Wort bleibet in Ewigkeit.

但上主的话永不落空。

Die Erlöseten des Herrn werden wieder kommen,
und gen Zion kommen mit Jauchzen;

并且上主救赎的民必归回，
歌唱来到锡安。

ewige Freude wird über ihrem Haupte sein;   永乐必归到他们头上，
Freude und Wonne werden sie ergreifen   他们必得着欢喜快乐。
und Schmerz und Seufzen wird weg müssen.   忧愁叹息尽都逃避。

三、男中音与合唱

Herr, lehre doch mich,   主啊，求你叫我晓得
daß ein Ende mit mir haben muß,   我身之终，我的寿数几何，
und mein Leben ein Ziel hat,   叫我知道我的
und ich davon muß.   生命不长。

Siehe, meine Tage sind   你使我的年日
einer Hand breit vor dir,   在你面前窄如手掌，
und mein Leben ist wie nichts vor dir.   我一生年数在你面前如同无有。
Ach wie gar nichts sind alle Menschen,   各人最稳妥的时候
die doch so sicher leben.   真是全然虚幻。

Sie gehen daher wie ein Schemen,   世人行动实系幻影，
und machen ihnen viel vergebliche Unruhe;   他们忙乱真是枉然；
sie sammeln und wissen nicht   积蓄财宝，不知
wer es kriegen wird.   将来有谁收取。
Nun Herr, wess soll ich mich trösten?   主啊，如今我等什么呢？
Ich hoffe auf dich.   我的指望在乎你。

Der Gerechten Seelen sind in Gottes Hand   但正义的人受上主照顾，
und keine Qual rühret sie an.   苦痛将不会侵犯他们。

四、合唱

Wie lieblich sind deine Wohnungen,   你的居所何等可爱，
Herr Zebaoth!   万军之主！

Meine Seele verlanget und sehnet sich
nach den Vorhöfen des Herrn;
mein Leib und Seele freuen sich
in dem lebendigen Gott.

我的灵魂羡慕、渴望
主的院宇；
我的心肠，我的肉体向
永生的神欢呼。

Wohl denen, die in deinem Hause wohnen,
die loben dich immerdar.

住在你的殿中真是幸福，
他们将永远赞美你。

五、女高音与合唱

Ihr habt nun Traurigkeit;
aber ich will euch wieder sehen
und euer Herz soll sich freuen
und eure Freude soll niemand von euch nehmen.

而你们如今要忧伤；
但我将重见你们，
你们心将欢欣，
并且无人可以将你们的喜悦夺走。

Ich will euch trösten,
wie Einen seine Mutter tröstet.

母亲怎样安慰儿子，
我就照样安慰你们。

Sehet mich an:
Ich habe eine kleine Zeit Mühe und Arbeit gehabt
und habe großen Trost funden.

你们看：
我只一点时间劳动、工作，
而仍然我寻到巨大慰安。

六、合唱与男中音

Denn wir haben hiekeine bleibende Statt,
sondern die zukünftige suchen wir.

我们在这里本没有常存的城，
乃是寻求那将来的城。

Siehe, ich sage euch ein Geheimnis:
Wir werden nicht alle entschlafen,
wir werden aber alle verwandelt werden;
und dasselbige plötzlich,

啊，我告诉你们一个奥秘：
我们不是都要睡觉，
乃是都要改变；
就在一霎时，

in einem Augenblick, 眨眼之间,
zu der Zeit der letzten Posaune. 号筒末次吹响的时候。
Denn es wird die Posaune schallen, 因号筒要响,
und die Toten werden 死人要复活
auferstehen unverweslich, 成为不朽坏的,
und wir werden verwandelt werden. 而我们也要改变。
Dann wird erfüllet werden 那时经上所记的话
das Wort, das geschrieben steht: 将应验,
Der Tod ist verschlungen in den Sieg. 死亡将被胜利吞灭。
Tod, wo ist dein Stachel? 死亡啊！你的毒钩何在？
Hölle, wo ist dein Sieg? 地狱啊！你的胜利何在？

Herr, du bist würdig zu nehmen 主啊,你是配得
Preis und Ehre und Kraft, 荣耀、尊贵、权柄的,
denn du hast alle Dinge geschaffen, 因为你创造了万物,
und durch deinen Willen haben sie 并且万物是因你的旨意
das Wesen und sind geschaffen. 被创造而有的。

七、合唱

Selig sind die Toten, 从今以后,
die in dem Herrn sterben, 在主里面而死亡的人
von nun an. 有福了。

Ja der Geist spricht, 圣灵说,是的,
daß sie ruhen von ihrer Arbeit; 他们息了自己的劳苦,
denn ihre Werke folgen ihnen nach. 作工的果效也随着他们。

解说

第一乐章:稍慢的行板。歌词出自马太福音 5 章 4 节;诗篇 126 篇 5—6 节。在十八小节的管弦乐前奏后,合唱"哀恸的人有福了"即刻创造出一种勃拉姆斯企图在整个作品中传递的"自泪中微笑"的情境。管弦乐显得相当低沉,因为小提琴以及其他明亮的乐器,如竖笛、小喇叭、短笛都没有被使用。在此一阴暗的背景上,合唱的人声听来具有一种特别轻盈、飘浮、甚至几乎是脱离了肉体的质地。小提琴在此乐章中避而不用,正好也是巴赫第 106 号清唱剧的特点。整个来说,这个乐章对全曲的情绪发展做了相当大的定位工作,全曲所具有的抒情之美与深挚的感情,在此已然可见。文字与音乐的配合尤其天衣无缝:"流泪撒种的必欢呼收割";"那带种流泪出去的必要欢欢喜喜地带禾捆回来"。音乐并不是冲突的,因为对于勃拉姆斯,泪与笑,悲伤与喜悦并非是相反、相冲突之事物,而是可以调和、互补的。整个乐章就以这两组旋律交互陈述此一破涕为笑,化悲为喜的意念。

第二乐章:进行曲式的中庸速度。歌词出自彼得前书 1 章 25—24 节;雅各布书 5 章 7 节;以赛亚书 35 章 10 节。此乐章无疑包含了勃拉姆斯最早完成的一些谱。在管弦乐法上它与前面乐章适成尖锐对比。竖笛、小喇叭、短笛明亮的声音在此恢复了,而小提琴——分成三组——使用的是高音域部分。然而弦乐器得加上弱音器,并且在长的乐段中最弱奏,因之夺去了它们本应有的一切光辉。此种安排产生一种怪诞的效果;"凡有血肉的都似草……,草必枯干,花必凋谢",此段歌词前后出现两次,在管弦乐哀凄的背景上,定音鼓顽固、阴冷的节奏无法不给人"送葬进行曲"的感觉,我们仿佛见到一幕缓慢、无情的死亡之舞逐渐地铺展开来。但这种阴森的气氛并没有完全获胜。很快地我们听到救赎者快乐地咏唱喜悦的赞歌:"永乐必归到他们头上,他们必得着欢喜快乐……"

第三乐章:中庸的行板。歌词出自诗篇 39 篇 4—7 节;所罗门智慧篇 3 章 1 节。此一乐章一开头即引进了有力的男中音独唱:"主啊,求你叫我晓得我身之终",进而展开了一段男中音与合唱间动人的对话,生动地把人生的虚幻、脆弱、局限表现出来。至134小节处,男中音与合唱以新的旋律唱出"主啊,如今我等什么呢?"的问句,合唱随即转调(第146小节)答以"我的指望在乎你",就在整章乐曲马上就要进入结尾的时候,勃拉姆斯安排了一个高潮,他引进了一个以持续音为基础,四二拍子,强有力的圣咏赋格("但正义的人受上主照顾,苦痛将不会侵犯他们"),壮盛地结束这一乐章。1867年12月此乐章在维也纳头次演出时,作曲家的意思却不幸遭误解。原来勃拉姆斯在赋格里标明"Sempre con tutta la forza"("始终以全部的强力"),而定音鼓手——他必须没有间断地重复同样一个音符——竟把这段话一板一眼地按字面解释,非常大声地敲击,以至于音乐的其他部分都几乎听不到。观众大惑不解之余,对音乐起了反感,令作曲家大为伤心。但勃拉姆斯还是让乐谱保持原貌,因为他相信以后的演奏者会有更好的鉴赏能力。

第四乐章:速度加快的中庸速度。歌词出自诗篇84篇1、2、4节。这是全曲的中央乐章,气氛回复平静,描绘天国的祥和美好。即有可能是1865年初母亲(克丽丝汀·勃拉姆斯女士)死去的感念下写成的。曲中的温柔,慈悲似乎反映了勃拉姆斯心中怀念的慈母影像:"我的灵魂羡慕、渴望主的院宇……"对于勃拉姆斯,远去的母亲的温柔或许是他最想回到的永恒的院宇。

第五乐章:行板。歌词出自约翰福音16章22节;以赛亚书66章13节;伪书51章35节。平静的气氛继续维持着。女高音独唱自第4小节起唱出:"而你们如今要忧伤;但我将重见你们……"这是勃拉姆斯所写最美丽、动人的女高音音乐之一:"母亲怎样安慰儿子,我就照样安慰你们。"此种甜美不正是勃拉姆斯《女低音狂想曲》里那荒野中痛苦徘徊的流浪者渴求而不得的心灵的雨露吗?

第六乐章:行板。歌词出自希伯来书13章14节;哥林多前书15章51—55节;启示录4章11节。男中音在此乐章中再度登场,自第28小节起唱出"末世"的真意、"永生"的许诺("啊,我告诉你们一个奥秘……"),第40小节起合唱以一类似圣咏的形式伴唱("我们不是都要睡觉,乃是都要改变……")至第82节变成甚快的三四拍子——最后的号角响起了!但勃拉姆斯笔下的"最后审判日"却一点也不令人害怕,相反地,却透露着胜利的讯息:"死亡将被胜利吞灭。死亡啊!你的毒钩何在?"与第三乐章一样,此一乐章(自208小节)以一强大有力,充满着亨德尔式力度与光辉的双赋格终结。

第七乐章:庄严肃穆的。歌词出自启示录14章13节。这最后的乐章承接了全曲开首乐章"自悲伤中升起喜悦"的情境。两个乐章不仅在选用的词句上显出类似点(譬如"在主里面而死亡的人有福了"一句与第一乐章"哀恸的人有福了"在语法上、情绪上都极相似。)并且音乐上,勃拉姆斯以审慎的技巧在最后乐章进入结尾时将第一乐章的尾声部分溶入。整个圆环于焉完全,更加增强了《德意志安魂曲》全曲的高度统一以及纪念碑般的性格。

*

勃拉姆斯的音乐真挚且诚实。《德意志安魂曲》一出,马上被许多人许为"爱国主义"的杰作。但《德意志安魂曲》不只是"爱国的"、宗教的,它同时也是人性的、哲学的。在这首自白性浓厚的音乐中我们隐约可以察见勃拉姆斯个人的人生观与宗教观。说他是虔诚的基督徒,不如说他是悲天悯人的人道主义者;在此首安魂曲里,他有意忽略基督教教义中对末世、来世的强调,而把关注投向眼前的这个世界。"生命从我们身上偷走的比死亡还多",他曾经如此表示过。当指挥家莱恩塔勒(Karl Martin Rheintaler)劝他另加上一个乐章好使此首安魂曲的气氛与耶稣受难节更接近些时,勃拉姆斯客气但坚决地拒绝了。在听完整首曲子后,我们感觉到的并不是无情死亡的恐怖,而是留给所有哀恸者,所有生存者深远的慰藉。

2. 命运之歌

德国诗歌里古代希腊精神的复活给了勃拉姆斯很大的启发。他先后使用了歌德的〈命运女神之歌〉(Gesang der Parzen),歌德〈哈尔茨山冬日之旅〉(Harzreise im Winter)中的诗句,席勒的〈挽歌〉(Nänie),以及荷尔德林的〈命运之歌〉(Schicksalslied)谱成以管弦乐伴奏的合唱作品。这些作品中最早,也可能是最伟大的,是1868—1871年间写成的《命运之歌》,这首曲子的歌词取自荷尔德林书信体浪漫小说《许佩里翁》(*Hyperions*)中一首无韵的诗歌。荷尔德林是斯瓦比亚(Swabia：昔时德境西南部一公国,现为巴伐利亚之一区)的诗人,他的一生几乎可说是浪漫主义悲剧性艺术家的典型。与黑格尔、贝多芬、华兹华斯同年生,荷尔德林在换了几个咸不如意的工作后,终于25岁那年在法兰克福银行家孔达特(Gontard)家觅得了合意的家庭教师之职,但三年后他却被迫放弃这职位,因为他与女主人苏塞特(Suzette)发生了恋情——这位苏塞特即是荷尔德林小说《许佩里翁》与多首抒情诗中不断出现的狄欧提玛(Diotima)。他搬到洪堡(Homburg),且在瑞士与法国住了一小段时间。32岁那年,他出乎意料地回到他母亲那儿——此时他已精神失常了。1804年,病情似有起色,他找到了图书馆管理员的工作。但到1806年,他的疯狂(可能系精神分裂症)终逼使他退离人世,孤独地度过他剩余的37年岁月。

这首〈命运之歌〉是由书中忧郁的男主角许佩里翁所唱出的。许佩里翁是希腊青年,与美丽的狄欧提玛相爱,一次偶然机会使许佩里翁投身于与自己本性相违反的激烈战争中。1770年俄土开战,许佩里翁在友朋鼓励下加入了义勇军,以争取祖国希腊脱离土耳其的暴政。狄欧提玛欲劝阻他,但已无可挽回,只好含悲忍泪送其远行。投入战场后,许佩里翁初为胜利而欢欣鼓舞,但不久他所率领的军队却到处抢劫,骚扰自己的同胞,这些行为完全违背了许佩里翁的理想,令其痛苦万分。后许佩里翁在战场上受伤,由友人照料搭俄舰返乡,就在这时传来狄欧提玛的死讯。她自与许佩里翁别后,即因内心的伤悲而日益消瘦,最后她觉得他们可以超越别离之苦,在自然之母的怀中互相拥抱,乃在最后一封给许佩里翁的信中细述此种想法。退出战争,又失去爱人,许佩里翁此时完全孤独了,他回到祖国希腊,过去的荣光已逝,他面对的只有不变的河山。投向大自然,拥抱大自然,许佩里翁最终治愈了自己的创伤,在天与地之间的孤独中安顿自己的内在世界。

如同许佩里翁一样,荷尔德林渴望将古希腊精神注入现代德国,在这本小说中有许多段落表现了立于废墟之前的悲情与对往昔希腊文化之赞美,这首〈命运之歌〉本身即是希腊精神的体现。这首短诗反映了希腊史诗与悲剧中习见的对立性:一边是澄静、美丽、快乐、永生的神祇,一边是苦恼、绝望、不幸的人类;人类渴望一个能辨是非的宇宙,而诸神却以反讽的回应,冷眼漠视人类的哀求。这种人神间可怕的对立是荷尔德林原诗主题所在,但勃拉姆斯并没有照单收纳荷尔德林此种无望的悲观主义,在乐曲最后,勃拉姆斯为此一恐怖的冲突提供了一条出路。

以一种艺术类型做素材,将之转化为另一种艺术类型并且赋予新的诠释,这是艺术上常见之事。小说改编成电影如此,以诗入画、入乐亦屡见不鲜。底下试将《命运之歌》原诗与乐曲作一分析,以见作曲家勃拉姆斯如何诠释荷尔德林之诗作:

  Ihr wandelt droben im Licht
   Auf weichem Boden, selige Genien!
    Glänzende Götterlüfte
     Rühren Euch leicht,
      Wie die Finger der Künstlerin
      Heilige Saiten.

  Schicksallos, wie der schlafende
   Säugling, atmen die Himmlischen;
  Keusch bewahrt
   in bescheidener Knospe,
    Blühet ewig
    Ihnen der Geist,
     Und die seligen Augen
     Blicken in stiller
      Ewiger Klarheit.

  Doch uns ist gegeben,
   Auf keiner Stätte zu ruhn;

> Es schwinden, es fallen
> Die leidenden Menschen
> Blindlings von einer
> Stunde zur andern,
> Wie Wasser von Klippe
> Zu Klippe geworfen,
> Jahrlang ins Ungewisse hinab.

你们移步于天上的光中
在柔软的土上,幸福的神灵们!
闪耀的天风
轻触你们,
犹如女竖琴家的纤指
拨弄神圣的琴弦。

没有命运的羁绊,睡婴一般
天上的神灵们呼吸着;
贞洁地藏在
含蓄的花蕾里,
他们的灵魂开花
永不凋谢,
而他们幸福的眼睛
凝视着,以宁静
永恒的清澄。

但我们注定
得不到任何地方歇息,
苦恼的人类
萎缩,仆跌,

盲目地从一个时辰
到另一个时辰，
仿佛在崖壁与
崖壁间卷荡的水，
年复一年沉入未知的深渊。

此首诗前二节是对诸神直接的呼喊，它的音型相当微妙。送气的"ch"音在前四行里出现了四次，但一直到第十六行才再度出现。同样地，前面十七行"sch"音（相当于英文中 wash 的 sh 音）五次出现都是集中于七到十行间。此类音型加强了荷尔德林这首自由诗的内在结构，并且暗示着诗中所描述的天上的光辉和平。

第三节将我们赤裸裸地推向人类的苦难不幸。如果轻柔属于诸神所有，那么人类有的就是重担了。石头般的粗糙残酷，永无止息的苦水浊流——这即是被命运所羁制的人类世界。相对地，神灵们却幸福地移步于笼罩着天国光辉的柔软的土上。他们高居于"上"（droben），而人类在这首诗里所根植的却是"下"（hinab）这个字。荷尔德林以梯形斜排其诗正暗示着人类从神灵的乐园世界一步步堕落到尘世，堕落到暗不可知的深渊。

荷尔德林的自由诗一部分可说是他研究希腊古典诗的成果。大声朗读德语原诗，我们即可体会到每一行诗中韵律之丰富。作曲家把它谱成音乐时若能把握内中的奥妙，那灵巧当如御风而行，反之则不免有画虎类犬之虞。

勃拉姆斯以一段清澄高远的降 E 大调管弦乐序奏开始他的《命运之歌》，并标以"缓慢而充满渴望"（Langsam und sehnsuchtsvoll）的表情记号，这自然是对于永恒幸福的天上乐园的憧憬。慢慢地人声出现了，先是女低音继而整个合唱，歌唱诸神所住地方之明亮清澄，至高潮"犹如女竖琴家的纤指拨弄神圣的琴弦"处，弦乐器以拨弦奏（pizzicato）轻触着，象征天上竖琴的伴奏。前面两节诗所表现的此种平和的快乐气氛不久即被阴郁、热烈的 C 小调快板所取代。合唱部分充满威胁的齐唱以及狂暴的叫喊——伴以狂烈、急逐的管弦乐——创造出一幅充满悲苦、不安、绝望的人间惨象。令人印象特别深刻的是对人类不安定命运的描绘：在唱到"仿佛在崖壁与崖壁间卷荡的水"这一句时，勃拉姆斯猛烈引进了一个粗暴的新节奏，接着他在极强奏的片段间安插了管弦乐与合唱的全体休止，此后乐曲突然转变成无精打采的弱奏。音乐至此似乎已衰竭殆尽，但马上我们又面对第二波甚至更加猛烈的绝望的狂涛。声乐部分以一哀愁、认命的音符终结，而就在这个地方，作曲家与诗人分道扬镳了。勃拉姆斯以一与开头澄静的管弦乐序奏密切关联的 C 大调慢板结束了他的乐曲；勃拉姆斯此举似乎告诉我们：受压制的人类有可能升到更高的领域，而神与人的命运也将被一和好互谅的约束所连结。

就整个乐曲弧形推展的结构（高潮在中央上方，头尾音乐相呼应），以至于此种悲中求喜、绝望中求希望的精神信念而论，此曲实在是《德意志安魂曲》的孪生兄弟。

3. 女低音狂想曲

Aber abseits wer ist's?	但在远处的那人是谁啊？
Im Gebüsch verliert sich der Pfad.	丛林中小径湮没，
Hinter ihm schlagen	在他背后，
Die Sträuche zusammen,	群树团聚，
Das Gras steht wieder auf,	芥草再次直立，
Die Öde verschlingt ihn.	荒芜将他整个吞没。
Ach, wer heilet die Schmerzen	啊，谁能纾缓他的痛苦？
Des, dem Balsam zu Gift ward?	香油于他直如毒药，
Der sich Menschenhaß	他啜饮厌世的汁液
Aus der Fülle der Liebe trank!	自完满的爱里！
Erst verachtet, nun ein Verächter,	先是被爱鄙视，如今他鄙视爱，
Zehrt er heimlich auf	在徒然的自负中

Seinen eigenen Wert	暗暗荒废
In ungenugender Selbstsucht.	自己的生命价值。
Ist auf deinem Psalter,	在你的琴弦上,
Vater der Liebe, ein Ton	慈爱的父啊,倘使有音符
Seinem Ohre vernehmlich,	能传进他的耳朵,
So erquicke sein Herz!	就请让他的心复苏吧!
Öffne den umwölkten Blick	让乌云迸裂为雨,
Über die tausend Quellen	洒在苦苦渴望于
Neben dem Durstenden	荒野里的他
In der Wüste.	身旁的千泉之上。

C小调《女低音狂想曲》是勃拉姆斯最令人心碎且最个人的作品之一,它也是帮助我们了解勃拉姆斯这个人的关键作。原来的标题是"为女低音,男声合唱与管弦乐的狂想曲——歌词选自歌德〈哈尔茨山之旅〉",这是勃拉姆斯1869年的作品,但其精神根源可远溯到往昔。1854年,精神异常的舒曼投莱茵河自杀未遂,被送入精神病院,年轻的勃拉姆斯闻讯立即赶到杜塞尔多夫(Düsseldorf),看是否能给舒曼家什么帮忙。在与克拉拉·舒曼——当世最具魅力的女子之一——日日接触的过程中,勃拉姆斯急切帮助她的心很快地变成了深注而热烈的爱。然而两年后舒曼悲剧性的死却迫使他离开这"我唯一真爱过的女人"(勃拉姆斯死前不久的自白)。这项痛苦的决定对23岁的勃拉姆斯有着极大的影响,因之从那以后他总是锁断自己与女人的交往,一旦他发觉自己在感情上被其吸引。

然而有一度,他相信自己无法实现的爱要复活了,这次的对象不是别人,正是舒曼与克拉拉的次女——茱丽(Julie)。在一封杂七杂八谈了许多事情的信上,勃拉姆斯以他自己的方式提出了婚姻之请,但克拉拉却装做不知道,在这封信——因其他全然不同的原因——使他们彼此失和之后。勃拉姆斯日后再不曾提到这事,但茱丽订婚的消息却给了他痛苦的一击。

勃拉姆斯很难过自己从无机会去深爱另一个人("如今我只是一个不

具人格的好人")。在这种心境下他读到了歌德的〈哈尔茨山冬日之旅〉,这首诗写一个年轻人在读过《少年维特的烦恼》一书后背离了世界。勃拉姆斯认为自己即是这名"自完满的爱里啜饮厌世的汁液"的流浪者。他将其中一部分诗句谱成曲,好几个礼拜将它藏着不让克拉拉看到,以便在茱丽的婚礼上吓她一跳:"这是我的结婚颂歌。"如今,克拉拉已约略察觉到勃、舒两家的悲剧,她在日记里写道:"我为歌词与音乐中深深蕴藏的痛苦心碎。我确信这曲子是他心灵苦痛的表白。"她无可奈何地续写上:"他以前要是肯说出这内心的话就好了,只一次便罢!"这首曲子与勃拉姆斯个人关联如此之深,以至于起初他并不想让这首相当私人的乐曲印出或演奏出,而有好多年他一直避开此曲之演奏。(这首曲子于1870年3月3日在德国东部的耶拿[Jena]首演。)直到晚年,认为"生命从我们身上偷走的比死亡还多"的勃拉姆斯总习惯称自己为"在远处的"人(《女低音狂想曲》歌词首句),而此曲终段的祷词实可说是为他自己谱写的:"在你的琴弦上,慈爱的父啊,倘使有音符能传进他的耳朵,就请让他的心复苏吧!"

一如歌词有三节,整首乐曲可分成三部分:慢板——稍快板——慢板。开头的管弦乐序奏,其和声是如此不寻常,以至于在听过几小节后耳朵变得有点分不清方向:所有的动机都往下沉,而切分音音型显然试图阻止此一情况发生,但却无能为力;在这里,勃拉姆斯借种种生动的音乐表情暗示"在远处的"流浪者的孤寂。女低音独唱在第一节诗中以几乎如宣叙调一般的乐句描绘此种内在与外在世界的荒芜。乐曲第二部分——小咏叹调——速度变得稍微快一些(但不易察觉出来),在这里我们第一次听到成形的旋律。勃拉姆斯清楚地强调出两个意念:一方面,以不安定的减音程及突强奏表现"厌世"(Menschenhass)感;另一方面,在到此为止都是一字一音的歌调中首次使用花腔,以表现"完满的爱"(Fülle der Liebe)。整首作品很明显地以如此方式铺陈以导向尾部的高潮。如同第一号交响曲的最后乐章,它的性格与主题被从阴沉的 C 小调变到 C 大调的转调所支配着。勃拉姆斯以不断变化的形式重复"让他的心复苏吧"这项祈求——这祈求无疑是曲中最重要的意念。他对歌词意思的诠释支配了音乐的结构;管弦乐——没有歌词地——重复着"让乌云迸裂为雨"一句,而勃拉姆斯让合唱同时唱出另一句祈求:"让他的心复苏吧"。对听者而言,音乐比平直地诵读原诗多了一层丰富的意义。

　　撇开勃拉姆斯个人的故事不谈,此首乐曲所表达的主题——绝望、孤寂,在苦痛中期待慰藉——与《德意志安魂曲》、《命运之歌》一样,是具有普遍性的意义的;而末段祷词:"让乌云迸裂为雨",其化苦为甘的念头与《德意志安魂曲》、《命运之歌》两曲所透露的讯息是一致的。艺术是要给人力量的。宇宙之大,惨莫惨于堕落于"未知的深渊",惧怕世界末日,不知来世为何的人类;愁莫愁过离爱背世,浪迹荒野,"香油直如毒药"的绝望者;然则,即使在如此一种愁苦、悲惨的境况中,作曲家仍要我们听到那天上音乐之喜悦、美好,要我们等待、想象、期盼温柔与慰藉之到来。希腊神话里的神祇可能是残酷的,旧约《圣经》里的上帝可能是严厉、报复的,但对于出身平凡的勃拉姆斯,最大最强力的神也许是来自人类自身的坚毅,忍耐与期待。

　　多年之后,勃拉姆斯以《女低音狂想曲》结尾祷词的旋律为材料写作了一首帕萨卡利亚舞曲(passacaglia),并且附上几句歌德的诗——给世人,也给他自己:

　　　　够了吧,你们这些缪斯!你们徒然费力描述
　　　　如何悲哀与喜悦在可爱的胸膛里变换位置。
　　　　你们不能治愈爱神留下的伤痛:
　　　　但只有你们能给人慰藉,好心的你们啊!

　　缪斯睡在古代的神话里掌管文学、艺术。诸神已死,艺术仍在。在人类苦难有增无减的今日,我们不正是从勃拉姆斯这些人间缪斯他们的诗歌、戏剧、音乐中觅求力量与慰藉吗?

生命与爱情的赞颂

——卡尔·奥尔夫"胜利三部曲":
《布兰诗歌》、《卡图卢斯之歌》、《爱神的胜利》

卡尔·奥尔夫(Carl Orff, 1895—1982),生于慕尼黑,是德国作曲家,也是音乐教育家。除了作曲之外,他在慕尼黑音乐学校任教职,对儿童音乐教育颇有心得(他首创以打击乐器训练儿童),以他名字为名的"奥尔夫音乐教室",招牌如今到处可见。他同时还致力于古乐的编辑工作,这对他的创作影响甚巨——他不但自古文学作品汲取灵感,并企图将现代音乐的型态复古。他主张将乐曲建立在简单、有效的旋律和节奏上,以重复出现的手法使效果层层累积逐步导向高潮。他避免使用繁复的对位技巧,他以为节奏的推动力才是决定乐曲风格的重要因素。在他的著名代表作——清唱剧"胜利三部曲"(Trionfi: Trittico Teatrale)里,我们可清楚看到这些理论的实践。

顾名思义,"胜利三部曲"包括了三部分,每一部分是各自独立且自足的,然而在主题上,这三部分的发展却又密切相连:第一部《布兰诗歌》(*Carmina Burana*, 1937)表达出在"命运女神"的操控下,人们寻欢作乐的心境;第二部《卡图卢斯之歌》(*Catulli Carmina*, 1943)企图诠释令人晕眩、迷乱却又无法逃脱的爱神厄洛斯(Eros,象征肉体之爱的男神,相当于罗马神话的丘比特[Cupid])的魔力;第三部《爱神的胜利》(*Trionfo di Afrodite*, 1950—51)借着古希腊之婚庆仪式来赞颂爱神阿佛洛狄忒(Aphrodite,厄洛斯之母,相当于罗马神话的维纳斯[Venus])的胜利。爱神阿佛洛狄忒的出现可说是全曲的高潮,奥尔夫以"胜利"(Trionfi)替三部曲命名是有其深意的。Trionfi 的原始意义是指古代帝王的凯旋游行(文艺复兴及巴洛克时代之绘画常取材于此),或指 15、16 世纪奢华的化妆游行(在这类游行中,他们用人去扮演各种抽象的美德,以歌颂这些能够与冲突和困境抗衡的高贵人格)。久而久之,人们就用这个字来象征克服黑暗面的最后胜利,力量与高贵的光辉,权力之自足的威仪。"胜利"这个观念和文艺复兴时期对生命高度的认知是相互呼应的。整体观之,这些对"胜利"的歌颂可说是异教徒对基督教教义中根深蒂固之驯服、屈服、无私等观念的反动。在奥尔夫的"胜利三部曲"中,"胜利"一词取其原始含义,象征某种自我肯定、自我赞扬的力量。奥尔夫并无意将古老的历史事件和新鲜的现代生活融成一体,他只是想借"凯旋大游行"这类历史现象背面隐含的根本动机,来探讨人性的内在层面,以唤醒潜藏于我们内心的爱的因子,以及生命的荣耀与再生。生命力与爱情是他的主题,而音乐是他表达的途径。

1. 布兰诗歌

像许多近代作曲家一样,奥尔夫曾经在浪漫主义、象征主义,甚至蒙特威尔第(Claudio Monteverdi, 1567—1643)早期的巴洛克歌剧中模仿摸索,而《布兰诗歌》这部作品可说是他建立自己独特风格的开端。

标题 Carmina Burana 意指"班奈狄克伯尔尼之歌"(Songs from Benediktbeuern),这说明了此部作品歌词之出处。1803 年在巴伐利亚山区的班奈狄克伯尔尼古老寺院发现了一份手卷,上抄有 200 首左右的中古诗歌。这些诗歌中,有些是僧人及流浪的学者以中古拉丁语写成的诗作,有些是用德国方言写成的歌曲,有些则是用零星的法兰克语拼凑而成的韵文。1847 年,巴伐利亚方言学家史梅勒(Johann Andreas Schmeller)将之编纂成册,定名为 *Carmina Burana*。奥尔夫出身慕尼黑学者世家,因此很早即接触到这些中世纪的古抄本,他选取了其中许多诗作,将它们整理组合成一有某种戏剧性发展的"事件",并创作了一连串以乐器伴奏,辅以神奇布景的独唱曲及合唱曲。

奥尔夫一向认为音乐剧场应该是一个奇幻之所,它代表着某种象征和仪式的探求。《布兰诗歌》的场景安排颇能符合奥尔夫对剧场的观点。整个布景由古老的象征——命运之巨轮——搭构而成。"命运女神"则成为全剧最重要的意象。全剧以咏叹命运女神的合唱"命运女神——世界之女王"(Fortuna Imperatrix Mundi)揭开序幕,包括作为全剧开头也以之结尾(第25首)的第一首〈啊!命运女神〉,以及第二首〈我痛悼命运之伤〉;2009年英国广播公司(BBC)和其他机构调查发现,《布兰诗歌》中〈啊!命运女神〉一曲是英国近75年来最为人知的古典乐曲:

命运女神——世界之女王(Fortuna Imperatrix Mundi)

第1首:合唱

O Fortuna,	啊!命运女神,
velut luna	你像月亮
statu variabilis,	变化无常,
semper crescis	时而盈增,
aut decrescis;	时而亏缩;
vita detestabilis	可恼的人生
nunc obdurat	忽而挫败人心,
et tunc curat	忽而讽刺地
ludo mentis aciem;	让人如愿以偿;
egestatem,	贫苦或
potestatem	权势
dissolvit ut glaciem.	俱如冰块溶去。
Sors immanis	空虚
et inanis,	不仁的命运,
rota tu volubilis,	你轮转不停,
status malus,	不怀好意,
vana salus	福祉纯虚,
semper dissolubilis,	总是化为乌有。

obumbrata   蒙面，
et velata   藏身，
mihi quoque niteris;   你也向我攻击，
nunc per ludum   玩弄花招，
dorsum nudum   如今我袒露背脊
fero tui sceleris.   任你荼毒。

Sors salutis   好运
et virtutis   和气力，
mihi nunc contraria;   都跟我作对；
est affectus   伤感
et defectus   和挫败，
semper in angaria.   从不告退。
Hac in hora   啊，就在眼前，
sine mora   不要迟疑，
cordae pulsum tangite;   快拨响琴弦！
quod per sortem   因为命运已将
sternit fortem,   强者击倒，
mecum omnes plangite!   请众与我同哭！

第2首：合唱

Fortunae plango vulnera   我痛悼命运之伤，
stillantibus ocellis,   泪流满眶，
quod sua mihi munera   因为她背叛地
subtrahit rebellis.   取回她送我之礼。
Verum est, quod legitur   此话果然不虚：
fronte capillata,   前额发茂密，
sed plerumque sequitur   一转头，
occasio calvata.   光秃秃。

In Fortune solio	我一度高居
sederam elatus,	命运女神宝座上位,
prosperitatis vario	成功的花环
flore coronatus;	在我头顶环绕;
quicquid tamen florui	我的确处在
felix et beatus,	幸福快乐的佳境。
nunc a summo corrui	但现在已自高处跌落,
gloria privatus.	荣耀不再。
Fortune rota volvitur:	命运之轮旋转:
descendo minoratus;	我黯然下台,
alter in altum tollitur;	而另一人获得提拔;
nimis exaltatus	居处高峰的帝王
rex sedet in vertice—	多么逍遥——
caveat ruinam!	但请他当心毁灭!
Nam sub axe legimus:	因为轮轴下方我们看到
Hecubam reginam.	赫苦巴皇后的名字。

  在中世纪,"命运女神"是一个重要的文学意象。当时的人认为命运女神主宰着整个宇宙,是上帝的代言人。在人们的想象中,命运女神一刻不停地转动着一个垂直竖起的轮子,而在轮子的四周则系绑了许许多多的椅子,人类自出生即是椅子上的座客。随着轮子的旋转,有时候他逐步高升,甚至到达轮轴的顶点,但是最后他终必骤然摔落至最低点,悲苦地终其一生。这种悲观的论调导源于中世纪生活之变化无常——瘟疫、战争、干旱、饥荒侵袭着他们,死亡随时可能到来。在与这些巨变抗争的过程中,人们深感自己力量之微弱及生命之短暂,因此自然而然地产生了某种逃避的心态:生命既无规律可循,人们既无法依据自然之秩序来安排自己的生活,无所慰藉,无所凭依,何不把握眼前,趁我们还年轻貌美,尽情地吃喝玩乐,因为明天我们

可能死去。这种"及时行乐"的心态在中古文学中一再地披露出来,《布兰诗歌》即是在命运女神的阴影下此种心态的表达。事实上,这个主题一再为诗人们所触及。16、17世纪的英国诗人喜欢以生命之短暂及时间之压迫为由来说服其爱人敞开胸怀接纳爱情,大有"有花堪折直须折,莫待无花空折枝"之意,赫里克(Robert Herrick, 1591—1674)的短诗〈采彼蔷薇花蕾趁汝能〉(Gather ye Rosebuds While ye May)是著名的例子;而早在11、12世纪,波斯诗人欧玛尔·海亚姆的《鲁拜集》(一译《狂酒歌》)更为此一主题做了最佳的诠释。

《布兰诗歌》的中心部共分三个部分。第一部分是"春天"(Primo Vere),描写大自然甜美迷人的复苏景象,以及"草地上"(Uf Dem Anger)洋溢着的春意,而爱的主题贯串其间;除第六首是管弦乐演奏的舞曲外,从第三到第十首共有七首歌:

I. 春天(Primo Vere)

第 3 首:小合唱

Veris leta facies	春天微笑的脸庞
mundo propinatur,	向世界招展,
hiemalis acies	冷峻的冬季已被
victa iam fugatur,	击败驱走。
in vestitu vario	彩衣飘飘,
Flora principatur,	花神君临大地,
nemorum dulcisonoque	树林以美妙的
cantu celebratur.	声音欢欣歌赞。
Flore fusus gremio	躺卧在花神怀抱,
Phebus novo more	日神再度
risum dat, hoc vario	展露微笑,
iam stipatur flore.	百花环绕斗艳。

Zephyrus nectareo 和风之神四处
spirans in odore; 吹出香气;
certatim pro bravio 让我们争逐奖赏,
curramus in amore. 为爱竞跑吧。

Cytharizat cantico 甜美的夜莺
dulcis Philomena, 以竖琴般声音鸣唱,
flore rident vario 安谧的草原
prata iam serena, 随繁花一起灿笑。
salit cetus avium 成群的鸟儿飞跃于
silve per amena, 赏心悦目的林间。
chorus promit virginum 少女的合唱,
iam gaudia millena. 带来万千喜悦。

第4首:男中音独唱

Omnia Sol temperat 日暖大地,
purus et subtilis; 纯净而又纤细;
novo mundo reserat 四月的容颜
facies Aprilis, 向新世界展现,
ad amorem properat 男子的心思
animus herilis, 疾疾投向爱,
et iocundis imperat 年轻的神
deus puerilis. 统领乾坤之欢。

Rerum tanta novitas 大地春日复苏的
in solemni vere 伟大活力,
et veris auctoritas 以及春的威权,
iubet nos gaudere; 命令我们行乐;
vias prebet solitas, 它领我们重温熟门熟路,

et in tuo vere	在你的春天
fides est et probitas	紧拥你的爱人,
tuum retinere.	是忠诚的表现。
Ama me fideliter,	请真诚地爱我,
fidem meam noto:	了解我何等忠贞:
de corde totaliter	全心全意,
et ex mente tota	魂牵梦系,
sum presentialiter	常在你旁
absens in remota,	即使相隔千里。
quisquis amat taliter,	如此爱法
volvitur in rota.	简直贴着刑轮转。

第5首:合唱

Ecce gratum	看啊,可喜
et optatum	可盼的春日
Ver reducit gaudia,	带回来欢乐,
purpuratum	原野开满
floret pratum.	紫色的花朵。
Sol serenat omnia.	阳光照亮万物。
Iamiam cedant tristia!	哀愁一扫而尽!
Aestas redit,	夏日既回,
nunc recedit	冬的严酷
Hiemis saevitia.	告退。
Iam liquescit	全都溶化
et decrescit	消退,
grando, nix et cetera.	冰雪之属。
Bruma fugit,	冬已逃亡,

et iam sugit	春天正吸吮着
Ver Aestatis ubera.	夏的乳房。
Illi mens est misera,	悲哉,那些
qui nec vivit,	不知趁盛夏之治,
nec lascivit	乐活或
sub Aestatis dextera.	冶游者!
Gloriantur	他们
et laetantur	乐享
in melle dulcedinis	甜蜜的喜悦,
qui conantur,	那些奋力
ut utantur	争取
praemio Cupidinis;	丘比特奖赏者;
simus iussu Cypridis	让我们服膺爱神
gloriantes et	维纳斯,乐享
laetantes	与帕里斯
pares esse Paridis.	同等的喜悦。

草地上(Uf Dem Anger)
第6首:舞曲

第7首:合唱

Floret silva nobilis	高贵的森林,
floribus et foliis.	花叶盛开。
Ubi est antiquus	我的老相好
meus amicus?	人在何方?
Hinc equitavit,	他已骑马远去,
eia, quis me amabit?	唉,谁来爱我?

Floret silva undique,
nach mime gesellen ist mir we.
Gruonet der walt allenthalben,
wa ist min geselle alse lange?
Der ist geritenhinnen.
Owi, wer sol mich minnen?

森林里花开处处,
我渴望我的相好。
森林里一片鲜绿,
我的相好为何迟迟不来?
他已骑着马远去。
噢,谁来爱我?

第8首:女高音小合唱与合唱

Chramer, gip die varwe mir
diu min wengel roete,
da mit ich die jungen man
an ir dank der minnenliebenoete.
Seht mich an, jungen man!
Lat mich iu gevallen!

店老板,给我脂粉
染红我的双颊,
好使年轻男子爱我,
不管他们愿不愿意。
看着我,小伙子们!
让我满足你!

Minnet, tugentliche man,
minnecliche frouwen!
minne tuot iu hoch gemuot
unde lat iuch in hohlen eren schouwen.
Seht mich an, jungen man!
Lat mich iu gevallen!

好逑的君子们,去爱
宜人的伊人吧!
爱使你精饱气足,
增添你的荣光。
看着我,小伙子们!
让我满足你!

Wol dir, Werlt, das du bist
also freudenriche!
Ich wil dir sin undertan
durch din liebe immer sicherliche.
Seht mich an, jungen man!
Lat mich iu gevallen!

赞啊,世界,充满
如此多奇喜妙悦!
我愿永远向你输诚,
享受你赐予的欢愉。
看着我,小伙子们!
让我满足你!

第 9 首：圆舞与合唱

Swaz hie gat umbe,	那些在此跳圆舞的
daz sint allez megede,	少女们,
die wellent an man	一整个夏天
alle disen sumer gan.	都不想要有男人。
Chume, chum geselle min,	来吧,来吧,我的爱人,
ih enbite harte din,	我渴望着你,
ih enbite harte din,	我渴望着你,
chume, chum geselle min.	来吧,来吧,我的爱人。
Suzer rosenvarwer munt,	甜美红润的唇,
chum un mache mich gesunt,	来,使我完满,
chum un mache mich gesunt,	来,使我完满,
suzer rosenvarwer munt.	甜美红润的唇。
Swaz hie gat umbe,	那些在此跳圆舞的
daz sint allez megede,	少女们,
die wellent an man	一整个夏天
alle disen sumer gan.	都不想要有男人。

第 10 首：合唱

Were diu werlt alle min	即便全世界都属于我
von deme mere unze an den Rin,	从大海直到莱茵河,
des wolt ih mih darben,	我也心甘情愿放弃,
daz diu chünegin von Engellant	只要英国女王
lege an minen armen.	倒在我怀里。

第二部分是"在酒店"(In Taberna),生命之悲苦无常和饮酒的乐趣在此形成明显的对比。人是"被风随意舞弄"的一片落叶,是"无法定下来"的河流,"无舵手的船只","随风盘旋徘徊"的小鸟,一度天鹅,而今"成盘中物",命运女神夺走了生命的快乐,因此,酒店中的酒成为快乐的唯一泉源:

II. 在酒店(In Taberna)

第 11 首:男中音独唱

Estuans interius	我的体内沸腾,
ira vehementi	怒气填满胸际,
in amaritudine	我悲痛不爽地
loquor mee menti:	对着内心自语:
factus de materia,	我本生自物质,
cinis elementi,	灰土水火做成,
similis sum folio,	好像一片落叶,
de quo ludunt venti.	被风随意舞弄。
Cum sit enim proprium	如果聪明人
viro sapienti	一贯的方法
supra petram ponere	是将基础
sedem fundamenti,	建立于磐石之上,
stultus ego comparor	我就是阿呆,
fluvio labenti,	好像流动的河水,
sub eodem tramite	沿着流道,
nunquam permanenti.	永远无法定下来。
Feror ego veluti	我四处漂泊游荡,
sine nauta navis,	好像无舵手的船只,
ut per vias aeris	又像一只小鸟,

vaga fertur avis; 随风盘旋徘徊。
non me tenent vincula, 锁链束缚不住我，
non me tenet clavis, 门钥无法囚禁我，
quero mihi similes 我寻找我的同伙，
et adiungor pravis. 和败类物以类聚。

Mihi cordis gravitas 教我故作严肃，
res videtur gravis; 简直千钧压顶；
iocus est amabilis 玩笑才真有趣，
dulciorque favis; 甜美胜过蜂蜜。
quicquid Venus imperat, 凡是爱神所命
labor est suavis, 都是甜蜜的劳役，
que nunquam in cordibus 她从来不曾栖身
habitat ignavis. 一颗慢吞吞的心。

Via latagradior 我选择宽阔之路，
more iuventutis, 这是青春的正道，
inplicor et vitiis, 全身沾满恶习，
immemor virtutis, 品德全不在意。
voluptatis avidus 渴求肉体的欢娱
magis quam salutis, 多过获得救赎，
mortuus in anima 灵魂既已死去，
curam gero cutis. 只好关照肉体。

第12首：男高音独唱与男声合唱

Olim lacus colueram, 我曾经以湖为家，
olim pulcher extiteram 我曾经以美自居，
dum cignus ego fueram. 我一度是天鹅。
Miser, miser! 悲哉，悲哉！

modo niger	如今被烤得
et ustus fortiter!	漆黑一团!

Girat, regirat garcifer;	厨师把我翻来翻去,
me rogus urit fortiter;	我在柴堆上被火猛烧;
propinat me nunc dapifer,	侍者端我上桌。
Miser, miser!	悲哉,悲哉!
modo niger	如今被烤得
et ustus fortiter!	漆黑一团!

Nunc in scutella iaceo,	现在我,
et volitare nequeo,	欲飞无翅,
dentes frendentes video;	举目尽尖牙锐齿。
Miser, miser!	悲哉,悲哉!
modo niger	如今被烤得
et ustus fortiter!	漆黑一团!

第13首:男中音独唱与男声合唱

Ego sum abbas Cucaniensis	我是"安乐乡"修道院长,
et consilium meum est cum bibulis,	我的同道都是酒徒,
et in secta Decii voluntas mea est,	我信奉骰子的守护神。
et qui mane me quesierit in taberna,	谁若早晨到酒店找我,
post vesperam nudus egredietur,	保证他晚上输光光出来,
et sic denudatus veste clamabit:	一丝不挂地叫着:

Wafna, wafna!	悲哉,悲哉,
quid fecisti sors turpissima?	什么背运气,把我搞惨?
nostre vite gaudia	我此生的欢乐
abstulisti omnia!	全被你剥夺一空!

第14首:男声合唱

In taberna quando sumus	当我们在酒店时,
non curamus quid sit humus,	不想此身会化为尘土,
sed ad ludum properamus,	只抢着围桌聚赌,
cui semper insudamus.	每每汗流如柱。
Quid agatur in taberna,	酒店中所做何事?
ubi nummus est pincerna,	金钱就是老板,
hoc est opus ut queratur,	你若想知道真相,
si quid loquar, audiatur.	听我细细道来。
Quidam ludunt, quidam bibunt,	有些人赌博,有人些饮酒,
quidam indiscrete vivunt,	有些人放纵自己。
sed in ludo qui morantur,	围聚赌桌的人们,
ex his quidam denudantur,	有些输到脱光衣裤,
quidam ibi vestiuntur,	有些赢得了衣服,
quidam saccis induuntur,	有些穿起了忏悔服。
ibi nullus timet mortem,	在这里没有人怕死:
sed pro Baccho mittunt sortem:	只顾为酒神下赌注。
Primo pro nummata vini;	首先敬收酒钱的老板,
ex hac bibunt libertini;	放荡之徒群举杯;
semel bibunt pro captivis,	再来一杯敬囚犯,
post hec bibunt ter pro vivis,	再为活者喝第三杯。
quater pro Christianis cunctis,	四杯敬所有基督徒,
quinquies pro fidelibus defunctis,	五杯敬虔诚的死者,
sexies pro sororibus vanis,	六杯敬轻浮的姊妹,
septies pro militibus silvanis.	七杯敬拦路的强盗。

Octies pro fratribus perversis,	八杯敬迷途的兄弟,
nonies pro monachis dispersis,	九杯敬四散的僧侣,
decies pro navigantibus,	十杯敬海上的水手,
undecies pro discordantibus,	十一杯敬爱吵架者,
duodecies pro penitentibus,	十二杯敬悔罪者,
tredecies pro iter agentibus.	十三杯敬路上的旅者。
Tam pro papa quam pro rege	接着敬教宗,也敬国王,
bibunt omnes sine lege.	他们都哗啦啦痛饮若狂。
Bibit hera, bibit herus,	太太一杯,先生一杯,
bibit miles, bibit clerus,	士兵一杯,牧师一杯,
bibit ille, bibit illa,	男人一杯,女人一杯,
bibit servus cum ancilla,	男佣女佣一起来一杯,
bibit velox, bibit piger,	快手一杯,懒鬼一杯,
bibit albus, bibit niger,	白人一杯,黑人一杯,
bibit constans, bibit vagus,	安定者一杯,流浪者一杯,
bibit rudis, bibit magus.	愚者一杯,贤者一杯。
Bibit pauper et egrotus,	穷人一杯,病人一杯,
bibit exul et ignotus,	流亡者一杯,异乡客一杯,
bibit puer, bibit canus,	孩童一杯,老人一杯,
bibit presul et decanus,	主教一杯,执事一杯,
bibit soror, bibit frater,	修女一杯,修士一杯,
bibit anus, bibit mater,	老妇一杯,母亲一杯,
bibit ista, bibit ille,	这人一杯,那人一杯,
bibunt centum, bibunt mille.	百人一杯,千人一杯。
Parum sexcente nummate	六百硬币维持不了
durant, cum immoderate	多久,如果人人

bibunt omnes sine meta. 尽情喝酒。
Quamvis bibant mente leta, 不论喝得如何畅快,
sic nos rodunt omnes gentes 世人全斥骂我们,
et sic erimus egentes. 我们因此一文不名。
Qui nos rodunt, confundantur 让那些轻视我们的人受到诅咒,
et cum iustis non scribantur. 他们的名字不配列于义人之册。

  第三部分是"爱之宫"(Cour D'Amours),对男女肉体之爱做极其露骨的赞颂,它是治愈病痛、使人重生的良方,而做爱之"死亡"足以克服现实之悲苦和死亡:

III. 爱之宫(Cour D'Amours)

第 15 首:女高音独唱与儿童合唱

Amor volat undique; 丘比特四处乱飞:
captus est libidine, 全身被欲望俘虏,
iuvenes, iuvencule 年轻男子和女子
coniuguntur merito. 双双对对巧相配。

Siqua sine socio, 女孩如果没情郎,
caret omni gaudio, 一切快乐都免谈,
tenet noctis infima 内心深处
sub intimo 暗暗藏着
cordis in custodia: 漆黑的夜晚:
fit res amarissima. 这命真悲苦难堪。

第 16 首:男中音独唱

Dies, nox et omnia 日,夜和全世界,
mihi sunt contraria, 都在跟我作对。
virginum colloquia 少女们的交谈

me fay planszer,	让我哭泣,
oy suvenz suspirer,	不时听到叹息,
plu me fay temer.	更让我害怕。
O sodales, ludite,	噢朋友们,你们笑我,
vos qui scitis dicite,	知道就告诉我啊,
michi mesto parcite,	可怜我这可怜人,
grand ey dolur,	我怀千岁忧;
attamen consulite	开示我吧,
per voster honur.	善人贵人啊。
Tua pulchra facies,	你那美丽的脸,
me fey planszer milies,	让我哭千回,
pectus habet glacies,	因为你的心如冰;
a remender	但我马上
statim vivus fierem	起死回生,
per un baser.	只要你一吻。

第17首:女高音独唱

Stetit puella	少女站那里,
rufa tunica;	身穿红衣裳,
si quis eam tetigit,	伸手将她探,
tunica crepuit.	衣服飒飒响。
Eia.	欸呀!
Stetit puella,	少女站那里,
tamquam rosula;	仿佛小玫瑰,
facie splenduit,	靓容放光辉,
os eius floruit.	小嘴似花蕊。
Eia.	欸呀!

第18首：男中音独唱与合唱

Circa mea pectora　　　　　　　　我心中
multa sunt, suspiria　　　　　　　不胜唏嘘，
de tua pulchritudine,　　　　　　因为你的美貌
que me ledunt misere.　　　　　　伤我若甚！
Manda liet, manda liet,　　　　　给我讯息，给我讯息，
min geselle　　　　　　　　　　　我的爱人
chumet niet.　　　　　　　　　　　仍未来。

Tui lucent oculi　　　　　　　　　你的眼睛
sicut solis radii,　　　　　　　　辉耀如阳光，
sicut splendor fulguris　　　　　又好像是闪电
lucem donat tenebris.　　　　　　将黑暗划亮。
Manda liet, manda liet,　　　　　给我讯息，给我讯息，
min geselle　　　　　　　　　　　我的爱人
chumet niet.　　　　　　　　　　　仍未来。

Vellet deus, vellent dii,　　　　愿神许我，愿众神许我
quod mente proposui,　　　　　　　心想事成：
ut eius virginea　　　　　　　　　终于解开她
reserassem vincula.　　　　　　　童贞之链。
Manda liet, manda liet,　　　　　给我讯息，给我讯息，
min geselle　　　　　　　　　　　我的爱人
chumet niet.　　　　　　　　　　　仍未来。

第19首：无伴奏男声合唱

Si puer cum puellula　　　　　　　如果一男一女
moraretur in cellula,　　　　　　共处一室，

felix coniunctio. 那是快乐的结合。
Amore succrescente, 爱情喷涌而出,
pariter e medio 一切岸然道貌
propulso procul tedio, 远去无踪,
fit ludus ineffabilis 无可言喻的喜悦爬上
membris, lacertis, labiis. 肢体,手臂,嘴唇。

第20首:双合唱

Veni, veni, venias, 来啊,来啊,来吧,
ne me mori facias, 不要让我急死!
hyrca, hyrca, nazaza, Hyrca, hyrca, nazaza,
trillirivos. Trillirivos!

Pulchra tibi facies, 倩兮,你的脸,
oculorum acies, 你的目光,
capillorum series; 你的发辫:
o quam clara species! 噢,多美啊,你!

Rosa rubicundior, 红胜玫瑰,
lilio candidior, 白过百合,
omnibus formosior; 美过一切;
semper in te glorior! 我永为你自豪。

第21首:女高音独唱

In trutina mentis dubia 在我摇摆的心之天秤
fluctuant contraria 两端,纵欲和节制
lascivus amor et pudicitia. 互相较量。
Sed eligo quod video, 但我选择我所见,
collum iugo prebeo; 我引颈受轭:
ad iugum tamen suave transeo. 何等甜蜜之轭!

第 22 首：女高音，男中音，合唱，儿童合唱

Tempus est iocundum,	欢乐的季节，
o virgines,	噢，少女们，
modo congaudete	同欢吧，
vos iuvenes.	噢，少男们！

Oh, oh, totus floreo,	噢，噢，我心花遍开，
iam amore virginali	初恋之火
totus ardeo,	焚遍我身；
novus, novus amor est,	新奇，新奇的爱，
quo pereo.	让我欲仙欲死。

Mea me confortat	我心欣喜
promissio,	当我获承诺，
mea me deportat	我心低迷
negatio.	一旦我受拒。

Oh, oh, totus floreo,	噢，噢，我心花遍开，
iam amore virginali	初恋之火
totus ardeo,	焚遍我身；
novus, novus amor est,	新奇，新奇的爱，
quo pereo.	让我欲仙欲死。

Tempore brumali	冬天，
vir patiens,	男人病恹恹，
animo vernali	春色，让他
lasciviens.	色心大发。

Oh, oh, totus floreo,	噢,噢,我心花遍开,
iam amore virginali	初恋之火
totus ardeo,	焚遍我身;
novus, novus amor est,	新奇,新奇的爱,
quo pereo.	让我欲仙欲死。
Mea mecum ludit	我的童贞
virginitas,	让我蠢动,
mea me detrudit	我的羞怯
simplicitas.	把我推回。
Oh, oh, totus floreo,	噢,噢,我心花遍开,
iam amore virginali	初恋之火
totus ardeo,	焚遍我身;
novus, novus amor est,	新奇,新奇的爱,
quo pereo.	让我欲仙欲死。
Veni, domicella,	来吧,爱人!
cum gaudio,	带给我欢欣;
veni, veni, pulchra,	来吧,爱人!
iam pereo.	让我欲仙欲死。
Oh, oh, totus floreo,	噢,噢,我心花遍开,
iam amore virginali	初恋之火
totus ardeo,	焚遍我身;
novus, novus amor est,	新奇,新奇的爱,
quo pereo.	让我欲仙欲死。

第 23 首:女高音独唱

  Dulcissime,   我的上上之人啊,
  totam tibi subdo me!   我甘为你的人下人!

  表面上看来,以上三个部分的诗歌似乎都是些饮酒作乐、男欢女爱的歌咏,但我们切不可忽视其背后所隐藏的心态。他们并不是天生的享乐主义者,他们曾企图和命运抗争,也曾寄望明日的美景,但是在命运女神变化莫测的力量之下,他们都成了失败者,所以他们开始转向其他方面寻求解脱和慰藉。抽象的哲学思维和宗教信仰帮不了他们的忙,感官的享乐才是最基本、最有效、最实在的解脱途径。但醇酒、美人与肉体之爱毕竟只是暂时解忧的麻醉剂,他们表面上的"及时行乐"和内在的"苦中作乐"其实是一体的两面。有了此点认识,才能体认出《布兰诗歌》里寻欢作乐的另一层涵义。

  在这三个部分之后是作为"尾声"的两首曲子:第 24 首〈白花与海伦〉(Blanziflor et Helena),以及第 25 首——如前所述,兼为全剧开头与结尾的合唱曲〈啊!命运女神〉——周而复始咏叹"命运女神——世界之女王"。〈白花与海伦〉是一首仿〈圣母颂〉,融神圣与世俗,歌赞世间女子之美的合唱曲;海伦是希腊神话里"世间第一美女",白花(Blanziflor)是中世纪传奇中屡见的女子名:

白花与海伦(Blanziflor et Helena)

第 24 首:合唱

  Ave formosissima,   圣哉,最美丽的女子,
  gemma pretiosa,   珍贵的珠玉,
  ave decus virginum,   圣哉,最优雅的少女,
  virgo gloriosa,   荣光满溢的少女,
  ave mundi luminar,   圣哉,世界之光,

ave mundi rosa,	圣哉,世界的玫瑰,
Blanziflor et Helena,	白花与海伦,
Venus generosa!	尊贵的维纳斯!

命运女神——世界之女王(Fortuna Imperatrix Mundi)
第25首:合唱

O Fortuna,	啊!命运女神,
velut luna	你像月亮
statu variabilis,	变化无常,
semper crescis	时而盈增,
aut decrescis;	时而亏缩;
vita detestabilis	可恼的人生
nunc obdurat	忽而挫败人心,
et tunc curat	忽而讽刺地
ludo mentis aciem;	让人如愿以偿;
egestatem,	贫苦或
potestatem	权势
dissolvit ut glaciem.	俱如冰块溶去。
Sors immanis	空虚
et inanis,	不仁的命运,
rota tu volubilis,	你轮转不停,
status malus,	不怀好意,
vana salus	福祉纯虚,
semper dissolubilis,	总是化为乌有。
obumbrata	蒙面,
et velata	藏身,
mihi quoque niteris;	你也向我攻击,
nunc per ludum	玩弄花招,

dorsum nudum	如今我袒露背脊
fero tui sceleris.	任你荼毒。
Sors salutis	好运
et virtutis	和气力,
mihi nunc contraria;	都跟我作对;
est affectus	伤感
et defectus	和挫败,
semper in angaria.	从不告退。
Hac in hora	啊,就在眼前,
sine mora	不要迟疑,
cordae pulsum tangite;	快拨响琴弦!
quod per sortem	因为命运已将
sternit fortem,	强者击倒,
mecum omnes plangite!	请众与我同哭!

经过多年的实验与刻意的追求,《布兰诗歌》是奥尔夫音乐风格的第一个有力的证言。节奏无疑在奥尔夫的音乐里占着相当重要的地位。奥尔夫以为节奏是平衡理智和情感的首要因素,也是乐曲之秩序的创造者,也因此在他的作品里,打击乐器的使用有着和管弦乐器同样的比重。在《布兰诗歌》这个清唱剧里,奥尔夫没有采用对位法的技巧以及浪漫主义晚期盛行的半音阶和弦,全曲的曲调十分明澈,和声的结构绝大部分是直接表露情感的齐唱。奥尔夫更用同一旋律处理不同的歌词,节奏单纯有力,甚至回归到类似连祷文的中古形式,乐器在起伏不大的音程上反复地回应着歌词。此种原始的重复手法使得简单优美的旋律在心中逐渐加深印象,而将情感推至最高点。奥尔夫对乐器的处理亦值得一提。他不采传统将音色不同的乐器同时配合演奏的乐器奏法,而企图让每一组个别的乐器的独特音色明朗清澈地表现出来。此种方式颇能托出明确有力的节奏感,把命运女神沉沉的重击,爱情的渴求,和饮酒解忧这几种心态鲜活有效地表达出来。

2. 卡图卢斯之歌

《卡图卢斯之歌》是三部曲的中间部分，但本身却是自足完整的作品，1943年于莱比锡歌剧院首演，由塔提娜·格索夫斯基（Tatiana Gsovsky, 1901—1993）编舞，施米茨（Paul Schmitz）指挥。故事取材于罗马抒情诗人卡图卢斯（Gaius Valerius Catullus, 85—55 BC）的诗作——描述他与世故女子柯萝迪雅（Clodia, 他称她为蕾丝比亚 [Lesbia]：此名来自希腊女诗人萨福 [Sappho, 约 610—580 BC] 所住的蕾丝伯斯岛 [Lesbos]）的一段悲剧的恋情。这些诗作以近乎日记的手法处理这些题材，以独白、警句及诗节（strophe）等形式表达。文中流露出透彻的自剖，坦然的率直，以及前人未有的大胆、清纯，呈现给我们一则爱情寓言。1902 年诺贝尔奖得主、德国历史学家蒙森（Theodor Mommsen, 1817—1903）称它们为"最完美的拉丁诗歌"。奥尔夫透过独唱、合唱及乐器的声音效果将诗歌中的节奏性和旋律性充分发挥。

整个故事以卡图卢斯对蕾丝比亚的爱为主干，而以年轻男女及老人们对爱情不同的观点来为之下脚注。一开始的"序曲"（Praelusio），我们听到年轻男女的对唱，极其露骨地欢颂肉体之爱，沉醉于"性爱是永恒且胜过一切"的快乐想头里，当他们身心荡漾之际，老人们以细碎的唇齿音，不以为然且嘲讽地复述他们的歌咏，并且驳斥他们的天真想法：

〈序曲〉

Juvenes, Juvenculae:	男女孩们：
Eis aiona!	直到永远！
tui sum!	我属于你！
Eis aiona!	直到永远！
tui sum!	我属于你！
O mea vita!	你是我的生命！
Eis aiona!	直到永远！

tui sum! 我属于你!
Eis aiona! 直到永远!

Juvenes: 男孩们:
Tu mihi cara, 你是我的宝贝,
mi cara amicula, 亲爱的宝贝,
corculum es! 是我的心肝!

Juvenculae: 女孩们:
Corculum es! 是我的心肝!

Juvenes: 男孩们:
Tu mihi corculum. 你是我的心肝!

Juvenculae: 女孩们:
Corcule, corcule. 心肝,心肝!
Dic mi, dic mi, 告诉我,告诉我,
te me amare. 你爱我。

Juvenes: 男孩们:
O tue oculi, 噢,你的眼睛,
ocelli lucidi, 你发光的球体,
fulgurant, efferunt 它们闪耀,它们映现
me velut specula. 我如一面镜子。

Juvenculae: 女孩们:
Specula, specula, 镜子,镜子,
tu mihi specula? 你可是我的镜子?

Juvenes: 男孩们:
O tua blandula, 噢,妩媚,
blanda, blandicula, 诱人又柔声细语,
tua labella. 你的嘴唇。

Juvenculae: 女孩们:
Cave, cave, 小心,小心,
cave, cavete! 小心,大家小心!

Juvenes:
 Ad ludum polectant.
Juvenculae:
 Cave, cave,
 cave, cavete!
Juvenes:
 O tua lingula,
 usque perniciter
 vibrans ut vipera.
Juvenculae:
 Cavete, cave meam viperam,
 nisi te mordet.
Juvenes:
 Morde me!
Juvenculae:
 Basia me!
Juvenes, *Juvenculae*:
 Ah!
Juvenes:
 O tuae mammulae!
Juvenculae:
 Mammulae!
Juvenes:
 Mammae molliculae,
Juvenculae:
 mammae molliculae,
Juvenes:
 dulciter turgidae, gemina poma!
Juvenes, *Juvenculae*:

男孩们:
 它们引诱我们去玩。
女孩们:
 小心,小心,
 小心,大家小心!
男孩们:
 噢,你的舌头
 总是迅速射出
 如一条蛇。
女孩们:
 大家小心,小心我的蛇,
 免得它咬你。
男孩们:
 咬我!
女孩们:
 吻我!
男女孩们:
 啊!
男孩们:
 噢,你的小乳房!
女孩们:
 小乳房!
男孩们:
 柔软的乳房,
女孩们:
 柔软的乳房,
男孩们:
 饱满可爱的一对苹果!
男女孩们:

Ah!

Juvenes:

    Mea manus est cupida,

    (O vos papillae horridulae!)

    illas prensare.

Juvenculae:

    Suave, suave lenire.

Juvenes:

    Illas prensare,

    vehementer prensare.

Juvenes, Juvenculae:

    Ha!

Juvenculae:

    O tua mentula,

Juvenes:

    mentula,

Juvenculae:

    cupide saliens.

Juvenes:

    Penipeniculus.

Juvenculae:

    Velus pisciculus.

Juvenes:

    Is qui desiderat tuam fonticulam.

Juvenes, Juvenculae:

    Ah!

Juvenculae:

    Mea manus est cupida.

    Coda,

啊!

男孩们:

    我的手渴望

    (噢,你野蛮突出的乳头)

    抓住它们。

女孩们:

    舒服,抚慰它们舒服。

男孩们:

    抓住它们,

    牢牢抓住它们。

男女孩们:

    哈!

女孩们:

    噢,你的阴茎,

男孩们:

    阴茎,

女孩们:

    急切地渴望着。

男孩们:

    小阴茎。

女孩们:

    像一条小鱼。

男孩们:

    它渴望你的小喷泉。

男女孩们:

    啊!

女孩们:

    我的手渴望。

    阴茎,

    codicula,

    avida!

    Mea manus est cupida

    illam captare.

Juvenes:

    Petulanti manicula!

Juvenculae:

    llam captare.

Juvenes, Juvenculae:

    Tu es Venus,

    Venus es!

Juvenculae:

    O me felicem!

Juvenes:

    In te habitant omnia gaudia,

    omnes dulcedeines,

    omnes voluptas.

    In te, in tuo ingente amplexu

    tota est mihi vita.

Juvenculae:

    O me felicem!

Juvenes, Juvenculae:

    Eis aiona!

    Eis aiona!

Senes:

    Eis aiona!

    O res ridicula!

    Immensa stultitia.

    Nihil durare potest

    你的小阴茎，

    渴望着！

    我的手渴望

    攫获它。

男孩们：

    顽皮的小手！

女孩们：

    攫获它。

男女孩们：

    你是维纳斯，

    维纳斯是你！

男孩们：

    我多快乐啊。

男孩们：

    一切的喜悦都在你里面，

    一切幸福，

    一切热情。

    在你里面，在你的怀抱，

    我全部生命的住所。

女孩们：

    我多快乐啊。

男女孩们：

    直到永远！

    直到永远！

老人们：

    直到永远！

    多么荒谬！

    这简直可笑到极点！

    没有事物能够

tempore perpetuo.	历久而弥新。
Cum bene Sol nituit,	太阳一度普照,
redditur Oceano.	而今沉落海洋。
Decrescit Phoebe,	月亮亏缺了,
quam modo plena fuit,	而片刻之前它还满盈,
Venerum feritas saepe	爱的强风常常变成
fit aura levia.	一阵微风。
Tempus amoris cubiculum	爱的时光不存在于
non est.	卧房里。
Sublata lucerna	灯盏已经撤去,
nulla est fides,	信任不复存在,
perfida omnia sunt.	一切都诡谲多诈。
O vos brutos,	你们多么愚昧,
vos studidos,	你们多么痴傻,
vos stolidos!	你们真没头脑!

Solo: 独唱:
  Lanternari, tene scalam! 掌灯者,扶好梯子!
Senes: 老人们:
  Audite, audite, 请听,请听,
  audite ac videte: 请听并且观赏:
  Catulli Carmina. 卡图卢斯之歌!
Juvenes, Juvenculae: 男女孩们:
  Audiamus! 我们听吧!

　　经过老人们一番讽刺,陶醉的年轻男女顿时被拉回现实,他们也渴望知道卡图卢斯的诗歌对爱情的诠释。

　　接着是第一幕,由合唱队及独唱者唱出故事,而舞台上是"戏中戏"——舞者以芭蕾舞演出卡图卢斯和蕾丝比亚的爱情故事。整个故事可说是一个爱情寓言,叙述一对价值观念不同的恋人的悲剧——卡图卢斯对

世界充满疑虑且深感时间的压迫,渴望拥有短暂但热烈的爱情;蕾丝比亚则沉溺于世俗的享乐。这一幕以合唱队所唱的卡图卢斯的心境〈我又恨又爱〉开始,继之以卡图卢斯对蕾丝比亚的深情诉说:

〈第一幕〉

第 1 首 / *Chorus*:
Odi et amo. Quare id faciam,
fortasse requiris?
Nescio, sed fieri sentio
et excrucior. Ah!

合唱:
我又恨又爱。我为什么这样,
你也许要问。
我不知道。我就是如此感觉,
而我为此受苦。啊!

第 2 首 / *Catullus et chorus*:
Vivamus, mea Lesbia, atque amemus,

rumoresque senum severiorum
omnes unius aestimemus assis!
Soles occidere et redire possunt:
nobis cum semel occidit brevis lux,
nox est perpetua una dormienda.
Da mi basia mille, deinde centum,
dein mille altera, dein secunda centum,
deinde usque altera mille, deinde centum.
Dein, cum milia multa fecerimus,
conturbabimus illa, ne sciamus,
aut nequis malus invidere possit,
cum tantum sciat esse basiorum.

卡图卢斯与合唱:
让我们生活,我的蕾丝比亚,让我们
　　相爱,
那些过分挑剔的老人们的闲话
我们就当它一文不值。
太阳西沉,随后又升起:
但短暂的光芒一旦消逝,
我们就必须在永恒的夜里长眠。
给我千吻,再给我百吻,
接着给我另一千,再给我另一百,
不断地给我千吻,百吻。成千上万,
直到我们也数不清,这样,
那些坏人们嫉妒的眼光
就无法加诸我们身上,
不知道我们到底吻了多少。

第 3 首 / *Catullus*, *Lesbia et chorus*:
Ille mi par esse deo videtur,

卡图卢斯,蕾丝比亚与合唱:
那个人在我眼中像神,

ille, si fas est,	那个人,如果可以容我说,
superare divos,	比神犹胜之,
qui sedens adversus identidem te	他坐在你对面
spectat et audit	不停看你,听你
dulce ridentem, misero quod omnis	甜美的笑语,令可怜的我失去
eripit sensus mihi: nam simul te,	所有知觉:因为当我一见到你,
Lesbia, aspexi, nihil est super mi	蕾丝比亚,我的口再也
vocis in ore,	无法出声,
lingua sed torpet, tenuis sub artus	我的舌麻木,细柔的火
flamma demanat, sonitu suopte	烧向我四肢,我的耳朵
tintinant aures, gemina teguntur	嗡嗡作响,眼睛被双重
lumina nocte.	黑暗盖住。
Otium, Catulle, tibi molestum est:	安逸,卡图卢斯啊,是你烦恼之源:
otio exsultas nimiumque gestis:	安逸让你欣喜,让你沉溺其中;
otium et reges prius et beatas	安逸在过去毁了多少国王
perdidit urbes.	和繁华的城市。

卡图卢斯快乐沉睡于蕾丝比亚怀里,但蕾丝比亚却在他熟睡后离去,在其他恋人们的面前跳舞。卡图卢斯醒来,见此情形大感失望,对走过来的他的朋友凯利乌斯(Caelius)哀叹;卡图卢斯和凯利乌斯离场后,老人们击掌叫好,结束第一幕:

第4首/*Catullus et chorus*:	卡图卢斯与合唱:
Caeli! Lesbia nostra, Lesbia illa,	凯利乌斯! 我们的蕾丝比亚,那个蕾丝比亚,
illa Lesbia, quam Catullus unam	独有我卡图卢斯忠诚地爱她
plus quam se atque suos amavit omnes,	胜过爱自己和家人的那个蕾丝比亚,

nunc in quadriviis et angipornis
glubit magnanimi Remi nepotes.

O mea Lesbia!

现在正在街角巷尾
和显赫的雷摩斯的后代们一起
　淫乐。

噢，我的蕾丝比亚！

第 5 首／*Catullus et chorus*：
Nulli se dicit mulier mea nubere malle
quam mihi, non si se Jupiter ipse petat.
Dicit: sed mulier cupido quod dicit
　amanti,
in vento et rapida scribere oportet aqua.

卡图卢斯与合唱：
我的蕾丝比亚说，除了我之外
她谁也不嫁，即便天神宙斯求她。
她如此说道。但一个女人对她急
　切的恋人说的话
只合写于风中和急流的水上。

Senes：
Placet, placet, placet,
optime, optime, optime!

老人们：
很好，很好，很好，
棒极了，棒极了，棒极了！

　　第二幕一开始是宁静的合唱，卡图卢斯熟睡于蕾丝比亚屋前，梦见爱人蕾丝比亚的声音，女高音独唱和合唱交替出现。这温柔、迷人的夜曲被粗暴地打断，卡图卢斯大叫一声醒来，发觉蕾丝比亚正拥着他的好友凯利乌斯寻欢作乐；卡图卢斯体认出在爱神厄洛斯的魔力下，朋友之间也将变得毫无信实和忠诚可言；合唱队热烈地响应这场爱情戏，而老人们再次鼓掌叫好：

〈第二幕〉
第 6 首／*Chorus*：
Iucundum, mea vita,
mihi proponis amorem
hunc nostrum inter nos
perpetuumque fore.
Dei magni, facite ut vere

合唱：
你啊，我的生命，
你说我俩的爱情
将是甜美
而永恒的。
赫赫众神啊，让她

promittere possit,
atque id sincere dicat
et ex animo,
ut liceat nobis tota perducere vita
aeternum hoc sanctae
foedus amicitiae.

Lesbia:
Dormi, dormi,
dormi, ancora.

第 7 首/*Catullus et chorus*:
O mea Lesbia!
Desine de quoquam quicquam
bene velle mereri
aut aliquem fieri posse putare pium.
Omnia sunt ingrata.
Nihil fecisse benigne:
immo etiam taedet, taedet
obestque magis,
ut mihi, quem nemo gravius nec
acerbius urget
quam modo qui me unum atque
unicum amicum habuit.

Senes:
Placet, placet, placet,
optime, optime, optime!

信守诺言吧,
让她字字句句
都出自肺腑,
好保佑我们能终生维持
这份神圣
友情的盟约。

蕾丝比亚:
睡吧,睡吧
睡吧,安睡吧。

卡图卢斯与合唱:
噢,我的蕾丝比亚!
别再指望能换来
任何人的任何东西,
或者以为人们会感恩。
到处都是忘恩负义:
对人好不但徒劳无功,
相反地还累人,累人
并且伤身。
看看我吧,片刻前,
我还将他视为
唯一的朋友,而他却比谁
都更冷酷地压迫着我。

老人们:
很好,很好,很好,
棒极了,棒极了,棒极了!

第三幕伊始，合唱队象征性地再现第一幕中的合唱〈我恨，我爱〉，卡图卢斯幻灭之际，转向伊蒲希缇拉（Ipsitilla）寻求慰藉，他提笔写信给她：

〈第三幕〉

第 8 首／Chorus：
Odi et amo. Quare id faciam,
fortasse requiris?
Nescio, sed fieri sentio
et excrucior. Ah!

合唱：
我又恨又爱。我为什么这样，
你也许要问。
我不知道。我就是如此感觉，
而我为此受苦。啊！

第 9 首／Catullus：
Amabo, mea dulcis Ipsitilla,
meae deliciae, mei lepores,
iube ad te veniam meridiatum.
Et si iusseris, illud adiuvato,
ne quis liminis obseret tabellam,
neu tibi libeat foras abire,
Sed domi maneas paresque nobis
novem continuas futationes.
Verum, si quid ages, statim iubeto.
Nam pransus iaceo et satur supinus
pertundo tunicamque palliumque.

卡图卢斯：
求求你，我可爱的伊蒲希缇拉，
我的亲亲，我的宠物，
命我在午睡时去找你吧。
如果你答应，就别再改变心意，
不要让别人先把你的门关了。
你也不要出门去。准备好
在家里，等我来陪你。
大干九回无中断。
如果你同意，即刻下命令。
因为我已用完午餐，饱饱地躺着，
内衣外衣都快要撑破。

但他发觉自己再度受骗，原来她只不过是一名妓女。卡图卢斯在恋人及妓女的人群中寻找蕾丝比亚。他挖苦一位长相欠佳、索价不菲的妓女阿梅亚娜（Ameana）。他的朋友们劝他将往事淡忘。简单而极富戏剧性的合唱曲〈可怜的卡图卢斯〉（第 11 首）可说是奥尔夫的杰作。最后，卡图卢斯看到凯利乌斯和蕾丝比亚走来，又矛盾地将她赶走。蕾丝比亚失望地跑回家里，结束了舞台上的演出：

第 10 首/*Catullus et chorus*：
Ameana puella defututa
tota milia me decem poposcit,
ista turpiculo puella naso,
decoctoris amica Formiani.
Propinqui, quibus est puella curae,
amicos medicosque convocate：
non est sana puella, nec rogare
qualis sit solet aes imaginosum.

第 11 首/*Chorus*：
Miser Catulle, desinas ineptire,
et quod vides perisse perditum ducas.
Fulsere quondam candidi tibi soles,
cum ventitabas quo puella ducebat
amata nobis quantum amabitur nulla.
Ibi illa multa cum iocosa fiebant,
quae tu volebas nec puella nolebat,
fulsere vere candidi tibi soles.
Nunc iam illa non vult：tu quoque impotens noli,
nec quae fugit sectare, nec miser vive,
sed obstinata mente perfer, obdura.
Vale puella, iam Catullus obdurat,
nec te requiret nec rogabit invitam.
At tu dolebis, cum rogaberis nulla.
Scelesta, vae te! Quae tibi manet vita?
Quis nunc te adibit? Cui videberis bella?
Quem nunc amabis? Cuius esse diceris?

卡图卢斯与合唱：
阿梅亚娜，这千人骑的女孩，
竟向我开整整一万元的价，
这个鼻子很丑的女孩，
破产的佛尔米埃人的女友。
跟这女孩有关的她的亲戚们，
赶快把朋友和医生都叫来：
她脑筋有问题，从不问镜子
她自己长什么样子。

合唱：
可怜的卡图卢斯，别再傻了，
知道往事已逝，就让它消逝。
太阳曾经明媚地为你照耀，
当你不停随那女孩四处玩，
我们爱她胜过爱其他所有女孩。
多少欢乐时光你们共享，
你迫切期望，她也没有勉强。
太阳真的明媚地为你照耀过。
现在她已不想，无能的你也无能要。
她既已走，你不要再追，也别可怜兮兮，
要坚毅你的心，果敢地挺下去。
别了，姑娘，卡图卢斯现在很坚强。
不会再找你，不会求你做你不爱。
你将会难过不再有人对你动念。
女孩，真可怜！你人生还剩什么？
现在谁会来看你？谁会觉得你美丽？
谁会做你的爱人？谁会跟你牵拖？

Quem basiabis? Cui labella mordebis?	你还能吻谁？还能咬谁的唇？
At tu, Catulle, destinatus obdura.	而你，卡图卢斯，你要果敢坚强！

第 12 首／*Catullus et chorus*：　　　　　　卡图卢斯与合唱：

Nulla potest mulier tantum se dicere amatam　　没有女人能说她获得的爱
vere, quantum a me Lesbia amata mea est：　　当真胜过我对吾爱蕾丝比亚的爱。
Nulla fides ullo fuit umquam in foedere tanta　　我对你的爱的忠贞，多过
quanta in amore tuo ex parte reperta mea est.　　古今任何盟约所能。

Huc est mens deducta tua, mea Lesbia, culpa　　我心沉沦，因为你的错，蕾丝比亚。
atque ita se officio perdidit ipsa suo,　　　　　它深情对你，却毁了它自己。
ut iam nec bene velle queat tibi, si optima fias,　无法对你有敬意，即使你形象大好；
nec desistere amare, omnia si facias.　　　　无法对你没有爱意，即使你坏事做尽。

奥尔夫以极强音的七或八声部的合唱呈现上面卡图卢斯最后的告白，即便饱受折磨，卡图卢斯依旧颂赞青春与爱。在看完这出爱情悲剧之后，年轻男女非但未得教训，反而大受感动，对彼此的欲望再度燃起，在此部《卡图卢斯之歌》的"终曲"（Exordium）再度唱起序曲里的狂喜之歌"直到永远"：

〈终曲〉

Juvenes, Juvenculae：	男女孩们：
Eis aiona!	直到永远！
tui sum!	我属于你！
Senes：	老人们：
Oimè!	唉！
Juvenes, Juvenculae：	男女孩们：
Eis aiona!	直到永远！
Acecndite faces!	点燃火炬！
Jo!	哟！

老人们终于了解：一旦陷入爱神厄洛斯的掌握，再骇人的警惕也无法将年轻男女从爱的愚行唤醒。他们爱莫能助，只能摇头叹息。

《卡图卢斯之歌》以寓言的形式处理古老的主题——人类是厄洛斯的奴隶，无人能自厄洛斯的魔力中抽身，任何强悍的警告也无法使年轻人自爱的狂热中恢复理智；尽管有前车之鉴，人类并未能自其中汲取教训，激情、幻灭和背弃的古老游戏，仍像潮水般周而复始推涌。这是人性不变的真理。《卡图卢斯之歌》以老人企图向年轻人说明激情之悲惨结局为骨架，因此这部清唱剧的音乐具有双重的特性：丰沛的情感宣泄，搭配着冷漠的嘲讽劝诫。这两种特性表现得十分明晰——当歌咏激情、性爱时，合唱队快速且有力的重复着歌词，甚至穿插纵情的呼喊来表达狂喜的情绪；当处理老人的观点时，除了用较缓慢的低沉的歌声暗示其身分，更用细碎的齿音和针对爱情悲剧所发出的幸灾乐祸的掌声、叫好声来衬托老人们嘲讽的心态。奥尔夫同时也使用打击乐器（包括：四部钢琴、四个定音鼓、低音鼓、响板、多种木琴、钟琴、金属片琴、两种嘎嘎器[rattle]、铃鼓、三角铁、多种铁钹、铜锣，以及中国锣）来强化音乐之旋律性和节奏感。总之，奥尔夫用乐器伴奏及富节奏感之旋律来配合歌词的涵义并诠释故事的情节，使得原本极具戏剧性的内容更富戏剧的张力。

3. 爱神的胜利

奥尔夫曾将《爱神的胜利》这部作品冠以 Concerto scenico 的副题。在此，Concerto 一字似乎该取其原始的意义：一种竞赛，不同力量的对立与结合，变化及波动。大体言之，这部清唱剧并没有什么情节，呈现给我们的只是生命饱实的景象。在古老婚姻仪式的烘托之下，舞台上的演出象征着一个永恒不灭的过程——两性的结合。这种生命中最根本的现象（一如生与死）最后因为象征爱情及宇宙秩序之女神阿佛洛狄忒的到来而变得神圣。

《爱神的胜利》这出清唱剧包括了十首合唱曲和独唱曲，共分成七个部分,逐渐向最后的高潮推进。除了取材自罗马诗人卡图卢斯的拉丁诗歌(第1、4、5部分)外,奥尔夫还选用了古希腊诗歌:希腊女诗人萨福的抒情诗(第2、3、6部分),以及公元前5世纪希腊剧作家欧里庇得斯(Euripides)的作品片断(第7部分)。

底下是全曲的解说以及歌词诗作完整中译。

第一部分——"等待新娘新郎到来年轻男女对金星的交互轮唱"(Canto amebeo di vergini e giovani a Vespero in attesa della sposa e dello sposo)。此处歌词取自卡图卢斯《歌集》(Carmina)第62首的祝婚歌。金星是太阳西沉后出现于西方天空的星星,俗名晚星、黄昏星(黎明时出现东方,称为晨星、启明星),其天文学名为Venus(维纳斯,爱神阿佛洛狄忒的罗马名),是爱情的象征,常见于古代到浪漫时代诗人的爱情诗里,往往让人与恋人们发生联想。这颗夜之使者的出现引发了少男少女们向婚姻之神许门(Hymen)祈祷,这整个古代婚姻仪式剧即以向神祇之祈祷拉开序幕。奥尔夫以交互轮唱的方式表现卡图卢斯的祝婚歌。祝祷的人群划分为二:女子合唱队及男子合唱队,而以一男高音,一男低音与一女高音为领唱者。歌颂男女结合此一主题时,女声部流露出娇羞,而男声部则越歌越激动。宏亮的合唱是此曲的首要部分,管弦乐只是扮演辅佐的角色。以竖琴的滑奏启幕之后,接着开始富旋律性的、令人欢欣鼓舞的合唱歌咏(小二度音程在此被反复运用),花腔女高音的独唱更使乐曲增添几分活力,最后在狂喜的叫喊高潮("许门啊,快来吧,许门!")中结束:

Corifeo: 　　　　　　　　　　　　领唱者:
　Vesper adest, iuvenes, consurgite: 　　黄昏星已升起,少年们,起身吧:
　Vesper Olympo 　　　　　　　　　奥林匹斯山上黄昏星
　expectata diu vix tandem 　　　　　终于带给天空
　lumina tollit. 　　　　　　　　　　期待已久的亮光。
　Surgere iam tempus, 　　　　　　　时候到了,该起身,

iam pinguis linquere mensas, 该离开丰富的筵席。
iam veniet virgo, 有位少女就要来到,
iam dicetur Hymenaeus. 婚礼的歌声就要响起。
Hymen o Hymenaee, 许门啊,许门,
Hymen ades o Himenaee! 许门啊,快来吧,许门!

Vergini: 新娘:
Cernitis, innuptae, iuvenes? 少女们,看见少年们了吗?
consurgite contra; 起身向他们:
nimirum Oetaeos ostendit 黄昏星已向我们显现
noctifer ignes. 来自厄塔山的火焰。
Sic certest; viden ut 不要怀疑:你看他们
perniciter exsiluere! 多敏捷地跳起!
Non temere exsiluere, canent quod 他们跳起是要唱歌,和我们用
vincere par est. 歌声一决/一结雌雄。
Hymen o Hymenaee, 许门啊,许门,
Hymen ades o Hymenaee! 许门啊,快来吧,许门!

Giovani: 新郎:
Non facilis nobis, aequales, 我们要取得胜利的棕榈
palma parata est, 并不容易,朋友们,注意:
aspicite, innuptae secum ut 少女们正在记忆里搜寻
meditata requirunt. 演练过的东西。
Non frustra meditantur: habent m 她们不会白练,她们充分掌握
emorabile quod sit; 值得一记的表演,
nec mirum, penitus quae 这不足为怪,因为她们
tota mente laborant. 全心全意贯注其中。
Nos alio mentes, alio 但我们分心做一事,耳朵
divisimus aures; 又分出去做另一事;
iure igitur vincemur; 会输也是理所当然:
amat victoria curam. 胜利青睐专注者。

> Quare nunc animos saltem
> convertite vestros;
> dicere iam incipient,
> iam respondere decebit.
> Hymen o Hymenaee,
> Hymen ades o Hymenaee!

Corifea:
> Hespere, quis caelo fertur
> crudelior ignis?

Vergini:
> Qui natam possis complexu
> avellere matris,
> complexu matris retinentem
> avellere natam,
> et iuueni ardenti castam
> donare puellam.
> Quid faciunt hostes capta
> crudelius urbe?
> Hymen o Hymenaee,
> Hymen ades o Hymenaee!

Corifeo:
> Hespere, quis caelo lucet
> iucundior ignis?

Giovani:
> Qui desponsa tua firmes
> conubia flamma,
> quae pepigere uiri, pepigerunt
> ante parentes,
> nec iunxere prius quam se tuus

所以,至少现在赶快
把心思收回来;
她们就要开口了,
我们得接嘴应答。
许门啊,许门,
许门啊,快来吧,许门!

女领唱者:
黄昏星啊,天空里运行的火光
有谁比你更残酷?

新娘:
你把女儿从母亲怀里
强拉走,从她
紧握不放的怀里
你强拉走女儿,
且把这纯洁的少女送给
火热的少年。
还有什么更残酷的事
攻陷城市的敌人会做?
许门啊,许门,
许门啊,快来吧,许门!

领唱者:
黄昏星啊,天空里闪耀的火光
有谁比你更令人欢愉?

新郎:
你的火焰让婚约更加
稳固,虽然两人
早向双方父母承诺,
但你的亮光
没有升起,他们就无法

extulit ardor. 成亲,敦伦。
Quid datur a diuis felici 还有什么更让人心喜的
optatius hora? 天赐良辰?
Hymen o Hymenaee, 许门啊,许门,
Hymen ades o Hymenaee! 许门啊,快来吧,许门!

Corifea: 女领唱者:
Hesperus 黄昏星,

Vergini: 新娘:
e nobis, aequales, abstulit unam ... 朋友们,已带走我们当中的一位……

Giovani: 新郎:
Namque tuo adventu vigilat 你到临的时候,守卫
custodia semper, 总已在值班,
nocte latent fures, quos idem 夜里盗贼销声匿迹,跟你一样,
saepe revertens, 常常会再出来,
Hespere, mutato comprendis 黄昏星啊你易名为晨星,
nomine Eous 抓住他们。
at lubet innuptis ficto 少女们总喜欢口是心非地
te carpere questu. 说你坏话,
Quid tum, si carpunt, tacita quem 干嘛说你坏话,如果心里
mente requirunt? 默默盼着你?
Hymen o Hymenaee, 许门啊,许门,
Hymen ades o Hymenaee! 许门啊,快来吧,许门!

Vergini: 新娘:
Ut flos in saeptis secretus 就像一朵花,秘密生长于
nascitur hortis, 篱笆围住的花园,
ignotus pecori, nullo convolsus aratro, 不为牲畜所知,不曾被犁耕过,
quem mulcent aurae, firmat sol, 一朵被微风爱抚,阳光培植,
educat imber; 雨水滋养的花,
multi illum pueri, multae 许多男孩,许多女孩,

optavere puellae: 都爱慕它；
idem cum tenui carptus 但如果同一朵花，被
defloruit ungui, 尖利的指甲掐落，
nulli illum pueri, nullae 就没有男孩，没有女孩，
optavere puellae: 会再喜欢它：
sic virgo, dum intacta manet, 少女也一样，完璧之身，
dum cara suis est; 众人珍爱；
cum castum amisit polluto 一旦身体受玷，
corpore florem, 贞洁之花既失，
nec pueris iucunda manet, 就不再有男孩喜欢，
nec cara puellis. 女孩眷恋。
Hymen o Hymenaee, 许门啊，许门，
Hymen ades o Hymenaee! 许门啊，快来吧，许门！

Giovani: 新郎：

Ut vidua in nudo vitis quae 就像无支撑的葡萄藤，生长于
nascitur aruo, 光秃秃的田地，
numquam se extollit, numquam 永远无法攀高，无法
mitem educat vuam, 结出累累果实，
sed tenerum prono deflectens 只能让脆弱的身体因重量
pondere corpus 往下弯，
iam iam contingit summum 所以，即便它最高的幼枝
radice flagellum; 碰到它地上的根，
hanc nulli agricolae, nulli 不会有农夫，不会有牛，
coluere iuvenci: 来照料它；
at si forte eadem est ulmo 但如果有幸拴紧一棵榆树
coniuncta marito, 结为连理，
multi illam agricolae, 许多农夫，许多牛，
dum inculta senescit; 都会照料它：
multi coluere iuvenci: 少女也一样，完璧之身，

sic virgo dum intacta manet,	将一径荒芜老去;
cum par conubium maturo	如果时机成熟,和
tempore adepta est,	匹配者缔姻缘,
cara viro magis et minus est	就会让男人更珍爱,
invisa parenti.	父母少厌烦。
Hymen o Hymenaee,	许门啊,许门,许门啊,
Hymen ades o Hymenaee!	快来吧,许门。
Vergini, Giovani:	新娘,新郎:
Et tu ne pugna cum tali coniuge virgo.	而你啊,不要抗拒这样的丈夫!
Non aequom est pugnare, pater cui	抗拒他,不恰当,汝父
tradidit ipse,	亲自为你择之,
ipse pater cum matre, quibus	汝父与汝母——你
parere necesse est.	必须从之。
Virginitas non tota tua est,	你的童贞不全属于你,
ex parte parentum est,	也属于你父母:
tertia pars patrest, pars est data tertia matri,	三分其珍,父,母,你,各有
tertia sola tua est: noli pugnare duobus,	其一。别与他们两人作对,
qui genero suo iura simul cum	他们已把其权利与嫁妆
dote dederunt.	一起交给女婿。
Hymen o Hymenaee,	许门啊,许门,
Hymen ades o Hymenaee!	许门啊,快来吧,许门!

第二部分——"婚庆队伍及新人的到来"(Corteo nuziale ed arrivo della sposa e dello sposo)。歌词取自萨福的祝婚诗歌。新娘和新郎依古礼被带引到对方的面前;新郎的装扮如战神阿瑞斯(Ares),逐渐向新娘靠近,合唱队唱出赞美新娘的歌:"你的眼睛甜如蜜,你美丽的脸庞洋溢着爱",而后依次向新人祝贺。这一景完全以希腊语唱出,并运用逐渐缩短、富节奏感的音符表达令人窒息的急切之情,最后在极强的叫喊中结束:

Coro:	合唱：
Ipsoi de to melathron	把屋梁升高，
Hymenaon	唱婚礼之歌！
aerrate, tektones andres,	把它们升高，工匠们，
Hymenaon	唱婚礼之歌！
gambros erchetai isos Areooi,	新郎来了，战神阿瑞斯般
aneros megalo poly mesdon	比其他人都强壮。
Hymenaon.	唱婚礼之歌！
Tio s'o phile gambre,	该把你比做什么，亲爱的新郎？
kalos eikasdo?	把你比做柔嫩的小树好吗？
Ipsoi de to …	把屋梁升高……
Olbie gambre, soi men de gamos,	幸福的新郎，婚礼
os arao, ektetelest'	如你所愿实现，
echeis de parthenon, an arao.	你获得你梦寐以求的少女。
Soi charien men eidos,	新娘啊，你的身材优雅，
oppata d'esti nympha,	你的眼睛甜如蜜，
mellich' eros d'ep' imerto	你美丽的脸庞洋溢着
kechytai prosopo,	爱，爱神阿佛洛狄忒
tetimak' exorcha s'Aphrodita.	给了你最大的荣光。
Chaire de, nympha, chaire,	欢喜啊新娘，欢喜啊
timie gambre, polla.	尊贵的新郎。

　　第三部分——"新娘和新郎"（Sposa e sposo）。此部分为一段女高音和男高音的二重唱（此时新娘和新郎已被牵引在一块），而以合唱队圣诗般的赞诵声为背景音乐。萨福祝婚诗歌中的一些片断以某种持续的狂喜的情绪朗诵出，其力度几乎达到"极强"。在表现上，声乐部分仍居首要，乐器（钢琴、竖琴、打击乐器）的作用仅止于辅助旋律。花腔的音型，半音阶的音调变化，音程的大幅度跳动使得旋律更为戏剧化。全

曲表达出萨福诗歌中的双重情感：新娘的渴望与羞怯，以及新郎的兴奋雀跃，而在向爱神阿佛洛狄忒的祈祷声中和轻吟"永远"的低诉声中结束：

Sposa：
　　Za t'elexaman onar Kyprogenea.
　　Kai potheo kai maomai.
Sposo：
　　Asteres men amphi kalan selannan
　　aps apucruptoisi phaennon eidos,
　　oppota plenthoisa malista lampei
　　gan epi paisan arguria.
Sposa：
　　Stathi kanta, philos, kai tan ep'ossois'
　　ompetason charin.
Sposo：
　　Eros angelos imerophonos aedon.
Sposa：
　　Os de pais peda matera pepterygomai.
Sposo：
　　Etinaxen emais phrenas Eros
　　os anemos kat'oros drysin empeton.
Coro
　　Agi de, chely dia,
　　moi phonaessa genoyo.
　　Espere, panta phereis,
　　osa phainolis eskedas' Auos,
　　phereis oin, phereis aiga,
　　phereis apy materi paida.

新娘：
　　我曾在梦中和爱神阿佛洛狄忒说话。
　　我求我所望。
新郎：
　　群星四面八方皆在，美丽的
　　月亮遮掩了它们明媚的容貌
　　当灿烂的满月将银光
　　洒遍阴暗的地上。
新娘：
　　转向我，爱人，把脸转向我，
　　让我看见你眼里闪烁的魅力。
新郎：
　　爱之使者，夜莺甜美的声音！
新娘：
　　像小孩追随母亲，我已飞经向你。
新郎：
　　如今爱神厄洛斯激荡我的灵魂
　　如同山风吹覆过橡树。
合唱：
　　来吧，神圣之笛，
　　与我共鸣吧。
　　黄昏星啊，你把朝阳
　　驱离的一切带回，
　　把小羊，山羊
　　和小孩带回母亲身边。

Sposa:
   Parthenia, Parthenia,
   poi me lipois' apoichae?
Coro:
   Uketi ixo pros se, uketi, ixo.
Sposa:
   Katthanaen d'imeros tis echei me kai
   lotinois drosoentas ochthois idaen
   anthemodaess.
Sposo:
   A d'eersa kala kechytai tethalai
   si de broda k'apal' anthryska
   kai melilotos anthemodaes.
Sposa:
   Aeithes, eu d'epoaesas, ego de
   s'emaoman.
Coro:
   Deute nyn abrai Charites
   kallikomoi te Moisai.
   Brodapachees agnai Charites,
   deute Dios chorai.
Sposo:
   Poikilletai men gaia polystephanos.
Coro:
   Deute nyn abrai Charites
   kallikomoi te Moisai.
   Elthe de sy potni' eoisa Kypri,
   chrysiaisin en kylikessin, abros
   symmemeichmenon

新娘：
   我的处女时代啊，你离我
   到什么地方去了？
合唱：
   我永远，永远无法回到你身边！
新娘：
   我忽然闪现死亡之愿，
   希望一睹莲花与露珠满布的
   冥河之岸。
新郎：
   露水滴落，
   玫瑰重现，溢满蜜的
   花儿与它们一同到来。
新娘：
   你来了，亲爱的。真好，
   因为你充满渴望。
合唱：
   来吧，优美三女神，
   还有秀发卷曲的众缪斯，
   来吧，蔷薇之臂的优美三女神，
   天神宙斯的众闺女。
新郎：
   大地这么多花冠！
合唱：
   来吧，优美三女神，
   还有秀发卷曲的众缪斯，
   你也来吧，爱神阿佛洛狄忒，
   把搀着幸福和喜悦的
   甜美花蜜

thaliaisi nectar oinochoeisa.　　　　　倒入金色之杯。

Sposo：　　　　　　　　　　　　　　　新郎：

　　Eis aei.　　　　　　　　　　　　　　永远。

Sposa：　　　　　　　　　　　　　　　新娘：

　　Eis aei.　　　　　　　　　　　　　　永远。

Coro：　　　　　　　　　　　　　　　 合唱：

　　Eis aei.　　　　　　　　　　　　　　永远。

Coro：　　　　　　　　　　　　　　　 合唱：

　　Aith' ego, chrysostephan' Aphrodita,　　金色冠冕的阿佛洛狄忒，

　　tonde ton palon lachoaen.　　　　　　让我赢得奖赏吧。

　　Eis aei, Ah!　　　　　　　　　　　　永远。啊！

　　第四部分——"向婚姻之神祈祷"（Invocazione dell' Imeneo）。这是一个颇具震撼的场景，歌词摘自卡图卢斯《歌集》第 61 首祝婚歌——"天文女神乌拉妮亚之子引导温柔少女到新郎怀里"——由管弦乐念咒语般地引出：

Coro：　　　　　　　　　　　　　　　合唱：

　　Collis o Heliconii　　　　　　　　　赫利孔山的居住者，

　　cultor, Vraniae genus,　　　　　　　天文女神乌拉妮亚之子，

　　qui rapis teneram ad virum　　　　　你引导一位温柔少女到

　　virginem, o Hymenaee Hymen,　　　　新郎怀里，噢许门，许门，

　　o Hymen Hymenaee;　　　　　　　　　许门啊，许门！

　　cinge tempora floribus　　　　　　　在你的两鬓缠上

　　suave olentis amaraci,　　　　　　　芬芳的墨角兰，戴上

　　flammeum cape laetus, huc　　　　　焰红的面纱，欢喜地

　　huc veni, niveo gerens　　　　　　　来这儿，雪白之足

　　luteum pede soccum;　　　　　　　　穿着橘红的鞋：

　　excitusque hilari die,　　　　　　　起身迎接欢愉的一天，

　　nuptialia concinens　　　　　　　　 引吭高歌祝婚

voce carmina tinnula,	之曲,用你的脚
pelle humum pedibus, manu	踏响节拍,舞动你
pineam quate taedam.	手中松木的火炬。
Quiare age, huc aditum ferens	啊,快过来吧,
perge linquere Thespiae	离开泰斯比埃石山
rupis Aonios specus,	奥尼亚的洞穴,
Nympha quos super irrigat	离开女神阿伽尼珀
frigerans Aganippe.	以及她清凉的泉水。
Ac domum dominam uoca	唤那渴盼夫婿的新嫁娘
coniugis cupidam novi,	入新家,用爱将
mentem amore revinciens,	他们的心缠在一起,
ut tenax hedera huc et huc	一如常春藤四处蔓延
arborem implicat errans.	紧紧缠绕着树。
Vosque item simul, integrae	纯洁的少女们,你们也一样,
virgines, quibus advenit	你们自己的日子也将来临,
par dies, agite in modum	和谐悦耳地唱着婚歌,
dicite, o Hymenaee Hymen,	高喊"噢许门,许门,
o Hymen Hymenaee.	许门啊,许门!"
Ut libentius, audiens	如此,听到我们呼唤他
se citarier ad suum	执行任务的声音,
munus, huc aditum ferat	他当更加欣然前来,
dux bonae Veneris, boni	良善维纳斯的引路者,
coniugator amoris.	美好姻缘的牵合者。

除了深受奥尔夫喜爱的 D、C 音的交互运用之外,此曲更插入了狂喜的合唱歌声——以稳定的节奏为推动力,辅以八度音程的弦乐合奏,而由十六度音程的钢琴及木管乐器的吹奏将情绪带到极点。最后的部分——依卡图卢斯同一诗作而谱的"婚姻之神的赞美歌"(Inno all' Imeneo)——在主题上

是前面向婚神祈祷的延续,但是因为音乐素材的简化而更具张力;这首赞美歌("没有你,维纳斯无法导演良俗所许的任何床戏")在一小节顽固低音("谁胆敢将自己与此神相比")的重复运用下显得更有力:

Inno all' Imeneo(婚姻之神的赞美歌)
Coro:　　　　　　　　　　　　　　合唱:

 Quis deus magis est ama-　　　焦急的恋人们最常求援的
 tis petendus amantibus?　　　　神,除了你还有谁?
 Quem colent homines magis　　天上最受世人膜拜的,除了
 caelitum, o Hymenaee Hymen,　你还有谁?噢许门,许门,
 o Hymen Hymenaee?　　　　　许门啊,许门!
 Te suis tremulus parens　　　　颤抖的父亲为了女儿
 inuocat, tibi uirgines　　　　　向你祈求,处女们
 zonula solvunt sinus,　　　　　为了你解开胸带,
 te timens cupida novos　　　　忐忑的新郎竖耳
 captat aure maritus.　　　　　渴切地等待你。
 Tu fero iuveni in manus　　　　是你,把花样的少女
 floridam ipse puellulam　　　　从母亲怀里,交到
 dedis a gremio suae　　　　　生猛的年轻人
 matris, o Hymenaee Hymen,　　手中。噢许门,许门,
 o Hymen Hymenaee.　　　　　许门啊,许门!

 Nil potest sine te Venus,　　　没有你,维纳斯无法导演
 fama quod bona comprobet,　　良俗所许的任何
 commodi capere, at potest　　　床戏:但如果你愿意,
 te volente. Quis huic deo　　　她就能。谁胆敢将
 comparariter ausit?　　　　　自己与此神相比?
 Nulla quit sine te domus　　　没有你,家族无法
 liberos dare, nec parens　　　繁衍,父母也无法享

stirpe nitier; ac potest	子女之娱:但如果你愿意,
te volente. Quis huic deo	他们就能。谁胆敢将
compararier ausit?	自己与此神相比?
Quae tuis careat sacris,	少了敬拜你的仪典,任何
non queat dare praesides	土地无法生养保疆守界的
terra finibus: at queat	卫士:但如果你愿意,
te volente. Quis huic deo	它们就能。谁胆敢将
compararier ausit?	自己与此神相比?

第五部分——"洞房前的戏闹及歌唱"(Ludi e canti nuziali davanti al talamo)。歌词接续引用卡图卢斯《歌集》第61首祝婚歌。在这一幕里众人呼唤新娘快出来,合唱队善意地、怂恿地调侃她。这是一种古代婚礼的习俗,和现代新婚之夜喜宴后的闹洞房相仿:

La sposa viene accolta(迎新娘)

Coro:	合唱:
Claustra pandite ianuae.	移开门闩,让门开着,
Virgo adest. Vide ut faces	新娘来了。你看到红烛
splendidas quatiunt comas?	甩动它们闪耀的火发吗?
Tardet ingenuus pudor:	天生的羞涩让她迟疑:
fiet quod ire necesse est.	她哭泣,因为势在必行。
Soli e piccolo coro:	独唱与小合唱:
Flere desine, non tibi,	别哭泣,奥伦库莱娅,
Aurunculeia, periculum est,	不用害怕,不会有
ne qua femina pulchrior	比你更漂亮的女子
clarum ab Oceano diem	看过晴朗的白日
viderit venientem.	从大海升起。
Talis in vario solet	你就像风信子,
divitis domini hortulo	孤高地耸立于富豪

stare flos hyacinthinus.	万紫千红的小花园。
Sed moraris, abit dies:	但你徘徊不前,时光飞逝:
prodeas, nova nupta.	出来吧,新娘。
Prodeas, nova nupta, si	出来吧,新娘。如果
iam videtur, et audias	可行,听我们的
nostra verba, vid'ut faces	话吧。你看到红烛
aureas quatiunt comas:	甩动它们金黄的火发吗?
prodeas nova nupta.	出来吧,新娘。
Non tuus levis in mala	你的丈夫非轻浮之徒,
deditus vir adultera	不会与荡妇胡搞,
probra turpia persequens	与丑闻纠缠不清,
a tuis teneris volet	怎忍放舍你绝世
secubare papillis,	双娇的嫩乳;
lenta quin velut adsitas	相反地,就像柔顺的
vitis implicat arbores,	葡萄藤缠住身边的树,
implicabitur in tuum	他将被你的拥抱紧紧
complexum. Sed abit dies:	缠绕。但时光飞逝:
prodeas, nova nupta.	出来吧,新娘。
O cubile ... !	噢,床……!
Quae tuo veniunt ero,	怎样的快乐等着你的
quanta gaudia, quae vaga	丈夫,在不停动的
nocte, quae medio die	夜里,在正午,让他
gaudeat! Sed abit dies:	享受吧!但时光飞逝:
prodeas, nova nupta.	出来吧,新娘。

合唱队之领唱者以宣叙调下达命令(伴以"噢,许门!")的呼唤,新娘被带至洞房,接着领唱者开始戏弄新郎佴。依据奥尔夫的指示,他以夸大而且戏剧化的手势和动作首先嘲笑新郎的娈童,而后模仿《卡图卢斯之歌》里老人的语调,带看嘲笑和蔑视,给予新郎有关婚姻幸福及长寿的忠告(其间合唱队

不断的发出狂喜的叫喊,打断他的歌唱)。奥尔夫在此处采用和《安提戈涅》(Antigonae,他的一出改编自希腊悲剧的歌剧,1949 年首演)相似的朗诵方式,由领唱者自由地吟诵出:

La sposa viene condotta alla camera nuziale(新娘被引至洞房)

Corifeo:	领唱者:
Tollite o pueri, faces:	噢男孩们,举起火把:
flammeum video venire.	我看见闪烁的面纱走来了。
Ite concinite in modum.	来吧,同声齐唱吧。
Coro:	合唱:
O Hymen Hymenaee io.	噢,许门!啊,许门!
O Hymen Hymenaee.	噢,许门!许门!
Corifeo:	领唱者:
Ne diu taceat procax	别让有色笑话
fescennina iocatio	消声太久,也别让
nec nuces pueris neget	娈童以为自己已失去
desertum domini audiens	主人之宠,不肯把
concubinus amorem.	坚果发给男孩们。
Da nuces pueris, iners	懒散的娈童,把坚果
concubine: satis diu	发给男孩们:你玩
lusisti nucibus: libet	这些坚果够久了,此刻
iam servire Talasio.	乐见你为婚礼效力。
Concubine, nuces da.	娈童,快发坚果。
Sordebant tibi villicae,	昨天,就今天前,娈童,
concubine, hodie atque heri:	你还觉得那些妇人们不值得
nunc tuum cinerarius	一视:现在理发师却要剃光
tondet os. Miser ah miser,	你的胡子。可怜啊可怜
concubine, nuces da.	快发坚果,娈童!
Diceris male te a tuis	听说新郎抹了香膏后

unguentate glabris marite
abstinere: sed abstine.
Coro:
  O Hymen Hymenaee io.
  O Hymen Hymenaee.
Corifeo:
  Scimus haec tibi quae licent
  sola cognita: sed marito
  ista non eadem licent.
Coro:
  O Hymen Hymenaee io.
  O Hymen Hymenaee.
Corifeo:
  Nupta, tu quoque quae tuus
  vir petet cave ne neges.
  Ne petitum aliunde eat.
Coro:
  O Hymen Hymenaee io.
  O Hymen Hymenaee.
Corifeo:
  En tibi domus ut potens
  et beata ciri tui:
  quae tibi sine serviat.
Coro:
  O Hymen Hymenaee io.
  O Hymen Hymenaee.
Corifeo:
  Usque dum tremulum movens
  cana tempus anilitas,
  omni' omnibus adnuit.

很难弃绝很娘的
娈童们：但你必须弃绝。
合唱：
  噢，许门！啊，许门！
  噢，许门！许门！
领唱者：
  我们知道你单身时
  被许可的这些乐趣，
  但婚后，是不可以的。
合唱：
  噢，许门！啊，许门！
  噢，许门！许门！
领唱者：
  还有新娘，注意不要
  拒绝你丈夫之求，
  免得他别处寻欢。
合唱：
  噢，许门！啊，许门！
  噢，许门！许门！
领唱者：
  看，你丈夫的家多有权
  有势又富丽堂皇啊：
  请允许它为你效力。
合唱：
  噢，许门！啊，许门！
  噢，许门！许门！
领唱者：
  直到白发苍苍的老年，
  颤巍巍地，对每事
  每物，点头示意。

Coro:
O Hymen Hymenaee io.
O Hymen Hymenaee.

Corifeo:
Transfer omine cum bono
limen aureolos pedes,
rasilemque subi forem.

Coro:
O Hymen Hymenaee io.
O Hymen Hymenaee.

Corifeo:
Adspice intus ut accubans
vir tuus Tyrio in toro
totus immineat tibi.

Coro:
O Hymen Hymenaee io.
O Hymen Hymenaee.

Corifeo:
Illi non minus ac tibi
pectore uritur intimo
flamma, sed penite magis.

Coro:
O Hymen Hymenaee io.
O Hymen Hymenaee.

Corifeo:
Mitte bracchiolum teres,
praetextate, puellulae:
iam cubile adeat viril.

Coro:
O Hymen Hymenaee io.

合唱:
噢,许门!啊,许门!
噢,许门!许门!

领唱者:
沾满喜气,轻移你
金色的小脚,跨过门坎,
从光鲜亮丽的门走进去。

合唱:
噢,许门!啊,许门!
噢,许门!许门!

领唱者:
看,你的夫婿躺在
紫色的床上,蓄势待发,
热切地等着你。

合唱:
噢,许门!啊,许门!
噢,许门!许门!

领唱者:
他内心深处,跟你
一样,烈火燃烧,
但越深处越炽烈。

合唱:
噢,许门!啊,许门!
噢,许门!许门!

领唱者:
小花童,放开
少女柔荑的手臂,
她要上她夫婿的床!

合唱:
噢,许门!啊,许门!

    O Hymen Hymenaee.   噢,许门！许门！

Corifeo: 领唱者：

    O bonae senibus viris   老伴已摸熟你们门路的

    cognitae bene feminae,   好妇人们啊,让新娘

    collocate puellulam.   躺下,身心就位。

Coro: 合唱：

    O Hymen Hymenaee io.   噢,许门！啊,许门！

    O Hymen Hymenaee.   噢,许门！许门！

接着是"祝婚歌"（Epitalamo）,新娘被女子带进洞房,领唱者也把新郎唤了过来。至中段时,以低音域唱出"时光飞逝"的警告；合唱队以抒情平滑的 C 音开始,逐渐发展到"善尽其能,不停地让你的青春活力享喷发之乐"的激昂劝勉：

Epitalamo（祝婚歌）

Corifeo: 领唱者：

    Iam licet venias, marite: 现在你可以来了,新郎：

    uxor in thalamo tibi est,   新娘已在洞房等你,

    ore floridulo nitens,   花般的容颜泛光,

    alba parthenice velut   如一朵白色的甘菊

    luteumve papauer.   在彤红的罂粟花丛中。

    At, marite, ita me iuvent   而新郎,上天诚佑

    caelites, nihilo minus   我们,你也一样

    pulcer es, neque te Venus   漂亮,维纳斯

    neglegit. Sed abit dies: 没有疏忽你。但时光飞逝：

    perge, ne remorare.   开始吧,莫迟疑。

    Non diu remoratus es: 既来之,就不算

    iam uenis. Bona te Venus   耽搁。维纳斯会

    iuverit, quoniam palam   好心助你,因你坦荡地

    quod cupis cupis, et bonum   欲求你的情欲,毫不

non abscondis amorem.

Coro:

 Ille pulveris Africi

 siderumque micantium

 subducat numerum prius,

 qui uestri numerare volt

 multa milia ludi.

Corifeo:

 Claudite ostia, virgines:

 lusimus satis. At boni

 coniuges, bene uivite et

 munere assiduo ualentem

 exercete iuventam.

掩饰你的真爱。

合唱:

 让他们先计算

 非洲的沙数

 以及繁星的数量,

 那些想要数清你们

 千变万化鱼水之欢的人。

领唱者:

 把门关上,少女们:

 我们已尽兴。但良善的

 新人啊,快乐地生活吧,

 善尽其能,不停地让你的

 青春活力尽喷发之乐。

  第六部分——"洞房内新婚夫妇之歌"(Canto di novelli sposi dal talamo)。歌词取自萨福的诗作,这段简短的二重唱是整部清唱剧的抒情高潮。持续的狂喜的呼喊以震颤音的花腔,音符的反复,装饰音及极高的音域表现出来。此曲在女高音的高音颤声中结束:

Sposo:

 Galaktos leukotera,

 ydatos apalotera,

 paktidon emmelestera,

 ippo gayrotera,

 brodon abrotera,

 imatio eano malakotera.

 Ah, chryso chrysotera.

Sposa:

 Ah!

新郎:

 白胜过乳汁,

 柔胜过水,

 比歌谣还悦耳,

 比骏马还高贵,

 比玫瑰清新,

 比披风柔滑,

 啊,比黄金更金黄。

新娘:

 啊!

第七部分——"爱神的出现"(Apparizione di Afrodite)。此为《爱神的胜利》清唱剧里最后一部分,歌词取自欧里庇得斯的名剧《希波吕托斯》(*Hippolytus*)。根据欧里庇得斯的定义,爱神阿佛洛狄忒·库普里丝(Aphrodite-Kypris)是众神及人类之统治者,是司管生命及秩序的女皇,是宇宙的中心太阳。因为她的出现整个婚姻仪式达到狂喜的高潮,也提升到宇宙性的层次,全剧的主题也更加明显——两性之结合是世界目标之实现:

Coro:
 Sy tan theon akampton phrena kai
 brotoon ageis, Kypri;
 syn d'ho poikilopteros ampfibalon
 okytato ptero.
 Potatai de gaian euachaeton
 th' halmyron epi ponton.
 Thelgei d'Eros, homainomena kradia
 ptanos ephormasae chrysophaaes,
 physin t'oreskoon skymnon pelagion
 th'hosa te ga trephei,
 tan aithomenos halios derketai,
 andras te; sympantoon basilaeida timan,
 Kypri, tonde mona kratyneis. Ah.

合唱:
 你左右了诸神与凡人不屈服的
 心,爱神阿佛洛狄忒啊。
 伴着你的是有着多彩翅膀,
 前翼敏捷挥动的爱神厄洛斯,
 他飞过地球,飞过喧嚣的
 海洋,让被他的箭射中者着魔。
 翅膀发出闪闪金光,
 他让山中和海上的
 幼兽着魔,大地所生所育、
 艳阳所视所见的
 一切动物,以及人类。
 阿佛洛狄忒啊,你是众生众物
 独一无二,尊荣的支配者。啊!

  综观以上七部分,声乐部分大致以洋溢着热情的装饰唱法为主题,奥尔夫以为这种花腔的唱风代表强烈的感情、痛苦等各种极端的心境,是古典悲剧和文艺复兴时期人文主义戏剧的特质之一(这种唱腔也表现在奥尔夫几个取材于古典悲剧的歌剧当中,《安提戈涅》和《普罗米修斯》[*Prometheus*, 1968]即是例证)。而透过此种激情和痛苦,人性中较高层次的质素才能清楚的展现出来。在古代希腊,这类情感又往往与狂喜相连。从字面上来说,"狂喜"(ecstasy)意指某种不能自已的心态,而在这出清唱剧里,我们看到在爱的狂喜中,人类同时也尊重世界的秩序,这种不同力量的对立与结合正是本剧所要传达的信息。爱神阿佛洛狄忒是狂热爱情之神,同时也是主宰万物秩序及意义的女神,她的出现即代表了冲突力量的调和。奥尔夫的"胜利三部曲",前两剧所呈现给我们的是狂乱的感官世界——《布兰诗歌》抒发对狂酒及肉体之爱的渴望,《卡图卢斯之歌》呈现出性爱的悲剧及诱惑。一直要到第三出剧《爱神的胜利》,感官的世界才被提升到仪式和宗教的层次:秩序取代了紊乱,神圣的婚姻之爱取代了迷乱的肉体之爱。爱神的胜利正象征着人性的胜利。

浪漫主义最后的堡垒

——勋伯格《古雷之歌》

勋伯格(Arnold Schoenberg, 1874—1951)的巨制《古雷之歌》(*Gurrelieder*)几次录成唱片都引起乐坛瞩目。较早是 LP 时代库贝利克(Raphael Kubelik)指挥巴伐利亚广播交响乐团的录音(DG),然后是布列兹(Pierre Boulez)指挥 BBC 交响乐团的演奏(CBS),1979 年小泽征尔指挥波士顿交响乐团及坦格尔伍德(Tanglewood)节日合唱团于波士顿乐团大厅实况录音的唱片(Philips)推出以后,也广泛获得佳评。CD 时代,殷巴尔(Eliahu Inbal)与法兰克福广播交响乐团(Denon)、夏伊(Riccardo Chailly)与柏林广播交响乐团(Decca)、梅塔(Zubin Mehta)与纽约爱乐交响乐团(Sony)、阿巴多(Claudio Abbado)与维也纳爱乐交响乐团(Decca)、拉图(Simon Rattle)与柏林爱乐交响乐团(EMI)、史坦兹(Markus Stenz)与科隆爱乐乐团(Hyperion)等版本,也各有所擅。

1. 作曲经纬

19 世纪对新而未经发现的音色领域的追求,导致了 20 世纪作曲家对庞大、繁复的音乐力量之热爱。在此之前,贝多芬自然是始作俑者,他使用极高与极低之音符,极大与极小之音量,开拓了音乐各方面的视野,他的作品之长度,节奏之强烈,结构之宏大,管弦乐音色之丰富都是前无古人的。柏辽兹(Hector Berlioz, 1803—1869)继以其坚实的作曲技巧,驱使绚烂而新颖的管弦乐法树立了新的标题音乐,也扩大了音乐的表现范围。到了瓦格纳(Richard Wagner, 1813—1883),更博采巴赫、贝多芬以降最复杂之器乐作曲技巧,结合了文学、思想、宗教各种新态度,使他的"歌剧"成为融哲学、诗歌、戏剧、舞蹈、绘画与音乐于一炉的综合艺术,一个"比部分之和更大的全部"。此种追求巨大、宏伟的浪漫倾向至 20 世纪勋伯格的《古雷之歌》之出现而达于顶点:惊人的浪费,广阔、流动的旋律,厚重的和弦,以及宽阔、摇摆不定的节奏,标志着勋伯格此部后期浪漫派作品划世纪的巨大症。即使是马勒的第八交响曲(《千人交响曲》,1907),或勋伯格本人庞大的歌剧《摩西与亚伦》也无需如此庞博之音乐资源。

勋伯格自行其是,不理会传统演奏上的限制。《古雷之歌》的演出要求五位独唱者(女高音、次女高音,两个男中音,男低音),三队四声部的男声合唱,一队八声部的混声合唱,管弦乐团的编制包括:

〔木管部〕		〔铜管部〕		〔打击乐器〕	
短笛	4	法国号	10	定音鼓	6
长笛	4	小喇叭	6	低音大鼓	1
双簧管	3	低音小喇叭	1	三角铃	1
英国管	2	次高音伸缩号	1	小鼓	1
竖笛	3	中音伸缩号	4	手鼓	1
降 E 调竖笛	2	低音伸缩号	1	竖琴	4
低音竖笛	2	倍低音伸缩号	1	木琴	1
低音管	3	土巴号	1	大锣	1
倍低音管	2			钟琴	1
				钢片琴以及钹	1

此外还加上特大号的弦乐部分,包括了十声部的小提琴,八声部的中提琴,八声部的大提琴。

如此庞大的编制不但是勋伯格以经济、节约出名的弟子安东·韦伯恩(Anton Webern, 1883—1945)所难想象,就是奢侈的大师柏辽兹、瓦格纳地下有知也要自叹弗如。

全曲共分三部分,第一及第二部分写于 1901 年春天,第三部分则一直到1910—1911年间方谱写。关于写作的历史,勋伯格曾表示:"大家可以清楚地看到,1910—1911年间,我谱写的部分在管弦乐作曲法上与前两部分有很大的不同。我并无意隐瞒此点。相反的,10年的间隔使得我以不同的方式谱曲是自明的事理。在完成全曲时只修改了一些地方,其余都丝毫未动(包括一些我自觉应该用别的方式表现的)。我无法再找回原来的风格,而任何稍具学养的批评家都应该可以轻易地发现到修改过的四、五个片段。修改这些比全曲的写作还要费事。"

此部作品在千辛万苦之下,终于1913年2月23日在写作地点维也纳,由弗兰兹·舒勒克尔(Franz Schreker, 1878—1934)指挥首演。维也纳爱乐合唱团在困难重重中帮助完成了此次广受议论的演唱。

2. 关于原诗

《古雷之歌》原诗作者雅格布森(Jens Peter Jacobsen, 1847—1885)是继安徒生、克尔凯郭尔之后闻名国际的丹麦作家。诗人里尔克(Rainer Maria Rilke, 1875—1926)奉之为个人的精神导师:"他是我心灵的伴侣,心中常存的力量。"里尔克在《给一个青年诗人的十封信》的第二第三封中连续谈到他,将他与罗丹并列为最能让其"体验到关于创作本质以及其深奥与永恒意义"的两个伟大名字,他说雅格布森的诗"会永远流传,不会绝响"。雅格布森原是植物学家,因罹肺结核英年早逝,在世时出版了《莫恩斯》(Mogens),《玛丽·库柏夫人》(Fru Marie Grubbe),《尼斯·吕克纳》(Niels Lyhne)等著名小说,结汇了印象主义与象征主义的写作风格。他遗留下一个中篇小说《仙人掌开花》(En cactus springer ud),叙述5个年轻人,在一个等待一株罕见的仙人掌开花的夜晚,轮番将他们手上最新的稿子念给主人跟他貌美的女儿听。其中一个以诗与散文说出,是关于丹麦古雷古堡(Gurrie Slot)的故事。这是一个中世纪的传奇,叙述丹麦王瓦尔德玛(Waldemar)与小托薇(Tovelille)的秘密恋情,以及与善妒的王后赫尔维(Helwig)的爱恨纠葛(据说王后叫人害死了小托薇)。全篇是典型的19世纪末作品,历史与神话色彩浓厚,充满了北欧诡异的气氛以及雅格布森个人对"温柔人生"特有的礼赞。古雷位于赫尔辛格（Helsingør）西郊外。赫尔辛格在丹麦西兰岛东北角，扼守厄勒（Öresund）海峡北段，曾是丹麦皇室居住之地。古雷古堡是一座皇家城堡，建于12世纪，1350年间增建了环堡城墙和四座高塔。城堡后来荒弃成废墟，直至1835年才重新被发掘，修复成今日样貌。故事中的瓦尔德玛王应该是14世纪丹麦国王瓦尔德玛四世（Valdemar IV Atterdag，约1320—1375）；他去世于此城堡中。

德文译本于1899年由维也纳语言学家兼批评家阿诺德（Robert Franz Arnold，1872—1938）出版。精通文学的勋伯格很快地注意到雅格布森此一精心之诗作，并且据以写成这部突破传统神剧（oratorio）藩篱的音乐作品；勋伯格写作时可能隐约受到马勒清唱剧《悲叹之歌》（*Das klagende Lied*，1880）以及西贝柳斯合唱交响诗《库雷佛》（*Kullevo*，1892）的影响。

3．全曲概说

《古雷之歌》的诗歌原作和音乐，皆可见瓦格纳的影子。与瓦格纳歌剧《特里斯坦与伊索尔德》一样，雅格布森的诗作从中世纪传说汲取灵感，其所描述的与社会礼法、道德准则相违背的炽热爱情，正是《特里斯坦与伊索尔德》一剧所彰显的。《古雷之歌》共分为三个部分，每部分以扩大的歌曲结构及管弦间奏组成。第一部分叙述瓦尔德玛王对小托薇的爱情，而以咏悼小托薇之死的〈林鸽之歌〉终结。短小的第二部分是瓦尔德玛对神争辩的歌曲。第三部分"疯狂的搜猎"——瓦尔德玛王死去的战士们夜间的搜猎——把个整阙乐曲带进强力的最高潮。全曲在救赎与复活的思绪中结束。勋伯格在音乐设计上运用了瓦格纳"主导动机"（Leitmotiv）之法，因此第一部分虽然表面上是一系列管弦乐歌曲，却具有某种"音乐戏剧"的性格。这些音乐动机的紧密链接，听者也许无法立刻察之，一方面由于此曲厚重的对位结构，一方面由于勋伯格常将这些音乐动机转位，变形。

〈第一部分〉

第一部分由管弦乐序奏、10首歌曲和一首管弦乐间奏组成。由瓦尔德玛王与小托薇轮流唱出的前面6首歌,可视作三组情歌对唱。第7首歌〈现在是午夜〉由瓦尔德玛王所唱,在音乐和歌词内容上比较独立。第8、9首歌,则是另一组情歌对唱。在管弦乐间奏之后是次女高音所唱的第10首歌〈林鸽之歌〉。

如同印象主义与象征主义者所喜爱的,对自然的情感笼罩着这部抒情、戏剧性的作品。全曲以暗示背景(寂静的薄暮)的管弦乐序奏始,继之以瓦尔德玛王(男高音)唱的第一首歌:

Waldemar:	瓦尔德玛:
Nun dämpft die Dämm'rung	薄暮使陆上海上变得
jeden Ton von Meer und Land,	寂然无声,
Die fliegenden Wolken lagerten sich	疾飞的云朵麇集在
wohlig am Himmelsrand.	天的边缘。
Lautloser Friede schloß dem Forst	宁静已然关闭了
die luftigen Pforten zu,	森林的风门,
und des Meeres klare Wogen	清澄的海波都
wiegten sich selber zur Ruh.	自我催眠入定,
Im Westen wirft die Sonne	向西方,太阳脱掉
von sich die Purpurtracht	她紫色的衣袍,
und träumt im Flutenbette	在她波浪间的床榻
des nächsten Tages Pracht.	梦着明日的辉煌。
Nun regt sich nicht das kleinste Laub	现在即便最小的树叶也不要动,
in des Waldes prangendem Haus;	在森林华丽的屋子里;
nun tönt auch nicht der leiseste Klang:	现在即便最轻的声音也不要响起;
Ruh' aus, mein Sinn, ruh' aus!	静下来,心啊,静下来!
Und jede Macht ist versunken	每种力量都安睡于

in der eignen Träume Schoß,	自己的梦的怀里,
und es treibt mich zu mir selbst	它要我回归自身,
zurück, stillfriedlich, sorgenlos	安详宁静,无牵无挂。

接着是小托薇(女高音)的歌唱,这是整部作品中最优美动人的部分之一,温柔的木管奏出月夜的气氛,独奏弦乐器模拟的乐句与主旋律交织进行着:

Tove:	托薇:
Oh, wenn des Mondes Strahlen	啊,当月光
leise gleiten,	轻柔地滑着,
und Friede sich und Ruh	和平与宁静
durchs All verbreiten,	弥漫着这世界,
nicht Wasser dünkt mich dann	巨大的海洋
des Meeres Raum,	看来遂不再像水,
und jener Wald scheint nicht	远处的森林不再是
Gebüsch und Baum.	树丛与树,
Das sind nicht Wolken,	装饰天空的云
die den Himmel schmücken,	不是云,
und Tal und Hügel	山谷与山不是
nicht der Erde Rücken,	地的表面,
und Form und Farbenspiel,	形状与色彩的嬉戏
nur eitle Schäume,	只不过是泡沫,
und alles Abglanz	而一切都只是上帝梦境
nur der Gottesträume.	荣光的倒映。

音乐随即转折,预告瓦尔德玛王内心的焦躁不安。渴望赶紧与他心爱的托薇会面的国王唱道:

Waldemar:
 Roß! Mein Roß!
 Was schleichst du so träg!
 Nein, ich seh's, es flieht der Weg
 hurtig unter der Hufe Tritten.
 Aber noch schneller mußt du eilen,
 bist noch in des Waldes Mitten,
 und ich wähnte, ohn' Verweilen
 sprengt' ich gleich in Gurre ein.
 Nun weicht der Wald,
 schon seh' ich dort die Burg,
 die Tove mir umschließt,
 indes im Rücken uns der Forst
 zu finstrem Wall zusammenfließt;
 aber noch weiter jage du zu!
 Sieh! Des Waldes Schatten dehnen
 über Flur sich weit und Moor!
 Eh' sie Gurres Grund erreichen,
 muß ich stehn vor Toves Tor.
 Eh' der Laut, der jetzo klinget,
 ruht, um nimmermehr zu tönen,
 muß dein flinker Hufschlag, Renner,
 über Gurres Brücke dröhnen;
 eh' das welke Blatt—
 dort schwebt es—,
 mag herab zum Bache fallen,
 muß in Gurres Hof dein Wiehern
 fröhlich widerhallen!
 Der Schatten dehnt sich,

瓦尔德玛：
 马啊，我的马啊，
 你为什么如是缓慢呢？
 但，我看到路在你的
 快蹄下急驰而过。
 然而，你还要跑得更快！
 你还只是在森林的半路，
 而我的心早已飞到
 古雷堡上，
 现在森林隐去，
 我看得见高耸的城堡，
 那儿藏着我的托薇，
 同时我们背后的森林
 退为一墙黑影；
 但你得继续再往前赶路！
 瞧！森林的阴影扩散
 笼罩原野和沼泽！
 在它们漫及古雷之前，
 我必须在托薇的门口守护。
 在现在响起的声音
 消逝，永不再现之前，
 你灵巧的脚，马儿啊，
 必须重重踩在古雷桥上。
 在悬浮于该处的
 枯叶，坠落入
 溪流之前，
 你的嘶鸣声将快乐地
 回荡于古雷的庭园！
 阴影扩散，

der Ton verklingt, 声音消逝,
nun falle, Blatt, magst untergehn: 叶子啊,你可以掉落了:
Volmer hat Tove gesehn! 瓦尔德玛看见托薇了!

接下去托薇诗歌般的回答是前面素材的变奏,这是一段洋溢幸福的旋律:

Tove: 托薇:
Sterne jubeln, das Meer, 群星欢腾,海,
es leuchtet, preßt an die Küste 闪闪发光,它狂跳的
sein pochendes Herz, 心紧压着海岸。
Blätter, sie murmeln, 叶子们喃喃细语,
es zittert ihr Tauschmuck, 露珠颤抖其上。
Seewind umfängt mich 海风大胆戏谑地
in mutigem Scherz, 拥抱着我。
Wetterhahn singt, 风信鸡歌唱,
und die Turmzinnern nicken, 城垛点头,
Burschen stolzieren 少男们昂首阔步,
mit flammenden Blicken, 目光放电,
wogende Brust voll üppigen Lebens 花样的少女们努力想让
fesseln die blühenden 她们生机满涨的胸脯
Dirnen vergebens, 平静下来,却徒劳。
Rosen, sie mühn sich, 玫瑰极力
zu spähn in die Ferne, 眺望远方,
Fackeln, sie lodern 火把燃烧,
und leuchten so gerne, 欢欣辉耀。
Wald erschließt 森林解开
seinen Bann zur Stell', 禁锢的符咒,
horch, in der Stadt nun 啊听,城里的

Hundegebel!	狗吠声！
Und die steigenden Wogen	节节涌起的
der Treppe tragen zum Hafen	波浪阶梯
den fürstlichen Held,	送高贵的英雄入港，
bis er auf alleroberster Staffel	直到他一脚踏上最高处，
mir in die offenen Arme fällt.	掉进我张开的臂弯。

瓦尔德玛底下的曲调〈即使天使们在神的宝座前的舞蹈〉(So tanzen die Engel vor Gottes Thron nicht)听来像民歌的手法，他热烈地向托薇述说他的爱：

Waldemar：	瓦尔德玛：
So tanzen die Engel	即使天使们在
vor Gottes Thron nicht,	神的宝座前的舞蹈，也不如
wie die Welt nun tanzt vor mir.	此刻世界在我面前的舞蹈。
So lieblich klingt	他们竖琴流出的最动人
Ihrer Harfen Ton nicht,	音乐也比不上我瓦尔德玛
wie Waldemars Seele dir.	灵魂对你的歌唱。
Aber stolzer auch saß	而与神同座的基督，
neben Gott nicht Christ	在结束残酷的
nach dem harten Erlösungsstreite,	救赎之战后，
als Waldemar stolz nun	也没有瓦尔德玛此刻这么
und königlich ist	荣耀——尊贵骄傲地站在
an Toveliles Seite.	多薇身旁。
Nicht sehnlicher möchten	灵魂对天国的憧憬，
die Seelen gewinnen	再怎样热烈，
den Weg zu der Seligen Bund,	也比不上我对
als ich deinen Kuß,	你的吻的渴望，
da ich Gurres Zinnen	当我从厄勒
sah leuchten vom Öresund.	望见古雷

Und ich tausch' auch nicht	闪耀的塔楼。
Ihren Mauerwall	而我不愿将被城堡
und den Schatz,	忠诚守护着的
den treu sie bewahren,	你这珍宝,
für Himmelreichs Glanz	与一切天上的光辉,
und betäubenden Schall	喧嚣,以及
und alle der heiligen Schaaren!	高高在上的圣位交换!

而与之成对比的是托薇深情委婉的情歌:

Tove:	托薇:
Nun sag ich dir zum ersten Mal:	终于,我第一次说出:
"König Volmer, ich liebe dich!"	"瓦尔德玛王,我爱你!"
Nun küss' ich dich zum erstenmal,	终于,我第一次吻你,
und schlinge den Arm um dich.	并且把你拥进我怀里。
Und sprichst du,	而如果你说
ich hättes schon früher gesagt	我已经说出口,
und je meinen Kuß dir geschenkt,	也把吻献给了你,
so sprech' ich: "Der König ist ein Narr,	我将说:"国王是个傻子,
der flüchtigen Tandes gedenkt."	竟喜欢无聊的小饰品。"
Und sagst du: "Wohl bin ich solch ein Narr,"	如果你说:"是呀,我是傻子。"
so sprech ich: "Der König hat recht;"	我将说:"不,国王是不会错的。"
doch sagst du: "Nein, ich bin es nicht,"	但如你回答:"不,并非如此。"
so sprech ich: "Der König ist schlecht."	我将说:"国王很坏。"
Denn all meine Rosen küßt' ich zu Tod,	因为我把我的玫瑰都吻死了,
dieweil ich deiner gedacht.	当我一想到你。

此曲婉转流露出托薇对瓦尔德玛王的思念,并且是整阙乐曲主题所在。许多片段预告勋伯格的第一号室内交响曲。

逐渐逼近的灾难预感在由加上弱音器的弦乐和喇叭伴奏的〈现在是午夜〉(Es ist Mitternachtszeit) 一歌中获得松弛。瓦尔德玛如是歌唱:

Waldemar:	瓦尔德玛:
Es ist Mitternachtszeit,	现在是午夜,
und unsel'ge Geschlechter	未得救的灵魂们
stehn auf aus vergess'nen,	自遗忘、倾陷的
eingesunknen Gräbern,	坟中升起,
und sie blicken mit Sehnsucht	渴望地凝视着
nach den Kerzen der Burg	古堡的烛光
und der Hütte Licht.	以及茅屋的灯火。
Und der Wind schüttelt spottend	嘲笑的风把竖琴的歌声,
nieder auf sie Harfenschlag	叮当的碰杯声和情歌
und Becherklang und Liebeslieder.	摇落到他们身上。
Und sie schwinden und seufzen:	而后他们叹息地隐去:
"Unsre Zeit ist um."	"我们的时限到了。"
Mein Haupt wiegt sich	流动的波浪
auf lebenden Wogen,	轻摇我的头,
meine Hand vernimmt	我的手可以感觉
eines Herzens Schlag,	一颗心在跳,
lebenschwellend strömt	生命涌动,
auf mich nieder	一串热吻如紫色的雨
glühender Küsse Purpurregen,	流到我身上,
und meine Lippe jubelt:	我的双唇狂喜着:
"Jetzt ist's meine Zeit!"	"这一刻是属于我的!"
Aber die Zeit flieht,	但时间不停地逝去,
und umgehn werd' ich	而我同样也必须在
zur Mitternachtsstunde	午夜离去!
dereinst als tot,	一旦我死去

werd' eng um mich	我将紧裹着
das Leichenlaken ziehn	尸衣,
wider die kalten Winde	迎着寒风,
und weiter mich schleichen	让自己在深夜的
im späten Mondlicht	月光中踯躅,
und schmerzgebunden	痛苦万状;
mit schwerem Grabkreuz	并且用坟头沉重的十字架
deinen lieben Namen	把心爱的你的名字
in die Erde ritzen	刻进土里,
und sinken und seufzen:	倒下、悲叹:
"Uns're Zeit ist um!"	"我们的时限到了!"

　　随后托薇与瓦尔德玛之间的最后一组情歌,以夜曲的情绪表达出对死亡醉心的渴望:

Tove: 托薇:

Du sendest mir einen Liebesblick	你赠我以深情的凝视,
und senkst das Auge,	而后移开你的目光,
doch das Blick preßt	仅仅那一视就足以让我
deine Hand in meine,	感觉你我双手交握,
und der Druck erstirbt;	而现在紧握的手松开了。
aber als liebeweckenden Kuß	为求将爱唤醒的一吻,
legst du meinen Händedruck mir	你在我嘴上用你的唇
auf die Lippen	和我的唇握手。
und du kannst noch seufzen	你为何还像
um des Todes Willen,	哀悼爱人般叹息,
wenn ein Blick auflodern kann	当仅仅一个凝视就能
wie ein flammender Kuß?	和吻一样地烧起大火?
Die leuchtenden Sterne	天上

am Himmel droben
bleichen wohl, wenn's graut,
doch lodern sie neu jede
Mitternachtzeit
In ewiger Pracht.
So kurz ist der Tod,
wie ruhiger Schlummer
von Dämm'rung zu Dämmrung.
Und wenn du erwachst,
bei dir auf dem lager
in neuer Schönheit
siehst du strahlen
die junge Braut.
So laß uns die goldene
Schale leeren ihm,
dem mächtig verschönenden Tod.
Denn wir gehn zu Grab
wie ein Lächeln,
ersterbend im seligen Kuß.

闪耀的星星
在破晓时分隐去，
却在每个子夜
重新辉煌，
发出永恒的光芒。
死亡如此短暂，
像薄暮与黎明间的
宁静睡眠。
当你醒来时，
你将在身边
发现一个
清新脱俗
年轻貌美的新娘。
所以让我们一饮而尽
金杯之酒，向他致敬，
那赐我们美的伟大死亡。
因为我们可以含笑
走向坟墓，
永眠于极乐之吻中。

Waldemar:
Du wunderliche Tove!
So reich durch dich nun bin ich,
daß nicht einmal mehr
ein Wunsch mir eigen;
so leicht meine Brust,
mein Denken so klar,
ein wacher Frieden
über meiner Seele.

瓦尔德玛：
托薇啊，你真奇特！
因为你，我好富有，
再没有任何
其他愿望；
我的心何其轻盈，
我的思绪何其自若，
一种警敏的安详
笼罩着我的灵魂，

Es ist so still in mir,	我内心如此平静，
so seltsam stille.	如此奇妙的平静。
Auf der Lippe weilt	一个词涌到唇边
brückeschlagend das Wort,	呼之欲出，
doch sinkt es wieder zur Ruh'.	却又回归宁静。
Denn mir ist's, als schlüg'	我感觉
in meiner Brust	你的心
deines Herzens Schlag,	在我胸膛跳动，
und als höbe mein Atemschlag,	仿佛我的呼吸，托薇啊，
Tove, deinen Busen.	也在你胸口起伏。
Und uns're Gedanken seh ich	我们的心思
entstehn und zusammengleiten	隐藏不住，彼此交融
wie Wolken, die sich begegnen,	如云朵聚合，
und vereint wiegen sie sich	以不断变换的影像
in wechselnden Formen.	游移结合。
Und meine Seele ist still,	我心宁静，凝视着你的
ich seh in dein Aug und schweige,	双眼，什么话也不想说：
du wunderliche Tove.	托薇啊，你真奇特！

　　此种对死与黑夜宿命而又狂喜的拥抱确然让人想起瓦格纳的《特里斯坦与伊索尔德》。接下去的管弦乐间奏曲则暗示此事件（死亡）之完成。诸主题的结合仿佛必然地制造出戏剧性、命定的气氛。

　　间奏曲之后的〈林鸽之歌〉叙述托薇之死（次女高音唱）。此曲像一首叙事诗（ballad），分成若干小节而由短暂的间奏贯串而成。各小节所叙述之事件以"音画"绘成——林鸽之咕噜，送葬的行伍、丧钟，以及高站在城垛之上仇恨满怀的善妒的王后——

Stimme der Waldtaube：1	林鸽的声音：
Tauben von Gurre! Sorge quält mich,	古雷之鸽啊，我心充满忧伤，

vom Weg über die Insel her!	在穿越岛屿的途中！
Kommet! Lauschet!	来吧！听啊！
Tot ist Tove! Nacht auf ihrem Auge,	托薇已死！黑夜安歇于她的眼睛，
das der Tag des Königs war!	那儿却是国王的白昼！
Still ist ihr Herz,	她的心已然静止，
doch des Königs Herz schlägt wild,	国王的心却狂乱地跳着，
tot und doch wild!	心死，却依然狂野！
Seltsam gleichend einem Boot	奇异得像在浪中起伏的
auf der Woge,	一艘小船，
wenn der, zu dess' Empfang	当船板
die Planken huldigend	弯身
sich gekrümmt,	恭示他的到临，
des Schiffes Steurer tot liegt,	舵手却已葬身
verstrickt in der Tiefe Tang.	纠结的海草之中。
Keiner bringt ihnen Botschaft,	无人传递讯息，
unwegsam der Weg.	无路可以通行。
Wie zwei Ströme waren ihre Gedanken,	他们的思绪像两条
Ströme gleitend Seit' an Seite.	平行流动的溪流。
Wo strömen nun Toves Gedanken?	托薇的思绪漂到哪里去了？
Die des Königs winden sich	国王的思绪迂回
seltsam dahin,	曲折地
suchen nach denen Toves,	试图寻找，
finden sie nicht.	却遍寻不着。
Weit flog ich, Klage sucht' ich,	我飞行千里，寻找忧伤，
fand gar viel!	见到忧伤遍地！
Den Sarg sah ich	我自国王肩上
auf Königs Schultern,	看到棺木，
Henning stürzt' ihn;	亨宁扶灵在侧；
finster war die Nacht,	夜色漆黑，

eine einzige Fackel	沿途只见一根
brannte am Weg;	燃烧的火炬;
die Königin hielt sie,	皇后拿着火炬,
hoch auf dem Söller,	站在城堡的高楼上,
rachebegierigen Sinns.	充满报复的心机。
Tränen, die sie nicht weinen wollte,	她不让眼泪掉落,
funkelten im Auge.	泪光却在眼眶闪烁。
Weit flog ich, Klage sucht' ich,	我飞行千里,寻找忧伤,
fand gar viel!	见到忧伤遍地!
Den König sah ich,	我看到国王
mit dem Sarge fuhr er,	驾着棺木前行,
im Bauernwams.	一身农人装扮。
Sein Streitroß,	他的战马
das oft zum Sieg ihn getragen,	从前带他奔往胜利,
zog den Sarg.	而今拖曳着棺木。
Wild starrte des Königs Auge,	国王目光狂乱,
suchte nach einem Blick,	想寻回一个凝视,
seltsam lauschte des Königs Herz	国王内心躁动,
nach einem Wort.	想听见她说一句话。
Henning sprach zum König,	亨宁和国王说话,
aber noch immer suchte er	但是他仍在寻找
Wort und Blick.	凝视和话语。
Der König öffnet Toves Sarg,	国王掀开托薇的棺木,
starrt und lauscht	凝视,倾听,
mit bebenden Lippen,	嘴唇颤抖,
Tove ist stumm!	托薇不发一语!
Weit flog ich, Klage sucht' ich,	我飞行千里,寻找忧伤,
fand gar viel!	见到忧伤遍地!
Wollt' ein Mönch am Seile ziehn,	僧侣拉动钟绳

Abendsegen läuten;	准备做黄昏的祝祷;
doch er sah den Wagenlenker	但他看到马车夫,
und vernahm die Trauerbotschaft:	知道此噩耗:
Sonne sank, indes die Glocke	夕阳西下,
Grabgeläute tönte.	丧钟响起。
Weit flog ich, Klage sucht' ich	我飞行千里,寻找忧伤
und den Tod!	和死亡。
Helwigs Falke war's, der grausam	赫尔维的猎鹰,
Gurres Taube zerriß.	残酷地杀死了古雷之鸽。

第一部分就在林鸽哀婉的悲歌中结束。

〈第二部分〉

　　管弦乐前奏赓续了第一部分结尾沉重的和弦。瓦尔德玛王内心的哀痛与绝望经由痛切锐利的先前〈林鸽之歌〉诸主题之变形表现出来。勋伯格的变奏法则乃是为求强调心理之描写。瓦尔德玛王控诉上帝残忍地坐视托薇死去,剥夺了他唯一的喜悦:

Waldemar:	瓦尔德玛:
Herrgott, weißt du, was du tatest,	上帝啊,你可知你在做什么
als klein Tove mir verstarb?	当我的小托薇死去时?
Triebst mich aus der letzten Freistatt,	你将我驱离我为我的幸福赢得的
die ich meinem Glück erwarb!	最终的可靠寄托!
Herr, du solltest wohl erröten:	上帝啊,你应当羞愧,
Bettlers einz'ges Lamm zu töten!	居然叫乞者唯一的羔羊死去!
Herrgott, ich bin auch ein Herrscher,	上帝啊,我同样也是一个帝王,
und es ist mein Herrscherglauben:	而我的信条是:
Meinem Untertanen darf ich nie	绝不剥夺我的臣民他们
die letzte Leuchte rauben.	最后的一线希望。

Falsche Wege schlägst du ein:	你的路走错了:
Das heißt wohl Tyrann,	你因此是个暴君,
nicht Herrscher sein!	而不是国王!
Herrgott, deine Engelscharen	上帝啊,你的天使们
singen stets nur deinen Preis,	不断地歌唱赞美你,
doch dir wäre mehr vonnöten	但你更需要人来
einer, der zu tadeln weiß.	指责你。
Und wer mag solches wagen?	而谁敢做这种事情?让我
Laß mich, Herr, die Kappe	来吧,上帝,让我做你的弄臣!

简短的第二部分即由此十数行诗构成。瓦尔德玛王自比为上帝的弄臣,亦为第三部分〈弄臣克劳斯之歌〉做预告。

〈第三部分〉

第三部分开始了狂风暴雨般的"疯狂的搜猎"。瓦尔德玛王振臂高呼,要他死去的战士拾起锈刀旧盾,骑着死马,死命奔向古雷城堡。此种阴森森之夜半"鬼行动"源自古代日耳曼的传说。第一部分瓦尔德玛王的夜歌在此被转成 D 小调,作为缓慢序奏的主题材料。弱音和弦响自瓦格纳风的土巴号里,仿佛传自"遗忘、倾陷的坟中"。管弦乐跟着进出狂怒的尾曲:

Waldemar:	瓦尔德玛:
Erwacht, König Waldemars	起来,瓦尔德玛王的
Mannen wert!	尊贵随从们!
Schnallt an die Lende	在腰间配上
das rostige Schwert,	生锈的剑,
Oholt aus der Kirche	自教堂取出
verstaubte Schilde,	尘灰满布
gräulich bemalt mit wüstem Gebilde.	画有可怖场景的灰色盾牌。

Weckt eurer Rosse modernde Leichen,	叫醒你们尸身腐坏的战马,
schmückt sie mit Gold,	将之披金戴银,
und spornt ihre Weichen:	以马刺踢其腹侧:
Nach Gurrestadt seid ihr entboten,	听从指令前往古雷城,
heute ist Ausfahrt der Toten!	今天是死者的出征日。

在接下去简短的插曲中,一个农夫(男中音唱)因为目睹这些急奔而过的鬼队伍而吓呆了。这"活见鬼"的插曲,半谑半哀地表现了可怜的人类面对超自然力量时无能避免的恐惧:

Bauer:	农夫:
Deckel des Sarges	棺材的盖子
klappert und klappt,	啪哒作响,
Schwer kommt's her	沉沉的疾步声
durch die Nacht getrabt.	划破静夜。
Rasen nieder vom Hügel rollt,	草皮自山丘滚落,
über den Grüften	越过墓穴,
klingt's hell wie Gold!	声音响亮如黄金。
Klirren und Rasseln	铿铿锵锵,
durch's Rüsthaus geht,	穿过兵器库,
Werfen und Rücken mit altem Gerät,	以古老的器械搬动推移。
Steinegepolter am Kirchhofrain,	石头如冰雹般落在教堂墓园,
Sperber sausen	食雀鹰呼啸着
vom Turm und schrein,	由塔顶猛然飞下,
auf und zu fliegt's Kirchentor!	教堂的门开开阖阖飞动不停!
Da fährt's vorbei!	他们过来了!
Rasch die Decke übers Ohr!	赶快用毛毯遮住耳朵!
(*Waldemars Mannen*: Holla!)	(瓦尔德玛的随从:嗬啦!)
Ich schlage drei heilige	我快速画了

Kreuze geschwind	三次十字,
für Leut' und Haus,	为我的家人和房子,
für Roß und Rind;	为我的马和牛。
dreimal nenn ich Christi Namen,	我三次呼喊基督之名
so bleibt bewahrt der Felder Samen.	好保住我田里的种子。
Die Glieder noch bekreuz ich klug,	我也精明地在我身上画十字,
wo der Herr seine heiligen	在主耶稣
Wunden trug,	负伤的部位,
so bin ich geschützt	这样我就得到庇护,
vor der nächtlichen Mahr,	不怕夜间的鬼魅,
vor Elfenschuß und Trolls Gefahr.	不受小精灵和巨魔之害。
Zuletzt vor die Tür noch	最后,我用
Stahl und Stein,	钢铁和石头堵住门,
so kann mir nichts Böses	不让任何坏东西
zur Tür herein.	进门来。

随之而来的是瓦尔德玛随从的宏伟合唱(主要以卡农曲式写成),借由铜管乐器加以戏剧化,成为整阙乐曲力度、强度的最高潮:

Waldemars Mannen: 瓦尔德玛的随从:
Gegrüßt, o König, an Gurre-Seestrand!	敬礼!王啊,在古雷岸边!
Nun jagen wir über das Inselland!	我们已搜猎过整座岛屿!
Holla! Vom stranglosen Bogen Pfeile zu senden,	嗬啦!用空洞之眼和骨瘦之手
mit hohlen Augen und Knochenhänden,	自无弦之弓射出箭,
zu treffen des Hirsches Schattengebild,	去击打雄鹿幽灵似的影像,
daß Wiesentau aus der Wunde quillt.	好让伤口渗出草地露水。
Holla! Der Walstatt Raben Geleit uns gaben,	嗬啦!绞刑架上的乌鸦跟着我们,
über Buchenkronen die Rosse traben,	马匹疾驰过山毛榉之地。
Holla! So jagen wir nach gemeiner Sag'	嗬啦!我们将再一次用古法搜猎,

eine jede Nacht bis zum jüngsten Tag. 夜复一夜,直到晨后的审判日。
Holla! Hussa Hund! Hussa Pferd! 嗬啦!冲啊猎犬,冲啊马匹!
Nur kurze Zeit das Jagen währt! 这趟狩猎需时短暂!
Hier ist das Schloß, wie einst vor Zeiten! 城堡就在眼前,宛如古堡!
Holla! Lokes Hafer gebt den Mähren, 嗬啦!把洛基神的燕麦倒给我们
 的老马,
wir wollen vom alten Ruhme zehren. 让我们发扬光大昔日的荣光。

  作曲家韦勒斯(Egon Wellesz, 1885—1974),勋伯格最早的评论者之一,曾说过:"自瓦格纳《诸神的黄昏》众臣群聚一景以后,再不曾出现过如此强悍有力的音乐作品。"

  鬼魅的活动停下,瓦尔德玛王的声音响起,弦乐也奏出托薇的主题:

Waldemar: 瓦尔德玛:
 Mit Toves Stimme flüstert der Wald, 林中轻传出托薇的声音,
 mit Toves Augen schaut der See, 湖水荡漾着托薇的目光,
 mit Toves Lächeln leuchten die Sterne, 托薇的微笑自群星间闪现,
 die Wolke schwillt wie des Busens Schnee. 云朵鼓涨如胸前雪。
 Es jagen die Sinne, sie zu fassen, 诸感官加快脚步追赶她,
 Gedanken kämpfennach ihrem Bilde. 众思绪奋力寻觅她的影像。
 Aber Tove ist hier und Tove ist da, 但托薇在这里,托薇在那里,
 Tove ist fern und Tove ist nah. 托薇在远方,托薇在近处。
 Tove, bist du's, mit Zaubermacht 托薇,你是否被施了魔法
 gefesselt an Sees- und Waldespracht? 困锁于湖泊和森林?
 Das tote Herz, es schwillt und dehnt sich, 我枯死的心再次满溢,
 Tove, Tove, Waldemar sehnt sich nach dir! 托薇,托薇,瓦尔德玛思念着你!

  接下去〈弄臣克劳斯〉(男中音唱)一幕是有意的对比安排,插科打诨的弄臣与第二部分自比弄臣严肃指责上帝的瓦尔德玛王对照是一讽刺。从此

处开始,我们可以发觉勋伯格的管弦乐法在两次写作的 10 年间显然大有进展,他以极"现代"的手法驱使管弦乐器,将它们的音域与潜能发挥到极限:

Klaus-Narr:	弄臣克劳斯:
"Ein seltsamer Vogel ist so'n Aal,	"鳗鱼是一只奇怪的鸟,
im Wasser lebt er meist,	通常生活在水里,
Kommt doch bei Mondschein	却三不五时
dann und wann	趁着月光夜
ans Uferland gereist."	旅行到岸边。"
Das sang ich oft	我常唱这首歌
meines Herren Gästen,	给我主人的宾客听,
nun aber paßt's auf mich selber	而现在,这首歌倒
am besten.	最适合我。
Ich halte jetzt kein Haus	我没有房子,
und lebe äußerst schlicht	生活简朴,
und lud auch niemand ein	不邀请谁,
und praßt' und lärmte nicht,	也不喧嚣奢华,
und dennoch zehrt an mir	但依然有许多无耻之徒
manch unverschämter Wicht,	跑来榨干我。
drum kann ich auch nichts bieten,	我已无东西可以奉上,
ob ich will oder nicht,	不管我愿不愿意。
doch - dem schenk ich	但我愿送上
meine nächtliche Ruh,	我夜间的歇息,
der mir den Grund kann weisen,	如果有人能告诉我,为何
warum ich jede Mitternacht	每天夜半
den Tümpel muß umkreisen.	我要绕着那水塘转?
Daß Palle Glob und Erik Paa	即使上了马,还在掷骰子,
es auch tun, das versteh ich so:	赌谁可有远离火灶,
Sie gehörten nie zu den Frommen;	最凉的地方,

jetzt würfeln sie, wiewohl zu Pferd, 当他们到了地狱。
um den kühlsten Ort, 而国王总是发狂,
weit weg vom Herd, 只要猫头鹰一叫,
wenn sie zur Hölle kommen. 他就不停呼唤着一个死去
Und der König, der von Sinnen stets, 多年多日的姑娘的名字。
sobald die Eulen klagen, 他算罪有应得,
und stets nach einem Mädchen ruft, 理当加入搜猎的行动。
das tot seit Jahr und Tagen, 因为他向来残忍,
auch dieser hat's verdient 我们得时时小心翼翼,
und muß von Rechtes wegen jagen. 睁大眼睛以防危险。
Denn er war immer höchst brutal, 帕勒·格洛和艾力克·帕
und Vorsicht galt es allermal 为什么这样做,我可以理解:
und off'nes Auge für Gefahr, 因为他们从不是虔诚的信徒;
da er ja selber Hofnarr war 他自己就是个弄臣,
bei jener großen Herrschaft 对于月亮上方
überm Monde. 那伟大的主。
Doch daß ich, Klaus Narr von Farum, 而我,法鲁姆的弄臣克劳斯,
ich, der glaubte, daß im Grabe 我相信人要进了坟墓
man vollkomm'ne Ruhe habe, 才终得安宁,
daß der Geist beim Staube bleibe, 灵魂与尘土同在,
friedlich dort sein Wesen treibe, 平和地在那里留意自己的事,
still sich sammle für das große 静静地为伟大的天庭盛宴
Hoffest, wo, wir Bruder Knut 募集东西,那儿,如克努特兄弟
sagt, ertönen die Posaunen, 所言,号角响起,
wo wir Guten wohlgemut 我等善人将开心地
Sünder speisen wie Kapaunen— 享用罪人,像享用公鸡——
ach, daß ich im Ritte rase, 唉,我也得跨马奔驰,
gegen den Schwanz gedreht die Nase, 鼻朝马尾,
sterbensmüd im wilden Lauf, 疯狂向前,累得要死。

wär's zu spät nicht,	若非已来不及,
ich hinge mich auf.	我真想上吊去。
Doch o wie süß	但那滋味
soll's schmecken zuletzt,	多甜美啊,
werd ich dann doch in den	若我终能进入
Himmel versetzt!	天堂!
Zwar ist mein Sündenregister groß,	没错,我的罪名极多,
allein vom meisten schwatz	但大部分我都能
ich mich los!	狡辩脱罪。
Wer gab der nackten Wahrheit Kleider?	谁掩饰了赤裸的真相?
Wer war dafür geprügelt leider?	谁不幸遭到了鞭打?
Ja, wenn es noch Gerechtigkeit gibt,	啊,如果还有正义,
Dann muß ich eingehn im	我必定能得到
Himmels Gnaden ...	天国的恩宠……
Na, und dann mag Gott	那么一来,上帝
sich selber gnaden.	也要自己求赦免了。

弄臣之歌并以弦乐器弓杆敲奏来增强效果。响亮的管弦尾曲导出瓦尔德玛王对上帝的抗辩:

Waldemar:	瓦尔德玛:
Du strenger Richter droben,	高高在上残酷的法官啊
du lachst meiner Schmerzen,	你嘲笑我的痛苦,
doch dereinst,	但总有一天,
beim Auferstehn des Gebeins	当肉体复活,
nimm es dir wohl zu Herzen;	你记着,
ich und Tove, wir sind eins.	我与托薇将合而为一。
So zerreiss' auch unsre Seelen nie,	所以永不要拆散我们的灵魂,
zur Hölle mich, zum Himmel sie,	置我于地狱,而她于天堂,

denn sonst gewinn' ich Macht, 因为如此你将赐予我力量
zertrümmre deiner Engel Wacht 去摧毁你的天使之威
und sprenge mit meiner wilden Jagd 并且以狂野的搜猎
ins Himmelreich ein. 策马冲入天堂之门。

而后,天破晓,鬼魂们在倍低音管和倍低音土巴号的低音音符声中逐渐隐没:

Waldemars Mannen: 瓦尔德玛的随从:
 Der Hahn erhebt den Kopf zur Kraht, 公鸡抬起头啼叫,
 hat den Tag schon im Schnabel, 白日已经在它的嘴尖。
 und von unsern Schwertern trieft 从我们的剑滴下
 rostgerötet der Morgentau. 锈红色的朝露。
 Die Zeit ist um! 时限到了!
 Mit offnem Mund ruft das Grab, 坟墓张开嘴呼喊,
 und die Erde saugt 大地吸进惧光的
 das lichtscheue Rätsel ein. 夜的谜团。
 Versinket! Versinket! 沉下吧!沉下吧!
 Das Leben kommt mit 生命带着力
 Macht und Glanz, 与光到临,
 mit Taten und pochenden Herzen, 带着跳动的心与行动。
 und wir sind des Todes, 我们属于死亡,
 der Sorge und des Todes, 属于忧伤,属于死亡。
 des Schmerzes und des Todes, 属于苦恼,属于死亡。
 Ins Grab! Ins Grab! 入墓吧!入墓吧!
 Zur träumeschwangern Ruh' 到孕满梦的宁静里。
 Oh, könnten in Frieden 噢,真想能
 wir schlafen! 安眠!

四根短笛与三根长笛——伴以双簧管、单簧管和低音管——轻柔但迫人地引出和前面鬼魂们"疯狂的搜猎"有对比趣味的"夏风疯狂的搜猎"。

此处,在壮盛伟大、结束全作的最后合唱之前,勋伯格安排了一位朗诵者朗诵收场白,象征自我与世界间的妥协,也表达出与自然一体的宇宙情怀。在这里勋伯格第一次将音乐与说白结合在一起,这种手法相继出现在他以后的作品中,如乐剧《幸运之手》,歌曲集《月光小丑》,喜歌剧《从今天到明天》,《晚祷忏悔词》,《拿破仑颂》以及清唱剧《华沙的幸存者》。为了配合朗诵的声音,管弦乐的分量削弱了;独奏小提琴、独奏中提琴及竖笛以弱音、印象派音彩重复奏着托薇爱的主题;在念到"安静! 风究竟想要什么?"这句,我们可以听到第一部分第六首歌托薇所唱"终于,我第一次说出:'瓦尔德玛王,我爱你!'"的动人旋律:

Sprecher:	朗诵者:
Herr Gänsefuß, Frau Gänsekraut,	蓁藜先生,苋菜夫人,
nun duckt euch nur geschwind,	赶快弯下身子,
denn des sommerlichen Windes	夏风疯狂的搜猎
wilde Jagd beginnt.	即将开始。
Die Mücken fliegen ängstlich	蚊蚋不安地
aus dem schilfdurchwachs'nen Hain,	从芦苇丛里飞起,
In den See grub der Wind	风把银色的痕迹
seine Silberspuren ein.	镌刻在湖里。
Viel schlimmer kommt es,	不幸的事将临,
als ihr euch nur je gedacht;	远超过你们的想象。
Hu! wie's schaurig in den	阴森恐怖的笑声,啊
Buchblättern lacht!	从山毛榉叶丛里传出!
Das ist Sankt Johanniswurm	这是吐着火红舌头的
mit der Feuerzunge rot,	圣约翰萤火虫,
und der schwere Wiesennebel,	草地的浓雾,
ein Schatten bleich und tot!	苍白,死寂的阴影!

Welch Wogen und Schwingen!	那样的翻腾和摇曳！
Welch Ringen und Singen!	那样的喧嚷和歌唱！
In die Ähren schlägt der Wind	风在谷穗间
in leidigem Sinne.	忧郁地吹着，
Daß das Kornfeld tönend bebt.	麦田颤抖地发出回响。
Mit den langen Beinen	蜘蛛用它的长脚
fiedelt die Spinne, und es reißt,	拉奏着，风却扯掉它
was sie mühsam gewebt.	辛苦织好的东西。
Tönend rieselt der Tau zu Tal,	露水滴答掉落山谷，
Sterne schießen	星星瞬间
und schwinden zumal;	飞过，消逝。
flüchtend durchraschelt	蝴蝶急速地
der Falter die Hecken,	逃离灌木丛，
springen die Frösche	青蛙跳进
nach feuchten Verstecken.	潮湿的庇护所。
Still! Was mag der Wind nur wollen?	安静！风究竟想要什么？
Wenn das welke Laub er wendet,	它翻动枯叶，
sucht er, was zu früh geendet;	搜寻那些过早结束的东西；
Frühlings, blauweiße Blütensäume,	蓝白镶边的春日花朵，
der Erde flüchtige Sommerträume—	大地倏忽而逝的夏梦——
längst sind sie Staub!	它们早已化为尘土！
Aber hinauf, über die Bäume	但往上，在群树上方，
schwingt er sich nun	它如今飘舞于
in lichtere Räume,	更明亮的空间，
denn dort oben, wie Traum so fein	那高高处，像纤细的梦，
meint er, müßten die Blüten sein!	它想，必有群芳在焉！
Und mit seltsam Tönen	它拂过枝叶顶端，
in ihres Laubes Kronen	发出奇妙的声音，
grüßt er wieder	再次问候

die schlanken Schönen.　　　　　　　　那些苗条的佳人。
Sieh! nun ist auch das vorbei.　　　　看！这些都也已过去。
Auf luftigem Steige wirbelter frei　　　它从大气的阶梯逍遥滑下
zum blanken Spiegel des Sees,　　　　到如镜的湖面。
und dort in der Wellen　　　　　　　　那儿,在无止境的
unendlichem Tanz,　　　　　　　　　　水波之舞中,
in bleicher Sterne Widerglanz　　　　在倒映的苍白星光中,
wiegt er sich friedlich ein.　　　　　　它平静地摇自己入眠。
Wie stille wards zur Stell'!　　　　　　多安静啊,刹那间!
Ach, war das licht und hell!　　　　　啊,何等的光与亮!
O schwing dich aus dem Blumenkelch,　从花萼里飞出来吧,
Marienkäferlein,　　　　　　　　　　小瓢虫,
und bitte deine schöne Frau　　　　　求你美丽的妻子赐你
um Leben und Sconnenschein.　　　　生命和阳光!
Schon tanzen die Wogen　　　　　　　波浪已在
am Klippenecke,　　　　　　　　　　崖边舞跃,
schon schleicht im Grase　　　　　　明艳的蜗牛已在
die bunte Schnecke,　　　　　　　　草间爬行。
nun regt sich Waldes Vogelschar,　　林中群鸟骚动,
Tau schüttelt die Blume　　　　　　花朵抖落
vom lockigen Haar　　　　　　　　　她鬈发上的露珠,
und späht nach der Sonne aus.　　　窥探太阳。
Erwacht, erwacht, ihr Blumen　　　　醒来,醒来,百花啊
zur Wonne.　　　　　　　　　　　　欣喜吧!

接着,管弦乐逐渐增强,导出整个作品最后的混声合唱:

Gemischter Chor:　　　　　　　　　混声合唱:
　Seht die Sonne!　　　　　　　　　　看啊,那太阳!

Farbenfroh am Himmelssaum,	五彩缤纷,在天空边缘,
östlich grüßt ihr Morgentraum!	晨梦在东方向她致意!
Lächelnd kommt sie aufgestiegen	微笑地,她从黑夜的
Aus der Fluten der Nacht,	潮水中升起,
läßt von lichter Stirne fliegen	自她闪耀的额头奔泻出
Strahlenlockenpracht!	她发丝灿烂的金光。

  这最后的合唱是《古雷之歌》开头管弦乐序奏的对应,在音乐或剧情上皆遥遥相通:当唱至"太阳"(Sonne)这个字时,宏亮的喇叭奏出最后的主题,这个主题是一开头主题的变形,对位和模仿的插句与合唱交替更迭(此处的合唱以相当率直的手法写成)。全曲在和弦主题 C – E – G – A 声中结束,这是对象征永恒、新生的太阳的礼赞。前面缠绵的爱情故事,在此全数被转化成大自然的意象:生之伤悲,人的命运,在沛然莫可御的大自然活力前已无足轻重。

福雷,德彪西,魏尔伦

福雷,德彪西,魏尔伦——这三个名字的交集是{法国／象征主义／歌},或者说灵巧、神秘的诗乐之美。在福雷(Gabriel Fauré, 1845—1924)一生逾百首的歌曲创作中,有 17 首谱自魏尔伦(Paul Verlaine, 1844—1896)的诗。魏尔伦是法国象征主义大诗人,他的诗特重气氛与声音之营造,坚信在诗中"音乐高于一切"。无独有偶地,德彪西(Claude Debussy, 1862—1916)也将 17 首魏尔伦的诗谱成歌(其中三首先后谱了两次),在他 80 多首歌曲中占有重要地位。这 17 首诗当中,同时被这两位作曲家相中的有六首:〈曼陀林〉(Mandoline)、〈月光〉(Claire de lune)、〈悄悄地〉(En sourdine)、〈这是恍惚〉(C'est l'extase)、〈泪落在我心中〉(Il pleure dans mon coeur,福雷题为〈忧郁〉[Spleen])、〈绿〉(Green)。想来这些该是诗中之诗,音乐中的音乐。

象征主义的诗除了音乐性外,还强调歧义、暗示性、神秘性,说起来颇晦涩难懂,需直扣原作,反复斟酌,方能略识其妙。波德莱尔(Charles Baudelaire, 1821—1867)公认是象征主义诗的鼻祖,而象征主义诗人的精神导师则是德国作曲家瓦格纳(Richard Wagner, 1813—1883),他倡导"歌剧"观念,欲把诗、戏剧、舞蹈、绘画、音乐熔为一炉,成为"总合艺术"。象征主义的诗重视感觉的交鸣(synesthesia),让,如波德莱尔所说,"香味、色彩和音响互相呼应",交汇成一座象征的森林。

自己初接触西方现代文学、艺术时,震慑于这些名字,对象征主义异常敬畏、崇拜,模模糊糊,朦朦胧胧地读了一些象征主义诗。也许自己读到的是零零散散、不甚高明的中译,一开始时并不觉象征主义诗有什么好。大四时在师大图书馆借到一本英法对照的《企鹅法国诗选第三册》,奉为至宝。这本书让我具体且细微地窥视到象征主义诗人的形貌——虽然仍一知半解。当时在市面上遍寻不着,为了据为己有,还谎报遗失,另购他书赔偿。我读波德莱尔,虽对〈冥合〉(Correspondances)、〈腐尸〉(Une charogne)等诗印象深刻,但一直要等到听迪帕克(Henri Duparc,1848—1933)谱的〈邀游〉(L'Invitation au voyage),才算真正进入波德莱尔的世界(波德莱尔曾希望有音乐奇才将此诗谱成曲并献给他所爱的女子,22 岁的迪帕克采此诗头尾两段谱成歌献给其妻,让此曲与其谱拉奥[Jean Lahor,1840—1909]诗而成的〈忧伤之歌〉[Chanson triste]成为他艺术歌曲中的双璧)。同样,我一直要等到听福雷、德彪西谱的魏尔伦诗歌时,才真正感受到不容易透过翻译阅读到的象征主义诗的美好。

迪帕克、福雷、德彪西是让法国艺术歌曲开花结果,臻于完美之境的三位大师。福雷在 1887 年谱了魏尔伦的〈月光〉,开启了他第二阶段丰富、动人的歌曲创作。德彪西早在 1882 年即谱了魏尔伦的〈月光〉、〈悄悄地〉、〈木偶们〉(Fantoches)、〈曼陀林〉及〈哑剧〉(Pantomime)等,前三首后来在 1891 年又重谱了一次,即是我们今日听到的《游乐图》(Fêtes galantes)第一集。这些诗出自魏尔伦 1869 年的诗集《游乐图》,书名与主题俱让人想起 18 世纪法国画家华托(Antoine Watteau,1684—1721)的画——风采迷人的男女,身着华服,弹琴,说爱,游乐,然而在欢乐的当下却潜藏一股人生苦短、繁华稍纵即逝的忧郁感。诗集最开头的〈月光〉正是这种宇宙性哀愁的浓缩,魏尔伦既不说理,也不呐喊,他透过音乐性的诗句和奇妙的意象演出,优雅而神秘,幽默又忧郁:

Votre âme est un paysage choisi	你的灵魂是一幅绝妙的风景,
Que vont charmants masques et bergamasques,	那儿假面和贝加摩舞者令人着迷,
Jouant du luth et dansant, et quasi	弹着鲁特琴,跳着舞,几乎是
Tristes sous leurs déguisements fantasques!	忧伤地,在他们奇异的化妆下。
Tout en chantant sur le mode mineur	虽然他们用小调歌唱
L'amour vainqueur et la vie opportune.	爱的胜利和生之欢愉,

Ils n'ont pas l'air de croire à leur bonheur,	他们似乎不相信自己的幸福,
Et leur chanson se mêle au clair de lune,	他们的歌声混和着月光,
Au calme clair de lune triste et beau,	寂静的月光,忧伤而美丽,
Qui fait rêver, les oiseaux dans les arbres,	使鸟群在林中入梦,
Et sangloter d'extase les jets d'eau,	使喷泉因狂喜而啜泣,
Les grands jets d'eau sveltes parmi les marbres.	那大理石像间修长的喷泉。

我译作"贝加摩舞者"的,原文是 bergamasque,是 masque(假面)和 Bergamo (意大利北部一城镇)的结合,是字典里找不到的字,或指贝加摩地区的农民舞蹈,流行于 18 世纪。德彪西另有钢琴曲集《贝加摩组曲》(*Suite bergamasque*, 1890)——或译"贝加马斯克组曲",其中第三首标题也是"月光"。

　　福雷以"小步舞曲"为其〈月光〉的副题,他推陈出新,写了一阙典雅优美的小步舞曲做伴奏,贯穿整首歌曲:声乐的旋律在长近十二小节的钢琴前奏后悄然进入,从头到尾自行其是,丝毫不干扰钢琴小步舞曲的进行,让我们听起来以为是歌声在伴奏琴声。第二节诗尾,"月光"出来后,钢琴出现转调,"寂静的月光,忧伤而美丽"一句,琶音的使用奇妙地衬出夜的宁静。

　　福雷倾向于捕捉一首诗整体的情境,酿造出合适的气氛、色彩。相对的,德彪西却采用精工细雕的手法,近乎逐字逐句地跟随原文,刻画诗意。德彪西也许是古今音乐家中最深谙诗与音乐融合之奥秘的,堪与比拟者也许只有奥国的沃尔夫(Hugo Wolf, 1860—1903)。他对诗格律与语言节奏的掌握有异于常人的禀赋,敏锐地感应诗中字句细微的变化,又能兼顾全诗的结构。魏尔伦的〈月光〉在德彪西笔下委婉细致地流转着,沉浸在一种极度诗意的氛围里。钢琴慵懒而即兴的四小节前奏定位了全曲异国、诱人的情调。1891 年的德彪西多样丰富的和声语汇让魏尔伦的诗如鱼游于光影交迭、色彩折映的水中。听"使喷泉因狂喜而啜泣"一句:歌声如上升的水柱逐渐(且微微地)加强,至全句将尽处又如水柱缓缓落下、减弱——完美的抑扬顿挫,音乐的喷泉!

　　福雷的月光如水或果汁,可以整杯入肚,德彪西的月光如酒,适合一小口一小口啜饮。福雷拥抱气氛,德彪西字字斟酌。同样谱魏尔伦的〈泪落在我心中〉,福雷仿佛隔窗看雨落,在雨水迷离的窗玻璃上映见泪落在自己心中,德彪西的雨和泪,则一滴一滴直打在心上,德彪西感觉它们不同的形状、重量以及声音:

Il pleure dans mon coeur	泪落在我心中
Comme il pleut sur la ville.	仿佛雨落在城市上,
Quelle est cette langueur	是什么样的郁闷
Qui pénètre mon coeur?	穿透我的心中?
O bruit doux de la pluie,	噢,温柔的雨声,
Par terre et sur les toits!	落在土地也落在屋顶!
Pour un coeur qui s'ennuie,	为了一颗倦怠的心,
O le chant de la pluie!	噢,雨的歌声!
Il pleure sans raison	泪落没有缘由
Dans coeur qui s'écoeure.	在这颗厌烦的心中。
Quoi! nulle trahison?	怎么!并没有背信?
Ce deuil est sans raison.	这哀愁没有缘由。
C'est bien la pire peine,	那确是最沉重的痛苦
De ne savoir pourquoi,	不知道悲从何来,
Sans amour et sans haine,	没有爱也没有恨,
Mon coeur a tant de peine!	我的心有这么多痛苦!

这首〈泪落在我心中〉出自魏尔伦1874年的诗集《无言歌》(*Romances sans paroles*),"被遗忘的小咏叹调"(Ariettes oubliées)之三。魏尔伦在诗前引了一句兰波的诗:"雨温柔地落在城市上"(Il pleut doucemensur la ville)。这首诗每节首句和末句的最后一字相同,形成一个封闭的圆圈,暗示着诗人

的徘徊彷徨、找不到出路的苦闷。诗中还大量使用同音和近音词,渲染情绪,强化音乐效果。福雷与德彪西的歌同样在 1888 年谱成,皆以钢琴模仿单调、不绝的雨声,而歌声则在须能传达诗中单调、苦闷的情绪,又不致令听者感到枯燥无味的情境下半抒情、半机械地走索着。福雷的歌者在有限的九度音程内上下,德彪西的则不时穿越琴键上激起的闪烁的、精琢细磨的雨的光,咏叹无可名状的忧郁。

无可名状,因为"没有爱也没有恨",虽然更多时候爱与恨,与哀愁往往一体。1869 年 6 月,魏尔伦初遇天真、貌美、有教养的 16 岁少女玛蒂尔德(Mathilde),一见钟情,为她写作一辑《良善的歌》(*La bonne chanson*, 1870),作为爱的献礼。1870 年 8 月,两人结婚。1871 年 10 月,玛蒂尔德为魏尔伦产下一子。1872 年 5 月,不堪婚姻束缚的魏尔伦在狂烈酗酒、殴打玛蒂尔德欲置之死地,以及险些杀死自己的儿子等事件后,抛弃妻儿,与小他十岁的同性恋情人兰波同游比利时,后又到伦敦。1873 年 7 月,两人回到布鲁塞尔,魏尔伦因恐兰波将离他而去,酒后枪伤兰波,被判刑两年。写于 1872 年至 1873 年的《无言歌》是魏尔伦创作的高峰,里面有魏尔伦的爱与哀愁,对玛蒂尔德,对兰波。"被遗忘的小咏叹调"中被福雷、德彪西谱成歌的另有〈这是恍惚〉与〈绿〉。

魏尔伦的〈绿〉可说是一首"绿色交响曲",弥漫湿润、鲜沃的绿意,然而全篇并无一个"绿"字,甚至无任何表示颜色的字词——除了第三行双手的"白皙"。这是化无绿为绿的无言歌,唱出疲惫的流浪者渴求宁静的愿望:

Voici des fruits, des fleurs, des feuilles des branches	这儿是果实、花朵、树叶和树枝,
Et puis voici mon coeur qui ne bat que pour vous.	还有我的这颗心,它只为你跳动。
Ne le déchirez pas avec vos deux mains blanches	不要用你白皙的双手将它撕裂,
Et qu'à vos yeux si beaux l'humble présent soit doux.	愿这谦卑的礼物获你美目哂纳。
J'arrive tout couvert encore de rosée	我来了,身上仍沾满露珠,

Que le vent du matin vient glacer à mon front.	晨风使它在我额上结霜,
Souffrez que ma fatigue à vos pieds repose	请容许我的疲惫在你脚下歇息,
Rêve des chers instants qui la délasseront.	让梦中美好时刻带给它安宁
Sur votre jeune sein laissez rouler ma tête	在你年轻的胸口让我枕放我的头,
Toute sonore encor de vos derniers baisers	我的脑中仍回响着你最后的吻;
Laissez-la s'apaiser de la bonne tempête	在美好的风暴后愿它平静,
Et que je dorme un peu puisque vous reposez.	既然你歇息了,我也将小睡片刻。

德彪西在1888年将之谱成歌,福雷则在1891年。比他们晚生的作曲家普朗克(Francis Poulenc, 1899—1963)曾说:"谱诗成曲应当是爱的实践,而不是勉强成婚。"福雷的〈绿〉优美、精巧,不断转调,充满青春气息,但德彪西的显然是更富情爱的诗乐之合。德彪西四小节的钢琴前奏已然完美地呈现出手捧鲜花而来的诗人的渴切和热情。钢琴负责旋律与气氛的铺陈:在一个由两小节、两小节乐句构成的骨架上,开展富变化的旋律。歌声则专注于节奏与语字的刻绘。这样的分工使德彪西能依循法语自然的声调变化形塑歌声的线条。他同时未曾松懈对全诗整体架构的关照:诗人的心境由热情,而迟疑,而怀抱希望,乐曲也从一开始的降A小调一直到曲终才转成降G大调,获得歇息。歌声在较窄的音域内行进,偶然出现的宽音程的跃进与一字多音的花腔便显得格外动人。诗人在他年轻恋人(兰波?)的胸口短暂入眠,我们在音乐家乐谱的吊床感受短暂超尘的喜悦。

  浪子魏尔伦在狱中开始反省,向天主寻求依靠,但禁忌的过去时时呼唤着他,使他常在颓废放荡与虔诚忏悔间摆荡。他50岁时继勒孔特·德·李尔(Leconte de Lisle, 1818—1894)被选为"诗人之王",当了两年便去世。丧礼中,福雷为其亲弹管风琴。

  "我"那一本《企鹅法国诗选第三册》有一首魏尔伦的〈诗艺〉(Art poétique),里头他说"灰蒙蒙的歌最为珍贵／模糊与清晰在此相混……／抓住雄辩,扭断它的脖子……／还是要音乐,永远要音乐……"。我这篇模糊与清晰相混的文字,希望不辩、不明地让大家一窥象征主义诗歌灰蒙蒙的珍贵。当魏尔伦遇见德彪西遇见福雷,我们有的是音乐!音乐!音乐!

附:迪帕克艺术歌曲两首诗译

● 〈邀游〉(*L'Invitation au voyage*)/波德莱尔(Baudelaire)诗

Mon enfant, ma sœur,	我的孩子,我的妹妹,
Songe à la douceur,	想象那甜蜜,
D'aller là-bas vivre ensemble!	到那边去一起生活!
Aimer à loisir,	去悠闲地爱,
Aimer et mourir	去爱,去死
Au pays qui te ressemble!	在与你相似的土地。
Les soleils mouillés	湿濡的太阳
De ces ciels brouillés	在云翳的天空,
Pour mon esprit ont les charmes	在我心里生出诱惑,
Si mystérieux	如此地神秘,
De tes traîtres yeux,	一如你不贞的眼睛,
Brillant à travers leurs larmes,	在泪水中透出光彩。
Là, tout n'est qu'ordre et beauté,	那儿,一切是和谐,美,
Luxe, calme et volupté.	丰盈,宁静,与欢愉。
Vois sur ces canaux	看那些运河上
Dormir ces vaisseaux	那些睡着的船只,
Dont l'humeur est vagabonde;	它们的性情是四处流浪;
C'est pour assouvir	为了满足
Ton moindre désir	你最微小的愿望,
Qu'ils viennent du bout du monde.	它们从世界的尽头来到这儿。
—Les soleils couchants	西沉的太阳

Revêtent les champs,　　　　　　将田野,将运河,
Les canaux, la ville entière,　　　将整个城市笼罩在
D'hyacinthe et d'or;　　　　　　风信子红与金黄里;
Le monde s'endort　　　　　　　世界沉睡于
Dans une chaude lumière.　　　　一片温暖的光中。

Là, tout n'est qu'ordre et beauté,　那儿,一切是和谐,美,
Luxe, calme et volupté.　　　　　丰盈,宁静,与欢愉。

● 〈忧伤之歌〉(*Chanson triste*)／拉奥(Lahor)诗

Dans ton coeur dort un clair de lune,　在你心中睡着一种月光,
Un doux clair de lune d'été,　　　　一种柔和的夏之月光,
Et pour fuir la vie importune,　　　为了逃避生之烦忧,
Je me noierai dans ta clarté.　　　　我将浸润在你的光中。

J'oublierai les douleurs passées,　　我将忘却过往的哀愁,
Mon amour, quand tu berceras　　　啊爱人,当你轻摇
Mon triste coeur et mes pensées　　我忧伤的心与思绪
Dans le calme aimant de tes bras.　在你臂弯充满爱意的平静里。

Tu prendras ma tête malade,　　　你会将我病了的头,
Oh! quelquefois, sur tes genoux,　　噢,有时放在你膝上,
Et lui diras une ballade　　　　　对着它念一首诗歌,
Qui semblera parler de nous;　　　说的仿佛是我们的故事。

Et dans tes yeux pleins de tristesse,　而从你满溢忧伤的双眼,
Dans tes yeux alors je boirai　　　从你的双眼我将汲取
Tant de baisers et de tendresse　　如此多的吻与温柔,
Que peut-être je guérirai.　　　　那样,也许我将霍然而愈。

拉威尔的歌曲世界

——〈巨大幽暗的睡眠〉、《天方夜谭》、《鸟兽志》

拉威尔(Maurice Ravel, 1875—1937)一生总共写了49首歌曲,包括三首改编自合唱曲者以及14首民歌的编曲——其中俄罗斯与法兰德斯两首曲谱已佚失。一如他的其他音乐作品,这些歌曲充分显示了拉威尔创新曲式、驱使音彩的魔力——娴熟的技巧,明晰的旋律线,加上对儿童与动物世界的同情,对想象的异国或古代事物的向往,使他的音乐特具一种融合机智、诙谐、精致、创意的迷人色彩。

1. 巨大幽暗的睡眠

谱于1895年的〈巨大幽暗的睡眠〉(Un grand sommeil noir),虽是拉威尔早岁之作,却十分简洁而深沉。这首象征派诗人魏尔伦(Verlaine)的诗,将逐渐迈向死亡的人的生命比作是在坟墓里摇摆的摇篮:

Un grand sommeil noir	巨大幽暗的睡眠
Tombe sur ma vie :	掉落在我的生命。
Dormez, tout espoir,	睡吧,一切希望,
Dormez, toute envie !	睡吧,一切嫉妒。
Je ne vois plus rien,	我不再看见,
Je perds la mémoire	忘却一切的
Du mal et du bien …	善与恶……
Ô la triste histoire !	噢,可悲的故事!

Je suis un berceau	我是摇篮
Qu'une main balance	随着一只手在空洞的
Au creux d'un caveau :	墓穴里摇摆：
Silence, silence !	寂静，寂静。

拉威尔的音乐贴切、生动地传达了这种绝望的情境。曲子一开始，随着摇篮般摇摆的钢琴伴奏出现的是圣歌般单调的歌声，低沉的升 G 音被反复唱了 23 遍，并且在全曲结束时再度出现。曲子的中段布着一些未解决的不协和音，几乎要摇撼原有的调性。旋律时而如宣叙调般重复的念唱，时而如火箭般据升——在最高处陡然下降。整个曲子，如歌词所示，结束于最后的奄奄一息。

2. 天方夜谭

谱于 1903 年的《天方夜谭》(*Shéhérazade*) 是由管弦乐伴奏的巨大的音乐的三连画。拉威尔以极大的创意将友人克林索 (Tristan Klingsor, 1874—1966) 充满想象力与异国情调的诗赋以丰富而官能的色彩。第一首〈亚洲〉(Asie)，可以当作是以人声伴奏的交响诗。轻飘、多变的管弦乐华丽抒情地铺陈神秘气氛。声乐的部分主要仍是宣叙调风格，但已由早期圣歌般刻意的单调转成较抒情、流畅的乐句，颇可看出德彪西歌剧《佩利亚斯与梅丽桑德》(1902) 的影响。拉威尔试图以接近自然口语的歌唱方式捕捉原诗精巧的节奏。音乐忠实地依循原诗的结构，段落与段落间各以小的间奏连结。开头是宣叙调般的导引，而后随着情节的开展忽急忽缓地攀升，至令人心惊的"我想看看因爱或因恨所造成的死亡"一句，在响亮的降 B 音中达到高潮。尾声部分又回到宣叙调，以一种不愧为大师手笔的简朴总结：

Asie, Asie, Asie.	亚洲，亚洲，亚洲
Vieux pays merveilleux des contes de nourrice	古老童话的梦土，
Où dort la fantaisie comme une impératrice	在那儿，幻想如皇后般

En sa forêt tout emplie de mystère.	睡卧于她无限神秘的森林。
Asie,	亚洲,
Je voudrais m'en aller avec la goëlette	我想随今夜停泊于港口的
Qui se berce ce soir dans le port	帆船出航,
Mystérieuse et solitaire	神秘且孤寂,
Et qui déploie enfin ses voiles violettes	它终将张开它紫色的帆船
Comme un immense oiseau de nuit dans le ciel d'or.	像一只巨大的夜鸟在金色的天空。
Je voudrais m'en aller vers des îles de fleurs	我想航行到群花的岛屿,
En écoutant chanter la mer perverse	聆听刚愎的海歌唱,
Sur un vieux rythme ensorceleur.	带着一种古老而蛊惑人的节奏。
Je voudrais voir Damas et les villes de Perse	我想游览大马士革以及波斯的城镇
Avec les minarets légers dans l'air.	看高悬于空中的他们的尖塔。
Je voudrais voir de beaux turbans de soie	我想看看那些精致的丝质头巾
Sur des visages noirs aux dents claires;	系在咧着白牙的黝黑的脸上;
Je voudrais voir des yeux sombres d'amour	我想看看那些因爱而黯淡的眼神
Et des prunelles brillantes de joie	以及因喜悦而闪亮的眼瞳
En des peaux jaunes comme des oranges;	贴在如橘子一般黄的皮肤上;
Je voudrais voir des vêtements de velours	我想看看那些天鹅绒的外衣
Et des habits à longues franges.	以及有长长坠饰的袍子。
Je voudrais voir des calumets entre des bouches	我想看看四周白须围绕的
Tout entourées de barbe blanche;	双唇间的烟斗;
Je voudrais voir d'âpres marchands aux regards louches,	我想看看诡诈的商贾,
Et des cadis, et des vizirs	以及那些下官与大臣——
Qui du seul mouvement de leur doigt se penche	但凭手指弯曲

Accordent vie ou mort au gré de leur désir.	即随心所欲,断人生死。
Je voudrais voir la Perse, et l'Inde, et puis la Chine,	我想看看波斯,印度,而后中国,
Les mandarins ventrus sous les ombrelles,	阳伞底下那些肥胖的中国官吏
Et les princesses aux mains fines,	以及十指纤细的公主们
Et les lettrés qui se querellent Sur la poésie et sur la beauté;	以及辩论诗歌与美的学者们;
Je voudrais m'attarder au palais enchanté	我想徘徊魔宫
Et comme un voyageur étranger	像海外来的游客
Contempler à loisir des paysages peints Sur des étoffes en des cadres de sapin	悠闲地赏视框于杉木间丝绢上涂绘着的风景,
Avec un personnage au milieu d'un verger;	中有一人独立于果园;
Je voudrais voir des assassins souriant	我想看看刺客们的微笑
Du bourreau qui coupe un cou d'innocent Avec son grand sabre courbé d'Orient.	当刽子手举起他巨大、东方的弯刀往无辜者的颈上砍去。
Je voudrais voir des pauvres et des reines;	我想看看穷人与后妃;
Je voudrais voir des roses et du sang;	我想看看玫瑰与血;
Je voudrais voir mourir d'amour ou bien de haine.	我想看看因爱或因恨所造成的死亡。
Et puis m'en revenir plus tard	然后我从那儿归来,
Narrer mon aventure aux curieux de rêves	向那些喜欢梦想的人叙说我的冒险。
En élevant comme Sindbad ma vieille tasse arabe De temps en temps jusqu'à mes lèvres	像辛巴达一样,不时将我的阿拉伯杯举向唇边
Pour interrompre le conte avec art ...	技巧地中断我的故事……

第二首〈魔笛〉(La flûte enchantée)是委婉柔美的小品。描述女仆(或女奴)被屋外情人吹笛声所迷之景。如诉如泣的长笛以哀怨的旋律对位歌

声,令人印象深刻:

> L'ombre est douce et mon maître dort 影子轻柔,而我的主人熟睡着,
> Coiffé d'un bonnet conique de soie 圆锥状的丝帽在头上
> Et son long nez jaune en sa barbe blanche. 长而黄的鼻子在白色的胡须中。
>
> Mais moi, je suis éveillée encore 但我,我仍然醒着,
> Et j'écoute au dehors 我听到外边
> Une chanson de flûte où s'épanche 有笛声传出
> Tour à tour la tristesse ou la joie. 时而忧伤,时而喜悦——
> Un air tour à tour langoureux ou frivole 或徐或疾,我的爱人
> Que mon amoureux chéri joue, 吹奏的曲调,
> Et quand je m'approche de lacroisée 当我走近窗扉
> Il me semble que chaque note s'envole 我仿佛看见每个音符
> De la flûte vers ma joue 自笛身飞向我的脸颊
> Comme un mystérieux baiser. 如同神秘的亲吻。

这三首歌当中最凝聚且最具神秘感的,当属最后一首〈冷漠者〉(L'indifférent),叙述一名美丽女子对英俊然而暧昧不明的过客悲剧的渴望。透过精心的音乐设计,拉威尔为这短短的一景注入了浓密的人性特质。他运用了长的和声延留音,一连串艳丽的四分音符,阴沉迟缓的节奏,以及半音的声乐旋律线。拉威尔成功地避开了此类阴沉迟缓可能带来的乏味。他安排了一句全无伴奏的简单的宣叙调,引出失恋的悲痛:"但不,你走过,／我从门口看到你继续前行……"这个乐句一个音符不改地重现在拉威尔同年所写的另一首歌〈花之外套〉(Manteau de fleurs)里——同样无伴奏,同样居于全曲枢纽地位。

当拉威尔把《天方夜谭》最后一页曲谱交给指挥家柯隆(Edouard Colonne)时,柯隆纳对他说:"我希望你找个女人来唱这首歌。"这实在是深谙拉威尔美学观与性格之论。但这首杰作同时也实有所指。从某一角度而

言,这位英俊而冷漠的过客即是拉威尔自己:他将此题献给爱玛·巴黛柯(Emma Bardac),透过诗与音乐,回答她对他的追求——刚刚离开福雷,尚未嫁给德彪西的爱玛,对年轻倜傥的拉威尔似乎着迷已久。这首歌散发沉静的官能美:

Tes yeux sont doux comme ceux d'une fille,	你的眼睛温柔如女子,
Jeune étranger,	年轻的陌生客,
Et la courbe fine	而你那柔毛轻覆的
De ton beau visage de duvet ombragé	姣好的面庞
Est plus séduisante encor de ligne.	有着更诱人的曲线。
Ta lèvre chante sur le pas de ma porte	你的舌在我的门口歌唱
Une langue inconnue et charmante	一种陌生而迷人的语言
Comme une musique fausse.	仿佛走调的音乐……
Entre! Et que mon vin te réconforte ...	进来吧!让我的酒滋润你……
Mais non, tu passes	但不,你走过,
Et de mon seuil je te vois t'éloigner	我从门口看到你继续前行
Me faisant un dernier geste avec grace	向我做了个优雅的道别手势,
Et la hanche légèrement ployée	你的臀部轻摆
Par ta démarche féminine et lasse ...	随着你阴柔、慵懒的步态……

3. 鸟兽志

五首一组的动物画像——《鸟兽志》(*Histoires naturelles*),问世后即引起争议。从吕利(Lully, 1632—1687)到德彪西,法国歌曲在演唱时,习惯都加重无声的音节,把字尾无声的 e 也唱出来,但拉威尔却打破了此种僵硬的学院传统,让歌者如日常生活说话般演唱这些歌。一心钻研求新的拉威尔,在早期的歌及《天方夜谭》里即谨慎地略去某些字尾的 e,在《鸟兽志》里他进一步拉近诗与口语间的距离,追求一种"不加修饰的朗读法",把许多字中无声的e也省略了。因此虽然此曲颇有新意,并复苏了雅内坎(Janequin)、库普兰(Couperin)、拉莫(Rameau)以降法国"动物音乐"的传统,但1907年在巴黎国家音乐学院首演时却未获好评。德彪西对拉洛(Louis Laloy)表示,拉威尔再度令他不快,"表现得像个魔术师、骗徒、玩蛇者,能叫花长在椅子上";福雷承认他很惊骇,"这些东西居然也被谱成音乐"。

以今日的眼光观之,这首作品仍旧跟初问世时一样充满创意,但今天我们却更清楚感受到它融合嘲讽与含蓄情感的巧思——拉威尔生动地呈现了勒纳尔(Jules Renard, 1864—1910)散文诗的情境,捕捉住微妙的诗意;〈孔雀〉(La paon)与〈蟋蟀〉(Le grillon)两首的结尾、〈天鹅〉(Le cygne)、〈鱼狗〉(Le martin-pêcheur),皆蕴含一些真正抒情的片刻——与〈雌珠鸡〉(La pintade)中的粗暴、滑稽相对照,恰收平衡之妙。这些歌见证了拉威尔对动物的爱,见证了他的诙谐讥讽,以及写实传真的功力——孔雀嘴里"蕾虹!蕾虹!"热情的呼喊;扭紧小表发条的蟋蟀的朗诵;模拟传神的天鹅的旋律美;鱼狗的不协和声以及狂乱的雌珠鸡刺耳的槌弓奏法。拉威尔故意叫音乐配合非音乐性的散文,但却不失原作的诗意与趣味:

- *Le paon*

  Il va sûrement se marier aujourd'hui. Ce devait être pour hier. En habit de gala, il était prêt. Il n'attendait que sa fiancée. Elle n'est pas venue. Elle ne peut tarder. Glorieux, il se promène avec une allure de prince indien et porte sur lui les riches présents d'usage. L'amour avive l'éclat de ses couleurs et son aigrette tremble comme une lyre. La fiancée n'arrive pas. Il monte au haut du toit et regarde du côté du soleil. Il jette son cri diabolique : Léon ! Léon! C'est ainsi qu'il appelle sa fiancée. Il ne voit rien venir et personne ne répond. Les volailles habituées ne lèvent même point la tête. Elles sont lasses de l'admirer. Il redescend dans la cour, si sûr d'être beau qu'il est incapable de rancune. Son mariage sera pour demain. Et, ne sachant que faire du reste de la journée, il se dirige vers le perron. Il gravit les marches, comme des marches de temple, d'un pas officiel. Il relève sa robe à queue toute lourde des yeux qui n'ont pu se détacher d'elle. Il répète encore une fois la cérémonie.

〈孔雀〉

　　今天一定是他结婚的日子。本来婚礼预订昨天举行的——他穿戴所有的华衣美饰，等着他的未婚妻。她还没来。她不会耽搁太久。他带着印度王子的神采，佩挂丰美的礼物，趾高气扬地四处踱着。爱情使他容光焕发，他的雀冠颤动如古希腊的七弦琴。他的未婚妻还没到来。他爬上屋顶，自阳光普照处眺望，以骇人的叫声呼喊："蕾虹！蕾虹！"他如是呼唤着他的未婚妻。他什么也没看见，更没有人回答。那群冷漠的飞禽连头也不抬一下：他们已倦于仰慕他了。他再度走向庭院。对自己姣好的容颜信心十足，他心中不存在任何怨恨。他的婚礼一定得延到明天了。不知如何打发剩下的时间，他信步走到楼梯口，以郑重的步伐攀登而上，仿佛那是庙堂的阶梯。他抬起他的长尾，两眼沉重地凝视其上，然后再次排演婚礼的仪式。

● Le grillon

　　C'est l'heure où, las d'errer, l'insecte nègre revient de promenade et répare avec soin le désordre de son domaine. D'abord il ratisse ses étroites allées de sable. Il fait du bran de scie qu'il écarte au seuil de sa retraite. Il lime la racine de cette grande herbe propre à le harceler. Il se repose. Puis il remonte sa minuscule montre. A-t-il fini? est-elle cassé? Il se repose encore un peu. Il rentre chez lui et ferme sa porte. Longtemps il tourne sa clef dans la serrure délicate. Et il écoute: Point d'alarme dehors. Mais il ne se trouve pas en sûreté. Et comme par une chaînette dont la poulie grince, il descend jusqu'au fond de la terre. On n'entend plus rien. Dans la campagne muette, les peupliers se dressent comme des doigts en l'air et désignent la lune.

〈蟋蟀〉

　　厌倦了嬉游，此刻该是这只黑色昆虫自外归返，细心修整零乱家园的时候了。首先，他耙平狭窄的沙路。找了些锯屑，将之推向休憩的门坎。他把狭长的草叶的根部锉光磨平。稍事休息，他扭紧小表的发条。他完工了吗？表坏了吗？他又休息了片刻，然后起身关门，慢慢转动那细致门锁上的钥匙。他倾听：外头没有惊动声。但他仍觉得不安全。像滑轮上轧轧作响的链子,他深入地底。再没有任何声响。在寂静的乡间,白杨木像指头一般立在空中,遥指明月。

- *Le cygne*

　　Il glisse sur le bassin, comme un traîneau blanc, du nuage en nuage. Car il n'a faim que des nuages floconneux qu'il voit naître, bouger, et se perdre dans l'eau. C'est l'un d'eaux qu'il désire. Il le vise du bec, et il plonge tout à coup son vol vêtu de neige. Puis, tel un bras de femme sort d'une manche, il le retire. Il n'a rien. Il regarde : les nuages effarouchés ont disparu. Il ne reste qu'un instant désabusé, car les nuages tardent peu à revenir, et, là-bas, où meurent les ondulations de l'eau, en voici un qui se reforme. Doucement, sur son léger coussin de plumes, le cygne rame et s'approche ... Il s'épuise à pêcher de vains reflets, et peut-être qu'il mourra, victime de cette illusion, avant d'attraper un seul morceau de nuage. Mais qu'est-ce que je dis? Chaque fois qu'il plonge, il fouille du bec la vase nourrissante et ramène un ver. Il engraisse comme une oie.

〈天鹅〉

　　他滑行于池上,像白色的雪橇,穿梭云际,因为他只渴望绵羊般的云朵——看着它们在水里生成、转变、消失。他用他的喙子瞄准,而后突然将他雪白的颈子伸入水中。接着,像女子的手臂自袖子抽出,他颈子伸出水面,什么也没抓着。他四下张望:受惊的云已然消逝。他的失望只持续片刻,因为云朵不久即再度出现,在那儿,在那涟漪逐渐隐去处,另一批云正在形成。无声地,驾着轻柔的绒毛座垫,那天鹅越划越近。他厌倦于追逐虚幻的影像;或许他将死去,一名幻像的受害者,来不及抓住任何一片云彩。但是叫我怎么说!每次潜泳,他的喙总翻遍多汁的沼泥,衔出一条虫。他越长越像一头肥鹅了。

- *Le martin-pêcheur*

　　Ça n'a pas mordu, ce soir, mais je rapporte une rare émotion. Comme je tenais ma perche de ligne tendue, un martin-pêcheur est venu s'y poser. Nous n'avons pas d'oiseau plus éclatant. Il semblait une grosse fleur bleue au bout d'une longue tige. La perche pliait sous le poids. Je ne respirais plus, tout fier d'être pris pour un arbre par un martin-pêcheur. Et je suis sûr qu'il ne s'est pas envolé de peur, mais qu'il a cru qu'il ne faisait que passer d'une branche à une autre.

〈鱼狗〉

没有鱼上钩,今天晚上,但我却觉得异常兴奋:当我握着鱼竿垂下钓线时,一只鱼狗飞来栖息于上。再没有比这更聪明的水鸟了。他仿佛是开放于长叶柄末梢的大蓝花。他的重量弄弯了鱼竿。我几乎屏住了呼吸,为自己被一只鱼狗误认为一株树而感到骄傲。我确信他不是因为害怕而飞离;他以为他只不过从一根树枝路过另一根树枝。

● Le pintade

C'est la bossue de ma cour. Elle ne rêve que plaies à cause de sa bosse. Les poules ne lui disent rien: Brusquement, elle se précipite et les harcèle. Puis elle baisse sa tête, penche le corps, et, de toute la vitesse de ses pattes maigres, elle court frapper, de son bec dur, juste au centre de la roue d'une dinde. Cette poseuse l'agaçait. Ainsi, la tête bleuie, ses barbillons à vif, cocardière, elle rage du matin au soir. Elle se bat sans motif, peut-être parce qu'elle s'imagine toujours qu'on se moque de sa taille, de son crâne chauve et de sa queue basse. Et elle ne cesse de jeter un cri discordant qui perce l'aire comme un pointe. Parfois elle quitte la cour et disparaît. Elle laisse aux volailles pacifiques un moment de répit. Mais elle revient plus turbulente et plus criarde. Et, frénétique, elle se vautre par terre. Qu'a-t-elle donc? La sournoise fait une farce. Elle est allée pondre son oeuf à la campagne. Je peux le chercher si ça m'amuse. Et elle se roule dans la poussière comme une bossue.

〈雌珠鸡〉

她是我天井里的驼子:正因为她驼背,所以只想找机会打架。其他家禽并未对她说什么,但是她却突然扑过去攻击他们。然后她低下头,弯起身子,用她虚弱的腿尽快地奔跑,用她坚硬的喙狠狠扎入母鸡的尾部——她昂首阔步,惹恼了她。所以她用微带蓝色的头,爱挑衅的肉垂,从早到晚好勇斗狠地发着脾气。她毫无理由的殴斗,或许她以为他们都在嘲笑她的身材,她的秃头,以及低矮的尾巴;而且她从不中断她那刺耳的尖叫声——像针一般足可戳穿空气。偶尔她会离开天井,暂时消失,让爱好和平的家禽享受片刻的安宁。但她随即以更暴烈聒噪的姿态回来,狂野地在地上打滚。这是怎么一回事?这狡猾的家伙在装傻。她在田里下了一个蛋。如果我愿意,我可前去寻找。而她在尘土中打滚,活像一个驼子。

*

斯特拉文斯基曾形容拉威尔是"瑞士表匠",指的恐怕是拉威尔客观、精确包装音乐素材的匠心吧。拉威尔的音乐富机智、创意,亦不乏优雅与会心的幽默,但绝少直接暴露自己的情感。他像旁观者般带着喜悦与爱注视他自己的作品,仿佛它们是精巧的玩具,可爱的机械鸟兽——每一件都是一个小小的工艺世界,多彩多姿且富于变化。拉威尔歌曲世界的最大特色即在于它们的多样性。他不断翻新意念、探索新路。虽然他主要的努力似乎放在对韵律学(prosody)——亦即如何贴切表现诗节奏的探讨上,但他的成就却不止于此。他常常能超越韵律的问题,达成一种迷人、纯粹的声乐效果;前面所举〈巨大幽暗的睡眠〉一首里的念唱就不只是逼真的模拟,它本身即具有一种引人入胜的美。拉威尔最好的歌曲都能跨出诗律的界线,让歌声自由地流动。他并非固守自然口语的唱法,有时也采"延长加重法"——借拍子的延长以强调某个重要的字——以求表现生动的效果。〈亚洲〉这首歌中的第一段最后一行的"像一只巨大的夜鸟"(Comme un immense oiseau de nuit)即是很好的例子。这种手法跟《鸟兽志》里大胆的短句相较,又大异其趣。拉威尔总是考虑不同诗人的不同气质,为所选的歌词寻求最适当的表现方法。他丰富、多样的歌曲,已然在世界艺术歌曲宝库里占有一席之地。

啊，波希米亚

在所有歌剧当中，《波希米亚人》是我重听过最多次的一出，不仅因为它像烈火般在我青春年少时就彻底燃烧了我，更因为在它永恒的火光中不断闪现的对青春、艺术与生命的爱。

四个穷困的艺术家同住在巴黎拉丁区的一个小阁楼，寒冷的圣诞夜逼使画家想拆掉椅子当柴火烧，诗人毅然拿出自己剧作的原稿投进壁炉烧火取暖，抱着一大堆书籍上当铺的哲学家无功而返，幸好音乐家回来了，带着酒食和演奏的酬劳。房东突然前来催索房租，四人用计将之哄退，决定一起到街上欢度良宵。诗人因急着完成一段诗稿，稍晚离去，忽然听到有人敲门。他开门，发现是一位掉了钥匙，要来借火柴的楚楚可怜的女孩……

然后开始了普契尼歌剧中最著名的两首咏叹调：诗人鲁道夫的〈你那好冷的小手〉，以及绣花女工咪咪的〈是，人家叫我咪咪〉。我曾经一遍遍地把这段音乐放给不同学生听，要他们仔细聆赏研究，因为所有爱与被爱的艺术，所有诱拐异性与被异性诱拐的窍门都在里面。它们同时是最好的音乐和最好的诗，一经入耳，永生难忘。作为一个同样写诗的人，我特别喜欢鲁道夫唱的这几句："我无惧于贫穷，挥霍诗句和情歌如同王侯。说到梦想、遐想和空中楼阁，我的心有如百万富翁。但有时我金库里所有的珠宝，却被两个贼偷了——这两个贼是一双美丽的眼睛，它们刚刚随着你进来……"

刻画缠绵的爱情显然是普契尼所拿手，但《波希米亚人》中除了诗人与咪咪的"浪漫之爱"，另有一条对比的辅线：画家与他轻佻的爱人穆赛塔的"现实之爱"。普契尼利用这条辅线营造了一些热闹的场面，并且巧妙地融合两组质素相异的爱情，造成强烈的戏剧效果：第三幕中，重病的咪咪与因猜忌离她而去的诗人重逢于巴黎郊外地狱门附近的酒店,前嫌尽弃的这对恋人,如漆如胶地在舞台一边回忆、倾诉往日爱情的甜蜜,而另一边则是画家与穆赛塔相骂的声音。也就是说,我们同时听见两组情绪不同的爱人的二重唱,或者说两组爱人合起来的四重唱。如果这是话剧,四个人同时说话呈现出来的可能是一团大混乱,但歌剧给了我们其他艺术形式做不到的刺激:透过音乐,普契尼让我们同时听到了不同的情感的呈示——两组二重唱互相冲突,一组充满诗情,一组激动而无聊。这实在是奇妙的享受:在同一时间内经验到冲突的热情,对比的情绪和分离的事件。指挥家兼作曲家伯恩斯坦曾说这是舞台历史上最动人的一幕:"只有神才可以同时了解多于一种事情,在短短的时间内,我们也被提高到神的水平。"

《波希米亚人》也是意大利男高音帕瓦罗蒂的最爱,不仅因为鲁道夫是他首次职业歌剧演出时担任的角色,也因为他自身经历过和剧中艺术家一样的奋斗岁月。他认为这出歌剧充满对生命的热爱,是词曲配合天衣无缝的完美之作,虽然写成于九十多年前,却能让不同时地的观众都认同。他相信即使在百年之后,世界各地仍会有众多鲁道夫等候众多咪咪前来敲门——只要歌剧存在,就会有《波希米亚人》。

附:《波希米亚人》咏叹调三首诗译

● 〈你那好冷的小手〉(鲁道夫)
Rodolfo:

Che gelida manina,	你那好冷的小手,
se la lasci riscaldar.	让我来温暖它。
Cercar che giova?	再找有什么用?
Al buio non si trova …	黑漆一片,什么也找不到。
Ma per fortuna	但是幸亏
é una notte di luna,	今晚皓月当空,
e qui la luna	皎洁的月光

l'abbiamo vicina.	就在我们附近。
Aspetti, signorina,	请等一下,小姐,
le dirò con due parole	让我用两句话告诉你
chi son, e che faccio,	我是谁,我做什么,
come vivo. Vuole?	我如何生活?可以吗?
Chi son? Sono un poeta.	我是谁?是一个诗人。
Che cosa faccio? Scrivo.	我做什么?写作。
E come vivo? Vivo.	我如何生活?就是生活。
In povertà mia lieta	我无惧于贫穷,
scialo da gran signore	挥霍诗句和
rime ed inni d'amore.	情歌如同王侯。
Per sogni e per chimere	说到梦想、遐想
e per castelli in aria,	和空中楼阁,
l'anima ho milionaria.	我的心有如百万富翁。
Talor dal mio forziere	但有时我金库里所有的珠宝,
ruban tutti i gioelli	却被两个贼偷了——
due ladri, gli occhi belli.	这两个贼是一双美丽的眼睛,
V'entrar con voi pur ora,	它们刚刚随着你进来,
ed i miei sogni usati	令我那些旧梦,
e i bei sogni miei,	那些美梦
tosto si dileguar!	刹那间烟消云散!
Ma il furto non m'accora,	然而我并不难过,
poiché, poiché v'ha preso stanza	因为失窃所留下的空白已被
la speranza!	希望填满!
Or che mi conoscete,	现在,你已知道我是谁了,
parlate voi, deh! Parlate.	换你说话吧!请告诉我
Chi siete?	你是谁。
Vi piaccia dir!	请你说吧!

● 〈是,人家叫我咪咪〉(咪咪)
Mimì:

Sì, Mi chiamano Mimì,	是,人家叫我咪咪,
ma il mio nome è Lucia.	但是我的名字是露西亚。
La storia mia è breve:	我的故事非常简单:
a tela o a seta	我在棉布与丝缎上绣花,
ricamo in casa e fuori …	在家中或在外头。
Son tranquilla e lieta	我满足而快乐,
ed è mio svago	我的乐趣是绣花,
far gigli e rose.	绣百合和玫瑰。
Mi piaccion quelle cose	我喜爱这些
che han sì dolce malìa,	充满甜蜜魅力的事物,
che parlano d'amor, di primavere,	它们对我谈爱情和春天,
di sogni e di chimere,	谈梦和遐想,
quelle cose che han	那些被人们
nome poesia.	称为诗情画意的东西。
Lei m'intende?	你了解吗?
(*Rodolfo* Si.)	(鲁道夫:是的。)
Mi chiamano Mimì,	人家叫我咪咪,
il perchè non so.	我也不知道为什么。
Sola, mi fo	我单独一人
il pranzo da me stessa.	自己做饭。
Non vado sempre a messa,	不常去做弥撒,
ma prego assai il Signore.	却勤于向上帝祈祷。
Vivo sola, soletta	我一个人住在
là in una bianca cameretta:	一个白色的小房间,
guardo sui tetti e in cielo;	面对着屋顶和天空;
ma quando vien lo sgelo	但当严寒的冰雪消融,

il primo sole è mio 早春的阳光便属于我，
il primo bacio dell'aprile è mio! 四月的初吻也属于我！
Germoglia 我看到
in un vaso una rosa … 瓶中的玫瑰
Foglia a foglia 一瓣一瓣
la spio! Così gentile 张开！花香
il profumo d'un fiore! 是那么好闻！
Ma i fior ch'io faccio, ahimè! 然而我自己所绣的花，可叹，
i fior ch'io faccio, ahimè! 我自己所绣的花，可叹，
non hanno odore. 一点都不香！
Altro di me non le 我能对你说的只有
saprei narrare. 这一点东西，
Sono la sua vicina 我这个邻居
che la vien fuori d'ora 如此打扰你
a importunare. 真不是时候。

● 〈穆赛塔的圆舞曲〉(穆赛塔)

Musetta：

Quando me'n vo' 当我独自一人
soletta per la via, 走在街上，
la gente sosta e mira, 每个人都停下来看我，
e la bellezza mia tutta 搜寻我的每一寸
ricerca in me, 美感，
da capo a' piè. 从头到脚。

Ed assaporo allor la bramosia 我细细品尝自他们眼中
sottilche dagli occhi traspira 闪耀出的秘密的欲望。
e dai palesi vezzi intender sa 他们从我外在的魅力
alle occulte beltà. 推知我隐藏的姿色。

Così l'effluvio del desìo	欲望的气息
tutta m'aggira,	像旋风般绕着我——
felice mi fa!	让我爽快无比!
E tu che sai,	而你啊,你知道,
che memori e ti struggi,	你记得,你烦恼,
da me tanto rifuggi?	你就那样闪避我吗?
So ben: le angosce tue	我非常明白,你不会说出
non le vuoi dir,	你内心的痛苦,
so ben, ma ti senti morir!	非常明白,但你却苦得想死!

亲密书

——雅纳切克的音乐之春

被米兰·昆德拉誉为20世纪捷克两个最伟大人物之一的作曲家雅纳切克(Leoš Janáček, 1854—1928)——另一个是小说家卡夫卡——是大器晚成的创作者。他21岁以后才想到要当作曲家,近50岁时完成第一部重要歌剧《耶奴发》(*Jenůfa*)并且在家乡莫拉维亚的布尔诺首演,但是由于早年得罪了布拉格国家剧院的指挥柯瓦洛维克,他这出杰作迟迟无法搬到首善之区布拉格,因此在60岁之前,虽然雅纳切克颇以作曲、教学、指挥等才华在家乡受到尊敬,但是在莫拉维亚地区以外却仍默默无闻。

1916年是他生命的转折点:5月26日,《耶奴发》终于在布拉格国家剧院登场;一夜之间,雅纳切克由地方性人物跃为全国性的作曲家,并且很快地传名国外。就在这时,他认识了小他38岁的卡米拉·斯托斯洛(Kamila Stösslová)——一名古董商人之妻,并且热烈地爱上了她。这两件事情改变了雅纳切克的一生。在他生命的最后十年,他表现得像一个充满活力的天才少年,不断写情书给他的爱人,也不断创造出独特、迷人,迥异于古今音乐风格的精彩作品。

雅纳切克在27岁那年娶了他所读的师范学院院长的女儿——也是他自己的钢琴学生——16岁的紫丹卡·舒若娃(Zdenka Schulzová)为妻,他们的婚姻并不协调,因为紫丹卡出身上流社会,既不能理解雅纳切克的农乡背景,也不能了解他平等主义的理想。雅纳切克是极易动感情的人,性格猛烈而爆炸,充满土味与自然力。对他而言,生命与艺术之间并没有分界,他很早就对真实的音响非常神往,喜欢自然的声音和鸟叫,常常拿着笔记簿四处记录听到的声音——不论是山雀振翅、鸣叫的声音,市场女人的讨价还价声,工厂女工一边等候情人、一边和朋友闲聊的语言旋律,或者街头巷尾人们的惊呼、问答,只言片语。他记下他们抑扬的语调、说话的情绪,仿佛一位企图捕捉音乐和内心之间神秘环节的心理摄影师。雅纳切克曾说:"生命也好,艺术也好,最要紧的是绝不妥协的真实。"他认为人类,乃至于所有生物,说话或发声时的音调变化是深妙的真实之源。根植于乡土的他的音乐因之具有一种强劲、鲜活的生命力。

虽然卡米拉是雅纳切克晚年创作灵感的源头,他们之间的爱情关系似乎只是单向的:雅纳切克写了 700 多封情书给她,百里外的卡米拉却少有热烈的回报。她不怎么喜欢音乐,也不太了解雅纳切克作曲家的地位。然而这并不妨碍他对她的热情,他依旧不断地把对她的爱投射在作品里。第一个例子是 1919 年完成的联篇歌曲集《一个消失男人的日记》(*Zápisník zmizelého*):关于一位被吉普赛女郎所诱,弃家出走的农村子弟的故事。雅纳切克曾对卡米拉表示:"当我在写这个作品时,我想的只有你。"1919 年至 1925 年写成的三部以女性为中心的歌剧——《卡塔·卡芭娜娃》(*Káťa Kabanová*)、《狡猾的小狐狸》(*Příhody lišky Bystroušky*)、《玛珂波鲁丝事件》(*Věc Makropulos*),剧中的女主角也都是以卡米拉的影像为本。甚至在全属男性角色的最后的歌剧《死屋手记》(*Z mrtvého domu*)里,他仍然企图融入对她的情思,让女高音唱其中一个鞑靼少年的角色。作品成为雅纳切克的情书,寄给他所爱的人,寄给世界。

1928 年,他真的写了一首音乐情书给她:第二号弦乐四重奏《亲密书》(*Listy důvěrné*)。标题本来要叫做《情书》,但他不愿俗世的呆子悲悯他的感情,因而易名。在写给卡米拉的信上,雅纳切克说:"我正着手创作一个奇妙的作品,它将包含我们的生命。我将把它取名做《情书》。我们共同有过多少宝贵的时刻啊!如同小火焰般,它们将在我的心中亮起,并且化做最美的旋律。在这个作品里,我将独自与你共处,别无他人……"这一年 7 月,卡米拉和她 11 岁的儿子第一次随雅纳切克到他在胡克瓦第的故居度假。有一天为了寻找她迷路的儿子,雅纳切克淋雨着凉,演成肺炎,数日后终告不治。

在 8 月 15 日他的葬礼上,布尔诺国家剧院的管弦乐团为他演奏了歌剧《狡猾的小狐狸》的最后一景:春回大地,年老的猎场管理员睡着在森林里,他梦见一只小狐狸向他跑来,以为是当年在睡梦中吵醒他的那只小狐狸的女儿,他醒来,发现伸手抓到的是一只小青蛙,小青蛙对他说当年和小狐狸一起吵醒他的小青蛙是他的祖父,不是他……。这是一部将老年与春天以及春天所带来的生命复苏并置对照的动物寓言剧,雅纳切克生前看这出戏彩排,看到这里不禁掉下泪来,对身旁的制作人说,当他死时,一定要为他演奏这段音乐。

雅纳切克要演奏这段音乐,因为他在自己的作品里看到爱情带给生命和艺术的力量;雅纳切克要演奏这段音乐,因为他知道艺术可以抚慰生命和爱情的缺憾。音乐是雅纳切克亲密的书信,记录他的爱情,记录世界。

附:《狡猾的小狐狸》终场

〈第三幕:第九景〉

Černý suchý žleb jako v 1. dějství.	与第一幕一样,幽暗、干燥的深谷。
Slunce vysvitne po pršce.	雨后天晴。
REVÍRNÍK:	猎场管理员:
Neříkal jsem to?	我不是说过吗?
Malovaný jako vojáček.	鲜艳如一个玩具士兵!
Palička kaštanová,	像女孩一样的
jako děvčátko.	栗色头饰。
(*hladí zdravý štíhlý hřib*)	(他抚摸着一朵匀称纤细的蘑菇)
Je to pohádka či pravda?	这是童话故事或现实?
Pohádka či pravda?	是童话,或者现实?
Kolik je tomu let,	那是多少年前的事了,
co jsme kráčeli dva mladí lidé,	我们两个年轻人,漫步至此——
ona jak jedlička,	她像一棵枞树,
on jak šerý bor?	而他像一棵黑松?
Také jsme hříbky sbírali,	我们也采蘑菇,

tuze pohmoždili,
pošlapali,
protože ...
protože pro lásku jsme neviděli.
Co však huběnek,
co však huběnek
jsme nasbírali!
To byl den po naší svatbě,
bože,
to byl den po naší svatbě!
(*Usedne, opře pušku o kolena.*)
Kdyby ne much,
člověk by v tu minutu usnul.
A přece su rád,
když k víčerom sluněčko zablýskne.
Jak je les divukrásný!
Až rusalky přijdou zase domů,
do svých lesních sídel,
přiběhnou v košilkách,
až zase přijde k nim květen a láska!
Vítat se budou,
slzet pohnutím
nad shledáním!
Zas rozdělí štěstí sladkou rosou
do tisíců květů,
petrklíčů, lech a sasanek,
a lidé budou chodit
s hlavami sklopenými
a budou chápat,
že šlo vůkol nich nadpozemské blaho.

损害了不少,
从它们上面走过,
因为……
因为爱使我们看不见东西。
但我们采集了
多少的吻啊,
噢,多少的吻!
那是婚后第二天,
天啊,
我们婚后第二天!
(他坐下,猎枪靠着膝盖)
要不是这些苍蝇,
我会立刻睡着。
夕阳的光辉
还是令我心喜。
森林看起来多美妙啊!
精灵们再度回到树林中
她们夏日的居所,
穿着薄衫蹦跳,嬉戏,
与她们同在的是五月和爱!
她们互相问好,
因重逢而流下
喜悦的眼泪!
她们会再度把如甜美露水的幸福
撒为千万花朵,
野樱草,蝶形花和银莲花。
男男女女会
低头走过,
明了一种
超乎尘世的至福就在周围。

(*S úsměvem usíná. V pozadí vynoří se jeřáb s datlem, sova, vážka a všechna zvířata z 1. dějství. Revírník se nadzvihne ze snu.*)

(他微笑入睡。背后,跟随着鹤、啄木鸟、猫头鹰、蜻蜓和第一幕里所有动物登场。猎场管理员醒来)

REVÍRNÍK:
Hoj!
Ale není tu Bystroušky!
(*Přiběhne malinká lištička.*)
Hle, tu je! Maličká, rozmazlená,
ušklíbená—,
jak by mámě z oka vypadla!
Počké,
tebe si drapnu jak tvoju mámu,
ale lepší si tě vychovám,
aby lidi o mně a o tobě
nepsali v novinách.
(*Rozpřáhne ruce,
ale zachytí Skokánka.*)
Eh, ty potvoro studená,
kde se tu bereš?

猎场管理员:
噢!
但没看见那狡猾的小狐狸!
(跑过来一只小狐狸)
她来了!被宠坏的小东西,
一脸滑稽——
跟她妈妈长得一模一样!
等等,
我要把你抓住,像抓住你妈一样,
但我会好好养育你,
人们就不会在报纸上
说你和我的闲言闲语。
(他伸手抓她,但抓到的
只是一只小青蛙)
你这湿粘的坏家伙,
你从哪里跑出来?

SKOKÁNEK
Totok nejsem já,
totok beli dědóšek!
Oni mně o vás
veveveve,
oni mně o vás
vevevekládali.
(*Revírníkovi vypadne v zapomenutí
puška na zem.*)

小青蛙:
我不是你说的那只,
那是我祖父!
他们跟我说,说,说了
你所有的故事,
他们跟我说了你
所,所,所有的故事。
(猎场管理员恍然失神,
猎枪掉在地上)

一个消失男人的日记

——重探雅纳切克歌曲集

捷克作曲家雅纳切克(Leoš Janáček, 1854—1928)的作品早为爱乐者所珍惜,但一般人对他的名字还是感到陌生,一直到1988年,美国导演考夫曼将捷克作家米兰·昆德拉的小说《生命中不可承受之轻》改编成电影(中文片名《布拉格之春》),并以雅纳切克的作品为配乐,才有更多人知道这位被昆德拉称为"20世纪捷克最伟大人物"的作曲家。我曾在年轻时提笔介绍雅纳切克的歌曲集《一个消失男人的日记》(*Zápisník zmizelého*),算是台湾最早谈论他的文字。隔了四分之一世纪,忽然想把当初没有完整译出的歌词译出来。有一天,带着捷文、英文对照的CD里的歌词小册到茶铺坐寻灵感,喝完茶,居然忘了带走小册子,回头找,已无踪影。对于这消失了的《一个消失男人的日记》,我甚为懊恼,当下打电话问几位知音好友,皆说无有此CD,最后居然是年纪甚轻的一灵同学在他的唱片丛里找出了两种版本,火速以相机拍摄CD册子里的歌词与解说,电邮给我。感动之余,我挑灯苦读图片文件里略为模糊的文字,发现有不少新出土的信息。乃开启新文件,播放CD,在电脑前重探这失而复得的《一个消失男人的日记》。

从许多角度来看,雅纳切克的联篇歌曲集《一个消失男人的日记》都可称得是一大杰作。首先我们得提到这部作品所依据的原文。原文是以捷克偏远地区摩拉维亚的瓦拉几亚(Valašsko,邻近雅纳切克家乡Lašsko)的方言写成的诗篇,被冠上"出自一名自学者之笔"的标题,分两组(1916年5月14日和21日)刊于捷克中部大城布尔诺(Brno)的《人民日报》(*Lidové noviny*),而作者的名字只有"J. D."两个起首字母。根据主其事的编辑说,这些诗的作者是一名自瓦拉几亚的某村落消失的不知名农家子弟,他于失踪后留下了一本以韵文写成的日记,在日记里他表白他对一位怀有其骨肉并促使其离家的吉卜赛女郎的爱情。然而,这则动人的故事却有某些疑点待澄清。首先,我们无法确定这位年轻人的姓名以及他所居住的村名。再者,当时《人民日报》的编辑 Jirí Mahen 是一个诗人,而他又有一位同用瓦拉几亚方言写诗、同具浪漫气质的好友 Jan Misárek。此外,这些刊出的诗作水平颇高,实非一名自修的农村子弟所能望其项背的。那么,这会不会是编辑的匿名之作呢?没有人能解答这个问题。而有趣的是,在雅纳切克为这些诗作谱曲之后,在这些诗作以目前的形式问世,并且因国内外的演出和录音而声名大噪之后,这诗歌的作者竟牺牲了他分享酬劳的权利,而始终不曾露面。这个让捷克学者争辩多年的疑案,一直到 1997 年才获解决。一名在地的历史学者偶然发现了一位藉藉无名的摩拉维亚诗人 Ozef Kalda(本名 Josef Kalda, 1871—1921)的一封信,信中他向朋友提到他开的这个文学玩笑。

作为布尔诺《人民日报》忠实读者之一的雅纳切克,显然相信这则故事的真实性,并且深深地被这些诗句所迷。但这些诗作刊出时他人并不在布尔诺,而是在布拉格,参加他的歌剧《耶奴发》(*Jenůfa*)的彩排——此剧的成功改写了这位 62 岁作曲家的命运。一年后,当他一如往常,前往摩拉维亚温泉疗养胜地卢哈科维奇(Luhačovice)避暑时,他带着这些诗的剪报作为假日阅读之用。就在卢哈科维奇,另一件改变雅纳切克一生的事情发生了:1917 年 7 月,他在此地遇见了小他 38 岁的年轻女子卡米拉·斯托斯洛(Kamila Stösslová, 1892—1935)——一名古董商人之妻——即刻被她"煞"到而不克自拔。他对她的爱,只得到零星的回报,一直到 11 年后他死时,都未能圆满达成心愿。他写了 722 封情书给她(著名的雅纳切克学者 John Tyrrell 曾编辑、英译了他们之间的书信,以《亲密书》[*Intimate Letters*]之名于 1994 年出版),还创作了许多受她激发的音乐作品——《一个消失男人的日记》即是这些作品中最早的一部,且最明显。诗中那位随吉卜赛女郎离家的年轻人,即是老而冲动的雅纳切克的写照——他渴望弃其尽责然而乏趣的糟糠之妻,与黑发、深色皮肤的卡米拉私奔。"我的《消失男人的日记》里那名吉卜赛黑女郎——主要就是你。那就是为什么这些作品充满热情的原因。如此的炽热,果真同时烧着了我们两人,我们将化为灰烬。"雅纳切克后来向卡米拉如此表白。

度完假回家后,在写给卡米拉的最初几封信里,雅纳切克纪录了这部作品中一些歌曲成形的情况:"通常在午后,关于那吉卜赛恋情动人小诗篇的一些音乐主题会闪现在我脑中。也许最后会成为一部美妙的小型音乐爱情小说——而会有一点点卢哈科维奇的情境在里面。"雅纳切克最初几首歌的草稿印证了此言:第一首标上日期的歌是在 1917 年 8 月 9 日,其余分别是 8 月 11 日、8 月 13 日、8 月 19 日。

一开始蛮平顺的创作,不久就搁浅了,还没完成一半,雅纳切克就停下歌曲集的写作转向其他东西,直到一年半后,才又回来。他在 1919 年下半着手写歌剧《卡塔·卡芭娜娃》(*Kát'a Kabanová*)之前,完成了这些歌曲的最后修订。即便此时,他也不急着把它搬上表演台。他把手稿搁在一旁,直到一名弟子偶然发现了,才做了一次私人演出。雅纳切克接着把高得有点残忍的高音域部分修改给男高音唱,而把吉卜赛女郎的女高音改成次女高音。这部傲视世界艺术歌坛的歌曲集于焉完成,1921 年 4 月 18 日在布尔诺首演后,次年陆续于柏林、伦敦、巴黎演出,成为雅纳切克最为人知的作品之一。

诗人原作由 23 首诗组成,其中一首只有标点符号。雅纳切克谱成音乐后,总共有二十二小段,并非他无力把那首标点符号诗谱成曲,而是他合原诗第 10、11 首为一段,另以钢琴间奏曲的形式(第十三小段)呈现那些标点符号。整部作品表达出一篇包含了二十二小段的连贯故事,换句话说,它是一种必须一次演完才能让人充分了解故事内容的歌曲形式的小说。雅纳切克这位天生的剧作家将这部作品做了某种程度的戏剧化。他以雄浑的独白形式——由男高音以第一人称唱出——来处理主要情节;而这是一种戏剧性的独白,故事主角忽而对自己,忽而对吉卜赛女郎,忽而又对水牛说话,我们虽然看不到他说话的对象,但是我们几乎可以想象出对方的表情动作,同时借此戏剧性的独白,我们更能掌握主角的心路历程。

在第九、十和十一这三小段,雅纳切克穿插了吉卜赛女郎(现今通常由次女高音或女低音担任)的歌声,并且在第九和第十两个小段里穿插了"幕后"的女声(三名)合唱,一方面陈述故事的发展,一方面以恬静的音色使得原有的气氛更具深度,更富情调。

*

整个歌曲集可以第十三小段的钢琴独奏为界,划分成两大部分:前半段描述男主角雅尼切克(Janíček:他的名字和雅纳切克只差一音!)从初遇吉卜赛女郎芮芙卡(Zefka)到坠入情网的发展过程和心情变化(由向往到不安,由不安到抗拒,由抗拒到接触,由接触到最后的投入),后半部则写雅尼切克和芮芙卡产生亲密的爱情之后内心的懊悔和冲突。

第一小段描述雅尼切克和吉卜赛女郎的相遇。吉卜赛女郎轻如小鹿的脚步,黑色垂胸的秀发,无限深沉的眼睛,持久的凝视,以及灼热的眼神都令他成天心神向往。

但是她的久久逗留不去却又令他不安:"那黑皮肤的吉卜赛女郎始终在附近徘徊。为什么她逗留良久,为什么她不去别的地方?"于是他开始祈祷这位少女早点离去。(第二小段)

或许因为礼教,或许因为社会的成见,这位吉卜赛女郎在他心中成为不祥邪恶的象征,他在心里抗拒她:"你在那里等候是没有用的。我绝不会受到诱惑。如果我出去见你,我的母亲将会悲伤。"但是那女郎依然对他有着相当的吸引力,他恐怕自己无法自拔而求助于神:"上帝啊,别抛弃我!请帮助我!"(第三小段)

黎明时分,燕子已醒来,在巢中呢喃鸣啭,但雅尼切克却彻夜未能成眠:"一整夜我醒着,仿佛裸睡于荆棘丛中。"(第四小段)

整夜不曾入睡,精神势必不佳,要想下田耕作是很累人的。一闭上眼,"她又出现在我梦中!"(第五小段)

他还是打起精神下田工作了。他对灰色的水牛说:"小心地拉你的犁啊,不要把你的双眼投向赤杨树林!"其实这不正是他自己心神无法专注的写照?而他企图以责骂水牛来掩饰内心的浮动。他还愤愤地诅咒道:"在那里等候我的人,愿她变成石头,我的头发热,恰似一团火在烧!"(第六小

段)

尽管他努力地抑制自己,使自己不受诱惑,但命运之神似乎注定了他难逃诱惑。耕作时他的犁轴掉了一个木钉,为了做个新的补上,他必须赶快到树林里找材料。(第七小段)

临走前,他对水牛说:"不要忧伤地盯着我看,我很快就会回来,不要担心我,我不会让你失望!黑皮肤的芮芙卡站在那边赤杨树林外,她黑色的眼睛如燃烧的煤炭闪闪发光。不要担心我,即使我向她走近,也不会让她邪恶的眼睛蛊惑我。"(第八小段)

他走进树林中。吉卜赛女郎见到他来,说道:"欢迎你,雅尼切克,欢迎你到树林来!是什么样的好运把你带到这里?……你……脸色苍白,站立不动,莫非你害怕我?"雅尼切克答道:"我没有理由,没有理由怕任何人!我是来找柴枝,帮我的犁轴做木钉。"芮芙卡叫他先别急着做木钉,要他停下来听她唱吉卜赛人的歌曲。(第九小段)

她唱出吉卜赛人四处流浪的命运,她祈求慈悲的上帝,在她离开这个悲伤的世界之前,赐给她知识以及丰硕的体验。她叫雅尼切克不要怕她,叫他坐在她的身旁。她告诉他:"我并非全身都黝黑,阳光照不到的部位,皮肤依然白皙。"她拉起上衣指给他看。看到了她的上身,雅尼切克的血液冲上脑部,他的情绪开始激动。(第十小段)

接着芮芙卡告诉他,吉卜赛人的睡法——以大地为枕,以天空为被。她躺了下来,身上仅着一件单薄的衣裳。(第十一小段)

雅尼切克深深地为她着迷:"阴暗的赤杨树林,清凉的溪水,黑眼的吉卜赛女孩,白闪闪的膝盖;这四样东西,我永生难忘。"(第十二小段)

接下去是全篇的高潮——雅尼切克和芮芙卡发生了亲密的关系。在第十三小段,雅纳切克舍弃了人声而完全采用钢琴独奏的象征性音符来表达此一"爱情场景"。钢琴低沉、舒缓、吟咏般的声音暗示出这段恋情不是狂喜无忧的经验,而是甜美中掺杂了苦痛的因子。

太阳升起,阴暗退去,但是雅尼切克的心里却蒙上了阴影。在前夜的经验中,他获得了爱情,却丧失了其他许多的事物。(第十四小段)

他恐怕别人知道此事,他不知道该如何面对母亲的眼光。(第十五小段)

他开始为自己的冲动感到懊悔,想到他将叫吉卜赛人"爸爸"和"妈妈",他更是悔恨万分:"我宁愿砍下自己的小指头!"在此我们可以看出社会的教化力量在他身上所产生的作用:自小社会及家庭教导他吉卜赛人代表不祥邪恶,长大后,此种观念在他心中根深蒂固,因此,很自然地他把自己和芮芙卡的恋情视为罪恶的行为。他并不懊悔爱上芮芙卡,他所担心的是周遭人们的指责。他希望公鸡永远不啼,白日永远不来,这样他就可以夜夜拥芮芙卡人怀,而不用面对现实的一切了。(第十六~十八小段)

他甚至偷取妹妹晾在花园里的衬衣给芮芙卡穿。爱情使他改变良多,他对自己的转变感到惶恐:"噢上帝,亲爱的上帝,我怎么变到这种地步?为什么我心思大变?"(第十九小段)

而芮芙卡已怀有他的孩子,她的腹部逐渐隆起,"她的粗裙逐渐向上提高,高过她的膝盖。"(第二十小段)

雅尼切克深受礼教和现实的压力所煎熬,他为自己不能依从父亲的安排成亲感到痛苦。他认为自己误入歧途,必须独自付出代价:"我同样,必须接受我的命运",别无解脱之道。(第二十一小段)

最后,他决定带着芮芙卡离开他生长的村落。在不能两全的情况下,他选择了爱情,放弃了亲情,他恳求他的父母和他钟爱的妹妹原谅他,因为"芮芙卡站在那里等我,手上抱着我的儿子!"从此,他就自这个村落消失了,而在另一个陌生的地方开创未来。(第二十二小段)

*

《一个消失男人的日记》的确是雅纳切克晚期的杰作。旋律圆滑的流动着,全然符合雅纳切克"语言般旋律理论"之精神。雅纳切克未曾使用任何主导动机,而让所有的歌曲都以一种旋律性的吟诵方式唱出。钢琴在整部作品中扮演重要的角色。它不仅具有伴奏的作用,同时也是整个故事的音乐脚注,极富暗示性地烘托出背景:在第十三小段里,雅纳切克甚至完全用钢琴取代人声并交待情节。整体而言，音乐流动的幅度非常富有变化，主唱者必须具备高度的歌唱技巧，方能淋漓尽致地表现出歌曲的精髓。

在聆听这部作品时，除了欣赏动人的故事情节和优美音乐外，也不可忽视其思想内容。在这部歌曲集里，雅纳切克找到了令他感动且着迷的每一样事物——爱，激情，内心的挣扎，罪恶之感受与调和，尤其是对磨难的同情。同时，他也在其中找到了一部分的自己：他发现自己的最爱并非结褵近五十年的发妻，而是一名来自波西米亚的犹太女子。歌曲里那位乡下青年雅尼切克所尝到的爱情滋味，虽然和他拥有的迟来却热烈的爱情经验不尽相同，却是他内在生命的投射。雅纳切克写给卡米拉的信到处流泻着诗的气质，他创构奇妙的比喻——描绘卡米拉的胸部，描绘他自己的寂寞——并且在一封接一封的信里进行变奏。在两人关系变得更亲近的1927年，他几乎日日写信并且下笔热烈。他称她为妻子，并且想象她怀孕了，虽然很明显地他们并不曾有过肌肤之亲。他出入于自己建构的歌曲世界与现实生活：音乐消失的地方，由现实接续；生活幻灭的地方，乐声再次响起。

雅纳切克在莱比锡学生时代，曾写作（并毁弃）了两组联篇歌曲集。他早期还写了几首歌曲，后来并风格独具地改编了许多首摩拉维亚民歌。但《一个消失男人的日记》无疑是他唯一到达圆熟之境的一组歌曲。他以小搏大，在比歌剧规模小的联篇歌曲这样的声乐类型里，展现他戏剧的才华。《一个消失男人的日记》之后，他密集完成了晚年四大歌剧——《卡塔·卡芭娜娃》、《狡猾的小狐狸》、《玛珂波鲁丝事件》、《死屋手记》，却不曾再碰触联篇歌曲。《一个消失男人的日记》可说是他全部作品中孤立、特异之作——孤立、特异，同时伟大、动人，一如他对卡米拉的爱，一如所有消失又复现的不毁记忆。

附：雅纳切克《一个消失男人的日记》诗译

1

Potkal sem mladou cigánku, 　　　　　我遇见一位吉卜赛女郎，

nesla se jako laň, 她优雅如一头小鹿,
přes prsa černé lelíky 黑色秀发垂在胸前,
a oči bez dna zhlaň. 眼睛如两座深井。
Pohledla po mně zhluboka, 她深深地看了我一眼,
pak vznesla sa přes peň, 然后轻快跃过树桩离去,
a tak mi v hlavě ostala 那倩影留在我脑海,
přes celučký, celučký deň. 整天,整天挥之不去。

2

Ta černá cigánka 那黑皮肤的吉卜赛女郎
kolem sa posmětá. 始终在附近徘徊。
Proč sa tady drží, 为什么她逗留良久,
proč nejde do světa? 为什么她不去别的地方?
Byl bych snad veselší, 我也许会比较轻松,
gdyby odjít chtěla; 如果她愿意走开。
šel bych sa pomodlit 那么我会立刻奔去
hnedkaj do kostela. 教堂,跪下祈祷。

3

Svatojanské mušky 萤火虫在灌木丛
tančija po hrázi, 四周飞旋,
gdosi sa v podvečer 黄昏时我看见
podle ní prochází. 有人在那儿走动。
Nečeskaj, nevyjdu, 别在那里等候,我不会出去,
nedám já sa zlákat, 不会受诱惑。
mosela by po téj 我如果出去见你,
má maměnka plakat. 会让我母亲伤悲。
Měsíček zachodí, 夜色昏暗,
už nic vidět není, 我什么也看不到,

stojí gdosi, stojí	有人站在那儿，
v našem záhumení.	站在我们庭院前。
Dvoje světélka	两只灼灼的眼睛
zářija do noci.	在黑夜中闪烁。
Pane Bože, nedaj!	上帝啊，别抛弃我！
Stoj mi ku pomoci!	请帮助我！

4

Už mladé vlaštúvky	年轻的燕子们
ve hnízdě vrnoží,	已然在巢中呢喃鸣啭，
ležal sem celú noc	一整夜我醒着，
jako na trnoži.	仿佛躺卧于荆棘之床。
Už sa aj svítání	天空终于
na nebi patrní,	露出曙光，
ležal sem celú noc	一整夜我醒着，
jako nahý v trní.	仿佛裸睡于荆棘丛中。

5

Těžko sa mi oře,	下田耕作是痛苦的难事，
vyspal sem sa malo,	因为我一夜无眠，
a když sem odespal,	每次我闭眼打盹，
o ní sa mi zdálo!	她又出现在我梦中！

6

Hajsi, vy siví volci,	嗨，灰色的水牛，
bedlivo orajte,	小心地拉你的犁啊，
nic vy sa k olšině	不要把你的双眼
nic neohledajte!	投向赤杨树林！
Ode tvrdéj země	坚硬的土地不时

pluh mi odskakuje, 让我的犁晃动,
strakatej fěrtúšek 一条鲜艳的头巾
listím pobleskuje. 在树叶间辉耀着。
Gdo tam na mne čeká, 在那里等候我的人,
nech rači zkamení, 愿她变成石头——
moja chorá hlava 我的头发热,
v jednom je plameni. 恰似一团火在烧!

7

Ztratil sem kolícek, 我掉了一个木钉,
ztratil sem od nápravy, 从犁轴这儿掉下的,
postojte volečci, postojte, 停下啊,小水牛,
nový to vyspraví. 我要做个新的补上。
Půjdu si pro něho 我要赶快去那
rovnú ja do seče. 树林中找,
Co komu súzeno, 人无法逃避
tomu neuteče. 命运的安排。

8

Nehleďte, volečci, 不要忧伤地盯着我看,
tesklivo k úvratím, 我很快就会回来,
nebojte sa o mne, 不要担心我,
šak sa vám neztratím! 我不会让你失望!
Stojí černá Zefka 黑皮肤的芮芙卡站在
v olšině na kraju, 那边赤杨树林外,
temné její oči 她黑色的眼睛如
jiskrú ligotajú. 燃烧的煤炭闪闪发光。
Nebojte sa o mne, 不要担心我,
aj gdyž k ni přikročím, 即使我向她走近,

dokážu zdorovat
uhrančlivým očím.

也不会让她
邪恶的眼睛蛊惑我。

9

Alt:
Vítaj, Janíčku,
vítaj tady v lese!
Jaksá šťastná trefa
Ťa sem cestú nese?
Vítaj, Janíčku!
Co tak tady stojíš,
bez krve, bez hnutí,
či snad sa mne bojíš?

女低音：
欢迎你，雅尼切克，
欢迎你到树林来！
是什么样的好运
把你带到这里？
欢迎你，雅尼切克！
你为什么那模样——
脸色苍白，站立不动，
莫非你害怕我？

Tenor:
Nemám já sa věru,
nemám sa koho bát,
přišel sem si enom
nákolníček uťat!

男高音：
我没有理由，
没有理由怕任何人！
我是来找木柴，
帮我的犁轴做木钉。

Alt:
Neřež můj Janíčku,
neřež nákolníčku!
Rači si poslechni
cigánskú pěsničku!

女低音：
不要管它，雅尼切克，
不要管什么木钉！
倒不如听我唱一首
吉卜赛歌曲！

Sbor:
Ruky sepjala,
smutno zpívala,

女声合唱：
她紧扣她的双手，
悲伤地歌唱，

truchlá pěsnička
srdcem hýbala.

那哀戚的小调
让他心痛。

10

Alt:
Bože dálný, nesmrtelný,
proč's cigánu život dal?
By bez cíle blúdil světem,
štván byl jenom dál a dál?
Rozmilý Janíčku,
čuješ-li skřivánky?
Přisedni si přeca
podlevá cigánky!

女低音：
永恒的上帝啊，
你为何造出吉卜赛人？
让他们漫无目标地流浪
世界，不断受迫害？
亲爱的雅尼切克，
你听到云雀在歌唱吗？
来，坐在这
吉卜赛女孩旁边。

Sbor:
Truchlá pěsnička
srdcem hýbala.

女声合唱：
那哀戚的小调
让他心痛。

Alt:
Bože mocný! Milosrdný!
Než v pustém světě zahynu,
daj mi poznat, daj mi cítit!

女低音：
万能，慈悲的上帝啊！
在我离开这孤寂的世界前，
给我知识，给我丰硕的体验吧！

Sbor:
Smutná pěsnička
srdcem hýbala.

女声合唱：
那悲伤的小调
让他心痛。

Alt:
Pořád tady enom

女低音：
你为什么站在那儿

jak solný slp stojíš,
všecko mi připadá,
že sa ty mne bojíš.
Přisedni si blížej,
ne tak zpovzdaleka,
či ťa moja barva
preca enom laká?
Nejsu já tak černá
jak sa ti uzdává,
gde nemože slnce,
jinší je postava!

呆若木鸡，
我真的让你
害怕吗？
到这儿，
坐在我身边，
我的肤色
让你不安吗？
我并非全身
都黝黑，
阳光照不到的部位，
皮肤依然白皙。

Sbor:
Košulku na prsoch
krapečku shrnula,
jemu sa všecka krev
do hlavy vhrnula.

女声合唱：
她拉开上衣
露出乳房，
他体内的血液
全部冲上脑部。

11

Tenor:
Tahne vůňa k lesu
z rozkvetlé pohanky.

男高音：
树林里飘满
成熟荞麦的芳香。

Alt:
Chceš-li Janku vidět,
jak spija cigánky?

女低音：
雅尼切克，你想看
吉卜赛人怎么睡觉吗？

Tenor:
Halúzku zlomila,

男高音：
她折断一根树枝，

kámeň odhodila;
Tož už mám ustlané,
v smíchu prohodila.

扔走那些石头：
"床铺好了，"
她笑着说。

Alt:
Zem je mi za polštář,
nebem sa přikrývám,
a rosú schladlé ruce
v klíně si zahřívám.

女低音：
"大地是我的枕头，
天空是我的被子，
我在我的大腿上
温暖我冰凉露湿的手。"

Tenor:
V jedné sukénce
na zemi ležala
a moja poctivosť
pláčem usedala.

男高音：
她只穿着一件单薄的
衣裳，躺在地面上，
我为我即将
不保的纯洁而泣。

12

Tmavá olšinka,
chladná studénka,
černá cigánka,
bílé kolénka:
nato štvero, co živ budu,
nikdy já už nezabudu.

阴暗的赤杨树林，
清凉的溪水，
黑眼的吉卜赛女孩，
白闪闪的膝盖；
这四样东西，
我永生难忘。

13

———————

14

Slnéčko sa zdvihá,

太阳升起，

stín sa krátí.
Oh! Čeho sem pozbyl,
gdo mi to navrátí?

阴影消逝。
啊,谁能把我失去的
东西,还给我?

15

Moji siví volci,
co na mne hledíte?
Esli vy to na mne,
esli vy povíte!
Nebudu já biča
na vás šanovat,
budete to potem,
budete banovat!
Nejhorší však bude,
vráťa sa k poledňu,
jak já jen maměnce
do očí pohlednu!

我灰色的公牛,
你干嘛盯着我看?
如果你能说话,
不知会说出怎样的故事!
不可以泄密,
不可以出卖我,
不然,我的鞭子
可不会饶你!
最糟的还在后头:
我中午得回家,
要如何找到勇气
直视母亲的双眼?

16

Co sem to udělal?
Jaká to vzpomněnka!
Gdyž bych já měl pravit
cigánce maměnka.
Cigánce maměnka,
cigánu tatíček,
rači bych si uťal
od ruky malíček!
Vyletěl skřivánek,
vyletěl z oreší,

我到底做了什么?
记忆挥之不去!
我现在得叫一个
吉卜赛女人"妈妈"。
若要我叫吉卜赛女人"妈妈"
叫吉卜赛男人"爸爸",
我宁愿砍下
自己的小指头!
云雀飞走了,
飞离了榛木林,

moje truchlé srdce
nigdo nepotěší.

再也没有人可让
我忧伤的心雀跃。

17

Co komu súzeno,
tomu neuteče.
Spěchám já včil často
na večer do seče.
Co tam chodím dělat? ...
Sbírám tam jahody.
Lísteček odhrňa,
užiješ lahody.

命中注定,
难以逃避。
每个黄昏我匆匆
来到林间空地。
我为何到此?
为采草莓而来。
在那叶丛底下
有甜美的欢愉等着我。

18

Nedbám já včil o nic,
než aby večer byl,
abych si já s Zefkú
celú noc pobyl.
Povšeckým kohútom
hlavy bych zutínal,
to aby žádný z nich
svítání nevolal.
Gdyby chtěla noc
na věky trvati,
abych já na věky
mohl milovati.

而今我所求无它
只盼夜晚快点到来,
一心只想和芮芙卡
共度整个夜晚。
每次清晨鸡啼,
我真想扭断公鸡脖子,
让它们无法宣告
黎明的降临。
但愿良夜
长在,
我们的爱
便能永不止息。

19

Letí straka letí,

一只喜鹊飞啊飞,

křídlama chlopotá, 拍动着翅膀,
ztratila sa sestře 我妹妹晾在篱笆上的
košulenka z plota. 衬衣怎么了?
Gdo jí ju ukradl, 谁偷走了它?
aj, gdyby věděla, 如果她知道真相,
věckrát by se mnú 她将永远不会
řečňovat nechtěla. 和我说话。
Oh, Bože, rozbože, 噢上帝,亲爱的上帝,
jak sem sa proměnil, 我怎么会变到这种地步?
jak jsem své myšlenky 为什么我
ve svém srdci změnil. 心思大变?
Co sem sa modlíval, 脑袋忘光
už sa hlava zbyla, 所有的祷词,
jak gdyby sa pískem 只剩下
zhlybeň zařútila! 泥沙堵塞!

20

Mám já panenku, 我得到我的真爱:
ale po kolenka 她的粗裙逐渐
už sa jí zdvíhá 向上提高,
režná košulenka. 高过她的膝盖。

21

Můj drahý tatíčku, 亲爱的爸爸,
jak vy sa mýlíte, 你错以为
že sa já ožením, 我会和你所
kterú mi zvolíte. 选择的人结婚。
Každý, kdo pochybil, 所有犯错者必须
nech trpí za vinu; 为罪过付出代价:

svojemu osudu
rovněž nevyminu!

我同样，必须
接受我的命运！

22

S Bohem, rodný kraju,
s Bohem, má dědino!
Navždy sa rozlúčit,
zbývá mi jedino.
S Bohem, můj tátíčku
a i Vy, maměnko,
S Bohem, můj sesřičko,
mých očí pomněnko!
Ruce Vám obtúlám,
žádám odpuštění,
už pro mne návratu
žádnou cestou není!
Chci všecko podniknút,
co osud poručí!
Zefka na mne čeká,
se synem v náručí!

别了，我的家乡，
别了，我的村庄！
如今我拥有的
只是永远的告别。
别了，亲爱的父亲，
还有你，啊妈妈，
别了，我的妹妹，
我眼中永远的苹果！
我把手伸向你，
请求你原谅。
在我前面等待的
是一条不归路！
我欣然接受
命运加诸我的一切。
芮芙卡站在那里等我，
手上抱着我的儿子！

爱与自由

——雅纳切克最后的歌剧《死屋手记》

"这出黑色的歌剧花了我许多工夫。我觉得自己似乎逐渐地沉潜其间,深入人性的底层,深入全人类最悲惨的境地。这是一趟艰苦的旅程。"(未注明日期)

"我加紧完成一部部的作品——似乎在为自己的生命下注脚——而在写作这出新的歌剧时,我像将面包丢进烤箱的面包师一般地赶工。"(1927年11月30日)

"我正在写作我最伟大的作品——这出最近期的歌剧。我激动得血液直往外流。"(1927年12月2日)

再也没有人能够更生动地表达出雅纳切克在写作《死屋手记》(Z mrtvého domu)时所感受的那股奇异的兴奋了。在他写给卡米拉的信件里,他抱怨这部作品是如何地折磨了他两年,他是如何与时间对抗。他似乎很直觉地知道这将是他最后的作品:

我强烈地觉得该把笔搁下了……你无法想象当《死屋手记》完成之时,我的心头将卸下何等重大的担子。它萦绕我已经三年了,日日夜夜地。而我仍不晓得这会是什么样的剧本。我的笔记越积越厚,巴别塔巴逐渐成形,当它倒塌在我身上时,我将被埋葬。(1928年5

月 5 日)

雅纳切克这出最后、最伟大,也最不寻常的歌剧是在他生命中最后两年(1927—1928 年)完成的。在他 74 岁生日时(1928 年 7 月),此作实质上已经完成。一个月后,他去世。虽然雅纳切克似乎在 1927 年才动手写作此歌剧的初稿,但或许早些时候他就已开始构思,因为他宣称此歌剧花费了 2 至 3 年。1926 年是雅纳切克晚年中无歌剧创作的一年。在这一年里,他完成了几个重要的非歌剧作品,如《小交响曲》,为合唱、风琴和管弦乐的《格拉哥里弥撒》(*Glagolská mše*,格拉哥里字母为已废弃、最古老的斯拉夫语字母),以及《奇想曲:为左手钢琴的室内协奏曲》。当他重拾歌剧时,他投注了新的方向。

他最后的这出歌剧之所以特别引人注目,乃在于其缺乏雅纳切克从前歌剧中的情爱冲动。雅纳切克写过的歌剧包括《卡塔·卡芭娜娃》(1919—1921 年)、《狡猾的小狐狸》(1921—1923 年)、《玛珂波鲁丝事件》(1923—1925 年)等;根据雅纳切克自己的说法,这些作品的创作灵感源于他生命中最后十年对卡米拉的爱慕,也因此其间充满了激情与热力。但《死屋手记》却是一出没有女性角色的歌剧(除了第二幕里有几小节妓女的台词)。但是,即使在这出歌剧里,雅纳切克仍然企图溶入他对卡米拉的情思。在写给她的一封信里,他暗示她即是第三幕里夏许可夫(Shishkov)故事中的女子雅库卡(Akulka),同时也是鞑靼男童阿耶亚(Alyeya)。阿耶亚的部分是为女声而作(这是他企图处理少年角色的尝试之一),而且以阿耶亚和葛杨齐可夫(Gorjančikov)为主的那几场戏都表现出温煦的抒情语调,这些说明了雅纳切克将卡米拉和阿耶亚互相认同的企图。

这出歌剧和他早期其他歌剧还有另一强烈的不同点——这出戏没有中心人物。全剧始于葛杨齐可夫的到达而终于其离去,他几乎可说是全剧的主角,但雅纳切克并没有花太多的心力去充实或发展他的个性,因此,在大部分的时间他只是一个旁观者。这个作品基本上是一个合唱剧,其中包含了许多相当具体的合唱场景,独唱部分往往只是昙花一现,在设计安排上与"高个子的犯人"和"矮个子的犯人"一样不显眼。例如:路卡(Luka)的长篇叙述主宰了第一幕的后半部,但后来就不再出现;夏许可夫的叙述出现于第三幕第一景,但那是第一次也是唯一的一次他唱出自己的遭遇。

雅纳切克并未刻意去刻画人物,他的人物及其遭遇就像一个个各自独立的"点",这些点或许大小不同、轻重不一,但彼此却有类似之处。把这些点串连在一起,我们可找到一至二条主线,全剧的主题就隐伏其间。简而言之,《死屋手记》是一出有关"爱"与"自由"的歌剧。葛杨齐可夫和阿耶亚之间近似父子的亲情,史库拉脱(Sukrato)与露意莎(Luisa)之间的爱情,夏许可夫、雅库卡和费尔科(Filka Morozov,即"路卡")之间的三角关系,是三则不同类型但同等感人的爱的故事。前者温煦自然,充满了关怀之情;后两者刚烈狂野,充满了激情与冲突。为了冲淡全剧阴郁逼人的气氛,雅纳切克在第二幕后半部插入了一个轻松谐趣的哑剧(磨坊主人美丽的妻子偷汉子阴错阳差的故事)。这个戏中戏的手法、语调,和全剧的爱情故事全然不同,但却有一共通处——都涉及爱情的贞洁与忠实,只是前者以喜闹剧收场,后者以悲剧收场。史库拉脱和夏许可夫无法容忍掺了杂质的爱情,为了保有完整的爱情,不惜将之摧毁,因而下狱,失去自由。《死屋手记》以牢营为背景,事实上,除了这个有形的牢笼之外,还存在着一个无形的牢笼,像路卡、史库拉脱和夏许可夫这些人,他们不但身遭囚禁,就连情感也自困于狭隘的情爱信念之中。或许阿耶亚最喜爱的《圣经》引言——"宽恕,不伤害他人,并且去爱"——才是挣脱情感桎梏所应秉持的信念,唯有如此,灵魂才能毫无羁绊地翱翔天际。全剧以老鹰因于笼中开始,而以老鹰获释结束,老鹰即是"自由"的象征——肉体的以及精神的。这也是为什么犯人们对被囚的老鹰充满景仰之情,而对获释的老鹰大声欢呼了。

雅纳切克对俄国作家的作品十分感兴趣,他曾将奥斯特洛夫斯基(Alexander Ostrovsky, 1823—1886)的《雷雨》改编成歌剧《卡塔·卡芭娜娃》,

同时认为托尔斯泰（Leo Tolstoy, 1828—1910）的《安娜・卡列尼娜》与《活尸》都是歌剧的好题材。托尔斯泰、戈果里（Nikolai Gogol, 1809—1852）、茹科夫斯基（Vasily Zhukovsky, 1783—1852）的作品，也都曾引发他写作器乐曲的动机。雅纳切克会说俄文、阅读俄文，曾多次访问俄国，替两个孩子取俄文名字，同时在捷克中部的布尔诺城组织了俄国圈子，他的亲俄态度由此可见一斑。因此，他对陀思妥耶夫斯基（Fyodor Dostoyevsky, 1821—1881）的作品是不会陌生的。

陀思妥耶夫斯基的《死屋手记》于 1860 至 1862 年间连载于他和哥哥密克海尔合办的刊物《时代》（*Vremya*）上。这本小说写于他放逐后不久，是第一部使他声名大噪的作品（《时代》销路由是增加了一倍），也是托尔斯泰和屠格涅夫（Ivan Turgenev, 1818—1883）等作家给予最高评价之作。但这并非典型的陀思妥耶夫斯基的作品。表面上这是一个虚构的小说，实际上却坦率地以回忆录的形式，呈现出陀思妥耶夫斯基本人在鄂木斯克（Omsk）牢里（他因加入革命团体而于 1850—1854 年间在此服刑）的亲身体验。全书企图以报导文学的手法书写，清晰且直接地描述了 19 世纪中叶西伯利亚的实际状况。雅纳切克选择这样的题材写成歌剧，似乎比《狡猾的小狐狸》（在此剧人类与动物同时出现）以及《玛珂波鲁丝事件》（涉及法律事件）更为怪异。然而，雅纳切克那敏锐的戏剧本能再度证明了他的选择是对的。虽然标题是"死屋手记"，背景是寒冷的西伯利亚冬天，但全剧的处理并不沉闷哀伤，第二幕的题材、语调与阴森的开头是截然不同的。雅纳切克显然深受犯人们在回忆犯罪时所表现之广大、深刻的情感以及他们所受之严厉惩罚所吸引。陀思妥耶夫斯基之所以能与这个陌生的国度认同，主要在于"人道主义"四个字。而雅纳切克在写作此歌剧时，似乎也能直接且强烈地去体验此一世界。杜氏的《死屋手记》所欲传达的同情与宽恕的讯息，正是雅纳切克在他许多歌剧中所强调的主题，一如他在《死屋手记》总谱首页上所题记的——"每一个生命身上都闪现着上帝之光"——他赋予了他的人物丰富的情感，无限的尊严和谅解。

附一：《死屋手记》剧情概要

〈第一幕〉
西伯利亚牢营的庭院・冬天的清晨

囚犯们从牢房中走进，漱洗进餐。其中两名犯人开始争吵。培托维奇・葛杨齐可夫（Petrovič Gorjančikov）——一名新进的犯人，据说是一名贵族——被带入庭院，身上穿着普通百姓的衣服。典狱长开始询问他，不满其穿着以及他政治犯的罪名，下令鞭打他一百下。

其他的犯人戏弄折翼的老鹰（后台传来葛杨齐可夫痛苦的哭喊声），但是看到老鹰不甘被拘于樊笼中所表现出的顽强，心中有几分崇拜：

  高个子的犯人：野蛮的动物！它就是不肯屈服！
  矮个子的犯人：那么，就让它死吧！
  高个子的犯人：但不要在狱中死去。
     你这狂野的鸟，桀骜不驯，
     永远也无法适应监狱。
  矮个子的犯人：的确，它和我们不同。

高个子的犯人继而推崇他为"森林之沙皇"，应矮个子犯人的要求，他将老鹰释放，但是老鹰却只是拍打几下断翼，躲入黑暗的角落。典狱长突然出现，制止此项活动，命令他们散去，开始工作。从事户外劳动的犯人边走边唱着：

  我的双眼再也见不到大地——
  那块我生长的土地。
  再度地忍受折磨啊——
  虽然我并未犯下错误。

我心苦恼，我灵憔悴。

鞑靼男童阿耶亚(Alyeya)和一老犯人蹲下工作。史库拉脱(Sukrato)加入缝补靴子的行列，高声唱着歌。他的歌声扰乱了路卡(Luka)，两人开始斗嘴。史库拉脱回忆起在莫斯科的生活以及从前所做的行业。说到激动处，他突然狂舞，而后又突然倒地。

路卡一边缝补，一边回想他早年因游手好闲而被监禁的往事。他诉说当年自己如何鼓励其他犯人叛乱，如何杀死前来镇压暴动的官员，以及自己如何因此事而受到严厉的鞭答。

葛杨齐可夫被警卫送进牢营的庭院。他因刚受鞭答而浑身虚弱，一跛一跛地走过空地，他身后的大门砰然关上。其他的囚犯停下了工作，注视着刚刚关上的大门。

〈第二幕〉
亚第绪(Irtish)河岸·一年后的夏天·黄昏

一些犯人在一艘船上工作，另一些则在砌砖。葛杨齐可夫、史库拉脱以及阿耶亚走了过来，加入搬砖的行列。

葛杨齐可夫问及男童阿耶亚的身世，主动提出教他认字读书。一天的工作告一段落，狱方宣布有贵宾到来，晚上有娱乐节目。一名牧师为此次餐会祝祷。犯人们和贵宾一同坐下进食。

史库拉脱述说自己"为恋爱而下狱"的故事：在德国服兵役期间，他结识了一位纯真可爱的德国女孩露意莎(Luisa)，两人真心相爱。但有一天，露意莎避不见面——原来有位有钱的亲戚要娶她为妻。后来露意莎被迫成亲，史库拉脱用手枪打死了新郎。当其他犯人问及露意莎的下场时，史库拉脱狂乱地挥手不语。

接着，一群犯人穿上临时的戏服(脚上仍戴着脚镣)，在临时搭建的戏台上演出两出戏：第一出是《卡垂尔和唐璜》，另一出是哑剧《磨坊主人美丽的妻子》。

　　散戏之后,大部分的囚犯都回到牢营里。一名年轻的犯人带着一名很丑的妓女离去。葛杨齐可夫与阿耶亚仍留在原处一块喝茶。矮个子的犯人看他们不顺眼而存心找碴,并且用茶具打伤了阿耶亚。警卫赶到,驱散围观的犯人。

〈第三幕〉第一景
监狱医院·向晚时分·一排排的木板床

　　阿耶亚发着高烧,呓语狂叫:

　　阿耶亚:耶稣,上帝的先知,
　　　　　传播上帝之言。
　　葛杨齐可夫:他的话语中,你最爱那几句?
　　阿耶亚:宽恕,不伤害他人,
　　　　　并且去爱!
　　　　　他创造了伟大的奇迹,
　　　　　他用泥土造鸟;
　　　　　在泥上吹气,
　　　　　鸟就飞上了天空!
　　　　　它往上飞去!越飞越远!

　　契库诺夫(Chekunov)为阿耶亚和葛杨齐可夫递上茶水,路卡——此时已奄奄一息——在一旁讥讽他为"仆人",于是两人针锋相对。另一名犯人夏普金(Shapkin)述说警察询问他并且差点揪掉他耳朵的经过。史库拉脱自床上跳起,疯狂地舞蹈,嘴里叫着露意莎的名字——原来他在打死他的情敌的同时,也杀死了露意莎。

　　黑夜降临,四下一片幽暗寂静。一个老犯人仍点着蜡烛,尚未入眠。大部分的病人都睡着了。

夏许可夫(Shishkov)和屈瑞文(Cherevin)坐在床上谈话。在屈瑞文的怂恿下,夏许可夫叙述他的爱人雅库卡(Akulka)的事。他娶雅库卡时,费尔科(Filka Morozov)即宣称已玷污过她。后来他发觉雅库卡仍深爱着费尔科,于是用刀子刺杀了雅库卡。

在夏许可夫的故事接近尾声时,路卡悄然去世。夏许可夫认出路卡即是费尔科!警卫前来,抬走了路卡的尸体。不久,葛杨齐可夫被召去见典狱长。

〈第三幕〉第二景
与第一幕同

典狱长喝醉了酒,在其他犯人面前向葛杨齐可夫道歉,并且告诉他:他即将获释!

阿耶亚自医院来到,向他道别。

当葛杨齐可夫离去时,犯人们释放了那只老鹰,并且为它的重获自由而欢呼。

警卫命令他们散去,开始工作。

附二:《死屋手记》第二幕选译

〈第二幕〉
黄昏的亚第绪河岸。一些犯人在船上工作,另一些则在砌砖。
"啊,啊……"的工作声从大草原上传来,夹杂锄镐的声音。
葛杨齐可夫、史库拉脱和阿耶亚加入搬砖的行列。

GORJANČIKOV:	葛杨齐可夫:
Milý, milý Aljejo!	亲爱,亲爱的阿耶亚!

Poslyš, Aljejo!
Tys měl sestru?

ALJEJA:
Měl — a proč se ptás?

GORJANČIKOV:
Myslím, že byla krasavice,
byla-li tobě podobna.

ALJEJA:
Ach, co na mně vidíš?
Ona byla taká krasavice,
že v celém Dagestaně nebylo krásnější.
Tys neviděl nikdy takou krasavici.
I moje matka krasavice byla.

GORJANČIKOV:
A milovala tě?

ALJEJA:
A co mluvíš?
Ona jistě teď z hoře umřela.
Ona mě měla víc než sestru ráda.
Ona dnes v noci ke mně pžišla,
a nade mnou plakala.

GORJANČIKOV:
Polsyš, Aljejo!

听我说,阿耶亚!
你有姊妹吗?

阿耶亚:
有——你为什么问?

葛杨齐可夫:
我想她是个美女,
如果她长得像你。

阿耶亚:
啊,你在我身上看到什么?
她的确是个美女,
全塔吉斯坦最漂亮的女孩。
你从没见过这样的美女。
我妈妈也很漂亮。

葛杨齐可夫:
她爱你吗?

阿耶亚:
你说什么?
我确信她已因忧伤而死。
她爱我胜过我姊姊。
昨晚我梦见她,
为我哭泣。

葛杨齐可夫:
听我说,阿耶亚!

Chci tě učit číst s psát.	我想教你认字、写字。
ALJEJA:	阿耶亚:
O, rád bych,	噢,我真想,
rád bych naučil se!	真想学这些!
Nauč, prosím tě.	请你教我。
VĚZŇOVÉ:	囚犯们:
Hoj-ho, hoj-hi!	嗨吼,嗨唏!
GORJANČIKOV:	葛杨齐可夫:
Naučím tě.	我会教你。
VĚZŇOVÉ:	囚犯们:
Hoj-ho, hoj-hi!	嗨吼,嗨唏!
Hoj-ho, hoj-hi! Hoj-ho, hoj-hi!	嗨吼,嗨唏! 嗨吼,嗨唏!
Hoj-ho, hoj-hi! Hoj-ho, hoj-hi!	嗨吼,嗨唏! 嗨吼,嗨唏!
Prazdnik ... !	收工了……!
Prazdnik!	收工了!
Prazdnik!	收工了!
	(远方钟声响起。犯人们把工具放置一旁)

肖斯塔科维奇的两部歌剧

——《鼻子》和《姆钦斯克的马克白夫人》

肖斯塔科维奇(Dmitri Shostakovich, 1906—1975)的一生,说明了一个天才艺术家在一个文化受官方钳制的国家内的奋斗历程。1906年生于俄国圣彼得堡,肖斯塔科维奇很早就显露其音乐才华,13岁进入列宁格勒的音乐学校修习钢琴,21岁参加第一届国际肖邦钢琴大赛,虽只获"荣誉奖",但比赛过程中被公认为最具冠军相者。

尽管肖斯塔科维奇的音乐创作才气得到肯定,而且作品也表现出他所抱持的社会理想及爱国情操,然而他的作品却一再成为官方批评家抨击的对象,一则因为他在乐曲中融入了许多不协和及前卫的成分,一则因为他对社会的讽刺及批判。肖斯塔科维奇一生写作了两个歌剧——《鼻子》(*Nos*,1930年首演)和《姆钦斯克的马克白夫人》(*Ledi Makbet Mtsenskogo Uyezda*,1934年首演),而这两个歌剧却先后遭到同样悲惨的命运:《姆钦斯克的马克白夫人》被迫更名为《卡特丽娜·伊斯梅洛夫》(*Katerina Ismailov*),并在音乐及内容上做一些修改;《鼻子》曾遭禁演达44年之久,而《姆钦斯克的马克白夫人》亦自列宁格勒剧院的剧目表上除名达27年。直到1970年代后,肖斯塔科维奇的歌剧才获重演,并先后于1975年和1979年完成首次录音。事实上,不仅肖斯塔科维奇的歌剧未受赏识,就连他的若干交响曲(如庆祝俄国革命十周年而写的《第二交响曲》),以及其他的乐曲(包括《24首前奏曲与赋格》),也因使用"不协和音"的技巧而屡遭贬抑。尽管如此,肖斯塔科维奇并不因此而停止一流音乐的创作,他始终企图在自身独创的灵感与官方可能允许的限制之间寻求最理想的表现方式。

1. 果戈里,《鼻子》与肖斯塔科维奇

《鼻子》是俄国作家果戈里(Nikolai Gogol,1809—1852)于 1833 年写就的短篇小说。这是一则以"故作严肃"的手法道出的荒诞、古怪、不合常理的滑稽杰作,其中隐含社会讽刺的意味。整个故事是一个人寻找其遗失的鼻子的记录,情节似乎与政治扯不上关系,却引起了俄国官方的检查——有一段描述原以喀山(Kazansky)大教堂为背景,被迫改写成其他地点。

大约一世纪之后,年轻的肖斯塔科维奇(当时才 21 岁)将这故事改编成歌剧。他谨慎地保留了果戈里原有的荒谬要素,同时还加入另一种活泼的成分——充满怪诞趣味的模拟反讽。整出歌剧——从管弦乐奏出的第一声"喷嚏"到低音鼓的最后一击——充斥着滑稽的效果。令人不解的是肖斯塔科维奇却否认自己借音乐去模拟反讽的意图。1930 年此剧首演时,肖斯塔科维奇曾写下这么几段话:

> 我于 1928 年计划编写歌剧。我选择果戈里的东西有下列几个理由:俄国作家创作了许许多多重要的作品,但是对我来说,想把它们改编成歌剧是相当困难的……

> 在我们这个时代,具有嘲讽特质的古典题材是相当适宜的……。《鼻子》旨在讽刺沙皇尼古拉一世当政的时期,是果戈里最有力的作品……其内容与文字相互辉映,称得上是果戈里《圣彼得堡故事集》里含意最丰富的。在将之转换成音乐形式及戏剧场景时,我遇到了许多有趣的问题。

> 在这出歌剧里,音乐不是最重要的部分,内容才是首要。另外我要声明一点:我并无意让音乐具有仿真反讽的效果。虽然舞台上表演是幽默的,但音乐本身绝对不是滑稽的。我持这种看法,因为果戈里是以一种严肃的态度处理喜剧的场景,这也是其幽默之精神所在。他从来不说"俏

皮话"——我的音乐也不打算如此。

从这几段话,我们可以看出肖斯塔科维奇似有自我欺骗之嫌。如果说果戈里的幽默是含蓄内敛的,那肖斯塔科维奇的幽默则是夸大的——在这出歌剧里,他从头到尾说着"俏皮话"。有人问他为什么在声乐部分使用如此高的音域,他回答说:"我企图将说白与音乐合为一体……就拿巡警一角来说,他一向都用刺耳的声音说话,这已成为一种习惯,也是我赋予这个角色如此高音域的缘故。"但是,一个身材魁梧的警察以此种歌喉歌唱,总不免产生嘲讽的效果。

至于剧本本身,有一点值得我们注意——歌剧中所有的对白几乎是逐字地自果戈里的故事和其他作品中摘录下来。这样,它保存了罕见的文学传真性。在塑造脚本时,肖斯塔科维奇有专家协助,这三人同署为此剧之作者:扎米亚京(Yevgeny Zamyatin, 1884—1937;1920 年代俄国著名的讽刺文体大师),易欧宁(Georgy Ionin;生平不详),以及普雷斯(Alexander Preiss, 1905—1942;数年后与肖斯塔科维奇再度合作《姆钦斯克的马克白夫人》)。扎米亚京对新的苏俄政体毫无敬畏之心,也难怪托洛斯基称他为"内在的亡命徒"了。1929 年,在《鼻子》一剧首演前不久,扎米亚京被迫退出苏俄作家联盟,饱受无情的辱骂。最后他终于获准移居国外,1937 年逝世于巴黎。

《鼻子》的脚本中创新的部分应归功于扎米亚京。第三幕开头一景——驿马车离去,由旅行者与警察所组成的喧嚣的群众,乃至于鼻子(具有人形)的最后消失——即是根据果戈里的一丝暗示而重新创作的,其功力可见一斑。收场白更是天才的笔触——由四名演员(二男二女)逐字念诵果戈里的故事结尾,适时地表达出作者所隐含的自我嘲讽:"令人感觉奇怪且猜不透的是……居然有作家选取这类题材。我承认这绝对是不可思议的,这好像是……不,不,我真搞不懂……首先,它对国家毫无用处;其次,它本身一无是处。我真搞不懂这玩意儿。"

的确,没过多久苏俄当局就认定《鼻子》一剧对国家——尤其对社会写实主义——"毫无用处"。虽然 1930 年 1 月 18 日的首演相当成功,且在一连数月内演出了 16 场,但此后该剧即自列宁格勒剧院的剧目中消失,被打入冷宫达 44 年之久;直到 1974 年才在莫斯科再度演出,次年完成录音。

1930 年,一些睿智的乐评家曾给肖斯塔科维奇此剧相当高的评价。Victor Belayev 将《鼻子》一剧形容为"伟大的文学杰作",并且认为肖斯塔科维奇解决了俄国歌剧史上始终存在的问题——"歌剧对白"或"唱白"(speech-song)(穆索斯基在将果戈里另一短篇〈婚姻〉改成歌剧时,亦曾探讨此一问题,可惜该剧在完成第一幕之后宣告流产)。肖斯塔科维奇并不追求语言的自然韵律,而企图用一种不顺应自然、矫饰且古怪的方式——一种强化效果的模拟——来处理语言。在这方面,他与普罗科菲耶夫(Sergei Prokofiev,1891—1953)改编自陀思妥耶夫斯基小说的歌剧《赌徒》(*Igrok*;亦完成于同一个 10 年间)风格较接近。肖斯塔科维奇所受的影响尚有欣德米特(Paul Hindemith,1895—1963;德国作曲家),克任乃克(Ernst Krenek,1900—1991;奥国作曲家),米尧(Darius Milhaud,1892—1976;法国作曲家),贝尔格(Alban Berg,1885—1935;奥国作曲家)等人的歌剧——这几位都是带动 1920 年代列宁格勒文化圈流行风尚的主力。从西方表现主义音乐的观点来看,《鼻子》是相当新潮的——这也是俄国官方批评家对它大肆抨击的真正原因。有一著名的历史学家曾作如下断语:"该剧是极端左倾流派的极致"(在此"极端左倾"意指不协和、颓废之罪恶)。竟连一向颇能接纳新意的传记作家马丁诺夫(Ivan Martynov)也说:

> 这位作曲家似乎忘记了歌剧的所有和每一要件。譬如,根据他的指示,饰演"鼻子"之角色应该轻捏鼻子唱歌……管弦乐应奏出各种噪音——马匹践踏声(以键盘乐器伴以打击乐器),刀片刮胡子的声音(由低音提琴和声)等等。整个乐谱充满了这类自然主义的把戏。

很显然的,俄国乐评家毫无幽默感可言,而肖斯塔科维奇对音乐中的幽默表现却始终有着特别的喜爱,观众开心,他也觉得心满意足。或许《鼻子》一剧走在时代的尖端,它是开路先锋,正如 Belayev 所说:"这是一种新乐风的建立,目前为止,合格的演员还未出现。"事实上,《鼻子》一剧的舞台设计相当艰难,这也是此剧未在列宁格勒以外的苏俄其他剧院上演的原因。

在俄国境外的几场演出——在意大利的佛罗伦萨,在美国新墨西哥州的圣塔菲,及在德国各城——都不太成功,因为俄文本身极不易翻译(其音乐和文字合为一体),使得观众聆听时感受力大打折扣。倒是选自歌剧《鼻子》的组曲(作品编号 l5 a)——四个器乐曲和三个声乐曲——反而更受欢迎,曾在世界各地演出多场,也因此减低了人们观赏或聆听俄文全曲的欲望。

现在有了完整的录音,可以清楚看到肖斯塔科维奇的成就。他处理管弦乐的手法十分经济,独奏乐器的使用多于合奏。他所使用的乐器范畴很广,包括俄式三弦琴,16、17 世纪俄式长颈鲁特琴,同时还运用打击乐器的琶音。在这出歌剧里,就有一个间奏曲完全是为打击乐器而作。声乐部分的写作有棱有角,音节分明,每一字都清楚地把握住。全剧包括了好几个编制庞大且复杂的合唱场景——八个旋律线(各赋予不同的歌词)以卡农的形式交织在一起;只有三首曲子可勉强称作"准独唱曲"。肖斯塔科维奇曾说:"我并不认为一出歌剧在基本上得是一部音乐作品。"为了推翻旧式歌剧的窠臼,他成功地为音乐剧场创作了这部令人激赏且富活力的作品。毫无疑问地,在 23 岁就有这样的成就是不凡的。

肖斯塔科维奇是最早熟的音乐天才之一。他的《第一号交响曲》写于 1925—1926 年间,当时他才十几岁,还在列宁格勒的音乐学校就读。《第二号交响曲》——"为十月而作"——完成于 1927 年。1928—1929 年间,在写作《鼻子》的同时,肖斯塔科维奇还从事其他有关舞台和电影等的工作——为无声电影《新巴比伦》写总谱,为马雅可夫斯基(Vladimir Mayakovsky, 1893—1930)的喜剧《臭虫》配乐。这些经验都反映在《鼻子》一剧里,使得整个歌剧的某些情节以电影的步调开展。

对肖斯塔科维奇而言,1974 年 9 月是个值得欢欣的日子,因为他这部年轻时代的杰作《鼻子》在冰冻 44 年之后得以重演。在莫斯科室内歌剧院(1971 年成立)排演的过程中,肖斯塔科维奇扮演着十分活跃的角色。他和指挥罗杰斯特汶斯基(Gennady Rozhdestvensky)以及导演波克罗夫斯基(Boris Pokrovsky)合作无间,他出席了每一场预演,并且同意剧中某些次要细节的修改。收场白的安排——由演员坐在观众席间以即兴的方式说出——即是在这段期间产生。每一个人——包括乐评家——都带着愉快的心情离开剧院。肖斯塔科维奇出席了前六场的演出,对观众的反应颇感兴奋。在录音期间,他更亲临督导。肖斯塔科维奇能够活着目睹这出歌剧的重演是值得告慰的,因为不到一年(1975年8月9日),他就去世了。

附一:《鼻子》剧情概要

〈序幕〉

在序曲之后,科瓦利奥夫(Kovalyov)少校出场,理发师伊凡·雅可雷维奇(Ivan Yakovlevich)正替他刮胡子。他们交谈了几句。

〈第一幕〉

第一景:理发师的寓所

理发师正要睡觉,他的太太烤着面包。他醒了,闻到香味,便向太太要一块面包当作晚餐。他将面包切成薄片,就在这个时候,他发现面包里头有个鼻子,他吓坏了!他狡诈的妻子指控他说:"一定是你在喝醉时,把顾客的鼻子割了下来!"她把他——连同鼻子——一块儿驱出屋外,命他把那个鼻子处理掉。

第二景:河边

伊凡沿着河流疾行。他正想把鼻子丢掉,忽然来了个警察,告诉他东西掉了,他于是又将它拾起。每次他想丢掉那个用报纸包着的鼻子时,总是遇到熟朋友。最后,他的古怪举动引起了巡警的注意。巡警想知道伊凡到底在桥上想干些什么。理发师想找理由替自己解围,但没有成功。天色逐渐暗了下来。

间奏:打击乐器间奏

第三景:科瓦利奥夫少校的卧房

科瓦利奥夫睡醒之后,想起昨天鼻子上长了颗粉刺,于是叫仆人伊凡拿镜子来。一照镜子,他吓坏了——哇!鼻子不见了!他想大概是自己还没醒,就命仆人捏他、捏他。结果他发现自己根本是清醒的——可是,鼻子不见了。他赶紧穿上衣服,去找警察局长。

嘉洛舞曲

第四景:喀山大教堂

科瓦利奥夫少校走进教堂。我们听到无歌词的合唱声和女高音独唱。科瓦利奥夫用手帕遮着睑,在做礼拜的人丛里发现了"鼻子"——穿着议员的制服。少校试着跟鼻子交谈,告诉他没有鼻子他将无法生活下去。而鼻子却假装不懂,只敷衍地说道:"我俩之间的亲密关系的确是不容置疑的。"这时一名女子走进教堂做礼拜,科瓦利奥夫的注意力转移到她的身上,当他再回过头来时,鼻子已经不见了。科瓦利奥夫懊恼地留在原地。

〈第二幕〉

序幕:科瓦利奥夫少校坐在马车里

他正开车前往警察局找局长,而局长却刚刚离去。

第五景:一间狭小且拥挤不堪的报社

一名灰头发的职员正在受理顾客的广告。女伯爵的仆从前来刊登一则寻找走失小狗的启事,说女伯爵愿意付一百卢布给寻获者,虽然那只狗的价值还不到百分之八卢布。此时,有八名脚夫在一旁列队等候。

科瓦利奥夫少校慌乱地跑进来,想刊登一则寻找"遗失的鼻子"的广告。他的困境引起在场者的骚动。在一番争论之后,报社职员拒绝受理这项广告。他说这样做会破坏他们报纸的声誉。为了安抚科瓦利奥夫,他把自己的鼻烟递给他。少校生气地拒绝(因为他根本没有鼻子可吸),并且立刻冲出报社。

这一景以脚夫的诙谐八重唱(歌词内容取材自各式各样的广告)作结。

间奏:管弦乐间奏

第六景:科瓦利奥夫少校的公寓

科瓦利奥夫少校的仆人伊凡躺卧在长椅上,一面弹奏俄式三弦琴,一面对着天花板唱歌(歌词出自陀思妥耶夫斯基之作品)。有人敲门:是科瓦利奥夫。他气冲冲地走进房里。接着他发表了一段感人至深的独白,此幕便在平静中结束。

〈第三幕〉

第七景:圣彼得堡市郊的马车站

巡警——用假声歌唱——正在调布他的十名警员(肖斯塔科维奇在歌剧《姆钦斯克的马克白夫人》里亦有类似的怪诞场景)。各式各样的旅客涌到,打算搭乘驿马车:先是一对夫妻和一名男子,而后是一家四口(父母及两个儿子)。他们在马车站道别。两名男士以华尔兹的节拍互相致意;一名年老的贵妇人向人诉说她对逼近之死亡的预感;一名兜售脆饼的女贩引起了警察的好奇。驿马车即将驶去:到处都是道别声。突然,鼻子出现,尖叫道:"停!停下来!"四下一片混乱,枪声响起,鼻子被误认为窃贼,众人起而围攻。暴动平息之后,具有人形的鼻子消失无踪,只留下真正的鼻子躺落在地面。巡警将它拾起,小心翼翼地把它包在手帕里,而后率领他的部下开步离去。音乐持续片刻,喇叭奏出轻快的旋律。

第八景:舞台分而为二:一边是科瓦利奥夫少校的公寓,另一边是波多柴纳夫人(Madame Podtochina)的公寓

巡警前来拜访科瓦利奥夫,原封不动地归还那只遗失的鼻子。少校大

喜,酬赏了巡警。而后少校跑到镜前,想把鼻子接回脸上,却怎么也黏附不住。他惊吓不已,赶紧叫仆人伊凡去找医生来。

医生来了,仔细地检视他的病人。"你其他的部位都还正常吧?"他焦虑地问道。他所下的诊断是———一切顺其自然,没有鼻子你也可以活得同样快乐。医生劝他把这鼻子浸放在醋和伏特加酒中保存起来——说不定还可卖个好价钱呢!科瓦利奥夫再次试着把鼻子黏附回去,但又失败了:他终于绝望了。他的朋友雅士金(Yaryzhkin)到来。他劝科瓦利奥夫用口水试试看。科瓦利奥夫试了,还是不管用。何不改用心理治疗法?科瓦利奥夫确信再没有人比波多柴纳夫人更令他着迷了(而波多柴纳夫人却要他娶她的女儿),但是他不知道该向她求爱还是只和她谈谈?雅士金劝他写封信给她,于是他开始动笔。

在这同时,我们看到舞台的另一边是波多柴纳夫人和她的女儿,她们正在算命。仆人伊凡拿着科瓦利奥夫的信走进。她俩一起看信,唱出一段二重唱,慢慢地,二重唱扩充成四重唱——科瓦利奥夫和雅士金加入。波多柴纳夫人坚决地推脱一切责任,并要少校相信她并没犯任何过错。

接着是一个繁复的合唱场景。各式各样的人在街上漫步,看着报纸,并且谈论着有关科瓦利奥夫鼻子的奇异冒险。谣言满天飞;大家都确信自己曾经看到鼻子在某个地方散步。一听说鼻子出现于琼克百货公司,群众纷纷涌向该处。有一名巡警为了获得清楚的视野,还想租用木制长凳。现场一片紊乱。突然有人大喊:"鼻子在公园里!"人群又涌向公园。有一个东方君王 Khozrev-Mirza 也到来;他坐在由宦官抬着的轿子里,对那个会走路的鼻子非常感兴趣。鼓声急促地敲打,吁请大家注意。警察和消防人员赶到现场,他们用水驱散人群,把每个人的衣服都打湿了。至此,整个场景的骚乱达到高潮,所有的人大叫:"它在那里?"

〈终幕〉

第九景:科瓦利奥夫少校的卧房

科瓦利奥夫突然从床上跳起,抓着他的鼻子大叫:"它在这里!"他不敢相信自己的鼻子又恢复了原位——脸部的正中央。他叫仆人伊凡仔细地打量他的鼻子——竟连原先长在鼻子上的粉刺也不见了！科瓦利奥夫高兴得跳起舞来。理发师伊凡走进,准备为少校修面。少校叫道:"你的手干净吗？"理发师回答:"老天在上,绝对干净。"他们三人——科瓦利奥夫,理发师伊凡,仆人伊凡——大笑。科瓦利奥夫就其位置,当理发师碰到他的鼻子时,他大叫:"小心啊！"理发师吓得松手,往后退了一步。

第十景:聂夫斯基(Nevesky)大道

科瓦利奥夫兴高采烈地沿着聂夫斯基大道散步。朋友们像往常一样地和他打招呼,他又恢复了信心,因为从别人的反应,他知道自己的鼻子仍在正常的位置。他遇到波多柴纳夫人和她的女儿。他说了个淫秽的笑话给她们听,三人笑成一团。波多柴纳夫人邀请他吃晚餐,并且向他暗示她的女儿"仍然管用"。他礼貌地告辞——不,他还不打算踩入婚姻的陷阱呢！他和一名女贩调情取乐。

此时,我们听到以说白形式表现的收场语——由四名演员自观众席间以交谈的方式说出。这个故事究竟有何含意？果戈里曾这样写着:"我承认这个故事非常不可思议……但是,不是到处都存在着荒谬吗？……不论谁说了些什么,这类事情的确发生在这个世界上——虽然罕见,但确实存在。"

附二:《鼻子》第一幕第三景中译

科瓦利奥夫少校的卧房。可以听到帘幕后他睡醒的声音。

KOVALYOV:	科瓦利奥夫:
Brr, Brr, Brr, brr, brr, brr, brr, brr. Mm …	卜,卜,卜……嗯,嗯……
(*Vikhodit uz-za shirmï. On bez nosa*)	(他绕过帘幕登场,脸上不见鼻子)
Vcherashnim vecherom vskochil	昨天晚上,我鼻子上长了颗

u menya prïshchik na nosu ...	粉刺……
(*Ivanu*, *lakey Kovaleva*)	（叫他的仆人伊凡）
Zerkalo mne.	快拿镜子来！
(*Ivan podayet Kovalevu zerkalo.*)	（伊凡拿给他一面镜子）
Kak, Shto takoye? Shto? Nos..	什么？噢，怎么了？我的鼻子！
Gde zhe nos?	它跑到哪里去了？
Ne mozhet bït. Vodï mne, polotentse.	不，不可能！快给我水和毛巾！
Tochno, Net nosa. Ne mozhet bït ...	还是一样，没有鼻子。不可能……
Da ya eshche, verno, splyu.	也许我还在睡梦中。
(*Ivanu*)	（对伊凡说）
Ushchipni!	捏我！
Oy! Net, kazhetsya ne splyu!	噢，不对，我没有睡着！
(*Opyat smotrit v zerkalo.*)	（他再度注视镜中的自己）
Vsyo, net nosa ...	没错，鼻子不见了……
Odetsya mne!	我要赶紧把衣服穿上！

IVAN:
A esli sprosyat, kuda ushli, kak skazat?

伊凡：
人家问你去哪里，我该怎么说？

KOVALYOV:
K ober-politsmeysteru.
(*Kovalev ukhodit*)

科瓦利奥夫：
说我去找警察局长。
（科瓦利奥夫退场）

2. 重见《姆钦斯克的马克白夫人》

1934年12月，肖斯塔科维奇的第二个歌剧《姆钦斯克的马克白夫人》在列宁格勒首演。此剧取材于列斯科夫（Nikolai Leskov, 1831—1895）的故事，但并未忠于原作，肖斯塔科维奇加入了许多自己的东西。当时的乐评家认为这出歌剧是柴可夫斯基《黑桃皇后》之后，俄国音乐史上最具深度和最有分量的作品。事实证明这种看法是正确的，如今大家常将此剧与贝尔格的《伍采克》(Wozzeck)并列为20世纪最伟大的两出歌剧。但在音乐剧场史上,这出歌剧的命运也是最悲惨的。

1936年元月,斯大林在莫斯科观赏此剧后,怒气冲冲地离开剧场。在此之前,这出歌剧一直是极度成功的,光是列宁格勒就有83场的戏票被抢购一空;但这一切成就似乎在一夜之间就被否定了。官方的党报《真理报》(Pravda)上刊载了一篇诋毁此剧的社论,标题为"不是音乐,而是紊乱",《姆钦斯克的马克白夫人》一剧自苏俄剧院的剧目表上除名,达27年之久。

这20多年来,肖斯塔科维奇的歌剧不但被打入冷宫,同时饱受官方报纸的辱骂,称该作品为"喧哗、咬牙切齿、尖叫"、"不协和音"、"音乐噪音"的可耻典型。肖斯塔科维奇毫无反驳的机会,因为这些官方报纸有斯大林在背后撑腰,势力庞大;没有人再提及这部音乐作品。但是这部经过26个月苦心经营的成果是不容抹煞的。我们不妨将这段"冷冻期"看作是肖斯塔科维奇接受严格考验的时期。

英国诗人奥登(W. H. Auden)认为研读艺术家的传记并无法帮助我们了解他的作品。这种说法并不正确,肖斯塔科维奇及其作品《姆钦斯克的马克白夫人》即是很好的例证。如果我们对肖斯塔科维奇写作该歌剧时的社会背景和个人处境有所认识的话,在聆听此剧时,必能更深入地感受,领会。

肖斯塔科维奇生长在苏俄的文化中心——列宁格勒,20出头就被公认为音乐大家,许多戏剧和电影都请他配乐。他是众人瞩目的焦点,也正因如此,他并不快乐。他并不是活在象牙塔里的知识分子,他留心地观察压迫民意的官僚政体的建立。他认为一个爽朗且杰出的人格会因压抑而崩溃。除了官僚政体,弥漫俄国那股沉滞、烦闷的风气也是摧残人格的主要因素。而就在此时,俄国政府又一步步地断绝俄人与西方沟通的门路(正如普罗科菲耶夫所说,当时的俄国的作曲家正濒临"流于地方化"的危险)。肖斯塔科维奇对这种抑压发展的社会倾向深感不满,在《姆钦斯克的马克白夫人》里,我们可以很清楚地看到"沉滞、烦闷"的主题反复地出现。

女主角卡特丽娜最初的生活即是典型的俄式的沉闷生活模式。从法律的观点来看,她和瑟杰的恋情以及谋杀亲夫及公公的行为是不道德的。但是她企图突破沉闷的环境,追求较完整的人格发展,其勇气是不寻常的。肖斯塔科维奇的同情似乎是向着她的,在肖斯塔科维奇的处理下,她的罪行成为某种抗议。但肖斯塔科维奇并非情绪化或片面地刻画他的人物、呈现他的主题;他着眼于多重的层次。卡特丽娜为了个人的追求而迫害了三个生命——波里士(她的公公),辛诺维(她的丈夫),以及娑妮叶卡(她的情敌)。这种安排代表着肖斯塔科维奇悲剧性的认知:暴力的抗议往往会变质成另一种暴力的压迫,而另一些人将成为其反抗的牺牲品。肖斯塔科维奇此种认知显露出他历史学家和先知的胸怀。

在《姆钦斯克的马克白夫人》一剧里还有一点值得我们注意:肖斯塔科维奇对警察组织功用的探讨。整个"第七景"描写警察局的内部——这段插曲可以称得上是歌剧史上最具嘲讽威力的一页。肖斯塔科维奇笔下的警局既恐怖,又滑稽——警员们无所事事,等人送红包,随便抓人询问,因有人被杀而喜悦。这里,肖斯塔科维奇似乎暗示:像警局这类既怪诞又恐怖的机构只能存在于俄国这种以暴力统治的社会里。而"暴力"正是本剧的另一个重要主题——道德上和肉体上的暴力场景(譬如,瑟杰被鞭打,波里士和辛诺维被谋杀,胖厨娘亚克席娜被塞进桶内饱受戏弄,娑妮叶卡被推进湖里),充满全剧。

此剧最后一景由罪犯的话语收场。在此,罪犯无疑象征着某种高层次的道德力量,扮演着批判的角色。如果说俄国政体是压迫者,那么罪犯们就是被压迫者,他们的心态代表着俄国人民对俄国社会的观感,他们绝望的悲唱反映出俄国政体的黑暗面。如果说最后一景是片尾音乐,那么肖斯塔科维奇要传达给我们的是一种沉痛的黑色讯息。在精神上,他的歌剧和陀思妥耶夫斯基小说的悲观基调是一致的。

附一:《姆钦斯克的马克白夫人》剧情概要

〈第一幕〉

第一景:卡特丽娜(Katerina)——富商辛诺维·伊斯梅洛夫(Zinovy Ismailov)的妻子——烦闷地坐在屋子里；屋子的四周筑起了高高的围墙。歌剧一开始，即是她的咏叹调〈噢,我已无睡意……〉：她对千篇一律的日常生活——睡觉,起床,和先生一起喝茶,吃饭,又睡觉——感到厌倦。她是个不识字的妇人,毫无嗜好消遣可言,再加上没有生育儿女,日子更形苦闷。她开始怨恨起她的丈夫。

辛诺维因生意得出趟远门,临走时,卡特丽娜的公公波里士(Boris Ismailov)强迫她跪在圣像前发誓,保证她对丈夫将永远坚贞。

间奏

第二景：在伊斯梅洛夫家的后院,工人们胡闹取乐。他们把肥胖的厨娘亚克席娜(Aksinya)塞进一个桶子里,然后轮番上阵,将手伸进桶内捏她,逗她,大吃其豆腐。辛诺维临出门前才雇用的工人瑟杰(Sergey)也参与其间。卡特丽娜前来替亚克席娜解围,她为女性受男性的欺压打抱不平,为了显示女性不是弱者,她接受了瑟杰的挑战,与他摔跤。在瑟杰的臂弯里,她的力气顿失。此时她的公公波里士出现,卡特丽娜连忙推说自己被布袋绊倒,瑟杰因扶她也跟着跌倒。波里士警告卡特丽娜,说将把她的一举一动告诉她丈夫。

间奏

第三景：夜深了。卡特丽娜正准备就寝,她觉得非常寂寞,一面脱衣,一面唱着咏叹调〈小马急急奔向母马……〉。此时瑟杰前来敲门,佯称想向她借几本书阅读(而卡特丽娜根本就不识字)。瑟杰开始挑逗她,经过短暂抗拒之后,瑟杰占有了她。

〈第二幕〉

第四景：波里士无法入睡。这个淫秽的老头想到了他的媳妇卡特丽娜："如此健美的女人,而她的丈夫又不在家。"他于是提着油灯走到她的窗前,想"安慰她的寂寞芳心"。不巧,瑟杰此时正从窗口爬出,和卡特丽娜难分难舍地道别。波里士怒火中烧,拿出鞭子抽打瑟杰,卡特丽娜在一旁吓坏了,却又欲救不能。波里士鞭打得疲倦了,就命卡特丽娜去煮些蘑菇给他吃。卡持丽娜在蘑菇里下毒,波里士吃了一命归天。牧师前来为他举行告别式。

没有人怀疑卡特丽娜,因为有些蕈类是有毒的。

间奏

第五景:瑟杰和卡特丽娜睡在一张大床上。卡特丽娜唤醒熟睡的瑟杰,要他热情地拥吻她。瑟杰敷衍地应付她,并说自己是个敏感的男人,对她俩这种偷偷摸摸的勾当感到忧虑,而卡特丽娜却始终热情如一。卡特丽娜看到波里士的鬼魂出现在屋角,她一点也不害怕地说:"你吓不了我!"有了瑟杰,她什么都不怕了。不久,她的丈夫辛诺维回来了;瑟杰躲了起来。辛诺维质问卡特丽娜他的父亲是怎么死的,这段日子他不在家,究竟发生了什么事情。他听到一些闲言闲语,又看到瑟杰的皮带,他威胁卡特丽娜告诉他实情。卡特丽娜不再畏惧她的丈夫,她称他"懦弱冷感如鱼",不配做她的丈夫。辛诺维大怒,用皮带抽打她。她叫出瑟杰,两人合力将辛诺维扼死,并且把尸体藏到地窖里。现在,卡特丽娜完全自由了。

间奏:管弦乐间奏

〈第三幕〉

第六景:卡特丽娜常常不自觉地对地窖发呆,辛诺维的尸体使她害怕。瑟杰劝她及时行乐,为美好的未来而欢欣,因为今天是他们结婚的日子。有一名衣衫褴褛的农工发现卡特丽娜老是望着地窖,他想里头一定藏有许多美酒,于是打开锁头,进去探个究竟。他闻到腐臭味,接着发现了辛诺维的尸体。他吓得赶紧跑向警察局。

间奏

第七景:无聊的气氛和恶劣的情绪弥漫着警察局。几个警察自我解嘲地唱着:"如果我们不在这里鬼混,我们到哪里去赚外快?""我们的薪水不多,而出高价贿赂的人实在太少。"他们无事可做,加上卡特丽娜又没有邀请他们参加喜宴,他们只好转而嘲弄一名胆怯的教员——因为他相信上帝的存在,并且认为青蛙也有灵魂,只不过它们的灵魂比较卑微而且无法永恒。这时那名农工赶来报告:辛诺维的尸体在地窖里。警察们大悦,因为他们总算有点事情可以做了。于是,大伙儿兴致勃勃地冲往伊斯梅洛夫住宅。

间奏

第八景:在伊斯梅洛夫住宅,婚宴正在进行。醉酒的贺客举杯祝福这对新人——瑟杰和卡特丽娜。就在众人赞许新娘之美貌时,卡特丽娜忽然发现地窖的门是开着的——这表示有人看到了尸体。她告诉瑟杰他俩得尽快逃走。可是太迟了,警察已经到门口了。卡特丽娜坦承一切罪行后,就被带走了;瑟杰在一阵毒打后,也遭到同样的命运。

〈第四幕〉

第九景:在一望无际的西伯利亚草原上,有一队罪囚缓缓行进,卡特丽娜和瑟杰也在其中。黄昏时分,罪犯们在林间的湖畔停下来准备过夜;男女罪犯们分隔开来。卡特丽娜用钱贿赂步哨,潜往瑟杰处。瑟杰反应冷漠,并且责怪卡特丽娜毁了他的一生;卡特丽娜沮丧地离去。瑟杰对卡特丽娜已感到厌倦,他现在看上另一名年轻的女犯娑妮叶卡(Sonyetka)。为了讨好娑妮叶卡,他从卡特丽娜那里骗来了长袜给娑妮叶卡袪寒,而后两人到林中取乐。他们更公然地嘲笑卡特丽娜的愚蠢。卡特丽娜绝望透了,求生的意志尽失。她把娑妮叶卡推下湖里,然后自己也投湖自尽。

全剧以罪犯们的话语作结,气氛凄冷、凝重:

> 我们日复一日蹒跚地行进,
> 脚铐在我们身后拖响。
> 我们疲乏地计数着里程,
> 撩起的尘沙在我们四周飞扬。

> 啊,大草原,你是如此地无边无际,
> 白日与黑夜是这样地永无穷尽,
> 我们心中的念头是这样地阴郁悲凄,
> 而守卫们又是那么地冷漠无情,
> 啊……

附二：卡特丽娜咏叹调两首

〈第一幕第一景〉卡特丽娜躺在床上，打呵欠。

KATERINA：

Akh, nye spitsa ból'she, popróbuyu.

Nyet, nye spitsa,
ponyátno, noch spalá, vstála,
cháyu s múzhem napilas.
Opyát' leglá.
Vyed' dyélat' ból'she nyéchevo.
Akh, bózhe moy, kakáya skúka!
V dyévkakh lúchshe býlo,
khot' i byédno zhili,
no svobóda bylá.
A tepyér ... toská, khot' vyéshaysa.
Ya kupchikha,
suprúga imenitovo kuptsá
Zinóviya Borisovicha Izmáylova.
Muravey taskáet solóminku,
koróva dayót molokó,
batraki krupchátku ssypáyut,
tól'ko mnye odnóy
dyélat' nyéchevo,
tól'ko ya odná toskúyu,
tól'ko mnye odnóy svyet nye mil
kupchikhe.

卡特丽娜：

噢，我已无睡意，但我再试试。
（试图入睡）
不，我无法入睡。
当然，我睡了一整夜，然后起来
和我丈夫喝茶，
接着又回到床上。
毕竟，我无事可做。
天啊，真无聊啊！
没出嫁时还比较好，
虽然家里穷，
至少有一些自由。
但现在，郁闷得真想上吊。
我是商人妇，
嫁给有名的商人，
辛诺维·鲍里索维奇·伊斯梅洛夫。
蚂蚁沿着稻草费力行进，
母牛贡献奶汁，
农场工人生产面粉，
但独独我
无事可做，
独独我一人觉得郁闷，
独独我一人命苦，我啊
一个商人妇。

〈第一幕第三景〉卡特丽娜的卧室。

KATERINA：

 Zherebyónok k kobýlke torópitsa,
 kótik prósitsa k kóshechke,
 a gólub k golúbke stremitsa,
 i tól'ko ko mnye niktó nye speshit.
 Beryózku vyéter laskáet,
 i teplóm svoim gréyet sólnyshko.
 Vsyem shto-nibúd' ulybáetsa,
 tól'ko ko mnye niktó nye pridyót,
 niktó stan moy rukóy nye obnimet,
 niktó gúby k moim nye prizhmyót.
 Niktó moyú byléluyu grud' nye pogládit,
 niktó strástnoy laskoy menyá nye istomit.
 Prokhódyat moi dni bezrádostnyye,
 promelknyót moyá zhizn byez ulýbki.
 Niktó, niktó ko mnye nye pridyót.
 Niktó ko mnye nye pridyót.

卡特丽娜：

 小马急急奔向母马，
 雄猫一心追求雌猫，
 鸽子忙着寻找伴侣，
 但没有人来我这里。
 微风轻抚着桦树，
 太阳用光温暖它，
 众生都获赠微笑，
 但没有人来找我。
 没有人轻搂我的腰，
 没有人把吻印在我唇上。
 没有人抚摸我白皙的乳房。
 没有人用激情的拥抱累死我。
 日子单调无趣地进行着，
 我的生命一闪而逝全无笑意。
 没有人，没有人会来找我，
 没有人会来找我。

（卡特丽娜脱光衣服，躺在床上）

向爵士乐致敬

要为爵士乐(Jazz)下一个简单的定义是困难而危险的事。所有严谨的音乐辞书、百科全书都怯于遽下论断，一般字典格于篇幅不得不大胆为之，并且是愈小本愈勇敢。袖珍版的《韦氏新世界字典》说爵士乐是"一种使用切分法、极富节奏性的音乐，源自新奥尔良的音乐家，特别是黑人"；《企鹅英语字典》说它是"从繁音拍子、蓝调发展来的音乐，特征为切分法的节奏，以及根据一基本主题或旋律做个别或团体的即兴演奏"；牛津大学出版的一本为以英语为外国语者编的字典则说它是"源自美国黑人、节奏用切分法的喧闹、不安的音乐"。

习于听古典音乐的我最初的确认为爵士乐是喧闹、不安的，或者更准确地说，认为凡喧闹、不安的就是爵士乐；大学毕业后新读了几本音乐史与音乐欣赏指南，发觉他们把爵士乐跟古典音乐相提并论，才"势利地"对它另眼看待。然而仍只是"眼"而已，听进耳朵仍觉不甚自在。我开始强迫自己阅读有关爵士乐的书籍，发现短短百年的爵士乐史，出现的名字比从蒙特威尔第到梅西安400年古典音乐史里的还多，而且尽是一些奇怪的名号："果冻卷"摩顿(Jelly Roll Morton)、"肥仔"华勒(Fats Waller)、"国王"奥利佛(King Oliver)、"公爵"艾灵顿(Duke Ellington)、"晕眩"基列士比(Dizzy Gillespie)……

听古典音乐，你只要盯住几个大作曲家，反复聆赏，很快地就可以登堂入室。但爵士乐不然，每一个演奏家都是作曲家，他不照固定的乐谱演奏，而是即兴地、恣意地在规定的和声架构下创造音乐。古典音乐的演奏者总是力求表达原作与原作曲者的思想，但爵士乐者并不在乎表达的内容，他在乎的是表现的方式，他只是利用某个主题来表现自己的意图，表现自己的个性——不断地运用独特的语法、音响制造高潮，制造张力。所以爵士乐大匠路易·阿姆斯特朗说:"你必须要珍爱自己能演奏。"演奏是爵士乐的生命。任何人若不能领略演奏者在演奏时爆发的生命力,便无法进入爵士乐的殿堂。

严谨深刻的古典音乐仿佛茶杯里的风暴,音乐元素经由呈示、排比、组合、发展、再现等技术逐步推向数个张力的高峰,然而即使在最饱满时,整个情绪仍然在节制的杯子之内。爵士乐却好像魔术杯子里的水,杯水不断溢出杯外,却又神奇地倒回杯内——一次又一次地变化颜色、形状,激发出新的音响;当一群杰出的演奏者同时或接力演奏时,我们就好像看到一个由好几个杯子组成的喷泉,此起彼落地迸发、交换着音乐的魔力。

这些年透过视听设备,有机会坐在家里分享爵士乐者创造的快乐。日本人是喜爱爵士乐的,我在卫星电视上曾看到他们小学生爵士乐队有模有样的演奏,也看过他们的音乐家在世界舞台上演奏蕴含东方风格的爵士乐。爵士乐早已经是国际语言了。但最能打动我的似乎仍是那些传自亚美利加本土的:从鼓着气球般的两颊吹小号的基列士比,到两只手同时在两把吉他上弹奏的史坦利·乔登(Stanley Jordon);从已成绝响的贝丝·史密斯(Bessi Smith)、比莉·哈乐蒂(Billi Holiday)(她们自然在唱片上复活了!),到眼盲心亮、化苦为甘的戴恩·雪(Diane Schuur)。

1990年4月在报摊上翻阅《新闻周刊》,赫然发现歌后莎拉·冯(Sarah Vaughan)也在年度死亡名单之内,急急回家拿出她1986年10月在新奥尔良史托里维爵士厅演唱的录像带。那真是群星闪烁,充满喜悦的一夜。一群伟大的爵士乐者互敬互爱地在舞台上用音乐相互竞技。他们的演奏散发出共通的价值感,却同时让我们清楚地看见他们独立的意志:吹着迷你短号的"爵士乐诗人"唐·薛里(Don Cherry);在高音的云梯上翻筋斗的小喇叭手梅纳·傅格森(Maynard Ferguson);容·卡特(Ron Carter);赫比·韩寇克(Herbie Hancock);晕眩基列士比……他们真像一家人:在晕眩的瞬间,一同到达至福。

歌剧作曲家威尔第曾经说过:"音乐里有一种东西比旋律和节奏更重要:音乐。"爵士乐最简单的定义也许就是:音乐。

永恒的爵士乐哀愁

——怀念迈尔斯·戴维斯

看过克林·伊斯特伍导演,佛里斯·惠特克主演,爵士乐巨匠查理·帕克(Charlie Parker, 1920—1955)的电影《鸟仔》(Bird)的人,大概都会对爵士音乐家(特别是黑人爵士音乐家)热情而又孤寂的生涯留下深刻的印象。爵士乐是演奏者的音乐,在面对观众即兴演奏时,乐人的生命是热闹又充满激情的,然而一离开舞台,一离开曾经有过的热烈时刻,空虚与不安往往虎视眈眈地准备扑食他们。许多人借酗酒、吸毒振奋自己,苦恼与激情互相追逐,很快地他们把自己掏尽了。"鸟仔"帕克即是此种"烈士"的典型:在短促的时间里,将自己的才华、生命燃烧殆尽。与帕克同领40年代爵士乐风骚的小喇叭手兼乐团领导"晕眩"基列士比(Dizzy Gillespie, 1917—1993),在电影中告诉潦倒的帕克,他之所以要做好一名领导者,是为了要证明给那些骨子里不希望黑人成器的白人看的:"我是改革者,而你想当烈士。等你死了,他们会不断谈起你。烈士总是比较令人怀念。"

最近去世的小喇叭手迈尔斯·戴维斯(Miles Davis, 1926—1991)却是在生前即被不断谈论的改革者。15岁领到工会会员证,18岁即在艾克史汀(Billy Eckstine)的乐团与刚刚创造"咆勃"(Bop)——一种强调即兴演奏,非黑人不足以胜任的新爵士风格——的年轻爵士乐革命者基列士比与帕克等一起演奏。之后,他前往纽约,入学茱丽亚音乐学校,但大多数时间却来往各夜总会追随帕克学习。1945年,他离开茱丽亚,并且加入帕克的五重奏团。与帕克狂暴猛烈的萨克斯风主奏相对照,陪衬的戴维斯的小喇叭有时略嫌胆怯、不稳定。但是他努力琢磨自己的语法,发展出一种简朴、深情、以中音域为主的演奏风格。1948年,他离开帕克,与编曲家吉尔·伊文斯(Gil Evans)合作,录制了后来被标志为《酷派的诞生》(Birth of the Cool)的9

人乐队的演奏。这实在是爵士乐史上的大事;乐队的音色轻柔如云雾,独奏部分则如阳光般不时破云而出。戴维斯的这个"迈尔斯 Capitol 乐队"只存在了两个礼拜就解散了——太领先时代了,但却为往后 50 年代"酷爵士"(cool jazz)的发展立下了基型。

戴维斯令人难忘的小喇叭音色以及不断求变的风格,使他成为四十年来最多样、伟大,又令人难以捉摸的爵士乐奇才。他独树一帜,人声般,几乎不用颤音的音色——时而遥远、忧郁,时而坚定、明亮——广泛地被世界各地的乐手模仿。他的独奏——不管是沉思、低语的歌谣旋律,或是凌驾于节拍之上的急奏———直是一代又一代爵士音乐家的模范。比技巧更重要的是他处理乐句的方法以及音乐空间感。简洁、微妙是戴维斯艺术的特质。他说:"我总是注意听是不是能把什么省掉。"

那是一种异常纯净、充满温柔的音色;是整个世界的映像。他小喇叭吐出来的声音像晶透的沙粒倾泻于梦中,每一粒沙都是一个世界,鉴照现代人类的苦闷与负担。

那是孤寂、哀愁与顺忍的声音。哀愁与顺忍,伴随着压抑不住的内心的抗议,独立存在于戴维斯所要表达的一切事物之上。没有错,戴维斯也诉说许多有趣、可爱、亲切的事物,但总是用这种哀愁与顺忍的方式诉说。

有人形容他的音色是"人行走于蛋壳之上",这真是生动而贴切的比喻。戴维斯充满断奏然而依然流畅的律动,基本上不是快乐的音乐。他的音乐战战兢兢地反映战战兢兢的现代人:偶然迸发的抒情的狂喜总是淹没在暗郁的沉思里。

与音色同样重要的是他不断变化的风格。每隔几年他就弄出新的班底、新的样式。每一个阶段都惹来批评家的抨击;每一个阶段(最近一次除外)都引起爵士乐演奏者持续的回响。戴维斯说:"我必须要变,那是挥不去的诅咒。"

戴维斯长成于"咆勃"的年代,续起的许多风格——"酷爵士"、"硬咆勃"(hard bop:相对于西岸酷爵士,50 年代后半流行于东岸的一种质野而具热力的爵士风格)、"调式爵士"(modal jazz:根据调式而非和弦做即兴演奏的爵士风格)、"爵士摇滚"、"爵士放克"(jazz funk:一种仍保有老摇摆乐某些要素以及蓝调情绪的后咆勃爵士风格)——都是受他激发而生或因他参与而确立。终其生涯,他根植于蓝调,但也从流行歌曲、佛拉明哥、古典音乐、摇滚、阿拉伯音乐、印度音乐等吸取养分。

一开始,一般大众并不是很能接受他。50年代初期,他染上毒瘾,演奏事业颇为不顺。1954年,他戒毒成功,录下了他第一批重要的小型乐队演奏唱片。〈Walking〉一曲弃绝"酷爵士"风格,宣告了"硬咆勃"的到临。1955年,他出现于新港爵士音乐节,大受全场观象欢迎。《强拍》(*Down Beat*)杂志读者选他为年度最受欢迎的小喇叭手。突然间,戴维斯的大名响遍各地。他成为爵士史上第一个比白人音乐家身价更高、更受欢迎的黑人音乐家。骄傲的黑人父母亲(包括非洲)纷纷把他们的儿子命名为"迈尔斯"或者"迈尔斯·戴维斯"。

此时戴维斯组成了他第一个重要的五重奏团,包括科特兰(John Coltrane,萨克斯风)、张伯斯(Paul Chambers,低音大提琴)、葛兰德(Red Garland,钢琴)以及乔·琼斯(Philly Joe Jones,鼓)。他们的演奏兼得精致与动力之美,两年内录了六张唱片,为后来的爵士五重奏团留下典范。

50年代末期,戴维斯另外又跟编曲家吉尔·伊文斯合作灌录了三张由大乐队伴奏的唱片:*Miles Ahead*(1957)、《乞丐与荡妇》(*Porgy and Bess*, 1958),《西班牙素描》(*Sketches of Spain*, 1960),其中《西班牙素描》包含了西班牙佛拉明哥味的作品,是爵士与世界音乐结合之先河。1958年,戴维斯赴法国,为路易·马卢导演的电影《电梯与死刑台》录原声带。

1959年,戴维斯重组他的五重奏团——钢琴改由比尔·伊文斯(Bill Evans)担任,录下名片 *Kind of Blue*。这张唱片是"调式爵士"的先声,音乐深具洁净的美感:戴维斯的演奏简洁隽永,音色纯粹永恒。

戴维斯广受欢迎的一个重要因素是他吹奏加弱音器的小喇叭的方式——他仿佛对着麦克风"呼吸",没有明确的起音。声音起于捉摸不定的瞬间,仿佛来自虚无,又同样不明确地终结,在听者不知不觉间归于虚无。

60年代中期,戴维斯组成了一个包括萧特(Wayne Shorter,萨克斯风兼作曲)、韩寇克(Herbie Hancock,钢琴)、卡特(Ron Carter,低音大提琴)、威廉斯(Tony Williams,鼓)的新的五重奏团,把调性和声推到极致且发展出灿烂而自由的节奏活力。*Miles Smiles*(1966)是他们录下的多张优秀唱片中的巅峰之作。

1968年以后,戴维斯开始试验摇滚节奏与电子乐器,并邀柯利亚(Chick Corea,电子钢琴)、札威努(Joe Zawinul,电子钢琴)、何兰德(Dave Holland,低音大提琴)、麦克劳夫林(John McLaughlin,吉他)入团,扩大编组,录下了被许多人认为是戴维斯"最后杰作"的两张唱片——*In a Silent Way*(1969)和*Bitches Brew*(1970)——这两张唱片成功地拉近了摇滚听众和戴维斯间的距离。

戴维斯同时由摇滚转向"放克"(funk),以打动年轻一代黑人的心,录下的唱片如*On the Corner*(1972)、*Dark Magus*(1974)等,却是毁誉参半:死硬派不承认其为爵士乐,新而无偏见的一代却欣然纳之。

到了1975年底,他的健康情况愈来愈差,溃疡、喉咙硬结肿、臀部手术、黏液囊炎诸病齐发。他被迫退隐。6年后,随着新唱片*The Man with the Horn*(1981)复出——戴维斯的技巧依旧完好如初,只是音乐首度有商业化的倾向,并且倒退回以往的风格。他1983年的*Star People*却是一张以蓝调为本,充满强力美感的不老之作。

戴维斯是个谜样的人物。他性情多变,经常公开讥评他人。1957年,他动完手术除去声带上的硬结肿两天后,因事怒吼,导致声带永远受损,只能发出刺耳的沙沙声。在公众眼中他是一个孤高、耀眼、自行其是的人物,经常背对观众演奏,奏完自己独奏的部分后便径自走下舞台。

然而他的音乐却非常容易和人相通。他不断提携许多年轻的乐手合作演奏,激励他们,也受到他们的刺激;戴维斯总是从新秀身上获得新血,不让自己的艺术停滞。这些班底在离开他后每多自立门户,继续拓展新的风格:科特兰是60年调式爵士的龙头;札威努与萧特合组了Weather Report乐团;麦克劳夫林组成Mahavishnu乐团;韩寇克、柯利亚以及比尔·伊文斯也各组了自己的乐团。他们甚至比他走得更快更远。但戴维斯却不曾让自己越界,他总是在传统与前卫之间摆荡,选择一种"节制的自由"。

这正是戴维斯似是而非,复杂个性的一部分,一如他"简朴"的风格其实是"世故的简朴":因为他如果想跟技巧精湛,能在小喇叭上吹出任何花样的前辈基列士比一别苗头,甚至比他更受欢迎的话,他必须化拙为巧,将自己在技巧上的局限凸显成优点。

戴维斯在爵士摇滚方面的成功曾使流行与摇滚音乐界极力想抓住他。1970年夏天,全世界爱乐者屏息等候他与摇滚乐手克莱普顿(Eric Clapton)等同台演出,但戴维斯却拒绝了。他只愿和自己的乐团合作:"我不想成为白人,摇滚是白人的字眼。"

这是黑人爵士音乐家戴维斯的另一个心结。他想有更多的听众,但他又顾虑到作为这一代黑人应有的骄傲、自信和抗议的精神;他演奏的是"黑人的音乐",但他必须承认买他唱片、来听他演奏会的听众主要都是白人。他说:"我不在乎买唱片的是谁,只要他们能接触黑人而我能在死后仍被记得。我并不为白人演奏。我想听到黑人说:'Yeah,我喜欢迈尔斯·戴维斯。'"

这的确是黑人音乐家共同的困局:在心理上、在艺术上,他们希望把属于黑人的东西演奏给黑人听,但在现实上,他们必须靠白人购买者的支持。戴维斯也许会咒骂白人,但白人的掌声比黑人的掌声更能支持他。难怪他背对观众演奏(这么一种复杂、分裂的人!)。难怪他的喇叭流露出这么一种孤寂、哀愁的音色。

戴维斯似乎是惟一能与20世纪欧洲艺术界那些伟大天才——譬如斯特拉文斯基、勋伯格、毕加索、夏加尔等相提并论的爵士音乐家。特别是与毕加索——不只因为他们同样自始至终保有丰沛的创作力,也不只因为他们同样风格多变——更因为他们在创作生涯的最初就创造出令人难忘的艺术特色:毕加索忧郁、悲悯、人道的"蓝色时期";戴维斯孤寂、哀愁、人性的小喇叭音色。当我们想到那些才华洋溢却早逝、困顿的爵士音乐家——如查理·帕克时,我们当更能深体那来自虚无,又归于虚无的音乐的哀愁了。

戴维斯自己曾经说过:"不要演奏你知道的,演奏你听到的。"对于阅读这篇文章的读者我也要说:"不要以你知道的为乐,以你听到的为乐。"如果你开始对爵士乐有了新的兴趣,就请你找出帕克、基列士比、戴维斯的唱片,听听为什么人家说帕克与基列士比是为现代爵士乐开路的双子星,而戴维斯是帕克与基列士比之后唯一伟大、完美的音乐家。

奇异的果实

——比莉·哈乐黛

比莉·哈乐黛（Billie Holiday，1915—1959）是爵士乐史上令人难忘的奇异的果实。她哀愁、性感、充满渴望与微妙变化的歌声，像既甜又酸的果汁，让人在领受后打从心底升起一股混杂了苦楚的凉意。她的音质独特，处理乐句的方式优雅而无懈可击，能巧妙地传达甚至扩张歌词蕴含的情感，仿佛每首歌讲的都是她自己的故事：为她而写并且由她第一次唱出。如果爵士歌唱的真髓是使老调翻新、使即便最陈腐的歌词也能在听者耳中产生新意，那么哈乐黛也许是阿姆斯特朗（Louis Armstrong）之后最伟大的爵士歌手。

哈乐黛的音乐果实是以生命的苦难做发条的。她的一生与男人、酒精、毒品纠缠不清，并且——作为一名黑人女性歌手——饱尝了种族与性别歧视之苦。在她一生灌唱过的300多首曲子当中，真正的蓝调（Blues）不到10首，但她唱的每一首歌都有蓝调的感觉，透露出一种悲凄、厌世的情绪。她的歌是她生命的投射，如同她自己所说："我唱的每一样东西都是我生命的一部分。"

哈乐黛的父母生她时都还只是十几岁的未婚少年。她的父亲是斑鸠琴手兼吉他手。她的童年伤痕累累：10岁时被邻人强暴，对方入狱，但她自己也以行为不检之名被送到一家天主教的少女感化所，罚穿破旧的红衣，历两年始获释；十几岁时她在纽约哈林区一家妓院为人擦地板，继而受物诱卖淫。她的父母结婚又离婚，哈乐黛随着母亲来到纽约。

她的歌唱生涯始于哈林区的俱乐部。制作人约翰·汉蒙（John Hammond）听到后惊为奇才，在1933年4月号《乐人》杂志上如此称道："本月份崛起了一位名叫比莉·哈乐黛的歌手……虽然才18岁，她重逾两百磅，长得出奇美丽,歌艺不输给任何我听过的人。"汉蒙为她制作了第一张唱片,由当时炙手可热的竖笛手班尼·古德曼(Benny Goodman)领导9人乐队为她伴奏。1935年初,她意外地在艾灵顿爵士(Duke Ellington)的短片《黑色交响曲》(Symphony in Black)里露面唱了一小段。虽然只是昙花一现,却颇可见哈乐黛演戏的潜力。可惜的是在这之后哈乐黛只演过另一部电影:1947年闹剧似的《新奥尔良》(New Orleans),她演侍女,阿姆斯特朗演领班。爵士乐迷看到他们所景仰的伟大歌手当年只能在银幕上演小角色,大概都会感到不平,但至少这些电影歪打正着地为巨匠们留下了珍贵的合作纪录。

1935年4月,哈乐黛在哈林区著名的阿波罗戏院首次登台演唱,这家戏院多年来一直被视为是考验艺人才华的重地,观众主要是黑人,以严苛、挑剔出名,但却比全世界其他任何地方的观众更能准确、直觉地认出谁是未来的超级巨星。怯场的哈乐黛被人从后台及时推进场,她唱了两首歌,并且即兴演唱了〈我爱的人〉(The Man I Love)作为安可曲,观众狂热地叫好。同年7月,哈乐黛开始与钢琴手泰迪·威尔森(Teddy Wilson)等合作录制唱片,7年间录下了约一百张唱片,伴奏的乐手大多是临时凑集的那个年代最伟大的一些爵士乐人,包括小喇叭手巴克·柯雷顿(Buck Clayton),萨克斯风手赖斯特·杨(Lester Young)等。这些唱片里的歌往往是二流甚至可笑的作品(黑人艺术家当时只能捡别人不要的剩货),但哈乐黛却把它们转化成金。这些纯真的唱片就像早期印象派的画一样,被当时严肃的批评家轻视,被大众冷落,但时间证明它们是不朽的杰作。

这些杰作最动人的一部分大概是与赖斯特·杨合作的那些。哈乐黛与杨相遇于1937年1月的录音演奏,随后成为一生的知交,不论在音乐上或友情上。与哈乐黛一辈子不断爱上的那些引她吸毒、诈她钱财、令她身心俱伤的男人相较,他们的关系是纯精神的。他们一见如故,惺惺相惜,杨昵称哈乐黛为"黛夫人"(Lady Day),哈乐黛也回呼杨为"总统"(简称Prez),因为杨是她心目中第一号萨克斯风手。时间证明他们的确是音乐中的王公贵族。他们的演奏水乳交融:杨的助奏与独奏充分契合哈乐黛的情绪;哈乐黛所唱的旋律线与杨所奏的旋律线交织为一,谁是主、谁是副——那一条旋律线是声乐,那一条是器乐的问题已全然不在。哈乐黛自然是善于诠释歌词的,但在音乐上,她的演唱超越了语意的界限:"我不认为我在唱歌,我感觉我自己好像在吹奏喇叭。我试着像杨,或阿姆斯特朗,或其他任何我钦佩的人那样即兴演奏。我表现出来的是我的感觉。"他们的合奏体现了爵士乐演奏互相激发、尽情交融的最高美德。聆听他们的录音实在是人生一大享受。

CBS 唱片公司 1991 年出齐了一套九张 CD 的《比莉·哈乐黛精粹集》(The Quintessential Billie Holiday),在第三、四、五、六、九集里我们可以找到许多他们美妙的演奏:第三集第十二首(I Must Have That Man),哈乐黛的演唱深具古典的简朴之美,仿佛一袭香奈尔(Chanel)设计的小黑礼服,在独唱部分结束时临去秋波似地加厚音量、加粗音质、加猛感情,而杨这位萨克斯风中的尼金斯基,仿佛梦中舞蹈般跟着飘进——那真是迷人的一段萨克斯风独奏;第五集第十二首(When You're Smiling),我们听到杨深情、温柔的独奏,而哈乐黛一次又一次哭喊般唱着"smiling"与"smiles"这两个字,让我们感觉这些微笑其实是强作欢颜的小丑的眼泪:

When you're smilin', when you're smilin'	当你微笑,当你微笑
The whole world smiles with you	全世界都跟着你微笑
When you're laughin', when you're laughin'	当你欢笑,当你欢笑
The sun comes shinin' through	阳光闪闪照耀
But when you're cryin', you bring on the rain	但当你哭泣,天也跟着下雨
So stop your sighin', be happy again	所以别再叹气,要再次开怀
Keep on smilin', 'cause when you're smilin'	让笑颜常在,因为当你微笑
The whole world smiles with you	全世界都跟着你微笑

在哈乐黛唱过的众多歌曲当中,有一首〈奇异的果实〉(Strange Fruit)似乎最能表达她个人的悲剧。诗人路易斯·亚伦(Lewis Allen)为她写了这首

歌,拿到她驻唱的"社会餐馆"(Café Society)请她唱,一开始哈乐黛对这首意象惊耸、气氛阴森的歌颇感迷惑,然而她的直觉告诉她:这是一首能让她把心底郁积的情感宣泄出来的歌。她唱了它,这首歌让她在一夜间从唱蓝天、明月一类情歌的俱乐部歌手变成"伟大的歌者":

Southern trees bear a strange fruit	南方的树上结着奇异的果实
Blood on the leaves and blood at the root	血红的叶,血红的根
Black bodies swingin' in the Southern breeze	黑色的尸体随风摆荡
Strange fruit hangin' from the poplar trees	奇异的果实悬挂在白杨树上
Pastoral scene of the gallant South	华丽的南国田园风景
The bulging eyes and the twisted mouth	突出的眼,扭曲的嘴
Scent of magnolias sweet and fresh	木兰花清甜的香味
Then the sudden smell of burning flesh	转眼成了焦灼尸肉的气味
Here is a fruit for the crows to pluck	这里有颗果实,让乌鸦采撷
For the rain to gather, for the wind to suck	供雨水摘取,任风吸吮
For the sun to rot, for the tree to drop	因日照腐朽,自树上坠落
Here is a strange and bitter crop	这是奇异而苦涩的作物

这是一首抗议种族歧视的歌,挂在树上的"奇异的果实"是受私刑的黑人的尸体。哈乐黛唱这首歌时似乎把魂魄都唱出来,不只因为她一生也遭遇过无数歧视,她随亚提·肖(Artie Shaw)的白人乐团在纽约林肯饭店演唱时,老板要求她从厨房的门进出,不准她进入酒吧或餐厅,并且除了轮到她唱时,必须独自待在一间暗黑的小房间;在底特律一家戏院演出时,他们要她涂上黑色的化妆油,以便不被观众误为混血白人,相反地,在另一家戏院和亚提·萧乐团合作演出时,却有人担心她黑色的肤色和白人乐团格格不入——更因为这首歌传递了整个黑人的屈辱、无奈和失落而不安。从1939年4月到1956年11月,她多次灌唱这首歌,愈到晚年愈见节制:她的歌声

惊异地传达出恐怖的感受,飞越歌词,化成凝结的悲叹,永恒的停顿。在杰里米(John Jeremy)1985年的纪录片《黛夫人的漫漫长夜》(*The Long Night of Lady Day*)里,我们看到她唱完这首歌,面对掌声,神情木然。

哈乐黛一生受男人之害不下于受酒精之害,并且她似乎不能或不愿辨认他们是真心或假意。像一只饱受惊惧的丧家之犬,她太容易把别人随意的温情手势误认为终身的信约,一次又一次地累积与男人交往、受害的惨痛经验,如出一辙地爱上那种只会加深她内心创伤的男人。哈乐黛自己说过:没有人用她那种方式唱"饥饿"那个字,或者唱"爱"。

酒与男人之外,纠缠哈乐黛一生最烈的恶魔即是毒品。她十几岁开始抽大麻,而后跟着男人们吸食鸦片、吗啡。1947年5月她自愿戒毒,被判拘留于奥得森联邦女子感化院一年又一天。长期吸毒、酗酒,使她的健康恶化、音域变窄、音质变坏。1959年7月她病死医院,临终前还因持有毒品遭警方在病榻上逮捕。

许多人在听过哈乐黛晚年(她只活了44岁!)的演唱录音后,觉得她的声音只是她昔日极盛期的阴影,再没有早期录音的灵活与光辉;她的声音又粗、又破、又老,然而即使如此,她的歌声依旧存有魅力。要欣赏春日粉红翠绿的光彩并不困难,但要领略灰褐、橙黄的秋日之美,必须要有一对亲睹夏日逝去的眼睛以及伤痕累累的心灵。聆听哈乐黛50年代的录音是一种奇特的经验;当声音、技巧、柔韧离她而去时,她仍有精神的创造力与表达力支持她成为伟大的艺术家。

比莉·哈乐黛,奇异的果实,在生之喜悦与生之苦痛两个极端间悬挂、摆荡,等待采撷,咀嚼。

欧文·柏林的音乐传奇

每一年圣诞节,在〈平安夜〉、〈耶诞铃声〉之外,相信大家都听过一首〈白色耶诞〉(White Christmas):

I'm dreaming of a white Christmas	我梦见一个白色耶诞
Just like the ones I used to know	就像我昔日所熟知的那些,
Where the treetops glisten and children listen	群树闪烁,孩童们倾听
To hear sleigh bells in the snow	雪中雪橇的声音。
I'm dreaming of a white Christmas	我梦见一个白色耶诞
With every Christmas card I write	随着我寄的每一张耶诞卡,
May your days be merry and bright	愿你的日子明亮愉快,
And may all your Christmases be white	愿你的耶诞年年雪白。

也许很多人并不知道这首歌的作者叫欧文·柏林(Irving Berlin),也许更少人知道活了101岁的欧文·柏林曾经写过多达1500首的歌曲,包括知名的〈双颊相依〉(Cheek to Cheek)、〈永远〉(Always)、〈怀念〉(Remember)、〈蓝天〉(Blue Skies)、〈海有多深?〉(How Deep Is the Ocean?)、〈天佑美国〉(God Bless America)以及〈娱乐至上〉(There's No Business Like Show Business)等。欧文·柏林所谱写的曲调风靡20世纪美国将近80年之久,他在30岁时已是传奇人物,而后又为19部百老汇歌舞剧和18部好莱坞电影谱曲。这位无师自通的音乐界巨人于1911年写成他第一首成名曲〈亚历山大的爵士乐队〉(Alexander's Ragtime Band)。"这首歌使欧文·柏林的音乐生涯永远和美国音乐交织在一起"——小提琴家斯特恩(Issac Stern)如是说。

他又说:"美国的音乐在他的钢琴下诞生。"1966年,欧文·柏林为重演的歌舞剧《安妮拿起你的枪》(Annie Get Your Gun)写下了他最后一首歌〈老式婚礼〉(An Old-Fashioned Wedding)。在这55年当中,欧文·柏林的创作源源不绝,只只动听,人人耳熟能详:这些歌深入全美各家庭中,温暖了每一个人的心房。

欧文·柏林的音乐天分使他成为千万富翁,但他不会读谱、写谱,并且只能用升F调作曲。他写歌时,以一个手指在钢琴上找出旋律,而由助手在旁将之记录在纸上。他的钢琴设有转调的装置,以便利他创作升F调以外的曲子。

1916年,他与赫伯特(Victor Herbert)合作为歌舞剧《世纪女郎》(The Century Girl)谱曲,他强烈感觉自己专业技能之不足,他问赫伯特他是否应花点时间去学作曲,赫伯特对他说:"你对文字和音乐有与生俱来的才情,学习理论或许对你有些帮助,但也可能因此砸坏了你的风格。"

欧文·柏林的音乐本质单纯且略微滥情,但却触动了数百万美国人的心。1919年写成,1939年才发表的〈天佑美国〉俨然是非官方的美国国歌。〈白色耶诞〉则一直是最畅销的歌曲之一,单曲乐谱及唱片的销售量突破一亿大关。这首歌写于1939年,但直到1942年,欧文·柏林将之置于电影《假日旅店》(Holiday Inn)的配乐中时,世人方得识之。

一如〈白色耶诞〉,欧文·柏林最流行的歌有许多都是朴实而伤感的民歌,这些歌曲旋律十分简单,不谙音乐者也能哼唱或以口哨吹之,歌词也易懂难忘。发表于1932年的〈海有多深?〉即是另一个佳例,这首甜美的恋歌由一连串的问句与暗喻组成,没有什么深刻的思想或奇怪的语汇——浅显的歌词配上简易的旋律,反而使它历久弥新:

How much do I love you?	我爱你有多少?
I'll tell you no lie	我不会对你说谎。
How deep is the ocean?	海有多深?
How high is the sky?	天有多高。

How many times a day	我一天
do I think of you?	想你多少回?
How many roses	多少朵玫瑰
are sprinkled with dew?	被露水沾湿?
How far would I travel	我要走多远
To be where you are?	才能到达你的身边?
How far is the journey	我要旅行多远
From here to a star?	才能到达星星?
And if I ever lost you	而如果我失去了你,
How much would I cry?	我将哭泣得多伤悲?
How deep is the ocean?	海有多深?
How high is the sky?	天有多高?

　　欧文·柏林早年被公认是一个拙于言辞的寡言者,但他却把他的缺点化为优点,用日常的语言写出简洁而直接的歌词。他说:"我的志向是打动一般美国人的心,不是教养高的人,也不是教养低的人,而是广大的中间群——他们是这个国家真正的代表。"

　　欧文·柏林于1888年5月10日生于西伯利亚边界的村庄,父亲是犹太教拉比兼唱诗班领唱者,家中共有8个小孩。在一次屠杀犹太人事件之后,他父亲带着家人来到美国,把最年长的两个孩子留在俄国。在纽约曼哈顿下城东区长大的欧文·柏林只受过两年正式的学校教育。8岁那年,他父亲过世,他有一阵子充当一位名叫"盲眼索尔"的乞丐歌者的领路人。他14岁离家,后来在纽约中国城的一家酒馆当歌唱侍者。1907年他尝试作曲,写出第一首歌〈来自晴朗意大利的玛丽〉(Marie from Sunny Italy),赚了37分钱。1911年出版的〈亚历山大的爵士乐队〉使他闻名全国,这首歌的单曲乐谱在短短的几年内就卖了一百多万份。他于1912年结婚,但妻子不幸感染伤寒热,蜜月旅行归来数月后便去世。13年之后,再娶电报公司总裁麦凯之女艾琳为妻——麦凯为天主教闻人,以世俗及宗教理由反对此婚事,造成轰动。麦凯据说曾以断绝父女关系做威胁,欧文·柏林的答复如下:"我并不是因为钱而娶你的女儿,如果你要断绝父女关系,我只好送她两、三百万元的结婚礼物了。"欧文·柏林和他的岳父及时修好。他的这段婚姻白头偕老,并且生了三个女儿。

欧文·柏林于1917年美国加入一次大战时入伍,奉命写了一出轻松的歌舞剧。1919年,他以陆军中士退伍,创办了自己的音乐出版公司,并且和人合伙在百老汇近郊第四十五街建立歌舞剧院,专门演出他谱写的音乐剧。1920年代,他的音乐剧几乎定期在此演出。经济大萧条初期,他的创作量锐减。他在30年代初期的某些作品中即反映了此时的社会情境。但他所写的轻快歌谣却成为那个时代人们躲避现实烦忧的心灵慰藉。这些歌包括〈再来一杯咖啡〉(Let's Have Another Cup of Coffee)、〈热浪〉(Heat Wave)、〈复活节游行〉(Easter Parade)、〈双颊相依〉以及〈这不是个可爱的日子吗?〉(Isn't This a Lovely Day?)等。其中最后两首是金姬·罗洁(Ginger Rogers)与弗利得·亚斯台(Fred Astaire)所主演的好莱坞歌舞电影《高帽》(*Top Hat*, 1935)中的插曲。这是诸多由欧文·柏林写曲的歌舞电影中的第一部,由亚斯台主唱的〈双颊相依〉并为欧文·柏林赢得第一座奥斯卡最佳歌曲金像奖(第二次是由平·克劳斯贝主唱的〈白色耶诞〉):

Heaven, I'm in heaven	天堂,我置身天堂
And my heart beats so that I can hardly speak	我心跳急速,几乎不能言语
And I seem to find the happiness I seek	我似乎找到我要的快乐
When we're out together dancing cheek to cheek	当我们一同外出,双颊相依共舞
Heaven, I'm in heaven	天堂,我置身天堂
And the cares that hung around me through the week	整个星期来缠绕着我的烦恼
Seem to vanish like a gambler's lucky streak	像赌徒的好运忽然间消失无踪

When we're out together dancing cheek to cheek	当我们一同外出,双颊相依共舞
Oh, I love to climb a mountain and to reach the highest peak	噢我想爬山,攀登最高峰
But it doesnt thrill me half as much as dancing cheek to cheek	那兴奋却远不如与你双颊相依共舞
Oh, I love to go out fishing in a river or a creek	我想外出钓鱼,在河上或者溪边
But I dont enjoy it half as much as dancing cheek to cheek	那乐趣却远不如与你双颊相依共舞
Dance with me	与我共舞
I want my arm about you	我想拥抱你
That charm about you	你身上的魅力
Will carry me through	将带我度过难关
To heaven, I'm in heaven	直上天堂。我置身天堂
And my heart beats so that I can hardly speak	我心跳急速,几乎不能言语
And I seem to find the happiness I seek	我似乎找到我要的快乐
When we're out together dancing cheek to cheek	当我们一同外出,双颊相依共舞

　　二次大战前他又写了四部歌舞电影的歌曲。大战期间,他全力写作以军队为背景的歌舞剧《军队在此》(*This Is the Army*)。这出戏在美国各大城市,及欧、非、澳、南太平洋各军事基地巡回演出,欧文·柏林经常亲自登场,并且担任打杂、搬换布景等的工作。

　　欧文·柏林是个害羞而不爱出风头的人。有一回毕加索问他对斯特拉文斯基的看法,他说:"我不知道,我对许多优秀的音乐家都不熟悉。"他同时也是无可救药的失眠者,天生不安、焦躁,无法安定下来。朋友曾和他打赌,说他无法安坐在椅子上 5 分钟,结果欧文·柏林输了。战后,欧文·柏林继续创作舞台及电影的歌舞剧,1954 年的《娱乐至上》再创他事业的高峰,他本想从此封笔不写了,但 8 年后又以 74 岁的高龄复出,撰写歌舞剧《总统先生》(Mr. President)的音乐。这出歌剧并未像他早期作品那样的获得好评,有些评论家批评该剧"陈腐过时,缺乏巧思",但欧文·柏林似乎不曾因此项批评不安过,他曾对访问者表示:"如果欧文·柏林的歌是陈腐的,那是因为它们浅显易懂。就我所知,有些最陈腐、最简单的歌反而历久弥新,不管它们是〈白色耶诞〉、〈复活节游行〉或〈肯达基老家乡〉。"

　　欧文·柏林诚然是美国建国以来最知名且最受欢迎的作曲家,他的音乐反映 20 世纪数百万美国人的希望与梦想。作曲家肯恩(Jerome Kern)短短数语,为欧文·柏林在美国乐坛做了最好的定位:"欧文·柏林在美国乐坛无地位可言——他就是美国乐坛。他诚实地吸收自他同时代人们身上散发出的律动,他们的生活方式、风俗习惯,而后将这些印象简化、纯化、崇高化,反过来回报给世界。"作曲家摩尔(Douglas Moore)也说过:"欧文·柏林的异禀使他在当代歌曲作家中显得与众不同。这种异禀使他和佛斯特,惠特曼,林赛与桑德堡等同居美国最伟大的游唱诗人之列。他将民众的语言、民众的思想、民众的信念溶入歌中,使之流传千古。"

　　欧文·柏林于 1989 年 9 月 23 日逝世于他曼哈顿的寓所,距他创作第一首歌曲时所居的旧宅仅数里之隔。

永恒的草莓园

——披头士歌曲入门

1. 披头士发展史

披头士合唱团(The Beatles),20世纪最知名的英国流行乐团,1956年成立于利物浦,成员包括约翰·列侬(John Lennon, 1940—1980),节奏吉他、键盘乐及主唱;保罗·麦卡特尼(Paul McCartney, 1942—),低音吉他、键盘乐及主唱;以及乔治·哈里逊(George Harrison, 1943—2001),主吉他、西达琴、钢琴及和音。1962年,林哥·史达(Ringo Starr[本名Richard Starkey], 1940—)加入,负责鼓及和音。1970年,乐团拆伙,四人分道扬镳。在1956到1962年间,他们吸收美国流行音乐的要素——譬如蓝调、节奏蓝调、摇滚,以及恰克·贝瑞(Chuck Berry)、猫王(Elvis Presley)、比尔·哈利(Bill Haley)等人的音乐——发展成一种跳舞音乐型态的风格。他们早期的作品往往是列侬写词,麦卡特尼谱曲,辅以哈里逊创新的主吉他配乐。1962年首先灌制了 Love Me Do 及 PS I Love You;从第二张唱片 Please Please Me(1963)起,开始了他们一系列迭获赞美、热爱的唱片录制,一直到1967年——可称是同时代最受欢迎的乐团。披头士的快速走红以及他们对国际流行音乐的影响是史无前例的。即使在他们解散之后,他们的唱片仍不断再发行,他们的歌曲和风格仍盛行不衰。1965年,他们获颁"大英帝国勋章"。

披头士的早期风格可以〈She Loves You〉(1963)一曲为代表:双拍子、几乎催眠的节拍,五声音阶的旋律,32小节的歌曲形式,主音~中音(第三度音)的音关系;歌词则率皆与青春期的恋爱有关,带着仪典般"耶,耶,耶"的反复叫喊。〈Can't Buy Me Love〉(1963)融合了12小节蓝调曲式和动感十足的摇滚节奏;〈Do You Want to Know a Secret〉(1963)一曲则驱使了衍自蓝调的半音过渡和声及技巧。在他们的影片《一夜狂欢》(A Hard Day's Night, 1964)及《救命!》(Help!, 1965)中,披头士们自由地跳脱舞曲乐队的曲目,创作出像〈Yesterday〉这类精致、抒情的民歌。这首歌或许是60年代最受欢迎的歌曲,一如披头士先前的作品,具有蓝调所特有的精妙,其中一段仍采五声音阶,但节拍已不像以前那么样强烈,典型的摇滚乐合奏也被弦乐四重奏所取代。

从1965年灌制的专辑《橡皮灵魂》(Rubber Soul)里,可看出乐团成员歧异日大的创作路线。列侬的歌词包含更多强力的意象(譬如〈Run For Your Life〉),充满文字游戏,反语,嘲讽,悲观色彩,甚至怪诞的风格,配上浓烈、强敲重击的音乐。相对地,麦卡特尼乐观的抒情风格产生了更清澄、流畅而宽阔的歌曲,和声、音色、节奏巧妙地融合一体(譬如〈I'm Looking Through You〉)。哈里逊在〈Thank For Yourself〉及〈If I Needed Someone〉中,使用了催眠般重复再现的主题。1966年的专辑《左轮手枪》(Revolver)从许多角度来看都可称得上是披头士风格的分水岭,青春浪漫的情歌减少,而普遍性的主题增加:童歌,政治嘲讽,显明的乐观主义及残酷的悲观主义。麦卡特尼那首美得令人忘怀的〈Eleanor Rigby〉涉及悲悯与孤寂(这两个主题在披头士晚期作品中一再出现);此首歌以简朴的民谣风写成,有着多瑞安调式及弦乐四重奏的伴奏。摇滚乐后来的许多发展则可追溯到列侬的〈Tomorrow Never Knows〉——鼓及低音吉他表现出强烈的节奏,印度长颈琴檀布拉(tambura)的持续音给超现实的歌词,录音带拼贴画般的音效以及电子转调,提供了静态的背景。

1963年初英国本土的旅行演唱使披头士合唱团陡然窜红——该年十月,他们的声誉到达空前的高度,世界各地激起了"披头士热"(Beatlemania)的现象,青少年一见到他们便尖叫、哭泣,而且变得歇斯底里。在纽约的一场演出,听众有55000人;在澳洲,有30万以上的人群集欧洲南部的阿得雷城,只为一睹他们到达的风采。在表演事业的前半阶段,披头士主要仍是一支巡回演唱的乐团。1966年8月,他们在旧金山做了他们最后一场舞台演出,此后即退居录音室。

在 60 年代中,披头士开始实验性地将东方宗教及迷幻药融入作品中,以期扩展作品的风貌。这些经验,加上录音媒体的创意运用以及自《左轮手枪》起即开始发展的音乐方向,终使他们创作出《胡椒军曹寂寞之心俱乐部乐队》(Sgt. Pepper's Lonely Hearts Club Band, 1967)这张专辑。这或许是他们最具创意也最具影响力的一张专辑。这也是摇滚史上第一张成功的"概念唱片"——从歌曲的安排、录制,到唱片封套的设计,都经过统一而有创意的规划。在录音工程师乔治·马丁(George Martin)——"第五个披头"——的指导下,他们发展出新的技巧:先有一音乐意念,将之录下,复在录音带上添加或删减材料;作曲完全成了录音室中听觉和电子重组的过程。披头士在《胡椒军曹》中探究了各种不同的风格:蓝调,爵士,电子音乐,印度音乐,以及大型管弦乐的音响效果(在〈A Day In The Life〉一曲中)。他们的歌词更富幻想、更加放纵,拍子更为多样(哈里逊的〈Within You, Without You〉具有印度 tabla 鼓般的音型)。整张唱片被规划成一场胡椒军曹乐队的演奏会(连观众的嘈杂声及舞台上的戏谑声都录进去),并且在歌词内容上(如唱片标题所示)朝孤寂与疏离的主题发展,因之具有相当的统一性。整个作品的张力从头到尾一直持续着,在最后,在渐强的管弦乐高潮中得到宣泄。

披头士在电视影片《奇幻的神秘之旅》(Magical Mystery Tour, 1968)中,身兼编剧、制片、导演及演员数职。这部片子虽然被认为是失败之作,却包含了一些他们最好的音乐:麦卡特尼的〈Fool On The Hill〉以精妙细微的方式处理崇高的题材;列侬的〈I Am The Walrus〉显示出他对残苛的现实——特别是人类认同感沦失——的关怀。

多样的实验是披头士第二阶段作品的特色,但他们的第三阶段却是不带恶意的模拟嘲讽,归真返朴地回归到他们的根源。《披头士》(The Beatles, 1968)——或称《白色专辑》(White Album)——这张唱片收了包括对乡村音乐、杂耍戏院歌曲、沙滩男孩合唱团(The Beach Boys)、史托克豪森(Stockhausen)、滥情民歌以及他们自己歌曲的嘲弄的模仿。这些模仿绝无贬斥的意味,也不致流于冗长乏味或喧宾夺主,因为大部分的歌曲既属模仿之作,也是原创的作品。《艾比路》(Abbey Road, 1969)是他们在一起灌制的最后一张唱片(虽然不是他们最后发行的唱片),第一面是各种风格及音乐特性的大杂烩,收入了该团每一成员的创作。这些歌曲各异其趣,充分显示出每个成员最显著的个人特质。第二面在形式上十分具有独创性,是连贯、相关的联篇作品(分成三部分),歌曲都很短,主要因为曲子前后的呼应而动人。

在《随它去》(Let It Be, 1970)这张唱片里,披头士们又回到摇滚。〈I've Got A Feeling〉这首歌具有他们早期粗犷的摇滚风格,而且带有一些蓝调的味道。〈One After 909〉是列侬17岁所写歌曲的修订版。〈Get Back〉渴望回到基本质素:简单的歌曲形式、舞蹈节奏及歌词。麦卡特尼写的保守、甜美的〈Let It Be〉一曲平衡了此种创作态度。

虽然在60年代他们是最成功、最独创(可能也是最具影响力且最具才干)的流行音乐演唱者,但因为经济、艺术以及个人的理由,他们于1970年初解散。每一成员都曾自由地建立自己的乐风。早在1964年,列侬和麦卡特尼就已开始发展各自的风格。从《随它去》这张唱片,我们可以清楚看到他们的风格已无法兼容。在这张唱片里,披头士们并未携手共探新的艺术理念。分手后,他们仍继续个人的创作和演出。列侬在1970年之后成为一名活跃的音乐家和政治行动者(1969年他出了一本书《列侬自道》[In His Own Write])。他和妻子小野洋子、塑料小野乐队以及另一些人,合作出了一些以黑人节奏及蓝调为本的唱片(如1975年的 Rock 'n Roll)。麦卡特尼最初沉寂了一阵子,后来出了一张个人专辑,并且组了"翅膀合唱团"。翅膀合唱团所演唱的歌曲率皆明朗乐观,幸好麦卡特尼那教人百听不厌的旋律使这些歌曲听来不至于滥情。哈里逊在 All Things Must Pass(1970)中表现出罕见的才华;他的音乐比列侬和麦卡特尼更宽广,大量使用复奏,音乐肌里变化微妙,显示出印度音乐的影响。一如列侬和麦卡特尼,哈里逊也常公开演出。史达(他在70年代仍与哈里逊继续合作),尤其明显地,转变了自己的披头士形象:他参加好几部电影的演出,以独唱者的姿态继续演唱,并且在唱片(如1974年的 Ringo)中,表现出对乡村音乐的偏爱。1980年12

月,列侬惨遭一名精神失常的男子枪杀致死。

2. 披头士歌曲选译

披头士从成立到分手,出了至少 13 张专辑,20 张单曲唱片。在众多佳作中,挑出有限的 16 首歌曲加以介绍,自难免有遗珠之憾。我特重他们第二阶段(1965 到 1967 年间)的作品,因为这实在是披头士最具创意、活力的一个时期:引进新的乐器、音响,和声与节奏更趋复杂,意念和形式巧妙配合,歌词多具深意,且不乏晦涩难解者。译介的最后一首歌〈想象〉(Imagine),是分手后列侬于 1971 年所写。这首歌延续了列侬向有的对现实的批判,对未来的憧憬,相当程度地概括了披头士合唱团理想主义的一面。

(1) 而我爱她(And I Love Her)

I give her all my love	给她我所有的爱,
That's all I do	那是我所做的一切;
And if you saw my love	如果你见过我的爱人
You'd love her too	你也会爱上她。
I love her	我爱她。
She gives me everything	她给了我一切事物,
And tenderly	并且是温柔地;
The kiss my lover brings	我的爱人带来了亲吻,
She brings to me	她带给我亲吻,
And I love her	而我爱她。
A love like ours	像我们这样的爱情
Could never die	永远不会消逝,
As long as I	只要有你
Have you near me	在我身旁。

Bright are the stars that shine	闪耀的星光多么明亮,
Dark is the sky	天空一片黑暗;
I know this love of mine	我知道我这份爱情
Will never die	永远不会消逝,
And I love her	而我爱她。

这首歌收在披头士的《一夜狂欢》(1964)里,青春期的爱情,AABA 的曲式,是披头士早期歌的代表。一如同时期的〈She Loves You〉、〈I Saw Her Standing There〉、〈If I Fell〉等,这也是一首"对话歌":向一位友伴或密友诉说心中的爱。中庸速度,四四拍子,甜美明朗——正是这种单纯的风格,明显的天真,简单快乐的歌词,令千万歌迷为初出道的他们着迷。披头士娴熟地运用平凡的音乐元素,创造出简洁、可爱,别的音乐家作不出的歌曲。

(2) 昨日(Yesterday)

Yesterday, all my troubles seemed so far away	昨日,所有的烦忧似已远离,
Now it looks as though they're here to stay	如今它们却仿佛挥之不去,
Oh, I believe in yesterday	哦,我相信昨日。
Suddenly I'm not half the man I used to be	突然间,我有了许多改变,
There's a shadow hanging over me	有一道阴影在我心头缠绕,
Oh, yesterday came suddenly	哦昨日,来得何其突兀。
Why she had to go	她为什么要走?
I don't know, she wouldn't say	我不知道,她也没说。
I said something wrong	我说错了话,
Now I long for yesterday	如今我渴望昨日。
Yesterday love was such an easy game to play	昨日,爱情是多么轻松的游戏,
Now I need a place to hide away	如今我却需要一个藏身之地,

| Oh, I believe in yesterday | 哦,我相信昨日。 |

　　麦卡特尼这首旋律优美的〈昨日〉(1965),相信是60年代流行歌曲中被翻唱或改编演奏次数最多的一首——其中不乏知名的古典音乐演奏者或声乐家。旋律动人固其原因,麦卡特尼的编曲(电吉他加弦乐四重奏)令人耳目一新也是一功。麦卡特尼似乎是天生的歌曲作家,随时能写出通俗、迷人的旋律,配上贴切的歌词。

(3) 挪威的森林(Norwegian Wood)

I once had a girl	我一度结识过一个女孩,
Or should I say she once had me	或者我应该说她一度结识过我;
She showed me her room	她带我参观她的房间,
Isn't it good Norwegian wood?	那岂非上好的挪威木头?

She asked me to stay	她请我留下,
And she told me to sit anywhere	告诉我随便坐坐。
So I looked around	我东看西看,
And I noticed there wasn't a chair	发觉一张椅子也没有。

I sat on the rug biding my time	我坐在地毯上,一面等候时机,
Drinking her wine	一面喝着她的酒;
We talked until two and then she said	我们聊到半夜两点然后她说:
"It's time for bed"	"该睡觉了。"

She told me she worked	她告诉我她早上要上班,
In the morning and started to laugh	接着开始笑。
I told her I didn't	我告诉她我不用
And crawled off to sleep in the bath	然后爬到洗澡间睡觉。

And when I awoke I was alone	醒来后屋里只剩下我独自一个,
This bird had flown	这只鸟已经飞走;
So I lit a fire	所以我烧了一把火,
Isn't it good Norwegian wood?	那岂非上好的挪威木头?

1965 年前后,列侬与麦卡特尼已对他们自己的作品更具自觉。受到鲍勃·迪伦(Bob Dylan)的启发,他们了解到摇滚乐也可以用来表达真挚的感情,也可以有内涵。1965 年 12 月发行的《橡皮灵魂》即是这种新自觉下的产物。这张唱片让许多人对披头士刮目相看,第一次感觉他们是可以跟舒伯特相提并论的歌曲作家。列侬的这首〈挪威的森林〉是 A 面的第二首歌,讲的还是男女之事。一个男孩认识一个女孩,跟她回家,他们喝酒、聊天,男的一心等着跟女孩上床。这女孩的住处用的是上好的挪威木头,逍遥、自在,一派嬉皮模样(她甚至从头到尾都采取主动)。等到半夜两点,她终于说:"该睡觉了。"他内心大喜,但她马上解释说她早上要上班,他们真的该各自睡觉了。他面露尴尬之色,不得不闪到一旁睡觉。醒来后,女的已离开。他不甘自己如是被戏弄,放了一把火,把房子烧了。整首歌讲的虽是男女之事,与传统的流行歌曲却大异其趣。列侬的歌词迂回而隐晦,听者必须各自揣摩它的意思,不像以往的流行歌曲说到爱情都是千篇一律陈腔滥调。Richard Goldstein 在他的《摇滚之诗》一书中宣称:"新音乐自此曲开始。"此话或嫌夸大,但披头士的《橡皮灵魂》的确把流行音乐带到一个新的境地。

(4) 虚无的人(Nowhere Man)

He's a real Nowhere Man	他是个真正虚无的人,
Sitting in his Nowhere Land	坐在他的虚无国,计划着
Making all his nowhere plans for nobody	他种种虚无的计划,不为任何人。
Doesn't have a point of view	没有自己的观点,
Knows not where he's going to	不知道何去何从,

Isn't he a bit like you and me?	他难道不是有点像你像我？

Nowhere Man, please listen	虚无的人，请听我说，
You don't know what you're missing	你不知道你错失了什么。
Nowhere Man, theworld is at your command	虚无的人，这世界全凭你支配。
He's as blind as he can be	盲目得不能再盲目，
Just sees what he wants to see	只看到自己想看到的，
Nowhere Man, can you see me at all?	虚无的人，你究竟能不能看到我？

Nowhere Man, don't worry	虚无的人，不要担忧，
Take your time, don't hurry	慢慢来，不用着急。
Leave it all 'til somebody else lends you a hand	管他去的，自有旁人来伸出援手。

　　受到迪伦的影响，列侬写作的曲子愈来愈个人化，不吝惜表达自己的感情。这首收于《橡皮灵魂》中的〈虚无的人〉，或许也是列侬个人内心困惑和不安的投射，但如果把它当作对所有无知、自私、没有主见的现代人的批评，也许更为合适。迪伦锐利、深思、诗般的歌词，在列侬身上找到回应。

（5）米歇尔（Michelle）

Michelle, ma belle	米歇尔，我的美姑娘，
These are words that go together well	这些是合起来很调和的字眼，
My Michelle	我的米歇尔。

Michelle, ma belle	米歇尔，我的美姑娘，
Sont des mots qui vont tres bien ensemble	遮系斗起来真好势的话，
Tres bien ensemble	真好势的话。

I love you, I love you, I love you	我爱你，我爱你，我爱你，

That's all I want to say	那是我要说的一切。
Until I find a way	一直到我找到办法之前
I will say the only words I know that you'll understand	我将会说这几个我知道你会了解的字。
I need to, I need to, I need to	我必须,我必须,我必须,
I need to make you see	我必须让你明白
Oh, what you mean to me	啊,你对我的意义。
Until I do I'm hoping you will know what I mean	一直到我做到之前,我希望你会了解我的心意。
I love you	我爱你……
I want you, I want you, I want you	我要你,我要你,我要你,
I think you know by now	我想你现在一定已知道。
I'll get to you somehow	我要设法获得你的心,
Until I do I'm telling you so you'll understand	在我做到之前,我要一直告诉你以便你能了解。
And I will say the only words I know that you'll understand	我将会说这几个我知道你会了解的字,
My Michelle	我的米歇尔。

《橡皮灵魂》、《左轮手枪》两张唱片推出后,有学问的批评家便慷慨地推许列侬和麦卡特尼为"舒伯特之后最伟大的歌曲作家"。此话自然部分属实,因为夹于无谓、干燥的前卫音乐与喧嚣、俗滥的流行歌曲之间;20世纪的听众,太久没有听到言之有物又悦耳动心的歌曲了。麦卡特尼这首〈米歇尔〉(收在《橡皮灵魂》里)会让千万世人着迷,正是这种道理。简洁、精巧的歌词,浪漫、抒情的旋律——麦卡特尼再一次用他不平凡的艺术创意,丰富了最平凡的爱情题材。爱到深处不必多言。首节的英语歌曲,到了第二节改成法文,还是同样的意思。结结巴巴、反反复复的几句歌词居然也

能变成扣人心弦的情诗!

(6) 艾丽诺·瑞比(Eleanor Rigby)

Ah, look at all the lonely people　　　　啊,瞧所有孤寂的人们!
Ah, look at all the lonely people　　　　啊,瞧所有孤寂的人们!

Eleanor Rigby, picks up the rice　　　　艾丽诺·瑞比,捡起米粒,
In the church where a wedding has been　在举行过婚礼的教堂;
Lives in a dream　　　　　　　　　　　活在梦中。

Waits at the window, wearing the face　　在窗口等待,戴着一张被她
That she keeps in a jar by the door　　　藏在门口瓮子里的脸孔。
Who is it for?　　　　　　　　　　　　到底为了谁?

All the lonely people　　　　　　　　　所有孤寂的人们,
Where do they all come from?　　　　　他们全都来自何处?
All the lonely people　　　　　　　　　所有孤寂的人们,
Where do they all belong?　　　　　　　他们全都归属何处?

Father McKenzie, writing the words　　　麦肯锡神父,振笔疾书
of a sermon that no one will hear　　　　无人聆听的讲道词,
No one comes near　　　　　　　　　　没有人走近。

Look at him working, darning his socks　 看,他在工作,他在夜里
In the night when there's nobody there　 补缀他的短袜,四下无人。
What does he care?　　　　　　　　　　他在乎什么?

Eleanor Rigby, died in the church　　　　艾丽诺·瑞比,在教堂死去,
And was buried along with her name　　　随同她的名字一起被埋葬。

Nobody came	没有人前来。
Father McKenzie, wiping the dirt	麦肯锡神父,拍拍手上的
Fromhis hands as he walks from the grave	泥土,走出墓地。
No one was saved	无人得救。

《左轮手枪》是披头士歌艺逐渐迈向圆熟的一个里程碑。在这张唱片里,他们显示出他们不再是华而不实、商业性流行歌曲的追逐者,他们开始重视内容、重视创意,延续前一张唱片《橡皮灵魂》里即已崭露的新的创作灵魂。整张唱片的音乐是复杂与单纯的混合,麦卡特尼的歌词优美如诗,列侬的则趋向超现实。他们以前的歌固不乏词曲搭配巧妙者,但这张唱片在歌词内容与音乐形式结合的完美上又往前迈进一步。披头士的歌至此已是艺术——但不是博物馆里的古董艺术,而是活生生的大众传播媒体的艺术。麦卡特尼这首〈艾丽诺·瑞比〉即是动人的范例,借一位孤寂的老处女与一位孤寂的神父,述说全世界所有孤寂的人们。艾丽诺活着的时候戴着一张"藏在瓮子里的脸孔"与世界交通,死后只有神父为其埋葬:而本应为世人修补灵魂的神父,撰写的讲道词却无人聆听,他只好在夜里默默地补缀自己的袜子——无人得救。啊,谁来救赎这世界的孤寂与疏离?麦卡特尼巴洛克风的弦乐伴奏使全曲更加出色。

(7) 这儿,那儿,每一个地方(Here, There, Everywhere)

To lead a better life	为了更美好的生活,
I need my love to be here	我需要我的爱人在这儿,
Here, making each day of the year	这儿,创造每一年的每一天,
Changing my life with a wave of her hand	她挥一挥手,我的生活就有大改变,
Nobody can deny that there's something there	没有人能否认那儿有不寻常的事物。

There, running my hands through her hair	那儿，让我的手轻掠过她的头发，
Both of us thinking how good it can be	两个人同想着生命的美好。
Someone is speaking, but she doesn't know he's there	有人说话，但她不知道他在那儿。
I want her everywhere	无论什么地方我都需要她，
And if she's beside me I know I need never care	如果她在身边，我知道我就再也不必忧愁。
But to love her is to need her everywhere,	但爱她就是在每个地方都看到她，
Knowing that love is to share	因为爱是分享，
Each one believing that love never dies	彼此相信爱情永不消逝，
Watching her eyes and hoping I'm always there	看着她的眼睛，希望自己永远在那儿。
I will be there, and everywhere	在那儿以及每一个地方，
Here, there and everywhere	这儿，那儿，每一个地方。

这是一首简单而动人的情歌，伴奏精致细腻，和声素朴优美。乍听觉得平凡无奇，愈听愈觉有味，特别是重复出现的"这儿"、"那儿"，交织在脑中真让人觉得爱无所不在。《左轮手枪》里的另一首佳作。

(8) 黄色潜水艇(Yellow Submarine)

In the town where I was born	在我出生的镇上
Lived a man who sailed the sea,	住着一位航海者，
And he told us of his life	他告诉我们他的际遇
In the land of submarines	在那潜水艇之国。
So we sailed on to the sun	如是我们航向太阳

Till we found a sea of green	直到发现绿色的海。
And we lived beneath the waves,	我们住在海波底下,
In our yellow submarine	在我们的黄色的潜水艇。
We all live in a yellow submarine	我们都住在黄色潜水艇,
Yellow submarine, yellow submarine	黄色潜水艇,黄色潜水艇。
We all live in a yellow submarine	我们都住在黄色潜水艇,
Yellow submarine, yellow submarine	黄色潜水艇,黄色潜水艇。
And our friends are all aboard	我们的朋友全都在船上,
Many more of them live next door	还有更多就住在隔壁。
And the band begins to play	而乐队开始演奏。
As we live a life of ease	我们过着快乐的生活,
Every one of us has all we need	每个人要什么就有什么,
Sky of blue and sea of green	蓝蓝的天,绿绿的海,
In our yellow submarine	在我们黄色的潜水艇。

　　这首童谣体的〈黄色潜水艇〉,听似简单,却饶富深意。表面上是一首描述童话国境、快乐生活的歌,实际上却反衬现代社会的复杂、不安,现实生活的残苛、缺憾。想想看,能跟着潜水艇潜进没有波涛、没有冲突的太平世界——这不是仙人梦、乌托邦吗？披头士充满创意地运用各种器物制造出各种奇妙的声音,使人仿佛置身光影交错的电动玩具世界。但"电玩"的世界不是真实的世界;蓝天、绿海距离我们愈来愈远了。艺术的想象力加上对人生的批评使这首《左轮手枪》里的模拟童歌成为经典之作。

(9) 潘尼巷(Penny Lane)

Penny Lane, there is a barber showing photographs	潘尼巷,有一位理发师喜欢给大家看

Of every head he's had the pleasure to know 他有幸理过的头的照片。
And all the people that come and go 来来往往的人都停下来
Stop and say hello 打招呼。

On the corner is a banker with a motor car 转角处有一位开着汽车的银行家,
The little children laugh at him behind his back 小孩子们都在背后讥笑他。
And the banker never wears a mac in the pouring rain 这位银行家碰到倾盆大雨从不披戴雨布,
Very strange 非常奇怪。

Penny Lane is in my ears and in my eyes 潘尼巷在我的耳中,在我的眼里,
There beneath the blue suburban skies 那儿在郊区的蓝天下
I sit and meanwhile back in 我坐着,而同时

Penny Lane there is a fireman with an hourglass 回到潘尼巷,有一位消防队员他有一个沙漏,
And in his pocket is a portrait of the Queen 在他的口袋里放着一张女王的肖像。
He likes to keep his fire engine clean 他喜欢把他的消防车擦得干干净净,
It's a clean machine 真干净的消防车。

Penny Lane is in my ears and in my eyes 潘尼巷在我的耳中,在我的眼里,
A four of fish and finger pies 四便士炸鱼条,偷偷摸她裤底,
In summer. Meanwhile back 在夏天。而同时回到

Behind the shelter in the middle of a roundabout 圆环中央防空洞的后面,
The pretty nurse selling poppies from a tray 美丽的护士们拿着盘子兜售罂粟。
And though she feels as if she's in a play 虽然她觉得自己仿佛置身戏中,
She is anyway 事实上却真是如此。

Penny Lane, the barber shaves another customer	潘尼巷,理发师又理了另一名客人的头。
We see the banker sitting waiting for atrend	我们看到银行家坐着,等候人潮。
And then the fireman rushes in from the pouring rain	消防队员接着从倾盆大雨中冲进来,
Very strange	非常奇怪。

〈潘尼巷〉与〈永恒的草莓园〉是麦卡特尼与列侬所写关于童年、少年时期利物浦的一组赞歌。是披头士在飞黄腾达、名利双收后,面对急遽变动的世界渴望寻回自我、平衡自我的乡愁之作。在写作时间(1967)与精神上,与同年稍后的《胡椒军曹》是一脉相连的。这两首歌都是真挚、圆熟,词曲高度啮合的个人之作,但风格却相当不同。麦卡特尼的〈潘尼巷〉活泼、明亮,是对于童年、少年美好时光的愉快回想。潘尼巷位于市中心边缘,是麦卡特尼年少时日常往之地。也许由于迷幻药的经验,整首歌在明亮中不时带着一些"非常奇怪"的色彩,仿佛置身梦中,但却仍是温煦、善意的麦卡特尼式的梦:充满锐利、明快的色彩与有趣的人物。"A four of fish and finger pies"这行歌词颇神秘而费解。"four of fish"指的是四便士价钱的热食:炸鱼块和薯条。"fish and finger pies"乍看让人想到"炸鱼条"(fish and finger),而"finger pie"实际上是当时青少年们性的暗语。麦卡特尼的世界是没有什么重大苦难的,他故意将自己的感情涂上一层明亮的外表,以抵御任何生命阴影的侵入。这种生命态度与列侬在〈永恒的草莓园〉中所呈现出的情感的宣泄是颇不相同的。

(10) 永恒的草莓园(Strawberry Fields Forever)

Let me take you down	让我带你前往,
Cause I'm going to Strawberry Fields	因为我要去草莓园。
Nothing is real	一切皆虚,
And nothing to get hung about	无须牵挂任何东西,

Strawberry Fields forever　　　　　　　永恒的草莓园。

Living is easy with eyes closed　　　　闭上眼睛，日子真好过，
Misunderstanding all you see　　　　　曲解你见到的一切。
It's getting hard to be someone　　　　要成为大人物愈来愈难，
But it all works out　　　　　　　　　但还是可以办到。
It doesn't matter much to me　　　　　对我而言这不顶重要。

No one I think is in my tree　　　　　没有人，我想，与我同栖一树。
I mean it must be high or low　　　　我的意思是那一定非高即低。
That is you can't, you know, tune in　也就是说你无法，你知道，调准。
But it's all right　　　　　　　　　　但这又有什么关系，
That is I think it's not too bad　　　我觉得还不太坏呢。

Always, no sometimes, think it's me　　始终明白，有时候觉得那是我。
But you know I know when it's a dream　但你知我知，而那是一个梦。
I think I know I mean a yes　　　　　我以为我知道你，啊不错，
But it's all wrong　　　　　　　　　　其实却大谬不然。
That is I think I disagree　　　　　　也就是说我认为我与众不同。

披头士后期的许多歌，歌词往往无法分析。闪烁、跳跃、超现实，自记忆、自报章杂志片段、自日常言谈、自迷幻药汲取灵感。这首〈草莓园〉是列侬对童年景物的回忆，透过迷幻之眼所看到的却是飘飘然、超现实的心景：一个孤独的孩子独特、丰富的梦想世界。草莓园是列侬姑妈家附近的一栋房子，救世军儿童之家所在，每年夏天举行园游会，列侬和他的友伴们会跑去那儿游荡，捡空柠檬水瓶子换钱，玩得很愉快。他曾经解释过这首歌，说他从小就很嬉皮，标新立异，与众不同，而且很害羞、缺乏信心，所以"没有人，我想，与我同栖一树"。他觉得自己一定不是天才就是疯子（"非高即低"），因为他老是看到别人所没有看到的事物。虽

然别人以怀疑的眼光看他,但他还是相信自己具有直观,超自然或诗人般的幻视能力。

草莓园在这只是一个意象,象征生命里某个钟爱的角落,就像舒伯特的〈菩提树〉一样——你曾经在树荫底下"做过美梦无数","欢乐和忧伤时候常常走近这树",因此不论天涯海角,寒冬黑夜,总会听到窣窣的树叶声向你召唤:"朋友,来到我这儿,你将在此找到安宁!"但列侬的草莓园似乎更奇妙,半真实,半虚幻,在那儿闭上眼睛,胡思乱想,生活完全没有负担("一切皆虚,无须牵挂任何东西")。对于成年的列侬,它是一个永恒的梦的国度,在那儿,透过想象力他可以"曲解看到的一切",炼金术般点苦成甘,化平庸为神奇;现实生活里要成为大人物多么困难啊,但是在想象的王国里每一个人都可以是国王!此首歌虽然是列侬个人情感特异的投射,但它同时呈示给我们一个普遍性的真理:想象——或者艺术——也许是生命里更持久的真实。

(11) 胡椒军曹寂寞之心俱乐部乐队
(Sgt. Pepper's Lonely Hearts Club Band)

It was twenty years ago today	那是二十年前的今天,
Sgt. Pepper taught the band to play	胡椒军曹教乐队演奏音乐。
They've been going in and out of style	他们曾领一时风骚,也曾落伍过时,
But they're guaranteed to raise a smile	但保证他们仍能博君一粲。
So may I introduce to you	所以容我向各位介绍
The act you've known for all these years	多年来各位所熟知的节目,
Sgt. Pepper's Lonely Hearts Club Band	胡椒军曹寂寞之心俱乐部乐队。
We're Sgt. Pepper's Lonely Hearts Club Band	我们是胡椒军曹寂寞之心俱乐部乐队,
We hope you will enjoy the show	希望你们会喜欢这场表演。
Sgt. Pepper's Lonely Hearts Club Band	胡椒军曹寂寞之心俱乐部乐队,
Sit back and let the evening go	请大家坐好,尽情地欢度今宵。

Sgt. Pepper's Lonely, Sgt. Pepper's Lonely	胡椒军曹寂寞,胡椒军曹寂寞,
Sgt. Pepper's Lonely Hearts Club Band	胡椒军曹寂寞之心俱乐部乐队。
It's wonderful to be here	真正高兴来到这儿,
It's certainly a thrill	的的确确令人兴奋。
You're such a lovely audience	你们是无比可爱的观众,
We'd like to take you home with us	真想带你们一起回家,
We'd love to take you home	真想带你们回家。
I don't really want to stop the show	我真不想停止这场表演,
But I thought that you might like to know	但我想各位也许乐于知道
That the singer's going to sing a song	歌手正准备要唱一首歌,
And he wants you all to sing along	而他希望大家跟着一起唱。
So let me introduce to you the one and only Billy Shears	所以容我向各位介绍独一无二的 比利·薛尔思
And Sgt. Pepper's Lonely Hearts Club Band	以及胡椒军曹寂寞之心俱乐部乐队。

　　论者皆同意《胡椒军曹寂寞之心俱乐部乐队》是摇滚史上最值得大书特书的一张唱片:有人认为它主题连贯、形式多样,是创意、内涵兼备的不朽杰作;有人认为它内容不够均衡,"缺乏爱、缺乏思想",只能算是录音技巧的大胜利。持平而论,《胡椒军曹》在歌词内涵上固非首首深刻,并且在主题上也未紧密相连,但就通俗歌曲的范围而言,能在一张唱片中说这么多东西并且说得这么好听、这么有创意的,简直绝无仅有。披头士虚构了一个"寂寞之心俱乐部乐队",为大家演唱一些有关孤寂或治疗孤寂的歌。1967年6月发行后,马上成为大家注目的焦点:电台不断播它,报章杂志不断评论它,它不只是音乐的新闻,它变成了整个社会共同的议题。人们听它,因为他们觉得《胡椒军曹》唱出了他们心中同有的困扰与感受。整张唱片混合了戏闹的气氛,耸动的诗句,神秘主义色彩以及不安的阴影——具体而微地概括了整个时代的感情。一时之间,披头士从流行音乐英雄摇身一变成

为时代的代言人与导师。每个人都可以从这些歌里读到各自的渴望、期待和慰藉。胡椒军曹的乐队真正成了全世界寂寞灵魂相会、相通的俱乐部,一个自身俱足的想象的小宇宙。即使披头士解散逾40年后的今天听之,其鲜活、创意、美好仍然未减。

(12) 露西在天上带着钻石(Lucy in the Sky with Diamonds)

Picture yourself in a boat on a river	想象你自己在河上泛舟,
With tangerine trees and marmalade skies	有橘子树,还有果酱般的天空。
Somebody calls you, you answer quite slowly	有人唤你,你缓缓响应,
A girl with kaleidoscope eyes	一个有着万花筒般眼睛的女孩。
Cellophane flowers of yellow and green	黄色绿色的玻璃纸花,
Toweringover your head	高高开在你的头顶。
Look for the girl with the sun in her eyes	寻找那眼中藏有太阳的女孩,
And she's gone	而她已然不见。
Lucy in the sky with diamonds	露西在天上带着钻石。
Follow her down to a bridge by a fountain	随她走到喷泉边的一座桥,
Where rocking horse people eat marshmallow pies	骑着摇摇马的人们吃着药蜀葵派。
Everyone smiles as you drift past the flowers	人人面露微笑,当你飘流过
That grow so incredibly high	高得惊人的花朵。
Newspaper taxies appear on the shore	报纸做的出租车出现在岸边,
Waiting to take you away	等着载你离去。
Climb in the back with your head in the clouds	爬进后座,你的头挂在云端,
And you're gone	然后你不见了。

Lucy in the sky with diamonds	露西在天上带着钻石。
Picture yourself on a train in a station	想象你自己在车站的火车上,
With plasticine porters with looking glass ties	黏土塑的脚夫系着镜子般的领带。
Suddenly someone is there at the turnstile	突然有人在十字旋转门那里,
The girl with kaleidoscope eyes	那个有着万花筒般眼睛的女孩。
Lucy in the sky with diamonds	露西在天上带着钻石。

  列侬这首歌充满了幻想与色彩美,虽然歌词相当暧昧、晦涩。有人认为是飘飘欲仙、迷幻药经验的描述,甚至证据确凿地说标题三个主要字的缩写刚好就是 LSD(一种迷幻药的名称)。但列侬这首歌的灵感其实来自他儿子朱利安画的一幅蜡笔画,他画他的同学露西,背景是五颜六色、闪烁燃烧的星星。列侬问小朱利安画名,朱利安说:"露西在天上带着钻石。"整首歌就像一幅超现实主义的画,奇妙地给人一种疏离、幽闭,却又妖艳、亮丽的感受,仿佛迷失在千变万化的万花筒里。《胡椒军曹》中的第三曲。

(13) 当我六十四岁(When I'm Sixty-Four)

When I get older losing my hair	当我逐渐老去,毛发渐脱,
Many years from now	许多年后的今日,
Will you still be sending me a valentine	你可还会送我情人节礼物,
Birthday greetings, bottle of wine?	送我美酒祝贺我生日?
If I'd been out till quarter to three	如果我在外逗留到两点三刻,
Would you lock the door?	你可会锁上门?
Will you still need me, will you still feed me	你可仍需要我、可仍愿为我做饭,
When I'm sixty-four?	当我六十四岁?

You'll be older too	你也将老去。
And if you say the word	只要你开口，
I could stay with you	我可和你做伴。
I could be handy mending a fuse	我可随时候命，修理保险丝，
When your lights have gone	当你电灯不亮时。
You can knit a sweater by the fireside	你可在炉边织毛衣，
Sunday mornings, go for a ride	星期天早上去兜风。
Doing the garden, digging the weeds	整理花园，挖除杂草，
Who could ask for more?	谁还能要求更多？
Will you still need me, will you still feed me	你可仍需要我，可仍愿为我做饭，
When I'm sixty-four?	当我六十四岁？
Every summer we can rent a cottage on the	每年夏天我们可租一小屋，在
Isle of Wight, if it's not too dear	威特岛上，如果不太贵的话。
We shall scrimp and save	我们将省吃俭用，
Grandchildren on your knee	孙儿在抱——
Vera, Chuck, and Dave	维拉，恰克和戴维。
Send me a postcard, drop me a line	寄给我一张明信片，给我只字片语，
Stating point of view	陈述你的观点。
Indicate precisely what you mean to say	清清楚楚指名你的意思，
Yours sincerely, wasting away	"敬上"等等可免了。
Give me your answer, fill in a form	告诉我你的答案，用一张表格填好，
Mine forever more	永远，永远属于我。
Will you still need me, will you still feed me	你可仍需要我，可仍愿为我做饭，
When I'm sixty-four?	当我六十四岁？

这首温馨的小品为麦卡特尼所写,描述老夫老妻相扶相持、互信互敬的场景,歌词诙谐感人,曲调如杂耍戏院(music hall)歌曲,平淡中散发无限情意,为冷风枯枝的晚年孤寂预燃温暖的灯火。《胡椒军曹》第九曲。

(14) 生命中的一天 (A Day in the Life)

I read the news today, oh boy	我今天读到一条新闻,哦真是的,
About a lucky man who made the grade	关于一位卓然有成的幸运之士。
And though the news was rather sad	虽然这条新闻相当令人难过,
Well, I just had to laugh	但我还是忍不住笑了。
I saw the photograph	我看到了照片。
He blew his mind out in a car	他开着车子自杀身亡,
He didn't notice that the lights had changed	他没有注意到红绿灯已经转换。
A crowd of people stood and stared	一大群人围在旁边看。
They'd seen his face before	他们曾经看过他的脸,
Nobody was really sure if he was from the House of Lords	但没有人能确定他是否就是上院议员。
I saw a film today, oh boy	我今天读到一条新闻,哦真是的,
The English army had just won the war	英国军队刚刚打赢了战争。
A crowd of people turned away	一大群人离席而去,
But I just had to look, having read the book	但我还是得看下去,因为我看过了书。
I'd love to turn you on	我想让你飘飘欲仙。
Woke up, got out of bed	醒来,起床,
Dragged a comb across my head	一把梳子耙过头顶。
Found my way downstairs and drank a cup	走下楼,喝一杯,
And looking up, I noticed I was late	抬头,我发觉我迟到了。
Found my coat and grabbed my hat	拿起外套,抓起帽子,

Made the bus in seconds flat	登上双层巴士。
Found my way upstairs and had a smoke	走到上层,吸口烟,
And somebody spoke and I went into a dream ...	有人讲话而我坠入梦境……

I read the news today, oh boy	我今天读到一条新闻,哦真是的,
Four thousand holes in Blackburn, Lancashire	在兰开夏郡布莱克班有四千个洞。
And though the holes were rather small	而虽然这些洞都相当小,
They had to count them all	他们还是得一个一个算清楚。
Now they know how many holes it takes to fill the Albert Hall	如今他们知道要多少个洞才能填满艾伯特厅。
I'd love to turn you on	我想让你飘飘欲仙。

这首〈生命中的一天〉是《胡椒军曹》专辑中压卷之作,也是列侬与麦卡特尼才智互相激荡、戮力合作完成的最好作品之一。全曲以冷静、疏离的口吻将现代生活的琐碎、空虚、荒谬表现得淋漓尽致。歌词仍是跳跃似地拼贴自日常所见所闻,音乐则时而流畅,时而笨重,时而强化歌词含意,时而与歌词相抗拮,造成一种紧凑的艺术效果。全曲首言一位事业有成的上流人士,于车中自杀,路人围观,道长论短,但无人确知其身分(物质无匮而精神空洞,人与人间只有表面的认识!)。接着一段是对战争、对荣誉的嘲讽。而后,忽然插入一句迷幻药发作似的"我想让你飘飘欲仙"。接下去是惟妙惟肖,对单调刻板的日常生活的模拟刻绘。此段旋律与前后大异其趣,滑稽、生动,充分显现录音室作业的功效。至"走到上层,吸口烟,有人讲话而我坠入梦境"一句忽然转成大麻烟似美妙、轻飘的吟唱,仿佛传自海上女妖。最后一段歌词显然是对现实体制的嘲讽,荒谬而超现实。我们不必深究"艾伯特厅"究在何处,试将歌词改做"要多少洞才能填满中正纪念堂",即可体会其中蕴含的荒谬、空洞。

此首歌曲当年曾遭英国国家广播公司(BBC)禁播,理由:四千个小洞影射海洛因注射者身上的针孔。妙哉,所谓艺术检查,比艺术更具想象力!曲子最后,披头士请了40位交响乐团团员各执乐器随心所欲、乱七八糟地演奏。在披头士的指挥下,整个交响乐团发出一段刺耳、喧闹、逐渐增强的巨响,暂停片刻后,大崩盘似地在回荡的和弦中结束全曲。对于这一段结尾列侬曾说:"这是从虚无到世界末日的声音之梯。"浮生若梦,在每日沉闷生活中现代人只能做"梦中之梦"似的逃遁。

(15) 随它去(Let It Be)

When I find myself in times of trouble	当我身处烦忧之时,
Mother Mary comes to me	圣母玛丽来到我身旁,
Speaking words of wisdom, let it be	赐我智慧之语,随它去。
And in my hour of darkness	在我黯淡的时刻,
She is standing right in front of me	她就站在我的眼前,
Speaking words of wisdom, let it be	赐我智慧之语,随它去。
Let it be, let it be, let it be, let it be	随它去,随它去,随它去,随它去,
Whisper words of wisdom, let it be	轻声说着智慧之语,随它去。
And when the broken hearted people	当世上心碎的
Living in the world agree	人们都同意时,
There will be an answer, let it be	事情将会有解决之道,随它去。
For though they may be parted there is	因为虽然他们可能遭阻隔,
Still a chance that they will see	他们仍将觅见机会。
There will be an answer, let it be	事情将会有解决之道,随它去。
Let it be, let it be, let it be, let it be	随它去,随它去,随它去,随它去,
There will be an answer, let it be	事情将会有解决之道,随它去。
And when the night is cloudy	在浓云密布的夜晚,

There is still a light that shines on me	总还有一道光照耀我身上,
Shine until tomorrow, let it be	照耀到天明,随它去。
I wake up to the sound of music,	我随着乐声转醒,
Mother Mary comes to me	圣母玛丽来到我身旁,
Speaking words of wisdom, let it be	赐我智慧之语,随它去。
Let it be, let it be, let it be, let it be	随它去,随它去,随它去,随它去,
There will be an answer, let it be	事情将会有解决之道,随它去。
Let it be, let it be, let it be, let it be	随它去,随它去,随它去,随它去,
Whisper words of wisdom, let it be	轻声说着智慧之语,随它去。

这首歌旋律甜美,歌词简洁,圣歌般反复吟咏,具有一种单纯、动人的安定力量。普遍性的意象传递普遍性的讯息:在困难中祈求慰藉,在暗夜中期待光明。然而这首歌也成为披头士的天鹅之歌。1970年4月,麦卡特尼宣布退出披头士合唱团。五月,以此曲为名的披头士专辑发行上市——披头士合唱团最后一张唱片。

(16) 想象(Imagine)

Imagine there is no heaven	想象没有天堂,
It's easy if you try	如果你试,这并不难。
No hell below us	脚底没有地狱,
Above us only sky	头顶只有蓝天。
Imagine all the people	想象所有的人们
Living for today	只为今天生存。
Imagine there's no countries	想象没有国家,
It isn't hard to do	要做到并不困难。
No need for greed or hunger	没有杀戮或殉难的理由

A brotherhood of man	而且也没有宗教。
Imagine all the people	想象所有的人们
Sharing all the world	和平共存。
Imagine no possessions	想象没有私产,
I wonder if you can	我怀疑你是否能做到。
Nothing to kill or die for	无需贪婪也无需饥饿,
And no religion, too	四海之内皆兄弟。
Imagine all the people	想象所有的人们
Living life in peace	共享整个世界。
You may say I'm a dreamer	你也许会说我是梦想者,
But I'm not the only one	但我并不是唯一的一个。
I hope someday you will join us	我希望有一天你也加入我们,
And the world will live as one	这世界将合而为一。

60年代中叶后的披头士,他们的生活方式、演唱方式在在与他们周遭的世界互动着。他们作品里所揭示的对现状的批判,对个人快乐的追求,对想象的放纵,与整个世代反体制、反权威,渴望自由、爱、和平(从嬉皮、迷幻药到"花之力量"[flower power])的氛围是相通的。解散后,披头士分道扬镳,个人所写作品中也颇有能维持各自过去优点者。列侬1971年发表的这首〈想象〉,即赓续了他转化个人情绪为公众讯息的创作理念,宁静地述说他个人以及那个世代的梦想。

3. 结语

披头士合唱团是20世纪60年代最显著的现象,他们的崛起、成熟、茁壮,自有其自身与外在环境不得不然的因果律。披头士所处的时代恰好是年轻人觉醒的时代——年轻的一辈亟思摆脱上一代的规范,建立自己的观点。披头士的出现适时抓住了这种渴望。很快地他们成了年轻一辈心目中的偶像与代言人，所言所行迅速被青少年模仿、认同。1963 年 11 月，列侬在英国皇家综艺节目中对在场包括皇太后及玛丽公主在内的观众说："下一首歌我想请大家一起来。坐在普通席的观众请你们跟着拍手，其余的贵宾不妨摇响你们的珠宝。"1966 年 3 月，列侬对《伦敦晚旗报》(*London Evening Standard*)记者表示："基督教要没落了。我们现在比耶稣更受人欢迎。"凡此种种皆激励年轻一辈反权威、反体制、勇敢地表达自我的心情；这种自由的气氛反过来又鼓舞披头士更自信、更自觉地创作。如是披头士与他们的歌迷彼此学习，共同成长。披头士既是影响者，也是被影响者。

然则披头士为什么在 70 年代、80 年代……仍继续受到世人的喜爱？这显然与他们的音乐质量有关。他们的创意、他们的才干，使他们在一开始就写出令世人一新耳目的独创性作品；随着时间的演进，他们的歌曲更多样而成熟。像毕加索以及其他伟大的艺术家一样，他们不断吸取外围的影响：同时代的音乐、文字、意象、经验被他们重组、再造，转化成伟大的音乐作品。麦卡特尼与列侬——一个温和、乐观、擅写俏丽的旋律，一个讥刺、叛逆、时时爆出惊人的词句——他们迥异的个性使他们在合作写曲时，时时迸出创意的火花。他们最好的作品往往具有坚实的结构与明确的音乐意念。那些节奏慢的歌每每是心灵最佳的抚慰，节奏快的仿佛激流般涌现着机智、卑俗的爱情以及狂放的想象之旅。

虽然他们的某些行动（如对迷幻药、对性自由的实验）对世界其实并没有什么帮助，并且他们在许多时候跟他们所代言的一代一样的茫然不知所从，但整体来说，他们的歌再现了一个世代最好的希望与最渴切的梦想。他们自觉的天真与勇健的理想主义不时刺激停滞的心灵迎头赶上。他们的音乐是喜悦与美的泉源，是世世代代寂寞之心的俱乐部。它们是永恒的草莓园。

注：此文"披头发展史"部分，据《格罗夫音乐辞典》第 2 卷 *Beatles* 条目译写成。

附：鲍勃·迪伦歌曲两首诗译

1941年5月24日诞生于美国明尼苏达州杜鲁日城的鲍勃·迪伦（Bob Dylan），也许是20世纪美国所产生的最伟大的民谣诗人。他的歌受到美国民歌先驱伍迪·盖瑟瑞（Woody Guthrie, 1912—1967）与皮特·西格（Pete Seeger, 1919—2014）等的影响很大，加上他本身对世事的感受以及对文学经典的涉猎，使他的作品显得思想超前，出类拔萃，甚至被许多人视为先知或当代美国的发言人。他的歌批判现实、剖析社会人性，强烈地散发着他个人的风格与理念，带给当代知识青年极巨大的震撼与影响。许多作品被奉为抗议与民权运动的圣歌，特别是〈在风中飘荡〉（Blowin' in the Wind, 1962）与〈时代正在改变〉（The Times They Are A-Changin', 1964）两首。2016年，他破天荒以歌者兼诗人的身分，获得诺贝尔文学奖：

● 〈在风中飘荡〉（*Blowin' in the Wind*）

How many roads must a man walk down	一个人要走过多少路
Before you call him a man?	你才会称他是人？
Yes, 'n' how many seas must a white dove sail	一只白鸽要飞过多少海洋
Before she sleeps in the sand?	她才能以沙滩为枕？
Yes, 'n' how many times must the cannonballs fly	加农炮弹要飞多少回
Before they're forever banned?	它们才会永远被禁？
The answer, my friend, is blowin' in the wind	答案啊，朋友，在风中飘荡，
The answer is blowin' in the wind	答案在风中飘荡。
How many years can a mountain exist	一座山能存在多少年
Before it's washed to the sea?	在被冲刷入海之前？
Yes, 'n' how many years can some people exist	一些人能存在多少年
Before they're allowed to be free?	在获准自由之前？
Yes, 'n' how many times can a man turn his head	一个人能转几次头
Pretending he just doesn't see?	假装什么都没看见？

The answer, my friend, is blowin' in the wind	答案啊,朋友,在风中飘荡,
The answer is blowin' in the wind	答案在风中飘荡。

How many times must a man look up	一个人要抬头多少回
Before he can see the sky?	才能看到天际?
Yes, 'n' how many ears must one man have	一个人要有几只耳朵
Before he can hear people cry?	才听得到人们哭泣?
Yes, 'n' how many deaths will it take till he knows	要多少人丧命,他才知道
That too many people have died?	已有太多人死去?
The answer, my friend, is blowin' in the wind	答案啊,朋友,在风中飘荡,
The answer is blowin' in the wind	答案在茫茫的风中。

● 〈时代正在改变〉(*The Times They Are A-Changin'*)

Come gather 'round people	围聚过来吧,人们
Wherever you roam	无论你浪迹何方
And admit that the waters	承认你周遭的
Around you have grown	水位已然高涨
And accept it that soon	并且接受你即将
You'll be drenched to the bone	被浸湿的事实
If your time to you	如果你的时间
Is worth savin'	还值得节省
Then you better start swimmin'	最好开始游泳
Or you'll sink like a stone	否则你将像石头一样沉没
For the times they are a-changin'	因为时代正在改变
Come writers and critics	来吧,以笔预言的
Who prophesize with your pen	作家和批评家们
And keep your eyes wide	睁大你们的双眼
The chance won't come again	机会不再登门
And don't speak too soon	话别说得太早

For the wheel's still in spin	因为轮子仍在旋转
And there's no tellin'	无法预知
Who that it's namin'	它会指向何人
For the loser now	因为现在的失败者
Will be later to win	日后将得胜
For the times they are a-changin'	因为时代正在改变
Come senators, congressmen	来吧，参议员和众议员们
Please heed the call	请细听这呼吁
Don't stand in the doorway	不要站在门口
Don't block up the hall	不要堵塞大厅
For he that gets hurt	因为受伤的
Will be he who has stalled	将是停滞不前者
There's a battle outside	外头的战役
And it is ragin'	正如火如荼进行
It'll soon shake your windows	即将摇撼你的窗子
And rattle your walls	震响你的墙壁
For the times they are a-changin'	因为时代正在改变
Come mothers and fathers	来吧，全国各地的
Throughout the land	母亲和父亲
And don't criticize	不要批评你们
What you can't understand	不了解的事物
Your sons and your daughters	你们的儿女
Are beyond your command	已不受你们掌控
Your old road is rapidly agin'	你们的旧路正迅速老朽
Please get out of the new one	请勿挡住新路
If you can't lend your hand	倘若无法伸出援手
For the times they are a-changin'	因为时代正在改变

The line it is drawn	界线已划清
The curse it is cast	诅咒已抛出
The slow one now	现在脚步迟缓者
Will later be fast	日后将快速窜出
As the present now	一如现在
Will later be past	随后将成为过去
The order is rapidly fadin'	秩序正快速凋落
And the first one now	现在一马当先者
Will later be last	日后将居末
For the times they are a-changin'	因为时代正在改变

圣者的节奏

——保罗·赛门

如果说人如其歌,保罗·赛门(Paul Simon, 1941—)显然是一位敏感含蓄,温柔敦厚的君子。他敏锐地捕捉生命的律动——它的苦恼,它的孤独,它的热情,它的挫败,它的希望——化为甜美的歌声与细腻的诗句。1964年,他离开大学,只身前往英国闯天下,第二年,他的歌〈寂静之声〉(The Sound of Silence)意外地在美国本土造成轰动。这首歌,连同其他与其童年友伴葛芬柯(Art Garfunkel)合唱的一些曲子,很快地使他成为稳健派美国学生的代言人:

Hello darkness, my old friend	嘿,黑暗,我的老友
I've come to talk with you again	我又来找你说话了,
Because a vision softly creeping	因为有个灵视悄然潜入,
Left its seeds while I was sleeping	将其种籽留在我的梦里。
And the vision that was planted in my brain	那植于我脑中的灵视
Still remains	至今依然存在于
Within the sound of silence	寂静之声中。
In restless dreams I walked alone	在不安的梦中,我独自行过
Narrow streets of cobblestone	碎石子铺成的窄街。
'Neath the halo of a street lamp	在街灯的光晕下,
I turned my collar to the cold and damp	我拉高衣领,迎向湿冷的世界,
When my eyes were stabbed by the flash of a neon light	闪烁的霓虹灯刺痛我的眼。

That split the night	它划破黑夜，
And touched the sound of silence	触动了寂静之声。
And in the naked light I saw	在光芒刺眼的夜晚，我看到
Ten thousand people, maybe more	数以万计的人们，或许更多：
People talking without speaking	言而无心的人们，
People hearing without listening	听而不闻的人们，
People writing songs that voices never share	写歌却找不到声音分享的人们。
And no one dared	而没有人敢
Disturb the sound of silence	扰乱寂静之声。
"Fools" said I, "You do not know	"蠢蛋，"我说："你们不知道
Silence like a cancer grows	寂静会像癌细胞一样扩散。
Hear my words that I might teach you	倾听我的话，让我教导你们，
Take my arms that I might reach you"	握住我的手，让我触及你们。"
But my words, like silent raindrops fell	但我的话，像寂静的雨滴落下，
And echoed	回响于
In the wells of silence	寂静的井里。
And the people bowed and prayed	而人们向自己创造出的霓虹神
To theneon god they made	膜拜，祈祷。
And the sign flashed out its warning	霓虹招牌闪现出警语，
In the words that it was forming	以逐渐成形的文字。
And the sign said, "The words of the prophets are written on the subway walls	招牌上写着"先知的话语写在地下道的墙壁
And tenement halls"	与廉价公寓的走廊"，
And whispered in the sounds of silence	并且以寂静之声低语着。

1968年，他与葛芬柯为电影《毕业生》录制插曲，并且出版了一张圆熟、

完美的专集《书夹》(Bookends)。1969年,赛门写出了歌赞友情、风靡全世界的杰作〈恶水上的大桥〉(Bridge Over Troubled Water),为他与葛芬柯的合作关系划下一个美丽的句点。

然后,他继续走他的路。从雷鬼,从福音歌,从爵士乐汲取创作灵感。1971年,他飞到牙买加首府金斯敦,录下第一首白人雷鬼歌曲〈母子重逢〉(Mother and Child Reunion),收于第一张个人专集《保罗·赛门》(Paul Simon)里。1983年,他第五张个人专集《心与骨》(Hearts and Bones)出版,42岁的赛门似乎面临了艺术创作的瓶颈;他写过许多好歌,享有盛名,受众人瞩目,他必须另辟新径,否则极易自我重复,流于俗丽而无真味。1984年夏,他的友人给了他一卷叫《Gumboots》(原意指南非矿工与铁路工人工作时穿的重鞋)的南非"市街音乐"的录音带;他开始持续地聆听南非的黑人音乐,惊喜于它们新鲜的节奏与丰富的音乐肌理。1985年,他飞到约翰内斯堡,与南非当地的几个乐团合作录音,并且用他们的音乐激发出新的歌。专集《仙境》(Graceland)在第二年问世,这是一张成功地融合非洲音乐风格、令人耳目一新的唱片。1987年,他带领非洲音乐家作环球演唱。1990年,又推出一张饱满、坚实的专集《圣者的节奏》(The Rhythm of the Saints)——这次他跑到里约热内卢录音,结合了巴西鼓、非洲吉他以及准确、动人的诗。从《仙境》到《圣者的节奏》,赛门似乎重新发现了音乐的快乐。

1991年夏天,我连续数天独自在家聆听他的《圣者的节奏》,感受到一种我不曾在流行歌曲中听到过的安定:安定,同时蕴含净化、升华。完美主义者赛门精巧地控制了每一个唱片制作的细节:从最微弱的吉他的拨奏到整张唱片歌曲的排列顺序。他把饱受生活苦楚的现代心灵放进神秘的、巫术的、原始的、祭典的拉丁美洲节奏与氛围中,去洗涤、浸淫,直到透露着新可能的光自黑暗中升起。在〈圣者的节奏〉(The Rhythm of the Saints)这首歌中他如是唱着:"探进黑暗/黑暗的探触/探进黑暗/黑暗的探触……(Reach in the darkness / A reach in the dark / Reach in the darkness / A reach in the dark …)"这黑暗是清凉、湿润的灵泉,充满着〈神灵的声音〉(Spirit

Voices)与魔术的故事:"有些故事像魔术一般,要用唱的/从河流的嘴巴唱出的歌/当世界仍年轻/而所有这些神灵的声音统治着夜……(Some stories are magical, meant to be sung / Song from the mouth of the river / When the world was young / And all of these spirit voices rule the night …)"我趁机把赛门四分之一世纪来的作品重新听一遍,发现我以前似乎未曾真正进入他作品生命的核心:我以前可能喜欢他某首歌歌词的深刻,旋律的动人,或者词与曲完美的啮合,但是我从未发现这一切也许都只是他整个饱满创作心灵的一部分。他内心的某种律动,某种才干,某种对音乐与世事的敏感,不断投向周遭万物寻求对应——攀附在它们身上,擦拭它们,磨亮它们,并且从反射出来的光中更清楚地察见生命与艺术的秘密。所以当赛门与葛芬柯在英国北海边的小渔村听到古老的民谣时,他把它转化成甜美、哀愁、充满讽喻的战争安魂曲〈史卡博罗市集/颂歌〉(Scarborough Fair / Canticle);而被巴赫采用于《马太受难曲》中作为圣咏合唱曲调的16世纪德国流行歌谣,照样可以出现在赛门的歌集,成为悲悯美国梦的〈亚美利坚之歌〉(American Tune):"我所认识的每个心灵都受伤过/我所有的每个朋友没有人能安定/我所知道的每个梦想都粉碎、破灭过/啊,但是无妨,一切无妨/因为我们已存活了如此久,如此好……(I don't have a friend who feels at ease / I don't know a dream that's not been shattered / or driven to its knees / Oh, but it's all right, it's all right / For we've lived so well so long …)"

　　这种律动也许就叫作"民胞物与"。它可以喜,可以悲,可以承担自我,也可以负载群体。它出入铜墙铁壁,借一切形式运输一切内容,交通那卑微的与神圣的,愁苦的与狂喜的。在专集《书夹》里,赛门剪辑了许多从各地老人院录下来的老人的声音:"你在这里快乐吗?你在这里和我们在一起快乐吗,歌者先生……"〈老朋友〉(Old Friends)的旋律接着淡入:

Old friends, old friends	老朋友,老朋友,
Sat on their park bench like bookends	书夹般坐在公园的板凳上,
A newspaper blown through the grass	报纸吹过草地,

Falls on the round toes	落在老朋友们
of the high shoes of the old friends	圆秃的鞋头上。
Old friends, winter companions, the old men	老朋友,冬日之伴侣,
Lost in their overcoats, waiting for the sun	老人们跌落外套之中,等待日落,
The sounds of the city sifting through trees	城市的喧嚣渗过树林,
Settles like dust on the shoulders of the old friends	尘埃一般落在老朋友的肩膀上。
Can you imagine us years from today	你能想象数十年后的我们
Sharing a park bench quietly	安静地分享一张公园的板凳?
How terribly strange to be seventy	七十岁,一个陌生得令人心悸的世界!
Old friends, memory brushes the same years	老朋友,记忆冲刷过同样的岁月,
Silently sharing the same fears	无言地分担同样的恐惧。

从《寂静之声》(*The Sound of Silence*, 1966)到《圣者的节奏》,孤寂诚然是赛门最常触及的主题。孤寂,疏离,自我怀疑,纠缠、泥陷的人际关系,无所不在的生存危机、生命负担。在《圣者的节奏》这张专集〈坦白的小孩〉(The Obvious Child)一曲中——

Sonny sits by his window and thinks to himself	桑尼坐在窗户边,想着
How it's strange that some rooms are like cages	多奇怪啊有些房间像鸟笼
Sonny's yearbook from high school	桑尼的高中纪念册
Is down from the shelf	从书架上落下
And he idly thumbs through the pages	他懒散地匆匆翻过:
Some have died	有些已死去
Some have fled from themselves	有些自我逃避
Or struggled from here to get there ...	或者挣扎着从这儿钻到那儿……

而在〈无法奔跑但是〉(Can't Run But) 这首歌中——

A cooling system	一个冷却系统
Burns out in the Ukraine	在乌克兰燃烧起来
Trees and umbrellas	我们在树与伞下
Protect us from the new rain	躲避新雨
Armies of engineers	一队队工程师
To analyze the soil	前来检验土壤
The food we contemplate	检验我们所凝视的食物
The water that we boil …	我们所煮的水……
I had a dream about us	我梦见我们
In the bottles and the bones of the night	在夜的瓶子与骨骼里
I felt a pain in my shoulder blade	我感觉我的肩胛骨疼痛
Like a pencil point?	像铅笔的黑点?
A love bite? …	爱人的咬啮?……
A winding river	一条蜿蜒的河流
Gets wound around a heart	紧紧缠绕在心上
Pull it tighter and tighter	紧拉它吧,愈拉愈紧
Until the muddy waters part	直到泥泞的水
Down by the river bank	越堤而出
A blues band arrives	一支蓝调乐队赶到
The music suffers	音乐受苦
The music business thrives …	音乐事业愈来愈蓬勃……

赛门并不想要写诗,他从音乐激发诗,从孤寂,从民胞物与的律动。在最美妙的时候,这些诗与音乐紧密地结合在一起,成为一种声音,一种思想——成为一种律动。在〈清凉、清凉的河流〉(The Cool, Cool River) 这首

歌里,赛门准确生动地呈现了现代生活的荒谬(这些诗,比之艾略特,实在毫不逊色):

Yes boss. The government handshake	是的老板。官式的握手
Yes boss. The crusher of language	是的老板。语言压碎机
Yes boss. Mr. Stillwater	是的老板。止水先生
The face at the edge of the banquet	酒席边的脸孔
The cool, the cool river ...	清凉、清凉的河流……
Anger and no one can heal it	愤怒然而无人能治愈它
Slides through the metal detector	穿过金属侦察器
Lives like a mole in a motel	像鼹鼠般生活在汽车旅馆里
A slide in a slide projector ...	幻灯机里的一张幻灯片……

他期待一条清凉、清凉的河流——

Sweeps the wild, white ocean	冲刷过狂乱、白色的海洋
The rage of love turns inward	爱的狂怒内转为
To prayers of devotion	虔诚的祈祷
And these prayers are	而这些祈祷是
The constant road across the wilderness	穿越荒野的永恒的道路
These prayers are	这些祈祷是
These prayers are the memory of god	这些祈祷是上帝的记忆
The memory of god ...	上帝的记忆……

这条洗涤人间苦难的河流也许是爱,也许是宗教,也许是艺术(虽然赛门知道"有时候甚至音乐也无法/取代眼泪[And sometimes even music / Cannot substitute for tears]"),也许是对于希望的乐观信仰与〈证明〉(Proof)("半月隐藏在乌云背后,亲爱的/天空透露出几点希望的征兆/振起你疲倦的双

翼飞向雨中,我的宝贝/用赌徒的肥皂清洗你纠缠的卷发[Half moon hiding in the clouds, my darling / And the sky is flecked with signs of hope / Raise your weary wings against the rain, my baby / Wash your tangled curls with gambler's soap]");或者,它甚至就是那条原始丛林里充满〈神灵的声音〉(Spirit Voices)的会唱歌的河,"唱着雨水,海水/唱着河水,圣水(Sing rainwater, seawater / River water, holy water)",以慈悲包裹我们,治愈我们:

Cuidado, coração	心啊,小心
Será util, será tarde	它会有益,它会晚到
Se esmera, coração	心啊,全力以赴
E confia	并且相信
Na força do amanhã	明天的力量……

所有虔诚的音乐家都是圣者,用音乐的律动体现宇宙的律动。

想象葡萄牙

——灵魂之歌 Fado 传奇

1. 里斯本 Fado

我不太热衷出境。多年前,两次受邀到荷兰、法国念诗聊诗回来后,有人问我:如果再出境最想去什么地方?我回答"葡萄牙"。答葡萄牙非因我家乡花莲最早的名字"里奥特爱鲁"来自 16 世纪初路过的葡萄牙水手(里奥特爱鲁是葡萄牙语"黄金之河"Rio de Ouro 的音译)。答葡萄牙是因为葡萄牙的音乐 Fado。

Fado(或译"法朵")是葡萄牙特有的歌曲形式,在世上各种可称为"都市民间音乐"的音乐形式——美国的蓝调、希腊的伦贝蒂卡(Rembetika)、阿根廷的探戈、古巴的伦巴……当中,19 世纪上半已在大西洋畔港市里斯本成形的 Fado,可能是历史最悠久的。一如蓝调之于美国黑人,佛拉明哥之于吉卜赛人,Fado 是葡萄牙的灵魂之歌。它的起源不明,但显然是阿拉伯,非洲,巴西等多股外来音乐与葡萄牙古典与民间诗歌样式(情歌、朋友歌、嘲笑与辱骂歌、四行诗、Modhina 歌曲等)混杂的结果。许多人相信 Fado 源自葡萄牙水手所唱的歌谣,但有人认为它真正的故乡在里斯本古老的摩尔区(Mouraria),或者 18 世纪中即有许多非洲人和混血者自巴西移入的阿尔法玛区(Alfama)——这些居民带来的节奏鲜明、充满情欲与猥亵描述的 Fo-fa 与 Lundum 舞曲,成为 Fado 音乐的雏形。

多数人都同意 Fado 最初是穷人和漂泊者之歌。Fado 一字在葡萄牙语中本意为"命运",Fado 是充满感伤和哀愁的音乐,涵盖范围极广,从英国潜艇沉没,到足球员死亡,到食物中毒事件皆可咏叹。Joaquim Pais de Brito 教授在《Fado:声音与阴影》(1994)一书中说:"这些歌的主题从过去到现在不外乎：命运或人类无法操控的强大因素；自然的灾难，犯罪，死亡，可恨的行径。这些题材后来逐渐与特定的都会元素结合，呈现城市的生活——街道，旅店，聚会场所，名人，伴以公众人物和到访游客的新闻。与此同时，怨叹的语调和失落感也悄悄溶入，忠实地反映出经常是狂暴、不确定、令人不悦的人际关系，叙述各种形式的爱、恨与性。"大体而言，最常出现的主题是爱情，嫉妒，热情，回忆，乡愁，对命运无言的反抗，对幻想浪漫的追寻，以及对 Fado 本身的歌赞。1903 年，Pinto de Carvalho 在其《Fado 的历史》中说 Fado 的"歌词和音乐都反映出人生无常的波折，不幸者多舛的命运，命运的嘲弄，爱情的锥心之痛，沉重的失落或绝望，沮丧的啜泣，渴望的哀愁，人心的善变，难以言喻的心灵交会、短暂相拥的爱恋时刻。"直到百年后的现在，葡萄牙的 Fado 依旧如是。

诗意的歌词是 Fado 的精髓，而更重要的一个元素则是 Saudade。Saudade 是相当微妙的葡萄牙语，勉强译做"渴望"或"想望"，可说是 Fado 的灵魂，两者紧紧相扣，无法分割。那是一种"交织着渴望的回忆，欢喜的回忆，乡愁，思旧的情怀"。是"对原本可能拥有却落空之事物的渴望，对未能实现之希望与梦想的痛切向往。对不存在且无法存在的事情、对眼前得不到的事物，所怀抱的一种模糊但持续的想望，继而转向过去或未来寻求寄托。不是主动的不满，而是一种慵懒、梦幻似的渴切"。罗德尼·葛洛普（Rodney Gallop，1901—1948），英国外交官与民俗学家，1931 至 1933 年间住在葡萄牙，对 Saudade 有敏锐的观察，他说：一言以蔽之，Saudade 是渴望，对无法定义的不确定事物的渴望，对渴望无限制的沉溺；它将"对不可及事物的朦胧渴望"与"使人终知事情无法达成的现实感"合在一起，其结果是沮丧和认命。歌曲 Fado 如是，是葡萄牙人对命运（Fado）优雅的接受，以平静的庄严叙说。

无法唱出 Saudade 感觉的歌者，称不上是优秀的 Fado 歌者，也没有一个 Fado 乐迷能够容忍 Saudade 的阙如。一场没有 Saudade 的演出，会被充满敌意、毫不留情的听众鲁莽地打断。一如佛拉明哥的 Duende，那是歌者与听者灵魂深处纯粹而神秘的交流，忘我的片刻。听众必须亲身体验，方能感受其饱满的张力,而一旦领受过,日后便能立刻辨认其味。

Fado 的伴奏乐器有二,一是十二弦的葡萄牙吉他(Guitarra),一是六弦的西班牙吉他(Viola)。葛洛普在他的开路之作《葡萄牙民风》里,提到 1930 年代的里斯本 Fado 屋:"灯光暗下,色调转换成红色,一名女子步上低矮的台子,她是歌者,伴奏者坐在她前方,抱着两种不同类型的吉他:Guitarra 和 Viola。Guitarra 音色较甜美、清脆,弹奏出 Fado 的主旋律或其华丽变奏;Viola 则以拨弄琴弦的方式伴奏,在主音和属七和弦之间游移。在几小节伴奏后,Fado 歌者开始歌唱。她把头往后甩,半闭双眼,随音乐的节奏摆动身体,露出忘我的神情,她依循传统,以未受过训练、未经琢磨的奇妙的粗犷声音,以及质朴、不造作的台风演唱。美声唱法不适用于 Fado,习惯安安静静聆听 Fado 的听众,绝对无法容忍歌剧歌手美化的声音与职业化的台风。"

热爱葡萄牙文化的美国旅行作家麦寇尔(Lawton McCaul, 1888—1968),在 1931 年如是描绘他踏进的一间里斯本 Fado 屋:"灯光调弱成暗蓝色……听众身体前倾,专注看着阿曼迪赫(Armandinho)灵活的手指,出神入化地驱使他的吉他,声音听起来仿佛数种乐器的合奏:以延长音和滑音歌唱,缀以灿烂繁复的饰奏;流畅的旋律被充满活力的断音和闪电般的急奏打断;不时还出现'风鸣琴'般清新灵妙的质地。伴奏的吉他为歌曲增添深度,饱满感和装饰音。两人联手合奏时,微妙的声之光影不断变化,魅力的节拍尽情戏耍,耳边展现的是令人赞叹的声音的万花筒。"

阿曼迪赫(1891—1946)不愧是 20 世纪最伟大的葡萄牙吉他演奏家之一,让麦寇尔一听即惊艳。麦寇尔继续写说:"灯光再度亮起,人们开始交谈,乐手们又抽起香烟,但是有一位女士和我还深陷在刚才的'蓝色魔力'里。这些相貌平凡的年轻人——时而和朋友们聊天,让他们'试弹'其吉他——怎么会是这么伟大的吉他演奏家?灯光又转蓝。这一回,我们才刚随虹彩般叮当响起的吉他声神游入梦境,就被一名歌者的声音给惊住了。吃惊,因为原先并未想到会是一首歌;更让人震撼的是歌声中狂热的情感浓度。我感觉一股震颤袭上我的脊椎。那名歌者——一个脸白发黑的青年——似乎忘却了周遭的一切。他依然坐着,背对听众,像画眉鸟一样仰起喉咙歌唱,这是盎格鲁萨克逊人做不到也不敢做的事。对我们而言,以如此激昂的方式表现爱的主题,是令人震惊的。在他唱完后,其他歌者轮番歌唱。他们无人真的受过歌唱训练,却演出无碍,因为葡萄牙人认为任何人只要'有感觉'都可以唱,而他们真的就在吉他的魔法下高声歌唱。"

麦寇尔接着讲到他看到一位拜金女模样的年轻女士被拱到屋子中央,猜想她要唱的大概是夜总会类型的歌曲,没想到她唱了一首以《圣经》中妓女"抹大拉的马利亚"为题材的Fado,讲述一个罪人如何蜕变为圣人:"在此世你找不到完美,所以不要冷酷地论断任何人,即便是最坏的罪人,因为他们也是人。"听她朴实无华,不浮夸造作地唱这些字句,让他体悟到Fado有时并不只是一首在灯光昏暗的深夜唱出的歌,而是"从心底自然流露的诗,与有感觉、能体会的听众共享"。

民俗音乐爱好者保罗·维纶(Paul Veron),1987年在旧金山一家二手店偶购得一堆78转的Fado唱片,一头栽进Fado的世界,3个月后他到了里斯本。在他1998年出版的《葡萄牙Fado史》一书里,他描述他出入里斯本上城区(Bairro Alto)一家Fado酒馆多夜后归纳的心得:"唱Fado的酒馆自有一套内规:来客依抵达的先后顺序唱歌。他们选出一人负责登记名字,然后以手势告知谁是下一名歌者。每人所唱歌数不得超过3首,每首长度大约3分钟。吉他手只为歌者伴奏,不表演独奏。因此每人上场时间大约10分钟,在歌唱进行期间,听众不得发出任何声响。当吉他开始序奏,两首歌之间空档所出现的现场嘈杂声会静下来,若还有残存的交谈声,听众会集体发出'嘘'声制止。每首歌都获得全神贯注的回应,被聆听,也被观赏、感受,这是一次屋子里每个人共同融入的完满体验。歌者总爱以在最后逐渐增加音量、逐渐增强情感的方式,将Fado带到高潮,仿佛好酒沉瓮底。最后一个音唱出时,听众会报以一波波掌声、欢呼声、跺脚声和口哨声。如果演出特别精彩,听众会高喊'Fadista',歌者通常会闭眼点头,表示心领。反之,如果听众认为演出太糟,会粗鲁地在歌唱到一半时就打断歌者,清楚让他知道那简直是垃圾。我两度目睹这样的情况发生:激烈的争辩爆发,夹杂着粗鲁激昂的言词交锋,横飞的口沫,和强烈的肢体语言,不过并未衍成暴力事件。"

　　Fado 至今已在里斯本的酒馆、餐厅、剧场或街头传唱近两百年。第一位传奇性的 Fado 歌者应属吉卜赛女郎玛丽亚·塞薇拉(Maria Severa, 1820—1846),她生长于阿尔法玛区,据说是妓女,与母亲经营一家小酒馆,不时演唱 Fado。1836 年,迷人的斗牛士维密欧索伯爵(Count de Vimioso)在那里听到她演唱,两人立刻迸发出火热的恋情,虽然注定不能结合,却引起大众侧目,进而注意到 Fado 此一音乐类型。演唱时总是围着黑披肩的塞薇拉可谓为里斯本 Fado 奠基的关键人物,她只活了 26 岁,却在后来许多歌曲、小说、戏剧、音乐剧里受到颂扬,1931 年第一部葡萄牙有声电影《塞薇拉》(A Severa)即以她为题材。Fado 素来被认为是漂泊者的音乐,早期的 Fado 歌者多为无家可归的浪人,被视为"举止放荡的恶徒",危险分子,但因而增添其浪漫色彩。

　　另一位传奇 Fado 女歌者是同样出身阿尔法玛区的阿玛莉亚·罗德丽葛丝(Amália Rodrigues, 1921—1999),被称为"Fado 歌后"。1 岁时父母离她而去,将她交给外祖母抚养。14 岁时与重回里斯本的父母同住,帮母亲在码头上卖水果,美妙的嗓音渐为附近人士所知。1939 年在阿曼迪赫等好手伴奏下,在著名的 Fado 屋"塞薇拉幽境"(Retiro da Severa)首次登台,唱了三首 Fado,此后扶摇直上,名扬国际,成为葡萄牙 Fado 的代名词。她的声音非凡:音域宽广,控制完美,带给听者绝美的感受和深邃的情感。她唱过一首 Aníbal Nazaré 写词的〈这全都是 Fado〉(Tudo Isto é Fado):

Perguntaste-me outro dia	几天前你问我,
Se eu sabia o que era o fado	我是否知道什么是 Fado,
Disse-te que não sabia	我说我不知道
Tu ficaste admirad	你说你很惊讶。
Sem saber o que dizia	不知该怎么回答,

Eu menti naquela hora	我当时说了谎，
Disse-te que não sabia	我告诉你我不知道，
Mas vou-te dizer agora	但现在我要跟你说：
Almas vencidas	挫败的灵魂，
Noites perdidas	失落的夜晚，
Sombras bizarras	怪异的阴影，
Na Mouraria	摩尔区里
Canta um rufia	妓女歌唱，
Choram guitarras	吉他呜咽，
Amor ciúme	爱与嫉妒，
Cinzas e lume	灰烬与火光，
Dor e pecado	痛苦与罪恶，
Tudo isto existe	这全都存在，
Tudo isto é triste	这全都令人哀伤，
Tudo isto é fado	这全都是 Fado。
Se queres ser o meu senhor	如果你想成为我的男人，
E teres-me sempre a teu lado	要我永远在你身旁，
Não me fales só de amor	不要只对我谈情说爱，
Fala-me também do fado	要向我讲述 Fado！
E o fado é o meu castigo	Fado 是我的惩罚，
Só nasceu pra me perder	它注定要我漂泊失落。
O fado é tudo o que digo	Fado 是我说出的一切，
Mais o que eu não sei dizer.	也是我无法说出的一切。

什么是 Fado？前述 Joaquim Pais de Brito 教授之父，Fado 史上最重要的创作者之一，诗人／作曲家 Joaquim Frederico de Brito（1894—1977），曾以拟人法写过一首〈Fado 的身世〉（Biografia do Fado），捕捉其精神：

Perguntam-me p'lo Fado,	他们向我问起 Fado
Eu conheci-o:	我认识这个人：
Era um ébrio, era um vadio,	他是漂泊的醉汉
Que andava pla Mouraria	日日流连于摩尔区
Talvez inda mais magro	他骨瘦如柴
Que um cão galgo	像只灰色猎犬
A dizer que era fidalgo,	却以贵族名门自居
Por andar com a fidalguia	常与高尚人士往来
Seu pai era um enjeitado,	他的父亲是个弃儿
Que até andou embarcado,	搭乘达伽马的船只
Nas caravelas do Gama	扬帆渡海而来
Um malandro andrajado e sujo,	一个脏乱邋遢的家伙
Mais gingão do que um marujo,	比往昔阿尔法玛区的水手
Dos velhos becos de Alfama	还要神气还爱吹嘘
Pois eu, sei bem onde ele nasceu	是的，我很清楚他的出身
Que não passou de um plebeu,	知道他只不过是个
Sempre a puxar p'ra vaidade	爱装模作样的平民百姓
Sei mais, sei que o Fado é um dos tais	我还知道他和有些人一样
Que não conheceu os pais,	不曾见过自己的父母
Nem tem certidão de idade	也没有出生证明
Perguntam-me por ele, eu conheci-o:	他们向我问起他，我认识

Num perfeito desvario,	这个人：一个全然的莽汉
Sempre amigo da balbúrdia	疯子的忠实盟友
Entrava na Moirama a horas mortas,	在深夜进入摩尔区
E ao abrir as todas as portas,	推开所有的门
Era o rei daquela estúrdia	成为滥醉夜的王者
Foi às esperas de gado,	他去等候牛
Foi cavaleiro afamado,	他是著名的武士
Era o delírio no Entrudo	嘉年华会上的狂言呓语
E dessa vida agitada,	他那骚乱的一生
Ele que veio do nada,	他，来自虚无
Não sendo nada era tudo ...	拥有一切也一无所有……

1994 年，德国导演温德斯电影《里斯本的故事》(Lisbon Story) 中几次出现的圣母合唱团 (Madredeus)，片中演唱的就是 Fado。主唱 Teresa 声音银亮，听她唱〈Guitarra〉一曲，你必须同意葡萄牙 Fado 的"渴望"(Saudade) 永在。她平和地歌唱，自在亲切，在暗蓝的电影中一如在现实里，让人坠入哀愁与美与渴望同在的丰富的虚无：

Quando uma guitarra trina	当一把吉他颤抖于
Nas mãos de um bom tocador	吉他好手的指掌间，
A própria guitarra ensina.	一把吉他能教
A cantar seja quem for	世上任何人歌唱。
Eu quero que o meu caixão	我愿我的棺木
Tenha uma forma bizarra	具有奇异的形状，
A forma de um coração	心之形状，
A forma de uma guitarra	吉他之形状。

Guitarra, guitarra querida	吉他，亲爱的吉他，
Eu venho chorar contigo	我来与你一起哭泣，
Sinto mais suave a vida	我感觉生命变柔些，
Quando tu choras comigo	当你与我一起哭泣。

这首歌的歌曲是圣母合唱团两位团员所作，但歌词却从不同首的传统 Fado 组成。

一首葡萄牙 Fado，能教我们渴望的葡萄汁入耳而不必吐葡萄皮。

热爱舞蹈与音乐的西班牙导演索拉（Carlos Saura），在 *Flamenco*（《佛拉明哥》,1995）、*Tango*（《探戈》，台湾片名《情欲飞舞》,1998）后，于 2007 年拍成 *Fados*（台湾片名《倾听里斯本》），构成他的三部曲。在影片《倾听里斯本》中，他透过影像投射、镜子、灯光变化以及浓艳的色彩，音乐与舞蹈交织，魔术般将塞薇拉、阿玛莉亚·罗德丽葛丝、木工师傅阿弗列德（Alfredo Marceneiro, 1891—1982）等 Fado 传奇人物身影，和当今第一线歌者（包括 Fado 天后、生于莫桑比克的 Mariza，天王 Camané，巴西诗人歌手 Caetano Veloso 与嘻哈、雷鬼、佛拉明哥等歌者）的表演，串连于舞台上。一方面追溯历史，向传统、正统的 Fado 致敬，一方面显现其来自非洲、巴西的影响，以及与时俱进的变化、革新，告诉我们 Fado 是活的艺术，而非死的档案。

影片近尾处，有一段再现 Fado 屋场景，9 分多钟长的演唱，让 10 位 Fado 歌者、吉他手，像爵士乐手般轮流飙乐。男歌者 Vicente da Câmara，和 3 位女歌者 Maria da Nazaré、Ana Sofia Varela、Carminho，依次各唱一首歌；Ricardo Ribeiro 和 Pedro Moutinho 两位男歌者接着竞飙一首歌；中间是四位吉他手的合奏、竞奏。这真是饱满、温暖、令人动容的音乐盛宴，不但美极，而且真极，如诗人济慈的"希腊古瓶"告诉我们的，两者合而为一。Vicente da Câmara 首先唱他自己写词的一首 Fado：

Uma amizade perdida	失去的友情
Nunca mais pode voltar	无法复回，

É amizade fingida	那非真正的友情
Se vai e volta a brincar	如果它轻易来去。

Ninguém dá nada	人们不会给你东西
Se atrás não vier contravalor	而不求回报,
Só um amigo é capaz	只有真正的朋友
Sem receber de dar amor	能爱你而不必有所得。

女歌者 Maria da Nazaré 接着唱：

Minha mãe, eu canto a noite	妈妈,我歌唱夜,
Porque o dia me castiga	因为白日惩罚我。
É no silêncio das coisas	在万物的静谧中
Que eu encontro a voz amiga	我找到友善之声。

Minha mãe, eu sofro a noite	妈妈,我哭泣夜,
Neste amor em que me afundo	在这将我淹没的爱里,
Porque as palavras da vida	因为生命中的话语
Já não têm outro mundo	已别无可存活的世界。

Por isso sou este canto	那就是为什么我像这首歌,
Minha mãe, tão magoado	妈妈,沉浸于哀愁里。
Que visto a noite em meu corpo	我的身体垂悬在夜里,
Sem destino, mas com fado	不知命运,唯有 Fado。

Ana Sofia Varela 随后唱：

Talvez o fado me diga	也许 Fado 告诉我
O que ninguém quer dizer	别人不想告诉我的东西;
E por isso eu o persiga	也许我追求它,

Para nele me entender	为了借它了解我自己。
Meu amor tenho cantado	我已经歌唱过我的爱情,
Sobre um céu tão derradeiro	在如此终极的天空下,
Porque me entrego em cada fado	我因此舍身给每一首 Fado
Como se fosse o primeiro	仿佛它是第一首歌。
Talvez o fado não me peça	也许 Fado 没有向我要求
Tudo aquilo que lhe dou	我给它的所有东西,
Por isso por mais que o esqueça	所以不论我如何善于遗忘,
Ele não esquece o que eu sou	它不会忘记我。

接下去唱〈时光之歌〉(Fado das Horas) 的 Carminho, 拍摄此段影片时才 19 岁, 已然是呼之欲出的 Fado 歌唱史上的伟大名字:

Chorava por te não ver,	我以前因见不到你而哭,
por te ver eu choro agora,	而今我哭因为见到你;
mas choro só por querer,	我哭,只因为我想
querer ver-te a toda a hora.	时时刻刻见到你。
Passa o tempo de corrida,	时光飞旋而逝,
quando falas eu te escuto,	你说话,我倾听;
nas horas da nossa vida,	在我们生命的时光中,
cada hora é um minuto.	每个小时短似一分钟。
Deixa-te estar a meu lado	紧紧靠近我,
e não mais te vás embora	不要再离去,
para meu coração coitado	好让我可怜的心
viver na vida uma hora	至少能存活一个小时。

这是一首诗人 António de Bragança 爵士写词的摩尔区传统 Fado。压轴的两位男歌者 Ricardo Ribeiro 和 Pedro Moutinho 唱的是 Carlos Conde 作词、José Lopes 作曲的〈阿尔法玛的名声〉(Fama de Alfama)：

Não tenham medo da fama	不要害怕声名狼藉的
De Alfama mal afamada	阿尔法玛区的名声，
A fama ás vezes difama	这名声有时玷污了
Gente boa, gente honrada	善良正直的人们。
Fadistas venham comigo	Fado 歌手们，跟我来吧
Ouvir o fado vadio	听那街上传来的 Fado，
E cantar ao desafio	并且歌唱那挑战
Num castiço bairro antigo	在这独特的老城区。
Vamos lá, como eu lhes digo	来吧，如我所说
E hão-de ver de madrugada	我们将看到曙光，
Como foi boa a noitada	夜晚多美好啊
No velho bairro de Alfama	在老阿尔法玛区。
Eu sei que o mundo falava	我知道，世人不怀好意地
Mas por certo, com maldade	议论我们，
Pois nem sempre era verdade	但他们所说
Aquilo que se contava	并非真相。
Muita gente ali, levava	许多人在那里过着
Viva sã e sossegada	健康平和的生活，
Sob uma fama malvada	在不时溅出污泥的
Que a salpicava de lama	恶名声笼罩下。

感谢网络的发明，YouTube 的存在，让我们打开电脑立刻可以跟这些活生生的演唱联机。

命运之轮与 Fado 唱盘，周而复始回转出新日新声，我们的身心垂悬于歌里，知道命运的唯有 Fado。

2. 柯茵布拉 Fado

葡萄牙 Fado 有两大流派：里斯本 Fado 与柯茵布拉（Coimbra）Fado。

柯茵布拉是位于葡萄牙中部的葡萄牙第三大城（从前曾是首都），有一所"柯茵布拉大学"是欧洲最古老的大学之一。这古老的大学城深具传统，在狭窄、蜿蜒的古老街道与大学建筑间，葡萄牙的文学、诗歌资产，五百多年来，一直被默默珍惜且滋育着。欧洲大学城有一种其他古城所无的特质：它们仿佛在其绚烂的年代，无意中发现了青春永驻的秘方；但它们懂得善用这股青春活力，将之转化为成熟的智慧，在前行者的人文精神和哲学思维之上，注入每一个后起世代的活力、热忱、幻想。到柯茵布拉的人即可强烈感知此种精神。在牛仔裤和 T 恤风行的今日，那里的学生仍骄傲地披着传统的黑斗篷，提着系有代表各学院彩色缎带的书包：黄色代表医学院，红色代表法学院，蓝色代表文学院……。学生们一现身，街道、酒馆、餐馆便增添不少色泽和生气。5 月期末考之后，大四学生们会在户外生火，满心欢喜地烧掉这些彩色缎带，举行所谓的"焚缎带"（Queima das Fitas）仪式。葛洛普在其 1936 年出版的《葡萄牙民风》里提到，"焚缎带"后若干天，"蟋蟀共和国大楼——绘有两只巨大的蟑螂和'Ab Urbe Ondita A. D. 70'的神秘题字——还欢乐地悬挂着一个刍像，两张细枝编成的椅子，一个浴缸，一把吉他，和各式各样最具私密性的家用器皿。这栋建筑一度是教授的居所，但大约 30 年前，学生们一时突发奇想，将他们逐出，自己进住其内，至今都不曾遭到驱赶。"他说，在柯茵布拉大学，英雄崇拜并非建立于运动技能之上，而是授予那些在歌唱、写诗和放纵行径上最浪漫者。

19 世纪末、20 世纪初，就是这样的柯茵布拉大学生撷取了 Fado 的重要元素（这让里斯本"基本教义派"者十分不爽），形塑出他们自己的 Fado 风格。来自各地的学生,把葡萄牙国内的乡间音乐以及巴西民间歌谣带到柯茵布拉,为这个音乐镕炉注添新材料。柯茵布拉 Fado 虽然保留了里斯本 Fado 的形式和乐器等基本元素,但在音乐理念上却有着全新的风貌,改变了其音色和表现手法,创造出一种高度浪漫的声音,兼具抒情和性灵之美,和里斯本 Fado 大异其趣。柯茵布拉 Fado 的演唱者和里斯本那些为了宣泄情感而高歌的公交车司机、理发师、劳工和擦鞋匠,是截然不同的类型。柯茵布拉的歌者咏叹的不是生命之艰辛或爱情之失落,而是学生生活以及对人生的看法,他们在夜间,漫步到城里中世纪古街,向情人唱小夜曲表达爱意,他们歌赞柯茵布拉之美,也述说敏感的艺术家在功利庸俗世界中的苦痛。柯茵布拉的学生自觉地划清两种 Fado 流派的界线,大胆挑战里斯本传统。柯茵布拉 Fado 的歌者都是男士,人们常说它是气质较精致、高雅,风格较温柔、舒缓的 Fado,然而这样的用词并无法精确反映出一个好的柯茵布拉歌者所能显现的壮盛与情感高度。但不管怎样,有一点是柯茵布拉 Fado 和里斯本 Fado 相通的——它依然充满"渴望"(Saudade),那是 Fado 的核心精神。

葛洛普如是定义柯茵布拉 Fado:"是依然保留且珍惜幻想之人,而非唤不回失落幻想之人,所唱出的歌"。1930 年代初他对此一音乐类型的描述,于今读之仍栩栩如生:"在柯茵布拉,Fado 具有全然不同的特质。在此,它不再是平民之歌,它成了沿着蒙德古河(Mondego)河岸或在乔波林园(Choupal)白杨树林间漫步的学生的资产,他们弹着银白的吉他,怀抱梦想高歌。他们清亮、温暖的男高音音色,赋予了歌曲一种更细致、更富情感——更富贵族气息——的质地。在柯茵布拉,Fado 似乎与日常现实和忧虑脱节,以凸显其崇尚性灵的倾向,并且传达出与这座古大学城氛围相呼应的浪漫、朦胧渴望。月圆之夜,你会看见学生披着黑色斗篷,游走于昏暗的白色街道,听见他们唱着〈哭泣之歌〉(Fado Chorado)难以忘怀的曲调。有一回,大约是凌晨两点钟,我被下面街道传来的吉他拨奏声弄醒。这座梯形城市在月光中微微发亮。对街阴暗处,四五名学生靠着墙抬头仰视一扇窗,其中一人随即以温暖的男高音唱出一首古老的柯茵布拉 Fado,充满忧伤的渴望。对我,对任何人而言,音乐往往是一把金钥匙,为你打开感官之门,带你了解斯土斯民内在潜藏的秘密……。那首歌彻夜飘浮而上,向我透露唯有其子民才知晓、才热爱的柯茵布拉精神。"

1920 至 1930 年间是柯茵布拉 Fado 的黄金期,至今我们仍然可以幸运地在唱片上听到当时以梅纳努(António Menano, 1895—1969)博士为首的名家们——譬如歌手贝当古(Edmundo de Bettencourt, 1899—1973)博士、朱诺(Lucas Junot, 1902—1968)博士,吉他手帕雷德斯(Artur Paredes, 1899—1980:葡萄牙当代吉他大师 Carlos Paredes 之父)等——的精彩演出。

梅纳努可谓柯茵布拉 Fado 史上最具影响力的人物,他 11 岁即开始演唱、创作 Fado。1914—1915 年左右,离家到 150 里外的柯茵布拉大学习医。他加入大学里知名的合唱团体"奥菲斯学会",成为第一男高音部的独唱者及训练者,不时在各种场合表演 Fado 及其他歌曲,并随"奥菲斯学会"巡回演出,足迹遍及葡萄牙、西班牙、法国、巴西。1923 年 4 月在马德里斗牛场演唱时,西班牙国王、王后也在场,座无虚席,他演唱的 Fado 让全场着迷,连国王也喊安可,现场没有任何扩音设备,然而他著名的最弱音却清晰可闻,可见听众屏息静听的专注情况。

梅纳努于 1923 年获得医学博士学位,回乡开业。然而,身为歌手、作曲者声名远播的他,绝不可能就此隐退。同一年,他现身里斯本体育馆(Coliseu dos Recreios),在帕雷德斯等好手伴奏下演出。次年,他在同一场所的演唱却引发群众激烈反应,有些人认为他过于背离纯正的传统,另一些人则坚称他唱出了前所未闻的 Fado。1924 年,他也在巴黎演唱,显然比在自己的国家更受赏识。1925 年,他与贝当古、朱诺、帕雷德斯等人,以柯茵布拉"新"Fado 开创者的身分到巴西演出。这群年轻艺术家,虔诚又狂放地,在传统架构内打造全新的 Fado 之声,并且重新诠释乡间的民歌和舞曲,为柯茵布拉 Fado 注入新活力。

1927—1928 两年间,梅纳努在巴黎、里斯本、柏林,为法国 Odeon 公司进行了一段短暂却密集的录音生涯,录制了逾百首歌,此后不曾再进录音室。这些录音使他成为最知名的柯茵布拉 Fado 歌者,他作的许多歌曲,譬如〈希拉里奥之歌〉（Fado do Hilário）、〈乔波林园之歌〉（Fado do Choupal）、〈柯茵布拉老教堂之歌〉（Fado da Se Velha）等，也成为葡萄牙 Fado 经典之作。葛洛普在 1931 年即赞美〈柯茵布拉老教堂之歌〉是他"所知最美的歌之一"，而〈Hilário 之歌〉据说即是梅纳努 11 岁时所作，向英年早逝的前辈 Fado 歌者希拉里奥（Augusto Hilário，1864—1896）致敬/致哀，这首歌把歌者的黑斗篷比做一位女性，伴送其入墓，歌词最后一节相当特异："我愿我的棺木/具有奇异的形状/心之形状/啊,吉他之形状。"仔细一看，原来被圣母合唱团的〈Guitarra〉一曲挪用了。1933 年，梅纳努前往莫桑比克行医，在那儿服务近 30 年，1961 年才回国定居，他最后住在里斯本，直到 1969 年死时。1956 年 10 月，他曾在里斯本农艺学院举行一场演唱会，让人印象深刻。梅纳努原本预定在午夜开唱，却在凌晨两点才抵达会场，然而听众无人离去，依然等候。当时没有灯光，月光如聚光灯照在梅纳努身上，他披着学生斗篷，仿如从天而降。当时报纸写说："在黎明，星月静止的天空下，梅纳努的歌声让 40 年前的柯茵布拉重新升起。"

他最后的两场表演在他去世前两年。第一场在柯茵布拉，6 月 24 日大清早，在柯茵布拉老教堂阶梯顶端，梅纳努唱了四首 Fado；第二场 12 月 6 日在里斯本"罗丹艺廊"开幕式上，梅纳努唱了两首他的名曲：〈鸟之歌〉（Fado dos Passarinhos）和〈焦虑之歌〉（Fado de Ansiedade），许多昔日的柯茵布拉大学生都在场聆听。

与梅纳努并列为柯茵布拉 Fado 双璧的歌手与诗人贝当古，1899 年出生于马德拉（Madeira）岛上的丰沙尔（Funchal）；1918 年，他前往柯茵布拉研习法律。他的音乐才气远远胜过他的法学才能，虽然在唱片卷标和目录上对他都以"博士"相称，但是他从未毕业。有人形容他的歌声是"人类喉咙所能发出的最纯净、最晶亮透明的高音"。1920 年代前半，贝当古定期在柯茵布拉举行黄昏演唱会，并和梅纳努及其他歌手巡回各地演出，很快地在学生群中树立起几近神秘的形象和地位。

贝当古的曲目是 Fado 与葡萄牙民间音乐的结合，在学院的框架内将之改铸，虽然不及梅纳努的曲目广泛，但始终是柯茵布拉 Fado 不可或缺的一环。他留下了好几首极其动人又流行的歌曲,具有强烈的抒情味。有人称他是"第一位伟大的革新者",将亚速群岛、葡萄牙中北部下贝拉(Beira Baixa)、中南部阿连特茹(Alentejo)及其他地区音乐素材引进 Fado,"完美地融合了乡间与都市音乐的语汇",开启了后来 Fado 歌者何塞·阿方索(José Afonso,1929—1987)所走之路。听他录唱的〈下贝拉地区之歌〉(Canção da Beira Baixa)——近乎美声唱法、开嗓高歌的炫技之作——即可充分领受其移植民间传统、再造新境之功。他最有名的作品无疑是 80 多年前写成,今日网络上一搜便可听到的〈想望柯茵布拉〉(Saudades de Coimbra):

Ó coimbra do mondego	啊,蒙德古河岸上的柯茵布拉,
E dos amores que eu lá tive	我有过两次恋情的柯茵布拉,
Quem te não viu anda cego	未曾见过你的人形同盲目行走,
Quem te não amar não vive	不爱上你的人不算活着。
Do choupal até à lapa	从乔波林园到拉帕山上,
Foi coimbra os meus amores	柯茵布拉是我的爱人。
A sombra da minha capa	我斗篷的阴影
Deu no chão, abriu em flores	在地面开出繁花。

这首〈想望柯茵布拉〉,由景入情,盛赞柯茵布拉之美。但有趣的是,真正让"柯茵布拉"这个名字流传全世界的不是任何柯茵布拉 Fado,而是一首由里斯本歌者、Fado 歌后阿玛莉亚唱的歌:〈柯茵布拉〉(Coimbra)。这首歌早在 1930 年代末即由 Raúl Ferrão(1890—1953)写成,但不断被退稿,直到 1947 年才被电影《黑斗篷》(Capas Negras)用为插曲。此片描述柯茵布拉大学生活,片中坠入情网的学生向爱人唱出这首小夜曲。阿玛莉亚虽然是片中要角,但此曲并非由她所唱,一直到 3 年后,当她因美国"马歇尔欧洲重建计划",于 1950 年巡回至都柏林演唱时,法国著名女歌手伊薇特·姬萝(Yvette Giraud)请阿玛莉亚唱几首她钟爱的歌,阿玛莉亚唱了〈柯茵布拉〉

以及另一首 Raúl Ferrão 的歌。姬萝挑了〈柯茵布拉〉，改名〈葡萄牙的4月〉（Avril au portugal），填上新词，翻唱成法文歌，在巴黎、伦敦演唱，风靡了许多听众与乐人。〈柯茵布拉〉从此也成为阿玛莉亚——甚至象征葡萄牙这个国家——的招牌歌，不断被演唱、翻唱，横扫全世界。住在岛屿台湾边缘花莲的我，少年时代即已熟听此歌旋律，近年接触葡萄牙歌史，才赫然明白这是我会哼的第一首葡萄牙歌。此曲葡萄牙语歌词为 José Galhardo 所作，迷人地抓住柯茵布拉这个城市的氛围，告诉我们以乔波林园著称的柯茵布拉大学，将永远是葡萄牙的爱的首都。在这个歌之城，真正的老师是歌者，他们教导梦想的课程；教授们在月亮上，书本是美丽的女子，每一个学生都该用心研读她们，才能通过人生的考试：

Coimbra do choupal	乔波林园所在的柯茵布拉，
Ainda és capital	你永远，永远是
Do amor em Portugal, ainda	葡萄牙的爱的首都。
Coimbra onde uma vez	柯茵布拉，很久前
Com lágrimas se fez	泪水灌溉出
A história dessa Inês tão linda	伊内丝凄美的恋情。
Coimbra das canções	充满歌曲的柯茵布拉，
Coimbra que nos põe	你何其温柔，
Os nossos corações, à luz	将我们的心引向光。
Coimbra dos doutores	教授们的柯茵布拉，
Pra nós os seus cantores	在我们心中，啊歌者
A fonte dos amores és tu	你们是爱的泉源。
Coimbra é uma lição	柯茵布拉是一门
De sonho e tradição	梦想与传统的课，

O lente é uma canção   课程是一首歌：

E a lua a faculdade   月亮是老师，
O livro é uma mulher   书本是女子，
Só passa quem souber   修完该科的学生
E aprende-se a dizer saudade 都学会如何将"渴望"说出口。

歌曲中的伊内丝（Inês de Castro）是14世纪西班牙贵族，其表姊康斯坦丝嫁给葡萄牙王子培卓（Pedro），但培卓竟爱上陪嫁的她，展开了一段凄美的爱情故事。伊内丝遭暗杀，在今柯茵布拉名为"泪之田园"（Quinta das Lágrimas）之地。培卓登基为王后，追封伊内丝为王后。

葡萄牙20世纪独裁者萨拉查（Salazar，他也是柯茵布拉大学毕业生！）领导的右翼政党，极权统治了葡萄牙逾40年（1932—1974），30、40年代间，统治者试图将那些具有理想性、行动力与革命精神等传统的柯茵布拉学生改造成温顺、无活力的学者。我们可从音乐看出端倪：柯茵布拉Fado变得渐离传统根源，有时沦为梦呓甚至哭诉，只是假的诗意，假的抒情味。然而，一直要到50年代末和70年代初，由于几位作曲者/歌者的出现，柯茵布拉Fado才得以重生。其中最耀眼的两位，应属何塞·阿方索和费尔南多·马查多·索睿思（Fernando Machado Soares, 1930— ）。他们延续20年代柯茵布拉Fado黄金期歌者看重传统民谣资产，讲求诗歌文字纯粹性的精神，以时而翻新、时而创新的形式，为Fado注入新的音乐理念，这些生动有力的表现方式，与现代人的品味和感觉十分契合。

何塞·阿方索，一名泽卡·阿方索（Zeca Afonso），在柯茵布拉大学读的是历史和哲学，但一心想要成为歌者。他不只改写了葡萄牙现代的音乐史，也改写了政治史、社会史。9岁前，随父母在安哥拉、莫桑比克住过，后来回到葡萄牙与担任贝尔蒙特（Belmonte）市长、右翼政权坚强支持者的叔叔同住，在此他初识了葡萄牙内部保守的心理状态，让他极其不快，但也接触了贝拉地区的民歌，对他尔后音乐创作有极大影响。1953年他录了他最早的唱片，两张名为《柯茵布拉 Fados》的 45 转单曲唱片，第一张 A 面是他自己作曲的〈鹰之歌〉(Fado das Águias)，B 面是梅纳努的〈孤寂〉(Solitário)。1956 年另一张唱片，名字也叫《柯茵布拉 Fados》。1959 年，在全国各地许多场合，他开始他带有政治与社会指涉的歌曲演唱，这样的音乐风格成为他的标记，渐获劳工阶层与都市居民注意。1960 年，他录制了唱片《秋歌》(*Balada do Outono*)，四曲中第一首即是他写的〈秋歌〉。此曲颇富指标性，跨出传统柯茵布拉 Fado 风格，在看似哀叹衰竭、无生命的自然与季节中，暗含政治的批判：

Águas pasadas do rio	河水流逝，
Meu sono vazio	我空洞的梦
Não vão acordar	不会醒来。
Águas das fontes calai	水源静止不动，
Ó ribeiras chorai	喔河水，哭吧，
Que eu não volto a cantar	哭我不再歌唱。
Rios que vão dar ao mar	注向海的河水啊，
Deixem meus olhos secar	请让我的眼睛干掉。
Águas do rio correndo	河水奔流，
Poentes morrendo	落日西沉
P'ras bandas do mar	于海的边缘。
Águas das fontes calai	水源静止不动，
Ó ribeiras chorai	喔河水，哭吧，
Que eu não volto a cantar	哭我不再歌唱。
Rios que vão dar ao mar	注向海的河水啊，
Deixem meus olhos secar	请让我的眼睛干掉。

有心的听者，一听便知此歌对令人窒息、压制人民表达自由的政权的不满。60 年代，他带着他一首又一首的歌，参与学生罢课、示威、争取民主的运动。

Fado 变成抗议与沟通的一种方式,和美国的民歌十分类似。阿方索将阿玛莉亚〈柯茵布拉〉一曲里爱的学院,从月亮搬到地上,让柯茵布拉 Fado 成为葡萄牙的爱的首都——不只是男女之爱,而且是家国之爱。阿方索告诉我们,柯茵布拉 Fado 照样有能力照应社会正义、自由、同胞爱这些新主题。半世纪后的今天,〈秋歌〉一曲已成为经典,从 YouTube 网站上我们看到,它不只是一首个人唱的歌,也是不同团体、不同阶层竞唱的合唱曲。

索拉电影《Fados》里在"革命"这个段落,播映了阿方索另一首经典〈格兰多拉,黝黑的小镇〉(Grândola, Vila Morena)。1964 年 5 月,阿方索到阿连特茹地区小镇格兰多拉演唱时,得到灵感写了这首歌。萨拉查政府觉得此曲与共产主义有关,禁止其演唱或播放。这首歌又名〈4 月 25 日〉(25 de Abril),因为 1974 年 4 月 25 日午夜,在一片嘈杂声中,葡萄牙电台播出了这首歌,作为反政府军队出发攻占国内重要据点的信号曲,参与行动者枪上都系一朵康乃馨,此即葡萄牙"康乃馨革命",一场终结 40 余年独裁统治的不流血革命:

Grândôla, vila morena	格兰多拉,黝黑的小镇,
Terra da fraternidade	同胞爱之土,
O povo quem mais ordena	人民的意见高于一切,
Dentro de ti, cidade	在你这里,噢城市。
Dentro de ti, cidade	在你这里,噢城市,
O povo quem mais ordena	人民的意见高于一切,
Terra da fraternidade	同胞爱之土,
Grândôla, vila morena	格兰多拉,黝黑的小镇。
Em cada esquina um amigo	每一个角落,都有朋友,
Em cada rosto igualdade	每一张脸上,洋溢着平等,
Grândôla, vila morena	格兰多拉,黝黑的小镇,

Terra da fraternidade	同胞爱之土。

Terra da fraternidade	同胞爱之土,
Grandôla, vila morena	格兰多拉,黝黑的小镇,
Em cada rosto igualdade	每一张脸上,洋溢着平等,
O povo quem mais ordena	人民的意见高于一切。

À sombra duma azinheira	在一棵橡树的树荫下,
Que já não sabia a idade	没有人现在能说出树龄
Jurei ter por companheira	我发誓以之为同伴,
Grandôla a tua vontade	格兰多拉,啊你的意志。

Grandôla a tua vontade	格兰多拉,啊你的意志,
Jurei ter por companheira	我发誓以之为同伴,
Á sombra duma azinheira	在一棵橡树的树荫下,
Que já não sabia a idade	没有人现在能说出树龄。

此首歌四行一环,歌词逆行回旋,环环相扣,就像它赞颂的同胞之爱。YouTube 上,你看到民众们手拉手唱这首歌时,眼泪很难不夺眶而出。

阿方索在他的唱片《秋歌》里,录唱了一首他的同侪索睿思编曲的传统 Fado〈学生之爱〉(Amor de Estudante)。在柯茵布拉大学读法律,职业为法官,今年 80 岁的索睿思,无疑是当今活着的柯茵布拉 Fado 歌者中最伟大的一位。索睿思受古典 Fado 训练,却试着挖掘民俗音乐的根源,将之调理为当代口味,让其能被更多新一代听众接受。这样的转折明显影响了阿方索等同辈歌者。索睿思大学时已随学校合唱团体至葡萄牙各地、欧洲各国、巴西、非洲演唱,还演出电影《葡萄牙狂想曲》(*Rapsódia Portuguesa*),毕业后,弃"乐"从"法",好几年未现身演唱,1961 年随"奥菲斯学会"至美国纽约、波士顿、芝加哥等地表演,大获成功。1974 年"康乃馨革命"后,转任里斯本附近地区法官的他,展开了新的音乐生涯。他开始成为里斯本几家 Fado 屋夜间的常客,最后固定在 Fado 女歌者 Maria da Fé(1945—)开的"酒爷"(Senhor Vinho)这家店,与驻唱的歌者们打成一片,唱他们的歌,也唱柯茵布拉 Fado,以其忽而发出最强音,忽而转为幽微的最弱音的美妙歌声取悦听众。司法部觉得他"白天穿法袍,晚上披黑斗篷"有辱司法形象,但索睿思依然不改其"法官歌手"的双重身分,国内国外到处演唱,2003 年以最高法院法官之尊退休。

他最有名的一首歌——也是最广为人知的柯茵布拉 Fado 之一——是他大学毕业那年所作的〈别离之歌〉(Balada da Despedida)。这首歌可以看到他的一些音乐特色——旋律简单,容易上口,深情而富感染力:

Coimbra tem mais encanto	柯茵布拉更显迷人,
Na hora da despedida.	在离别的时分。
Coimbra tem mais encanto	柯茵布拉更显迷人,
Na hora da despedida.	在离别的时分。
Que as lágrimas do meu pranto	我哀愁的泪水,
São a luz que lhe dá vida.	是给它生命的光。
Coimbra tem mais encanto	柯茵布拉更显迷人,
Na hora da despedida.	在离别的时分。
Coimbra tem mais encanto	柯茵布拉更显迷人,
Na hora da despedida.	在离别的时分。
Quem me dera estar contente	真希望我能高兴,
Enganar minha dor	假装不见痛苦。
Mas a saudade não mente	但渴望并不在意
Se é verdadeiro o amor.	爱情是否为真。
Coimbra tem mais encanto	柯茵布拉更显迷人,
Na hora da despedida.	在离别的时分。

Coimbra tem mais encanto	柯茵布拉更显迷人,
Na hora da despedida.	在离别的时分。
Não me tentes enganar	不要试图用
Com a tua formosura	你的美欺骗我,
Que para além do luar	在月光四周
Há sempre uma noite escura.	始终存在着黑夜。
Coimbra tem mais encanto	柯茵布拉更显迷人,
Na hora da despedida.	在离别的时分。
Coimbra tem mais encanto	柯茵布拉更显迷人,
Na hora da despedida …	在离别的时分……

　　此曲的迷人除了音乐外也来自歌词所呈现的人类共通的情感：爱过方知情深，别离时才发现我们所爱之地最为迷人。与其他较孤高的柯茵布拉Fado不同的是，这首旋律简单的歌诱引每一个听者加入歌唱。伊内丝的泪水，给了柯茵布拉与其歌者，更多的光和生命。

　　我在网络上看到索睿思于2008年5月在"阿玛莉亚音乐奖表演会"上的演唱，78岁的他唱了三首歌：贝当古的〈想望柯茵布拉〉，阿方索的〈秋歌〉，以及他自己的〈别离之歌〉。披着黑斗篷、握着麦克风的他唱最后一首歌时，双手颤抖，然而他的声音依然浑厚。我不知道这一生他唱这首歌多少遍了，但我知道此刻唯有泪水和更多加入的歌声，能彰显音乐所映照的生之哀愁与喜悦。2008年11月14日路透社记者自葡萄牙发出一则消息，说11月12日晚上索睿思在里斯本的Fado屋献唱，他那曾经在法庭上让杀人犯震颤的声音再度响彻Fado屋，让从各地涌来的Fado乐迷内心澎湃，泪流不已。

　　我不知道在里斯本唱这首歌的柯茵布拉歌者，如今该属于葡萄牙Fado的哪一流派。柯茵布拉或者里斯本Fado，在离别时分更显迷人。葡萄牙在你想象而未能到时，更显迷人。

灯火阑珊探卢炎

1. 其乐

卢炎(1930—2008)是寂寞、晚成,又始终多彩、绚烂的作曲家。青冷的火光中徐徐燃烧着的一炉艳丽的风景。

当他师大音乐系同班同学许常惠,1959年从法国留学回台,举行个人作品发表会,发起成立"制乐小集"(1961),领一时风骚,鼓舞、推动台湾现代音乐运动时——在艺专兼课,随萧而化习和声、对位法的卢炎才刚准备要到美国留学。1963年,卢炎搭乘大货船,费时20余天到达美国,在东北密苏里师范学院攻读音乐教育硕士。1965年,他放弃即将得到之学位转往纽约,入曼尼斯音乐学院(The Mannes College of Music)学作曲。在这里,他开始研究巴托克、勋伯格、贝尔格、韦伯恩等现代大师的作品,聆听了从前卫、民谣摇滚、爵士,到百老汇音乐剧等各式音乐,写下了一首为长笛、单簧管、小喇叭、法国号、大提琴与打击乐的《七重奏》(1967)——这是他发表的第一首作品,但已经非常"卢炎"——非调性,多音彩,幽静中孕育热闹的动因。你可以在其中听到他所经历、感受的诸般生命或音乐的色泽、线条(譬如小喇叭的乐句就让人联想到黑人爵士乐手的悲情)。但它们是含蓄而内敛的。它们整个构成一种情境,一种孤寂、自在的音乐流动,一炉冷艳的火焰。

卢炎周末在一家犹太人开的夏休旅馆餐厅打工,赚取学费和生活费。1968年,同在纽约的他的妹夫,恐其将来无法以音乐糊口,强迫他学电脑。1971年,卢炎离开曼尼斯音乐学院。1972—1973年,在市立纽约大学选修作曲和电子音乐的课程,同时于一家小出版社工作。1976年,他回台湾东吴大学客座一年。1977年,又前往美国宾州大学音乐研究所,随洛克博格

(Geroge Rochberg，1918—2005）与克兰姆（Geroge Crumb，1929—）学作曲，于 1979 年获硕士学位回到台湾。这时他已经 49 岁。

  我大概在 1982 年随友人陈家带和作曲家戴洪轩第一次到卢炎住处。陈家带呼戴洪轩老师，戴又是卢炎的学生，然而卢老师却很和善、热忱地同陈家带和我这样的外行后辈谈他喜欢的音乐，谈他自己的作品。单身独居的他生活相当简单：教学，作曲，散步，闲居。他从小就喜欢一个人独处，在南京读高中时因病休学，从收音机上听到了贝多芬的《合唱交响曲》、室内乐及舒伯特的《未完成交响曲》，立志要作曲。他在学琴的妹妹的钢琴上无师自通地作起曲来，由于家住长江畔，内容多与长江有关，包括海鸥、夜间下雨等。那天，在他的住处，他谈到了布鲁克纳，马勒，勃拉姆斯……，跟他们一样，他也是孤寂而充满热情的作曲家。临走，我请求能拷贝他的作品，他后来录给了我根据李后主词谱成的歌曲《浪淘沙》（1973）与管弦乐曲《忆江南Ⅲ》（1982）。少年以来买到、听到的都是西方古典音乐的我，当时非常期盼能听到大陆或台湾作曲家的作品，特别是好的作品。

  这些年来，卢炎的《忆江南Ⅲ》——以及根据同样音乐素材作成的姊妹作《长笛与钢琴二重奏》（1982）——由于被我一遍遍播放，已经成为——起码在我家——中国当代音乐的经典。此曲的结构是典型卢炎式的：始以抑郁、暗晦、紧张的非调性音乐，终以五声音阶式幽静、甜美、平和的旋律。结尾渐慢、渐弱，袅袅远去的乐音，颇令人忆起马勒《大地之歌》曲终，向天上伸延，"永远，永远……"，无止境的呼喊。戴洪轩说此曲开始时一块块音组的出现，像卢炎心中的块垒，"一种不得报偿的热情"，这热情在中段高潮如热血猛然喷出，到了终段则异常平静和美，仿佛月光出来，把一地鲜血照成花朵。标题"忆江南"似乎颇能标志出从大陆来台的卢炎对江南田园幽静之美的记忆，曲首嘈杂的音堆仿佛逃难或空袭的飞机声。然而卢炎告诉我，此曲的产生是由于感情的苦恼，他原来把它作成给长笛与钢琴的二重奏——由引他苦恼的那位女子首演。他甚至把她姓名中的一字藏进标题里。这个曲子是个人与国族记忆／际遇奇妙结合的佳例，是私密的，也是公众的。

此曲五声音阶的段落与克兰姆《鲸鱼的声音》(1971，为扩音长笛、大提琴与钢琴)终乐章抒情的"海的夜曲"——在游移、不安后出现的"澄静，纯粹，净化"——有异曲同工之妙。洛克博格与克兰姆皆喜在作品中拼贴、挪用西方或非西方的音乐材料。洛克博格的作曲风格包含了从巴洛克、古典、浪漫到无调、电子音乐的影响。克兰姆经常从世界各地的民族音乐取材，运用来自不同音乐传统的乐器，驱使特殊的乐器或人声技巧，调制出异国的、新奇的、诗意的音响与氛围。他的作品形式简洁，肌理丰富，充满感性，技法虽然前卫、当代，但精神却是浪漫的。受他们启发，卢炎的作品材料精简，结构精确，却始终从感性出发，他在非调性的基础上，融合音列、调性音乐等各种技术，并加进他从中国诗词、建筑中所体会到的东方精神。卢炎常说他用音符写诗，凭感觉作曲。或有人以为他曲风前卫，曲调古怪，然而他景仰、追求的却是过去的音乐里的重要成就，譬如，"张力和色彩的对比观念，整体构架的均称设计，织度的丰富与巧妙的分配手艺，以及内在感触的深远与细腻的表达方式"。卢炎较少挪用他人或既有的音乐，他在孤寂而敏感的怀炉里，鼎萧中西古今，炮制他自己的火光音色。《钢琴前奏曲四首》(1979)，随兴写来，却仿佛经过精密设计，简洁，悠远，如轻沾水墨的枯笔走过雪地，在听者心上留下空灵的音印。为笛、二胡、琵琶、古筝、打击乐的《国乐五重奏Ⅱ》(1991)，我初听耳朵为之一亮，他融接传统与现代，西方与东方，在重新调弦的二十一弦古筝上做韦伯恩式点描，丝竹金木，虚实断连，音彩迷人。

1993年卢炎与我同时获得"台湾文艺奖"，我因而有机会再接近他，向他要得他大部分作品录音。他得奖作品中，《管弦幻想曲Ⅰ：海风与歌声》(1987)，灵感来自陈达恒春民谣录音，由陈达恒春民谣而联想到海，乐曲模拟海风、海浪之音响，在风浪中飘荡出断续的想象的歌谣声。他另有《管弦乐曲：暝暝曲》(天黑黑变奏曲，1983)，《弦乐四重奏：雨夜花》(1987)，取材台湾歌谣。然而他作的绝非表相、形似的国民乐派作品，他纯化、陌生化了我们原本熟悉，甚至觉得俗烂了的民谣，毁形存神，使之成为他音乐构成中抽象光、影、形、色的一部分。

1996年花莲文艺季，我约他为"诗‧洄澜‧嘉年华"活动中"诗乐新唱"的部分作曲,出乎我意外,他选了我〈家具音乐〉一诗谱曲。我本来以为这首标题来自萨蒂(Satie)、"极简"倾向,故作平淡的诗,并不是那么接近卢炎的音乐风格。但他在诗里读到了寂寞,并且以凝聚、富张力的音乐语言,将之变成卢炎自己的《家具音乐》。卢炎的曲子跟随诗句的反复,用了许多乐句反复的段落,听似单调、却微妙变化着的非调性吟唱,在全诗最后一段转成抒情的五声音阶旋律,把人生的寂寞化解成歌,如光,留在钟声般反复低鸣的最后的和弦里,留在"我留下的沉默里"。卢炎先前曾谱戴洪轩作词的《林中高楼》(1984),以及洛夫诗的《洛夫歌曲 4 首》(1988)。前者抒情而富戏剧性,介于浪漫与表现主义之间;后者,4 首歌样式、内涵各异而皆美,但某些地方似乎不违"中国现代艺术歌曲"传统。我以为卢炎的《家具音乐》翻新了他自己歌乐,乃至于音乐的面貌。

卢炎是极谦和而童心未泯之人,不善言词,不慕名利,每喜欢画一些充满童趣的简笔画自娱。马年生的他喜欢在乐稿空白处画一只驴子作为签名。其"驴而笨"有如逾 30 岁才学作曲,安然恬适,终其一生孜孜矻矻以音符建筑大教堂,以上达天听的布鲁克纳。近年来,卢炎新作不断。《长笛独奏曲》(1995)一反他对密度、对比的追求,随意流走,松适宁静,是别有韵味的佳品。《钢琴协奏曲》(1995)体制颇巨,钢琴琢磨出来的多样音色,让人想起写《鸟志》的梅西安,第一乐章且出现打击乐模仿印度尼西亚"甘美朗"音乐的型态。住在台北近郊山上的卢炎,在阑珊的灯火间,俯看人间,自得其乐——创作,是对他创作最好的回报。

这些年来,很多人跟我一样,在听过从巴洛克到 20 世纪初的西方经典音乐后,很想要找寻更多现代及当代音乐的杰作,很想要找寻是否在东方,在大陆,在台湾,也有能满足我们耳朵与心智,能用纯粹的音符给我们慰藉的作曲家。20 世纪快过去了,寻寻觅觅,觅觅寻寻,蓦然回首,那人却在灯火阑珊处。

2. 其人

和许多 20 世纪的中国人一样,卢炎的生命版图跨越太平洋两边三地。

他从出生、成长的旧大陆,来到岛屿台湾,又到异邦的新大陆求学、探索十余载,近半百之年回到台湾定居。新旧大陆以及脚下的岛屿定义了他生活、学习、工作的疆域,然而他心中却有一张更大的梦的地图,用想象与记忆着色,用抽象的音乐线条勾勒山脉平原河海沼泽。

他是作曲家,一个寂寞、晚成,又始终多彩,绚烂的作曲家。他是一炉火焰,一炉在青冷的光中兀自咏叹着的冷艳的火焰。含蓄而内敛,孤寂而又丰富,自足:在梦的地图徐徐燃烧的冷艳的音乐火焰。

一身孑然,未曾结婚的他,外表冷静,内心炽热。从年少至今,对于音乐与爱的憧憬未曾稍断,70岁的他,木讷害羞的个性依旧:对于音乐,他始终默默、自足地追求、创作着,作品质量之丰,眼前岛上的作曲家少有能与之比者;对于爱情,他始终被动以对,幸运之神未曾全然遗弃他,却也未尝全程陪他走过任何一段爱的旅程。姻缘与现实的乖舛,添加他人生的历练,丰富了他的感受。作曲补实了姻缘与现实所亏欠他的。

16岁,就读基督教苏州圣光中学高一的卢炎,因恶性疟疾与胃溃疡,休学回南京家静养,经常一个人在长江边听音乐。他的姊夫送他一台美制的收音机,在病中,听着中央电台播放的古典音乐,喜爱音乐,想作曲的念头就更浓了。暑假,他报考了南京国立音乐院,没考上,复学回圣光读高一。学校位于苏州齐门外,出了齐门后,是古老的石头路和房子。古老的房子长满了杂草,显得荒凉。有陈旧的石板路,也有鹅卵石铺成的路,一边是运河,一边是围墙。墙上爬满了藤。卢炎走进校门,发现右边一栋房子落地的玻璃窗前,一个女孩正在弹钢琴。长长的头发,姣好的身影。她弹着勃拉姆斯的《圆舞曲》。作品第三十九号之十五。

弹得很美,人也很美。

卢炎立在那儿,不敢惊动玻璃窗内的女孩。那一刻,像梦境,永远定格在他的心中。永恒的美，与爱，与理想的形象。对女性，卢炎并不在寻一个知己，寻一个倾听他的美人（listening beauty），而是寻一个偶像。像神一样。像神，然而有人的躯体，女性的躯体。

卢炎后来才发现，这女孩竟与自己同班。她从上海转来，小学、初中时在重庆仿佛见过，但印象不深，直到开学那天在女生宿舍听见琴声，才惊识伊人。班上只有二三十名学生，但卢炎却一直不敢与她说话。

女孩姓刘，来自有钱人家，父亲是银行总裁，从小学琴，有教养，功课很好。她与卢炎的妹妹颇要好，那时卢炎的妹妹在圣光念初一，因为学校不大，与女孩投缘，一直受她照顾。

她似乎知道卢炎对她的心意，那时高年级有位帅哥很喜欢她，常找她，卢炎身材瘦小，只能躲在一旁。卢炎后来听妹妹说，女孩觉得卢炎很骄傲，因为从不与她说话。其实卢炎是有话说不出，一见她就紧张，不敢付诸行动。只有一回，他偷偷写了句"我爱你"夹在她的《圣经》中，被同学们发现了，惹得她非常生气。

如此同班一年，高二时学校搬到阊门外另一条运河边，女孩就转走了。卢炎后来只要认识其他女孩，总拿她作标准，总觉得没有当年的感觉好。现实与梦幻拔河，胜利的总是昔日的幻想。

17岁，一个女孩走过他眼前，从未与他交往，却让他一辈子不曾再主动追求过女性。

女孩后来据说到英国念书，再到美国，大学毕业后嫁给一个她父亲欣赏的建筑家。多年前在美国一次圣光同学会上，卢炎曾遇见她，还有她先生，一个长得普普通通，老老实实的男人。

*

1963年，33岁的卢炎搭船赴美国，到东北密苏里师范学院攻读音乐教育硕士，1965年，他放弃即将得到之学位转往纽约，入曼尼斯音乐学院学作曲。在这里，他开始研究巴托克、勋伯格、贝尔格、韦伯恩等现代大师作品，并且开始他知感兼备，融合非调性、调性、五声音阶调式的音乐创作。

在曼尼斯音乐学院,卢炎遇到了几位对他不错的美国女同学。

1998年,68岁的卢炎获得第二届"台湾文化艺术基金会文艺奖"时,颁奖给他的他的学生,长笛家樊曼侬女士,曾说过一段有关卢炎的轶事。她说她老师的冰箱里曾经冰存过一朵玫瑰花,直到花都枯萎了,还被他珍藏在那儿——据说是一位美丽的女子送的。

与卢炎在东吴大学同事多年的张己任则说冰箱里冰的不是玫瑰花,而是一粒糖。

1970年,张己任到纽约,入曼尼斯音乐院,当时卢炎仍剩几个科目在修,慷慨地把自己两房一厅、颇为宽敞的房子,分租给张己任。他们像难兄难弟般共同生活了一年多,早餐、晚餐通常都由张己任下厨。张己任有一次发现卢炎的冰箱里有一颗糖,冰放在那儿好久了,卢炎既不吃,也不丢掉。他忍不住问卢炎,卢炎支吾以对,最后才透露是他的一位美国女同学送给他的。

这位女同学名叫"安"(Anne)——长得有点像影星茱丽亚·罗伯茨——是波士顿人,体型很美,气质迷人,卢炎很喜欢她,很景仰她,仿佛二十几年前苏州圣光中学女生宿舍弹勃拉姆斯的女孩染金了头发重现在他眼前。她主修小提琴,卢炎曾在她毕业演奏会时买了一大束红玫瑰送给她,并且为她作了一首迄今未曾发表过的《小提琴与钢琴奏鸣曲》。卢炎在曲中寄托了对她的情意。此曲分三个乐章,第二乐章里有一个分解和弦似的旋律,充满浪漫的幻想。卢炎想象自己对着荒凉古道边,一朵在风中摇曳的小花,徐徐歌唱。安看了他的音乐献礼后,对卢炎说:"Yen, you are a great lover."她觉得卢炎是爱情的圣人,把她想得太崇高了,躲得远远的,不敢接近她。卢炎后来把这段音乐的材料挪用在1988年写成的《管弦幻想曲Ⅱ:抚剑吟》中。

安毕业后到欧洲,加入那儿的乐团,也在那儿结交过男友。几年后回到美国,找卢炎喝咖啡、聊天。不知为什么,与当年的偶像一夕谈后,原来喜欢她的感觉居然消失了。

另有一位同学凯伦(Karen),英裔美国人,家住明尼苏达州,人很聪明,但体型不及安漂亮。她很崇拜卢炎的作曲才能,经常找卢炎一起去听音乐会。卢炎的母亲是颇精明而具威严的女人,卢炎常将自己与班上女同学相处的情形说给她听,她听了后对卢炎说:"凯伦很喜欢你。"卢炎也觉得凯伦喜欢他,胜过安对他的喜欢。安对他也很好,却非凯伦那样的感情。他想,如果安能以凯伦对他的感情对他,那就好了。

曼尼斯毕业后,凯伦偶尔会找卢炎去她纽约的住处过夜,睡在一起,仅止于清谈,没有动作——两个谈得来的老朋友。

在曼尼斯作曲班上和卢炎一起上课的约有五六人,还有一位克里斯廷(Christine)跟卢炎也很好。她是北欧裔的美国人,家住宾州乡下,长得很美,皮肤很白。

1971年,卢炎取得曼尼斯音乐学院的文凭,但仍孜孜于音乐之途,在第二年又进入纽约市立大学的市立学院(City College),选修了一年作曲和电子音乐的课,一边则在一家出版现代音乐曲谱的小出版社工作。有一天,克里斯廷突然打电话他,说她很痛苦,老想撞墙,因为她的男友每次和她作爱时间都很短,让她受不了。之后,克里斯廷约卢炎去她家吃饭。那天晚上,她做了许多东西请卢炎,饭后,她请卢炎坐下,自己跑进去浴室里洗澡,不一会,竟裸体走了出来,拉着卢炎上床。卢炎仿佛坠入雾中,迷糊朦胧间与她作了爱,也记不得自己是如何离去,回到家时已经很晚了。

连续五天,深夜11点,克里斯廷都打电话找卢炎去陪她。有一次,到克里斯廷住处,一上床,卢炎突然觉得失去知觉,听见克里斯廷对他说:"Yen,已经天亮了。"原来自己累得倒头就睡着了。

有天夜里,克里斯廷打电话来,对他说"Yen, I love you"。卢炎对着电话久久不语,不知如何回答。克里斯廷后来想,卢炎可能并不爱她,就散了。

*

1976年,卢炎接到大学同班同学许常惠来信,邀请他回台到东吴大学音乐系任教。在东吴一年,卢炎觉得还是想将作曲学好,于是决定再度出国,去费城宾州大学跟随他心仪的两位作曲家洛克博格与克兰姆。

出国前,樊曼侬介绍一位女学生跟他补习音乐。这女孩当时就读一所教会女中高三,18岁,气质不错,颇富艺术细胞。

她对卢炎非常好,让一向不知如何与女孩子相处的卢炎有点迷惑错乱,也一直对她很好。刚认识时,女孩常跑来东吴,要留在卢炎住处,卢炎总是将她送回女中宿舍。有时她很晚才来,送她回去时女中宿舍已关门,只好推着她翻墙过去。

有一晚她又跑来,卢炎没有赶她走。她跟卢炎说她要洗澡,卢炎只好让她进入浴室。洗到一半,她突然把门打开,要卢炎看她的身体。卢炎吃了一惊,在他眼前,一个18岁女子明媚的胴体……

这是和他有比较亲密接触的女孩。

后来卢炎匆匆出境,女孩也进入东吴音乐系,对卢炎的不告而别颇感生气。她写信给卢炎说要去美国找他,卢炎帮她找好了语言学校等她来,但最后并没有来。她升上大二后,卢炎听说她结交了一名男友,心里很难受,当时正在美国研究马勒的《第九号交响曲》,愈听愈凄惨。

1979年,49岁的卢炎学成回国,女孩已升上三年级,还是经常跑到宿舍找他,虽然她已有男友。在女孩大学生活的后两年,他俩的关系比以前更亲近。她对卢炎的态度颇奇怪,若即若离,忽冷忽热,让卢炎不明就里,无所适从,很是苦恼。据卢炎第一号知己戴洪轩的说法,女孩并不清楚自己的感情,她喜欢卢炎,家人却反对,性情不定,所以想法变来变去。戴洪轩告诉卢炎,若与女孩交往,住在学校宿舍似乎不太适合,卢炎于是搬到天母,搬去后,女孩反而很少来找他。

女孩大学毕业前,请卢炎为她写首长笛曲子作为毕业礼物。卢炎依她长笛程度,平平实实地着手。曲子写到一半,卢炎和她们一起参加毕业旅行。卢炎那时心情很烦闷,回程时,看着车窗外的景色,突然有了灵感,遂记下钢琴伴奏的部分,回去再据之对位出被许多人认为是卢炎最美旋律的那段五声音阶式长笛主题。第一版的《长笛与钢琴二重奏》如是完成。

隔一年,台北市立交响乐团向卢炎要首管弦乐曲,卢炎将《长笛与钢琴二重奏》改编成管弦乐。需要一个标题,卢炎左思右想,将之取名为"忆江南"(《管弦乐曲:忆江南Ⅲ》),把女孩的姓——"江"——嵌进其中。

女孩毕业后嫁给从小认识的她哥哥一位学医的朋友,家人颇为赞同,但听说两人感情并不好。她婚后移居境外,有次回国来找卢炎,但当时卢炎已另有女友。

卢炎至今还记得当年的一个梦,梦见东吴乐团练习后,他去等女孩,等了很久,人都走光了,还是没有看到她。他听到吹长笛的声音,来自远方的房子,很像是宿舍的方向,心里觉得很忧愁,就走向前去。上楼后,在昏黄的灯光下,看见一位白衣女子在吹笛,长得也不像她却觉得是她,叫她也不理,让卢炎很难过。

她是卢炎生命中重要的一个人。

在为《长笛与钢琴二重奏》所写的解说中,卢炎说:"此曲始于(钢琴上)一个带有迷茫感觉的和弦,然后长笛以略带焦躁郁沉的气氛进入……经过一段混合五声音阶的过渡句而进入另一段较平静,放松的伤感。第二段或 B 段,则是以五声音阶为主,好似一个人由有压力的内心走出来,而置身在和谐的大自然中间。第三段是较强烈,急速,紧张的,然后经过渡段,再度进入平静而略带忧伤的 B 段,最后音乐是用渐渐消失的方式,好似一个人慢慢走远,而消失在地平线外。"

消失在地平线外,而音乐长在心中。

*

许多人对卢炎这样的作曲家的内心世界感到好奇,他个性淡泊,不慕名利,木讷内敛,不擅逢迎,却又极端敏感细腻,充满对美好事物的渴望与热情。这样的作曲家寂寞吗?他如何排遣凡人皆有的孤独?他为什么一直单身?他不想成家吗?

对于这些问题,也许卢炎自己也难以回答。

少年以来,他内心即憧憬、渴慕着温柔、美好的女性,但现实生活里,他却一直不敢主动接近、追求她们。对于结婚,多年来只是偶尔想想,很难想象自己和别人长久相处会怎么样。

然而数年前,他却一度考虑过要与人结婚。这是他今生第一次有此念头。

1990年，一位年轻的音乐系学生W，走进他的生命。

她高中念附中音乐班，当时本来想跟也在那儿兼课的卢炎学作曲，人很可爱，卢炎很喜欢和她开玩笑。升上大学音乐系后，三四年级时选卢炎的课，每次看到卢炎都很高兴，卢炎看到她也很高兴。

她家住板桥，和另一名同学一起跟卢炎补习。她对卢炎很好奇，那时卢炎住天母芝山岩，她常来看他，经常送花给他，让卢炎很感动。

第一次送他花之前，她曾约卢炎到动物园去玩，卢炎当时心情紧张如一名初次约会的少年郎。心想，自己只要跟女孩子一说话就完了。

W对他很好，他经常和她出去玩，逛街购物，吃吃喝喝。她对自己主修的钢琴很有志趣，音乐感颇佳。她对卢炎很好，很关心他。他们年龄相距近四十岁，卢炎和她相处，既像师父般照顾她，也像朋友般与她无所不谈。卢炎给我看过一张照片，两个人在盐寮海边玩水时所摄，艳丽灿蓝的海，明亮的笑容。卢炎说那是他一生中最快乐的时光。

她是他生命中第一个正式交往的女孩，来自观念比较传统、保守的家庭。因为社会的压力，她不喜欢将这段感情公开，卢炎就从天母搬到新店山区，以避开熟识的朋友。

大学毕业后，女孩报考东吴音乐研究所，因为没看懂一题半文言、半白话，半台语、半国语的试题，只考到备取。不能在国内读研究所，卢炎就就鼓励她出国深造，帮她申请学校，带她去纽约，借住在卢炎以前的学生家中。后来考上了曼哈顿音乐院。卢炎因为要回国教课，不能留在美国伴她，两人就靠长途电话维持感情。这样通话通了两年，每个月电话费都超过3万元。

她在美国念书2年，很辛苦，因为从来没有离开过家。后来认识了一位来自大陆的同学，与之交往，两人在三四年前结了婚。女孩本以为三人还可以当朋友，可是她先生无法接受这种朋友关系，所以就完全不联络了。

如果当年她留在台湾，故事结局会不会不同？

卢炎本来以为可以和她结婚的，但最后她还是嫁给了别人。对如此结果，卢炎觉得很失落，但早有心理准备，并不后悔带她到美国。回想再回想，和她在一起的日子依旧是他今生最快乐的时光之一,那些年,因为太幸福了,所以很少作曲。这段感情,虽也是被动开始,却让他终生难忘。

分手后,喝了许多红酒,肝就坏了。直到现在,还会听着她当年送的Nanang 的西藏音乐 CD,百听不厌。他说等肝病好了,想去西藏走走。

我请卢炎给我多看一些她的照片。卢炎拿出来一些花的照片,里面都是她送的花。照的时候那些花正艳丽鲜美。照在照片里,那些花,现在看起来,还是一样艳丽鲜美。她们将永远艳丽鲜美。

*

卢炎生在冬天,八字属木,所以取名"炎",用火烤。钻研星象多年的朋友帮他占星,太阳、月亮都落在天蝎座,说这是干到底的性格。

他还有很多事要做。

他想要写一部歌剧。

他想要作首自然的曲子,有风在吹的声音,有雷电的声音,一首幻想曲。

他想要到西藏走走。

他想要对星期六路过他窗口的晚霞吹口哨。

他想要买一包爆米花,想到那一年夏天在海边。

他想要到花莲看陈黎家后面的山合唱〈我的爱是绿色的〉。

他想要写一封 E-mail 给母亲。

他想要爱人。

有一次张己任来花莲,我送他坐飞机回台北,候机时他说了一段有关卢炎的话,我觉得很有意思。他说,就他所知道的范围,在我们这个时代,这个国度,能够用作品表达内心的秘密,能够透过到音乐让我们感受情意、诗意,而不只是一堆音响的,卢炎可能是第一个,甚至说,唯一的一个。

多次演出卢炎歌乐的女高音卢琼蓉说,卢炎的歌很耐唱,愈唱愈有味。

作为听者的我们也要说,卢炎的音乐很耐听,愈听愈有味。

给人世的孤寂温度与爱的音乐。

冷艳,纯青的音乐火焰。

咏叹南管

1

南管是来到台湾的大陆南方传统音乐——相对于北管来自大陆北方。它的原乡是闽南语系的福建泉州,在那儿他们称它叫南曲或南音。小时候在花莲家附近城隍庙榕树下,常看到一群老者聚在一起,吹唢呐,敲锣打鼓,巨大的铜锣上还漆着"花莲聚乐社"几个字。他们演奏的我想一定是北管音乐,因为南管是不用锣鼓的,通常只用管与弦,乐调清悠,不似北管那般喧闹。偶尔迎神赛会,外地来的几个乐人坐在车上,彩伞宫灯,悠悠吹弹起音乐,旁边也许还有一面绣着"御前清客"的彩旗,我想这大概就是南管了。

少年时候,我的西洋音乐史知识是从唱片行的目录以及买到的一张张翻版唱片拼凑起来的,可惜这样的规则并不适用于我的台湾音乐史。上大学后,我很容易买到外文或中译的西洋音乐史专书,却不容易找到一本中国音乐史,遑论台湾音乐史。1978 年,许常惠发起的中华民俗艺术基金会策划了一系列"中国民俗音乐专集"LP 胶质唱片,由第一唱片公司出版。我在台北西门町中华商场的唱片行看到它们。虽然我受巴托克、高大宜(Zoltán Kodály)采集匈牙利、罗马尼亚民歌影响,对民间音乐颇有好感,但我当时的音乐或"血拼"胆识,竟只让我买了其中的《陈达与恒春调说唱》,以及《苏州弹词》两张,而没有买编列第八辑的台南南声社与蔡小月的《台湾的南管音乐》或其他几张台湾原住民音乐。这是第一次我和"具体的"南管音乐擦身而过。

1982 年 10 月,南声社到法国巴黎公演并且录制 LP 唱片,1988 年由法国国家广播电台制成 CD 发行全世界,这一张,以及同一年由岛内歌林公司出版的南声社《梅花操》,是我最早买到的两张南管 CD。

2

指、曲、谱是南管音乐的三个乐种。"指"是套曲,包含二至七支小曲,有词、谱及琵琶指法,通常只演奏而不唱,现存48套,主要有〈自来生长〉、〈一纸相思〉、〈趁赏花灯〉、〈心肝拨碎〉、〈为君出〉五套。"曲"是有词的散篇唱曲,据说至今数量高达1000首,甚至2000或3000首,但从旋律、节拍、调式等的异同,可归纳成二三十种的基本类型。"谱"是器乐曲,无词,有琵琶指法,分成若干乐章,各有标题,现存17套,其中〈四时景〉、〈梅花操〉、〈八骏马〉、〈百鸟归巢〉合称四大名谱。

南管乐器主要有琵琶、三弦、洞箫、二弦,称为"上四管",加上拍板,成为"五音",是南管乐队的主体。另响盏、叫锣、四宝(又名四块)、双铃,称为"下四管"。上下四管可合奏"八音",加上拍板、玉噯(即小唢呐),成为"十音"。演唱"曲"时所用乐器系上四管,歌者居中手持拍板,颇有汉代相和歌"丝竹更相和,执节者歌"之风。演奏器乐曲时,执拍者居于乐队指挥地位,下四管打击乐器的加入往往只在指、谱大曲的最后乐章。

3

初听南管,颇为其所唱之语言所困惑,对照歌词细听,始信其吐出的乃是自己从小到大说的闽南语。原来南管唱的是泉州方言,惟随词曲内容、人物身分的变化,读音有文(读书音)、白(说话音)、方(方言)、官(官话)、古(古音)、外(外来语)之分,幸好绝大多数使用白话语音,使我们今日听之,仍能充分领略其炽烈、鲜活的歌唱内容,享受其词韵收发转折之美。在我补修台湾音乐史唱片学分的过程,我惊讶地发现在车鼓戏、歌仔戏之外,我的母语竟然有如此节制、内敛、细微、深情的声音的艺术!在台湾音乐伟大的调色盘上,它和呼吸宇宙万物气息,充满生命色彩的原住民音乐遥遥相映,是精致、动人的极端。

南管是相当古老的民间音乐,惟起源何时,迄今仍未能确定。晚近,牛津大学龙彼得教授发现了一批失传已久的17世纪南管音乐数据,显示在

16世纪（明朝中叶）南管唱曲已然以今日的面貌存在。历四世纪，而乐人诠释南管的方式几乎未曾变动！这是一种经由口传心授，世代延续的演唱艺术。真正的南管歌者是不唱任何非经口授的歌词的，即便这些歌词已写或印成文字。以蔡小月为例，她唱的每一字，每一句皆是师父们亲口传授的。

南管的演奏者都是业余的乐人，大都来自富有的商人家庭或知识阶层。他们为自己演奏，自得其乐。这样一种民间文化，较之"正统"的士大夫诗乐，犹高一等。盖南方城市，如泉州——马可波罗笔下海上丝路的终点，昔日与近东、中东贸易的中心——生活水平本来就不输北方的都城。南管歌曲使用泉州方言，不受士大夫矫揉诗风的牵制，正是南方资产阶级自信与自尊的展现。

4

由于歌声与它所彰显的语言间的专宠关系，使得"曲"的艺术性高过南管其他两个乐种。和谐、忘我的器乐清奏自然也是一种曼妙的情境，但人声的加入使乐曲添加了一层微妙的张力。

上四管的演奏仿佛室内乐，四重奏。加上歌声的散曲是艺术歌曲，也是室内乐（20世纪无调音乐鼻祖勋伯格的《第二号弦乐四重奏》就加入了女高音）。琵琶是上四管的主导乐器，三弦同步以低沉、互补的音色和琵琶融而为一。洞箫在琵琶、三弦的主旋律上奏出如织锦画般的装饰音，二弦则如影随形，协同洞箫编织音乐背景——简朴的华丽。居中的歌者以拍板击打节拍，指挥乐队。但与其说歌者以拍板指挥，不如说是以其歌声或其"存在"。南管演唱讲究咬字吐词，归韵收音，声音必须饱满圆融，不带颤音。歌者的声音试图模仿琵琶所奏旋律，每个音符清晰吐出，仿佛出自另一把乐器。唇、齿、舌、喉、口、鼻、腹、颚八音反切，表现不同情感。演唱时嘴巴每每半闭，有时甚至全闭！

南管歌曲的内容大多是才子佳人间的情爱，或诉相思别离之苦，或忆昔日恩爱之乐，或咏叹移情别恋之愤、为爱狂喜之境，率皆取材大家熟知的传奇故事，譬如《西厢记》、《留鞋记》……但却有将近一半的歌曲以《荔镜记》——陈三五娘的故事——为题材:官家子弟陈三巧遇黄五娘,佳人掷荔枝传情,陈三喜不自胜,假扮磨镜匠,打破黄家宝镜,卖身为奴……。这是专属于泉州及其文化所播之地的罗曼史,我们从小在台湾歌仔戏、梨园戏中不断见其现身。

德国艺术歌曲大多用钢琴伴奏。英国文艺复兴时代歌曲则多以鲁特琴伴唱,内容与南管一样——爱情。意大利16、17世纪牧歌(madrigal)——譬如蒙特威尔第(Monteverdi,1567—1643)所作——不论其为单音乐曲或复音,无伴奏或器乐伴奏——也多以爱情,甚至性爱为主题。蒙特威尔第有许多五声部、无伴奏的牧歌,其典雅、优美一如南管五音,但在歌词情感的呈现上,则较南管直接而具戏剧性。

5

南管歌曲大多是内心独白,有时突然转成男女主角对话,但仍是同一歌者所唱,并且音色没什么变化,听者只能从歌词判断。不似,譬如说,德国艺术歌曲,可以借钢琴伴奏或人声体察其写实或心理的变化。举费雪狄斯考(Dietrich Fischer-Dieskau)唱舒伯特〈魔王〉为例,同样是一个人唱,他借不同音色、速度,清楚显现歌德诗中四个角色:叙事者的冷静,儿子的惊慌,父亲的无知,魔王的温柔。一首短诗在这里变成一出声音的戏剧。

但南管歌曲绝非单调。它的单纯处正是它自由及微妙处。试听蔡小月唱《西厢记》故事的〈回想当日〉。此曲长近20分钟,歌词是张君瑞与崔莺莺初夜的对话:"回想当日,佛殿奇逢,忘餐废寝,致使忘餐共废寝,两地相思各断肠。喜今宵,喜今宵得接绣闼红妆。消金帐里,消金帐内,且来权作花月场。"张君瑞一开始这段话久旱逢甘霖,有些得意忘形。蔡小月像擦镶嵌画般,逐字擦亮每一块声音马赛克的色彩。这一段她唱了6分50多秒。然后是崔莺莺令人心怜的唱词:"背母私奔都是为恁情钟。汝莫鄙阮是桑中濮上女,乞人耻笑阮是窈窕娘……"蔡小月依然一块一块地擦拭马赛克,但在"背母"与"私奔"之间,唱完"母"之后,她居然"呜"了35秒才迸出"私奔",让我们大吃一惊。这就是南管。由个别鲜明的色块拼成的朦胧画面,不求情节、动作发展的明快,宁愿铺陈气氛、色泽、情调。张崔两人解衣上床后,崔莺莺结尾的这一段唱词只花了 3 分 30 多秒:"嘱东君,恁慢把心慌,念妾身是菡萏初开放,叶嫩秀蕊含香。我未经风雨暴,必须着托赖恁只采花郎。琼瑶玉蕊艳色娇香。惜花连枝爱,爱花连枝惜,东君怎忍扰损花檠。鹊桥私渡谐欢会,颠鸾倒凤顾不得月转西厢,颠鸾共倒凤,顾不得月转西厢。"欲迎还拒,小月唼西厢,静中带动,动中又带静。

6

近年又得南管 CD 多张:除蔡小月与南声社在法国续录的《南管散曲》二、三辑(五张)外,又有台北汉唐乐府南管古乐团录制的五张。这使我有机会聆听更多曲目及不同演奏。我注意到有几首歌曲是两个乐团都收录的:〈感谢公主〉、〈有缘千里〉、〈推枕着衣〉、〈非是阮〉、〈望明月〉、〈遥望情君〉,以及一首器乐曲〈梅花操〉。汉唐乐府颇致力于南管欣赏的推广,两张《南管赏析入门》,录音明晰,演奏动人,不只入门,而且登堂。又结合"梨园舞坊"演出,令我想到当年首演蒙特威尔第牧歌的乐团,那些曼杜瓦(Mantua)的歌者借适当的手势与面部表情,达成一种剧场化的表演风格。听从泉州来的王心心唱〈遥望情君〉,徒歌而无伴奏,转折顿挫间另有一种留白之美。今年 4 月,在花莲文化中心听她以琵琶弹唱王昭君〈出汉关〉,益觉其歌声之清幽曼妙。

有一位朋友几年前从台湾到泉州,傍晚,在所住饭店听到附近庙前有男女老少竞唱南管,入夜不辍。那乐声缓缓传来,穿过泉州街上逐渐增多的车轮声、喇叭声,逐渐上升,如一河流的光,在一切的峰顶。这位朋友曾经在台南南声社秋祭郎君的会上,看到乐人与爱乐人挤在屋子里,或立或坐,饮茶聊天。里面一间小房间,有人开始拨弹吹唱,初寥落,而后渐酣热,直到整个小房间像一个回响不已的音箱。朋友站在小房间一角,感觉自己是巨大历史共鸣的一部分。

精研南管的法国学者 François Picard 在谈到蔡小月的歌艺特质时说,它们"超越了年龄与体能的限制,臻于一种超凡无形的情境,神秘地融合了更多样的体验,更丰实的成熟,展现了某种具体的存在,赋予歌声更宽广的人性质地,使其既超尘又人间,既永恒又真实。"他说的其实不只是蔡小月,而是整个南管——既超尘又人间,既永恒又真实。

生命的河流

——马勒《复活》备忘录

● 马勒,毕罗与《复活》

德彪西和马勒(Gustav Mahler,1860—1911)是横跨19世纪末和20世纪初的两位音乐大师,对20世纪音乐的发展具有深远影响。但德彪西的音乐一直都有广大的听众群,而马勒的作品在1960年代之前,只被少数指挥家、作曲家以及音乐专家所熟知。60年代之后,借由唱片录音之助,马勒才取得乐坛上的正统地位,成为音乐史上重要的作曲家之一。马勒在世时是一位极被肯定的指挥家,但作为一位作曲家,他显然生不逢时,即便他汉堡歌剧院的同僚,首演过好几部当时最前进的作曲家瓦格纳作品的指挥家毕罗(Hans von Bülow),也不能略识其好。马勒全长五个乐章的第二号交响曲《复活》,写作时间经历6年——一直到1894年,毕罗去世,他参加其葬礼,在听到从教堂管风琴坛上传来的德国诗人克洛普斯托克(Klopstock,1724—1803)赞美诗《复活》的合唱后,才仿佛电击般受到感动,完成了附有女声独唱与合唱的最后两个乐章的写作。但讽刺的是他曾在1891年将他名为〈葬礼〉的第一乐章在钢琴上弹给毕罗听,毕罗当时听了说:"跟它比起来,瓦格纳的《特里斯坦》像是一首海顿的交响曲。"又说:"如果我听到的是音乐,那么我再也不敢说我懂音乐了。"

● 马勒作品与生平的重要元素:反讽

马勒的交响曲体制庞大,将19世纪音乐所标志的巨大性发挥到极致。但他同时兼顾诸多细节,使得他的作品有一种亲密性的特质。马勒以过人的天分,将宏伟的音乐架构与室内乐般亲密的气氛融合为一。他企图借由音乐传达出最深刻的哲学问题:人类在自然和宇宙中的地位,以及由此引发的矛盾的人类经验:悲剧,欢乐,动乱,救赎……。世界的欢愉和苦难原本就是互相冲突、相互矛盾的,而马勒透过反讽手法表达此一主题。"反讽"是不断出现在马勒作品与生平与的一个重要元素。在他身上,我们可以很清楚地见到一种"二元性"。最常被提到的一个事例,是他死前一年向精神分析大师弗罗伊德的告解。

据弗罗伊德所记,马勒的爸爸是个很粗暴的人,与妻子的关系并不好,使马勒从小就生活在家庭暴力的阴影下。有一次马勒的父母又开始争吵,马勒受不了便夺门而出,到街上却听到手摇风琴奏出的流行曲调〈噢,亲爱的奥古斯丁〉(即中译〈当我们同在一起〉)。逃出家里的争吵,却在街上听见欢乐的歌谣,这是一种很大的情境转变,此种"人生至大不幸与俚俗娱乐的交错并置",自此即深植在马勒脑中。可以说,马勒在还没认识生命之前,就已认识了"反讽"。

马勒交响曲作品中的"二元性"特质,表现在简单对应复杂、高雅对应俗艳、官能对应理智、紊乱对应抒情、欢乐对应阴霾……等对立情境。他喜欢在乐曲中做很大的情绪转变。马勒曾经表示:一首交响曲就是一个世界,必须无所不包。

● 马勒《复活》:生命的问答

马勒说《复活》交响曲第一乐章〈葬礼〉乃其前一首交响曲《巨人》中的英雄之死亡,亦为其一生之剪影,同时也一个大哉问:"你为何而生?为何而苦?难道一切只是一个巨大、骇人听闻的笑话?"马勒说他对这问题的解答就是最后一个乐章。的确,整首交响曲的目标乃是往最后面两个附有歌曲的乐章推进。第一乐章长大(约20分钟)而剧力万钧,但它并不是一个直截了当的葬礼进行曲,一首悲歌,或像贝多芬《英雄交响曲》那样的挽歌,它要更苦些——它是争辩性的、询问性的,对显然毫无意义、充满矛盾的人生。马勒说奏完这个乐章后,必须至少要有五分钟休息的间隔。

第二乐章是明朗快活的兰德勒舞曲(Ländler,奥地利乡村舞曲),让人想到自然之美,山水、田园给人类的慰藉。马勒说这是对过去的回忆,英雄过去生活中欢乐幸福的一面,纯粹无瑕的阳光。我们知道,马勒这时已在阿特湖畔的史坦巴赫(Steinbach)建了他第一间夏日"作曲小屋"。他在湖光山色间创作,大自然的美景清音尽皆涵化其中。马勒说:"在我的世界中整个自然界都发而为声"——发而为声,赞美那创造它的天主。

第三乐章是令人印象深刻的诙谐曲,在表面诙谐的音乐气氛下,激荡着一股焦躁、难以言述的暗流。马勒说仿佛从前乐章意犹未尽的梦中醒来,再度回到生活的喧嚣中,常常觉得人生不停流动,莫名的恐怖向你袭来,仿佛在远处,以听不见音乐的距离看明亮的舞蹈会场。这个乐章的旋律使用了马勒先前所谱的《少年魔号》歌曲〈圣安东尼向鱼说教〉,是由急促的十六分音符音型构成的"常动曲"。原曲是一首讽刺歌,讲因没有人上教堂而改向鱼说教,众鱼欣然聚集,然而听完后依然旧习难改,贪婪的照样贪婪,淫荡的照样淫荡。马勒没有用其歌词,但原诗的讽刺、戏谑精神在焉。此乐章散发讥诮的幽默,仿佛狂乱的女巫之舞,是马勒式的第一次鬼怪式的诙谐曲:每日的生活在褊狭、忌妒、琐碎中延续,旋转,旋转,无休止地旋转。这首诙谐曲具有更多马勒式的"世俗"风格特色,这是街巷、酒馆式的音乐,粗野、鲁莽、俚俗,虽然今天,隔了一百多年,坐在音乐厅里听它,会觉得还相当高尚、优雅(因为它已经变成经典了!)。马勒是很懂得资源回收,让用过的音乐材料复活、再生的作曲家。《第一号交响曲》的一、三乐章用了两首自己写的《年轻旅人之歌》的旋律。《第四号交响曲》第四乐章〈天国的生活〉的旋律早出现在《第三号交响曲》第五乐章里。《第五号交响曲》第五乐章序奏用了《少年魔号》歌曲〈高知性之歌赞〉开头的主题。《第七号交响曲》第二乐章引用了《少年魔号》歌曲〈死鼓手〉开头的进行曲音型。但他大概没想到,他《复活》交响曲的第三乐章,日后会被别的作曲家回收、再利用。

第四乐章是一个简短的、冥思默想的乐章,非常柔美动人,由女低音唱出以德国民谣诗集《少年魔号》中〈原光〉一诗谱成的歌(请参考我附的中文译词)。其旋律据说是马勒创作中最优美的。这是马勒交响曲中第一个有人声歌唱的乐章。

附有女低音、女高音与合唱的第五乐章,长达 30 多分钟,像是一幅巨大的壁画,描写"末日审判"巨大的呼号,以及随之而来的"复活"。马勒说末日来临,大地震动,基石裂开,僵尸站立,所有的人向最后审判日前进,富人和穷人,高贵的和低贱的,皇帝和叫花子,全无区别。而后,启示的小号响起。在神秘的静寂中,传来夜莺之声。圣者和天上之人,合唱着:"复活,是的,你将复活,/我的尘灰啊,在短暂的歇息后……"。此乐章的歌词,前面是克洛普斯托克的圣诗〈复活〉,后面则是马勒自己所写:"要相信啊,我的心,要相信/你没有失去什么!……/要相信啊:你的诞生绝非枉然,/你的生存和磨难绝非枉然!……/生者必灭,/灭者必复活!/不要畏惧!/准备迎接新生吧!……/复活,是的,你将复活,/我的心啊,就在一瞬间!/你奋力以求的一切/将领你得见上帝!"这就是马勒所说,对于"为何而生?为何而苦?"的问题的解答:对慈爱的天父的信念,对复活后幸福永生的信念。依照这个答案,整首交响曲自然可视作一个自悲剧的人生(第一乐章)、朴实的人生(第二乐章)、冲击性的混乱人生(第三乐章)解放,进而憧憬死亡、追求永生的过程。

但我觉得马勒此曲不仅表现对救赎的信念与希望、对深奥激情的探索,更表现出人类生活的困顿、混乱、欢娱、荒谬、怪诞……。怀疑、绝望和对信念的渴望、信念的恢复形成鲜明的对比。来世的"复活"固然可以期待,如其不然,这可鄙复可爱的人生,应该也有其存活之道。我觉得马勒在前三个乐章里透露给我们很多这样的讯息。因此,我们或许可以换个方向,不要以描绘期待来世"复活"的第五乐章为高峰,而以铺陈、调侃现实混乱人生的第三乐章为中心。这第三乐章的确令人着迷,要不然 20 世纪作曲家贝里奥怎会将它挪用到他的作品里?

● 《复活》的复活:马勒与贝里奥

意大利战后最知名的作曲家贝里奥(Luciano Berio, 1925—2003),1968 年《交响曲》(为管弦乐团与八名独唱者,包括朗诵者)的第三乐章,从头到尾以马勒《复活》交响曲第三乐章谐谑曲为骨干,管弦乐在其上拼贴了从蒙特维尔第、巴赫、勃拉姆斯到勋伯格、韦伯恩、贝尔格、布列兹、史托克豪森等十几位作曲家的作品片段,独唱者和朗诵者复织进一层以朗诵为主的歌词——大多数拼贴自贝克特(Beckett)的小说,不时还可听到"Keep going!"的叫声。此曲因多层、繁复之拼贴手法广为人知,其天真、迷人,瓦解了许多人对20世纪新音乐的敌意。这是贝里奥对马勒的致敬,也是马勒第二号交响曲《复活》的另一种复活。

贝里奥说:"马勒的交响曲启发了这一乐章音乐材料的处理。人们可以把词和音乐的这种联系看成一种解释,一种近乎意识流和梦的解释。因为那种流动性是马勒诙谐曲最直接的表征。它像是一条河流,载着我们途经各种景色,而最终消失在周围大量的音乐现象中。"马勒与贝里奥的这两首交响曲的第三乐章,让我想起诗人痖弦在〈如歌的行板〉一诗中所说的:"而既被目为一条河总得继续流下去/世界老这样总这样……"

最后我放一段四分多钟的影片。我剪辑了马勒歌曲〈圣安东尼向鱼说教〉、交响曲《复活》第三乐章,以及贝里奥《交响曲》第三乐章的片段。各位可以在末尾听到好几次"Keep going!"的声音。"Keep going!"就是继续生活,复活,赖活。这大概也是对人生荒谬、无奈、反讽深有所感的马勒,要传递给我们的生命的答案。

附:马勒第二号交响曲《复活》诗译

● 〈原光〉(*Urlicht*,第四乐章)

O Röschen rot!	噢,小红玫瑰!
Der Mensch liegt in größter Not!	人类在很大的困境中,
Der Mensch liegt in größter Pein!	人类在很大的痛苦中,
Je lieber möcht' ich im Himmel sein!	我宁愿身在天堂。
Da kam ich auf einen breiten Weg;	我行至宽阔路径,

da kam ein Engelein und wollt' mich abweisen.	有天使前来,企图将我遣返。
Ach nein! Ich ließ mich nicht abweisen!	啊,不,我不愿被遣返!
Ich bin von Gott und will wieder zu Gott!	我来自上帝,也将回到上帝,
Der liebe Gott wird mir ein Lichtchen geben,	亲爱的上帝将给我小小的光,
wird leuchten mir bis in das ewig selig Leben!	导引我向幸福的永生!

● 〈复活〉(*Auferstehung*,第五乐章)

CHOR UND SOPRAN   合唱与女高音:

    Aufersteh'n, ja aufersteh'n wirst du,   复活,是的,你将复活,
    mein Staub, nach kurzer Ruh!   我的尘灰啊,在短暂的歇息后!
    Unsterblich Leben! Unsterblich Leben   永生! 那召唤你到身边的主
    wird, der dich rief, dir geben.   将赋予你永生。

    Wieder aufzublühn, wirst du gesä't!   你被播种,为了再次开花!
    Der Herr der Ernte geht   收获之主前来
    und sammelt Garben   收割死去的我们
    uns ein, die starben!   一如收割成捆的谷物!

                                                              (以上 Klopstock 诗)

ALT   女低音:

    O glaube, mein Herz! O glaube: 要相信啊,我的心,要相信:
    Es geht dir nichts verloren!   你没有失去什么!
    Dein ist, ja Dein, was du gesehnt,   你拥有,是的,你拥有渴求的
    Dein, was du geliebt, was du gestritten!   一切,拥有你钟爱、力争的一切!

SOPRAN   女高音:

    O glaube: Du warst nicht umsonst geboren!   要相信啊:你的诞生绝非枉然,

Hast nicht umsonst gelebt, gelitten! 你的生存和磨难绝非枉然！

CHOR UND ALT 合唱与女低音：

Was entstanden ist, das muss vergehen! 生者必灭，
Was vergangen, auferstehen! 灭者必复活！
Hör auf zu beben! 不要畏惧！
Bereite dich zu leben! 准备迎接新生吧！

SOPRAN UND ALT 女高音与女低音：

O Schmerz! Du Alldurchdringer! 啊，无孔不入的苦痛，
Dir bin ich entrungen! 我已逃离你的魔掌！
O Tod! Du Allbezwinger! 啊，无坚不摧的死亡，
Nun bist du bezwungen! 如今你已被征服！
Mit Flügeln, die ich mir errungen, 乘着以炽热的爱的动力
in heißem Liebesstreben 赢得的双翼，
werd' ich entschweben zum 我将飞扬而去，
Licht, zu dem kein Aug' gedrungen! 飞向肉眼未曾见过的光！

CHOR 合唱：

Mit Flügeln, die ich mir errungen, 乘着赢得的双翼，
werde ich entschweben! 我将飞扬而去！
Sterben werd' ich, um zu leben! 我将死亡，为了再生！
Aufersteh'n, ja aufersteh'n wirst du, 复活，是的，你将复活，
mein Herz, in einem Nu! 我的心啊，就在一瞬间！
Was du geschlagen, 你奋力以求的一切
zu Gott wird es dich tragen! 将领你得见上帝！

（以上马勒诗）

延长音

诗人与指挥家的马勒对话

——陈黎 vs. 简文彬

这次的主题很清楚,就是"马勒"。

用笔创作的陈黎与用指挥棒创作的简文彬,相遇在台湾爱乐交响乐团的排练室。

对谈当天(2004 年 9 月 18 日)是台湾爱乐交响乐团演出"马勒系列"第一场音乐会的前夕,早上刚经过多次排练的排练室,挑高两层楼的空间里,似乎仍残留着许多马勒的音符。

工作了一早上、有点倦容的简文彬,为了让自己放轻松,特地换上短裤拖鞋,与特地从花莲北上、在要去台南当文学奖评审的路上抽空参加对谈的陈黎,脚上带着旅尘的拖鞋,还真是两相辉映。

其实两个人只通过一次电话,但对于对谈的邀约,一听是对方,一听题目是"马勒",随即答应。陈黎极忙,在教书与文学活动间奔波,却是个极重度的古典乐迷,为了对谈,预先做的功课,竟已有上万字。

简文彬说自己之所以对马勒感兴趣,是源于学生时代看的李哲洋翻译的威纳尔(Vinal)的《马勒》一书,说时迟那时快,陈黎就从书包里翻出同样一本、看来颇有历史的李哲洋译的《马勒》,当下,相视莞尔。

陈　黎——是什么样的想法,让你想把马勒介绍给台湾观众?
简文彬——基本上,我觉得"马勒"这两个字就很"屌"!

陈——在台湾,从来没有过这么密集地演出马勒一系列作品,这次可说是破天荒之举,是什么样的想法,让你想把马勒介绍给台湾观众?

简——基本上,我觉得"马勒"这两个字就很"屌"!读艺专的时候我们都会胡思乱想,除了自己的乐器之外,会想接触一些很"酷"的东西,像哲学、史宾诺沙之类的,事实上也不懂他讲些什么东西,但是就觉得要去看。我觉得马勒也是扮演这样的角色,但是他的音乐很长,那个时候根本就听不完。

第一次真正接触马勒是去看市立交响乐团的排练,那时只觉得"音乐很长"。后来自己在乐团里演奏马勒《第一号交响曲》,负责打锣,但那个时候对马勒并没有什么特别的感觉。

当学生的时候,我就开始听一些马勒的作品,但听不下去,常常听一听就睡着了。我接触到李哲洋翻译的《马勒》之后,却欲罢不能地一直看下去,还在书旁写或画了一大堆心得。等到比较老一点,思绪慢慢拉得比较长、想得比较多,就开始觉得自己有一点点可以去欣赏马勒的作品。

到了维也纳后,有一次到郊外去看马勒的墓碑,受到很大的震撼。我还记得那天是礼拜天早上,天气有点阴阴的,墓碑上写着"Gustav Mahler, 1860—1911",我整个人呆住了。

在李哲洋译的那本书中,把马勒写得多伟大,死后大家多伤心,还有儿童合唱团来为他演唱,但是马勒的墓碑却只简简单单告诉你:"我叫Gustav Mahler",完全不跟你废话,我觉得这太厉害了。那个时候心里满激动的,我们还做了一件蠢事,拿了纸写上"某某某到此一游,希望某年后还可以再见马勒的墓碑",然后用香烟外面的塑料套把纸包起来,塞到坟墓旁边。

在维也纳看了很多表演,发现维也纳的同时,也开始认识马勒。虽然维也纳国立歌剧院经历二次大战破坏后重建,已经不是马勒当时演出的舞台,但毕竟还是在这个地方,维也纳音乐厅也挂了一个马勒的浮雕像,就这样觉得自己慢慢在接近马勒中,那时我才真正地去听马勒的音乐。

当时我就开始想"以后一定要在台湾要弄一次马勒",但是当时的想法其实是想要看到很多乐团、指挥、歌手,大家来弄一个马勒音乐节,就像1920年在阿姆斯特丹举行的第一次"马勒音乐节"一样,那次的演出很惊人,几乎每两天就表演一部作品,非常密集。

我觉得马勒是一个里程碑。就像贝多芬的九大交响曲衔接了古典与浪漫,并拓展出未来的路,到了马勒又做了一次收成,导引出一些不同的路。

陈——1971年,意大利导演维斯康堤(Luchino Visconti)改编拍摄德国小说家托马斯·曼(Thomas Mann)的《魂断威尼斯》,书中本来叙述一位年老的作家,为了一个少年,不顾瘟疫,坚持逗留于威尼斯,维斯康堤将作家改成音乐家,电影配乐从头到尾都使用马勒《第五号交响曲》第四乐章,显然有强烈的马勒影子存在。这部电影在好莱坞试片时,制片听到配乐觉得很不错,问是谁作,旁边的人答说马勒,制片说:"下周找他来签约。"那时马勒早已不在人世!可见马勒在1970年代的美国也还未广为人知,我们现在演出马勒系列,其实也不算晚。

陈　黎——如果要到一个荒岛上,你会选择带马勒的哪一部交响曲去?

简文彬——大概是《第十号交响曲》吧!因为它让你有想象的空间。

陈——马勒的作品以"冗长"见称,在你涉猎马勒的过程中,是从哪些作品开始一步步接触马勒?

简——一开始接触马勒是因为《大地之歌》,觉得这首歌真是太厉害了,里面采用了很多中国的诗词,先是被翻成法文,后又被翻成德文,但是很有趣的是,歌曲的基本意境依旧存在。

　　刚开始我是先接触纯器乐作品,像第一号、第五号这样比较热闹的交响曲。歌曲是在我到维也纳之后,帮一些声乐学生伴奏,觉得马勒的作品很难弹,于是开始去找一些资料。像《大地之歌》,马勒就曾经写过两个版本,一个是专门写给钢琴伴奏,以前的音乐学者对这份文献的设定有点偏差,认为这份乐曲只是钢琴总谱,可是后来经过推敲,找到其他资料佐证,马勒真的有心要谱一首给两个歌手及钢琴伴奏的版本。钢琴伴奏的版本跟现在的版本有很大的差别,有的甚至整段曲调都不一样,我当时研究这些资料,就觉得很有趣。

　　经由伴奏的过程,我才开始去接触马勒没有被编成管弦乐的曲子,后来简直爱死《年轻旅人之歌》与《吕克特之歌》。

陈——你觉得马勒的哪些作品是你很喜欢而且觉得很"安全",可以推荐给听众当作接触马勒的入门音乐?

简——《年轻旅人之歌》应该是不错,你觉得呢?

陈——我自己也满喜欢的。

简——一开始叫大家听《千人交响曲》(第八号交响曲)应该会"ㄅㄨㄚˋ"起来(吓到了)。

陈——我也很喜欢《吕克特之歌》,尤其是其中的〈我被世界遗弃〉,歌词本身就很深刻。但我的最爱还是《年轻旅人之歌》,《年轻旅人之歌》的歌词只有第一首是从德国民谣诗集《少年魔号》转化而成,其他都是马勒自己写的,像〈我爱人的两只蓝眼睛〉写着:"一棵菩提树立在路旁,/那儿,我第一次,安然入睡。/躺在菩提树下,落花/洒在我身上,/我忘却了生命的沧桑,/一切都复元了!/一切,一切!爱与哀愁,/与世界,与梦!"这真迷人,而且很"安全",可以听得懂,听得喜欢。我推荐这部作品。

如果要到一个荒岛上,你会选择带马勒的哪一部交响曲去?

简——大概是《第十号交响曲》吧!因为它让你有想象的空间,马勒留下的手稿中,只能算勉强完成了第一乐章。还有像《大地之歌》最后一乐章也很厉害,惨到不得了;以及《吕克特之歌》的〈我被世界遗弃〉。看起来好像我比较黑暗面,都喜欢这种比较惨的音乐。

陈　黎——就算以今日后现代的标准来看,马勒的音乐依旧让人感受强烈,他并置、拼贴了许多的不同事物。

简文彬——我觉得是因为那个时候没有电影,马勒的音乐是有故事、画面的。

陈——提到马勒,我们的印象似乎停留后期浪漫主义庞大编制的乐曲,但是马勒所创作的庞大交响乐中,同时又兼顾了许多小细节,使得他的作品有一种亲密性的特质。马勒的天才,结合了宏伟的音乐架构与室内乐般亲密的气氛,我觉得这是马勒与其他后期浪漫主义作曲家很不同的地方。

　　在马勒的作品或生平中,我们可以很清楚地见到一种"二元性",而这其中被提到最多的,则是他死前一年向精神分析大师弗罗伊德的告解。马勒的爸爸是个很粗暴的人,与妻子的关系并不好,使马勒从小就生活在家庭暴力的阴影下。有一次马勒的父母又开始争吵,马勒受不了便夺门而出,到街上却听到手摇风琴奏出的流行曲调〈噢,亲爱的奥古斯丁〉(即中译〈当我们同在一起〉)。逃出家里的争吵,却在街上听见欢乐的歌谣,这是一种很大的情境转变,此种"人生至大不幸与俚俗娱乐的交错并置",自此即深植在马勒脑中。可以说,马勒在还没认识生命之前,就已认识了"反讽"。

我上次看一部影片,提到幼年马勒的第一首习作,前半部用了"送葬进行曲",后半部用了"波卡舞曲",可见他小时候就知道生命的矛盾与冲突,"二元性"的标志从小就贴在他的作品中。"二元性"表现在马勒很多作品上,如简单与复杂的并置、高雅对应俗艳、混乱对应抒情、狂喜对应郁闷,他有很多旋律是很官能的,但目标却是想理智地传递某些东西。

作为一个音乐家,马勒这种"二元性"特质,对你在诠释他的作品时,有没有什么意义存在?

简——在布鲁克纳时期就已经有"二元性"的做法,像他会在一段段农村欢乐气氛的音乐中,突然出现神圣的管风琴音乐,布鲁克纳自己形容"就像是在乡村中遇见一个教堂"。

陈——我们现在讲到马勒的第一号交响曲《巨人》,会觉得很热闹,但在当时首演时,观众的反应却很冷漠。在《第一号交响曲》中,先是呈现森林般的舒缓乐曲;但到了第三乐章,马勒居然把波西米亚的民谣〈两只老虎〉,转成怪诞的送葬进行曲;送葬曲完了之后,又突然出现醉酒般的摇摆节奏,当时的听众觉得这样的乐章实在太怪异了。就算以今日后现代的标准来看,马勒的音乐依旧让人感受强烈:他并置、拼贴了许多的不同事物。

简——我觉得是因为那个时候没有电影,马勒的音乐是有故事、画面的。

陈——你觉得马勒的音乐是比较偏向标题,还是比较纯粹、抽象?

简——有人说马勒的音乐是"指挥的音乐"(Kapellmeistermusik),我比较能体会这种感觉。在马勒的作品中,有一个很重要的关键,就是他同时身为一个职业指挥的经验,而且是在大型歌剧院里面。在指挥的时候,头脑必须非常冷静,因为指挥家必须主控全场,马勒不但有这些经验,而且他非常清楚效果,知道怎么去营造气氛。

虽然马勒的《第一号交响曲》首演并不成功,但他自己也在修正,后期的曲子首演都蛮成功的,《第八号交响曲》就更不用说了,根本是欢声雷动。

陈——我觉得每个时代、每个阶段都有可能重新去"再发现"一个作曲家,像《第五号交响曲》成了维斯康堤电影中的配乐,因而受到欢迎。前几天我看了伍迪·艾伦的《大家都说我爱你》,片中茱莉亚·罗伯茨饰演一个对婚姻不满的女子,而伍迪·艾伦的女儿正巧偷听到她与心理医师的谈话,所以知道茱莉亚内心所有的想法。在女儿帮助下,离婚的伍迪·艾伦开始追求茱莉亚·罗伯茨。电影中有一幕是伍迪·艾伦假装巧遇茱莉亚·罗伯茨,并在谈话中提到自己喜欢古典乐,特别是马勒的《第四号交响曲》,以投茱莉亚·罗伯茨所好。伍迪·艾伦是个讽刺家,他在编写这句台词时,当然也是在讽刺那些对马勒《第四号交响曲》充满浪漫想法的人。但这种讽刺未必适合台湾,在台湾的听众还没有充分听过第四号交响曲之前,这种讽刺没什么意思。所以我觉得举办"发现马勒"系列很好,这几乎是一生的功课。

在马勒的交响曲中,第七号的评价很特别。1902 年马勒跟爱尔玛结婚,这应该是他生命中最愉快的阶段,可是他却写下了第五号、第六号、第七号这样具有强烈悲剧预感的乐曲。我本来没有特别注意《第七号交响曲》,直到有一次在小耳朵上看到阿巴多在 2001 年指挥柏林爱乐的演奏,吓了一跳,觉得这音乐非常纯粹、音乐性很高,跟马勒其他作品不同,真是迷人。在我自己发现马勒的过程中,第七号是让我觉得很棒的一部作品。

为什么我会觉得《第七号交响曲》迷人?其实就像我自己写诗一样,我在 1980 年以〈最后的王木七〉得到时报文学奖诗首奖,诗中描写了矿工们愁惨的生活以及宿命的认知。那时可能还年轻吧!年纪增长后觉得艺术这东西,不能,也不必负担太多现实或政治的使命。内心的抽象表现是艺术很重要的部分,当诗的声音、韵律、气氛都营造好后,就是自身俱足的作品,很好的艺术了。所以当我听到《第七号交响曲》这样纯粹的音乐时,觉得实在很棒。

我听阿巴多指挥的第七号,一听到第四乐章马勒把铜管乐器、打击乐器都拿掉,改加上曼陀铃和吉他,我心里就浮现:"这是韦伯恩!"后来重看李哲洋译的《马勒》,才知道这个乐章预告了韦伯恩作品10《五首管弦乐小品》的音响。马勒对音色的开发,明显地影响到勋伯格、韦伯恩、贝尔格这些20世纪的现代音乐作曲家。

你觉得马勒的音乐是比较多19世纪末的"后期浪漫派音乐",还是20世纪初的"表现主义音乐"?

简——我觉得马勒承接了19世纪发展的成果,并为未来留了好几条大道,就像他自己也讲"我的时代终于来临了"。以实际面来说,马勒有一个我满尊敬的地方,就是他在维也纳宫廷歌剧院担任总监时,提携了非常多人,这很了不起。

陈——我觉得以词曲来看,马勒比较多是19世纪的浪漫主义,还没有像无调性这么绝对的作品产生,但是如果他再活下去的话,我相信他的音乐会跟20世纪崭新的表现方式不谋而合。

讲到《第七号交响曲》,据说马勒当初一直担心乐团的管乐首席没办法把第七号交响曲处理好。

简——对呀!因为铜管很重,所以通常管乐会在第一部加一个助理,可是马勒在指挥《第七号交响曲》的时候,要求第一部、第三部都要加助理,完全是没有信心。

陈——时代隔了一百年,这种担心会不会比较少一点?

简——当然会！不要忘记马勒第一次首演是在东欧的布拉格，如果跟当时的维也纳爱乐比起来是比较差。

陈——马勒在音乐中描绘了很多鸟的声音，而梅西安更是号称"鸟人"。你觉得这两个人可以相比较吗？

简——这样的比较很有趣，但在音乐上我想两人还是不同。梅西安的音乐从管风琴出发，讲求音乐的"色泽"，而马勒作曲则是完全走实际面，讲求与管弦乐团的互动。

陈——对于诠释马勒，你有没有什么自己的心得或观察？

简——就是一直把马勒的东西装进脑子，这样就更能了解他的背景、思想。其实最重要的还是形式问题，作一个指挥很重要的是要能掌控全曲，如果心忽然不见了，就会不知道怎么接下去，这很恐怖。在碰到乐团之前，指挥家就已经要完全掌握曲子了，有时候是自己敲键盘、有时候是听别人演奏，透过这些方法来增加对曲谱的掌握。

陈——爱尔玛对马勒的音乐有很大的影响，而梅西安夫人罗丽欧（Yvonne Loriod）则是梅西安音乐的首演者。你觉得这两个人可以相比较吗？

简——这样的比较很有趣，但在音乐上我想两人还是不同。梅西安的音乐从管风琴出发，讲求音乐的"色泽"，像陈郁秀（钢琴家）说她在法国上梅西安的乐曲分析，第一堂课梅西安就在钢琴上任意弹一个音，然后问他们这是什么颜色。而马勒作曲则是完全走实际面，讲求与管弦乐团的互动，他的作品中不会出现那种没办法演奏的东西。

陈——像梅西安那种神秘主义者，跟马勒的悲观神经质，当然是很不一样，但他们都很在意音色。马勒很少像瓦格纳或布鲁克纳一样，动辄让所有乐器齐奏高鸣，力量全出，他往往把力量分成好几股，在适当时候再发挥全力，造成更精彩的对比效果。

简——马勒跟梅西安都很重视音色，但是出发点不一样。梅西安是在找一个声音，可是马勒是用音色来表达他的情感。马勒常常会要求管弦乐手把乐器举起来，让声音忽然变得很亮，这不只是为了作秀，而是一个"表情记号"。像《大地之歌》就有碰到这种情况，小喇叭必须表现一个不可能吹出来的低音，这时马勒忽然要乐手把喇叭举高，用动作来表达音色。马勒用所有的媒介在传达他的感情，不论是管弦乐的乐器、动作或音色。

陈——感谢你让我们有机会发现马勒。

简——我觉得这是一个接轨的问题，马勒系列人家1920年就做了。像梅西安的《爱的交响曲》(《图兰加丽拉交响曲》)已经首演了50多年，我们这边还没听过，更别说我们还有更多的音乐没听过，所以，我想要多介绍这样的音乐。

马勒艺术歌曲三首诗译

● 〈我爱人的两只蓝眼睛〉/马勒(Mahler)诗
  (*Die zwei blauen augen von meinem Schatz*)

Die zwei blauen Augen von meinem Schatz,	我爱人的两只蓝眼睛,
Die haben mich in die weite Welt geschickt.	把我驱往广袤的世界。
Da mußt ich Abschied nehmen vom allerliebsten Platz!	我不得不告别我深爱的这地方!
O Augen blau, warum habt ihr mich angeblickt?	噢蓝眼睛,为什么望向我?
Nun hab' ich ewig Leid und Grämen.	使我如今永感哀愁和忧伤。
Ich bin ausgegangen in stiller Nacht	我出发,步入宁静的夜,
Wohl über die dunkle Heide.	走过石楠丛生的黑野,
Hat mir niemand Ade gesagt.	没有人跟我话别。
Ade! Mein Gesell' war Lieb' und Leide!	别了!我的同伴是爱与哀愁。
Auf der Straße steht ein Lindenbaum,	一棵菩提树立在路旁,
Da hab' ich zum ersten Mal im Schlaf geruht!	那儿,我第一次,安然入睡!
Unter dem Lindenbaum,	躺在菩提树下,
Der hat seine Blüten über mich geschneit,	落花洒在我身上,
Da wußt' ich nicht, wie das Leben tut,	我忘却了生命的沧桑,
War alles, alles wieder gut!	一切都复元了!
Alles! Alles, Lieb und Leid	一切,一切!爱与哀愁,
Und Welt und Traum!	与世界,与梦!

● 〈我被世界遗弃〉／吕克特（Rückert，1788—1866）诗
　（*Ich bin der Welt abhanden gekommen*）

Ich bin der Welt abhanden gekommen,	我被世界遗弃，
Mit der ich sonst viele Zeit verdorben,	为它我曾耗费许多时光；
Sie hat so lange von mir nichts vernommen,	它如此久没有我的消息，
Sie mag wohl glauben, ich sei gestorben.	可能以为我已经死亡！

Es ist mir auch gar nichts daran gelegen,　　我也丝毫不在意
Ob sie mich für gestorben hält,　　　　　　它是否以为我死了。
Ich kann auch gar nichts sagen dagegen,　　我也不会对此提出异议，
Denn wirklich bin ich gestorben der Welt.　因为对世界我确已死了。

Ich bin gestorben dem Weltgewimmel,　　我被世界的喧扰遗弃，
Und ruh' in einem stillen Gebiet.　　　　歇息在一平静之地。
Ich leb' allein in mir und meinem Himmel,　我独自活在我的天空，
In meinem Lieben, in meinem Lied.　　　　活在我的爱，我的歌。

● 〈圣安东尼向鱼说教〉／少年魔号（*Des Knaben Wunderhorn*）诗
　（*Des Antonius von Padua Fischpredigt*）

Antonius zur Predigt　　　　圣安东尼去讲道时
Die Kirche findt ledig.　　　教堂内空无一人。
Er geht zu den Flüssen　　　他跑到河边
und predigt den Fischen;　　向鱼说教；
Sie schlagen mit den Schwänzen,　它们轻摇尾巴，

Im Sonnenschein glänzen. 阳光下闪闪发亮。

Die Karpfen mit Rogen 鲤鱼带着它们的
Sind allhier gezogen, 鱼卵，一起拥过来，
Haben d'Mäuler aufrissen, 嘴巴张得开开的，
Sich Zuhörens beflissen; 好听得更清楚；
Kein Predigt niemalen 从来没有任何讲道
Den Fischen so g'fallen. 让鱼们如此快乐。

Spitzgoschete Hechte, 长着斑点，好勇
Die immerzu fechten, 善斗的梭子鱼，
Sind eilend herschwommen, 也急急赶过来
Zu hören den Frommen; 听圣人说教；

Auch jene Phantasten, 即使那些长年
Die immerzu fasten; 斋戒的怪类，
Die Stockfisch ich meine, 我是指鳕鱼，
Zur Predigt erscheinen; 也来听讲道；
Kein Predigt niemalen 从来没有任何讲道
Den Stockfisch so g'fallen. 让鳕鱼如此快乐。

Gut Aale und Hausen, 纤小的鳗鱼和鳟鱼，
Die vornehme schmausen, 那些细致的饮食者，
Die selbst sich bequemen, 悠闲地横卧着
Die Predigt vernehmen. 加入聆听的行列。

Auch Krebse, Schildkroten, 还有螃蟹及乌龟，
Sonst langsame Boten, 平日行事慢吞吞，
Steigen eilig vom Grund, 也从海底窜出来

Zu hören diesen Mund:	聆听他的说教：
Kein Predigt niemalen	从来没有任何讲道
Den Krebsen so g'fallen.	让螃蟹如此快乐。
Fisch große, Fisch kleine,	大大小小的鱼，
Vornehm und gemeine,	不管身分高低，
Erheben die Köpfe	全都昂起头，像
Wie verständge Geschöpfe:	智者般聆听教诲：
Auf Gottes Begehren	如上帝所愿，
Die Predigt anhören.	它们聆听讲道。
Die Predigt geendet,	但讲道一结束，
Ein jeder sich wendet,	个个转身而去，
Die Hechte bleiben Diebe,	梭子鱼照旧偷窃，
Die Aale viel lieben.	鳗鱼依然好色。
Die Predigt hat g'fallen.	它们喜欢听讲道，
Sie bleiben wie alle.	却全都依然故我。
Die Krebs gehn zurücke,	螃蟹依然横行，
Die Stockfisch bleiben dicke,	鳕鱼依旧愚蠢，
Die Karpfen viel fressen,	鲤鱼依然塞饱自己，
Die Predigt vergessen.	全都忘了训诲。
Die Predigt hat g'fallen.	它们喜欢听讲道，
Sie bleiben wie alle.	却全都依然故我。

春夜听《冬之旅》及其他

——舒伯特歌之旅

春夜听冬之旅
——寄费雪狄斯考

这世界老了,
负载如许沉重的爱与虚无;
你歌声里的狮子也老了,
犹然眷恋地斜倚在童年的菩提树下,
不肯轻易入眠。

睡眠也许是好的,当
走过的岁月像一层层冰雪
覆盖过人间的愁苦、磨难;
睡眠里有花也许是好的,
当孤寂的心依然在荒芜中寻找草绿。

春花开在冬夜,
热泪僵冻于湖底,
这世界教我们希望,也教我们失望;
我们的生命是仅有的一张薄纸,
写满白霜与尘土,叹息与阴影。

我们在一撕即破的纸上做梦,

不因其短小、单薄而减轻重量；
我们在擦过又擦过的梦里种树，
并且在每一次难过的时候
回到它的身边。

春夜听冬之旅，
你沙哑的歌声是梦中的梦，
带着冬天与春天一同旅行。

注：1988年初，在卫星电视上听到伟大的德国男中音费雪狄斯考（Dietrich Fischer-Dieskau, 1925—2012）在东京演唱的《冬之旅》。少年以来，透过唱片，聆听了无数费氏所唱的德国艺术歌曲，多次灌录的舒伯特联篇歌曲集《冬之旅》更是一遍遍聆赏。这一次，在阒静的午夜，亲睹一首首熟悉的名曲（菩提树、春之梦……）伴随岁月的声音自六十三岁的老歌者口中传出，感动之余，只能流泪。那苍凉而沧桑的歌声中包含多少艺术的爱与生命的真啊。

舒伯特艺术歌曲诗译

● 《冬之旅》(*Die Winterreise*)／穆勒（Müller, 1794—1827）诗

1. 晚安（*Gute Nacht*）

Fremd bin ich eingezogen,	陌生的，我来到这里，
Fremd zieh' ich wieder aus.	陌生的，我再度离去。
Der Mai war mir gewogen	五月示我好意，
Mit manchem Blumenstrauß.	以一串串争艳的花朵。
Das Mädchen sprach von Liebe,	少女倾吐爱意，
Die Mutter gar von Eh',—	她的母亲甚且把婚事提——
Nun ist die Welt so trübe,	如今世界一片阴郁，

Der Weg gehüllt in Schnee.	道路积满雪。
Ich kann zu meiner Reisen	我不能选择
Nicht wählen mit der Zeit,	自己旅行的时辰,
Muß selbst den Weg mir weisen	我必须独自摸索去路,
In dieser Dunkelheit.	在如是的黑暗中。
Es zieht ein Mondenschatten	月光下我的身影
Als mein Gefährte mit,	是我旅途的伴侣,
Und auf den weißen Matten	在雪白的原野上
Such' ich des Wildes Tritt.	我追寻野兽的足迹。
Was soll ich länger weilen,	我为什么还要流浪徘徊,
Daß man mich trieb hinaus?	难道等着被人赶走?
Laß irre Hunde heulen	让迷路的狗狂吠吧,
Vor ihres Herren Haus;	在它们主人的屋前。
Die Liebe liebt das Wandern—	爱情喜欢流浪,
Gott hat sie so gemacht—	上帝如此造定——
Von einem zu dem andern.	从一方到另一方——
Fein Liebchen, gute Nacht!	我的爱人,晚安!
Will dich im Traum nicht stören,	我不愿打扰你的好梦,
Wär schad' um deine Ruh',	我不愿搅乱你的安眠,
Sollst meinen Tritt nicht hören—	你将听不到我的足音——
Sacht, sacht die Türe zu!	轻轻,轻轻地我把门关上。
Ich schreibe nur im Gehen	走过时在你门上
An's Tor noch gute Nacht,	写下晚安,
Damit du mögest sehen,	如是你或会发现
An dich hab' ich gedacht.	我对你的思念。

2. 风信旗(Die Wetterfahne)

Der Wind spielt mit der Wetterfahne	风在屋顶上玩弄着风信旗,
Auf meines schönen Liebchens Haus.	在我美丽爱人的屋顶上,
Da dacht ich schon in meinem Wahne,	愁苦的我以为那是
Sie pfiff den armen Flüchtling aus.	对可怜逃遁者的揶揄。

Er hätt' es ehr bemerken sollen,	他早该注意到
Des Hauses aufgestecktes Schild,	这屋顶上的标记,
So hätt' er nimmer suchen wollen	这样他就不至于想要
Im Haus ein treues Frauenbild.	在屋里找到女人的真情意。

Der Wind spielt drinnen mit den Herzen	风在屋内玩弄着人心,
Wie auf dem Dach, nur nicht so laut.	如同在屋上,只是轻声些。
Was fragen sie nach meinen Schmerzen?	他们岂会在乎我的痛苦?
Ihr Kind ist eine reiche Braut.	他们的孩子是有钱的新娘。

3. 冻结的泪(Gefrorene Tränen)

Gefrorne Tropfen fallen	冻结的泪珠
Von meinen Wangen ab:	从我的脸颊滚落:
Und ist's mir denn entgangen,	在不觉间难道
Daß ich geweinet hab'?	我竟曾哭过?

Ei Tränen, meine Tränen,	噢眼泪,我的眼泪,
Und seid ihr gar so lau,	你真是这般微温吗?
Daß ihr erstarrt zu Eise	不然何以转眼成冰
Wie kühler Morgentau?	如同早晨的寒露?

Und dringt doch aus der Quelle	然而你原是涌自

Der Brust so glühend heiß, 我狂热的心泉,如此猛烈,
Als wolltet ihr zerschmelzen 仿佛要溶化
Des ganzen Winters Eis! 整个冬天的冰雪。

4. 僵固(*Erstarrung*)

Ich such' im Schnee vergebens 我徒然地在雪中寻找
Nach ihrer Tritte Spur, 她走过的足迹,
Hier, wo wir oft gewandelt 一度她依偎在我的臂弯
Selbander durch die Flur. 走过这绿色的田野。

Ich will den Boden küssen, 我要亲吻地面,
Durchdringen Eis und Schnee 用我的热泪
Mit meinen heißen Tränen, 穿透冰和雪,
Bis ich die Erde seh'. 直到我见到底下的土地。

Wo find' ich eine Blüte, 何处可寻到花朵,
Wo find' ich grünes Gras? 何处可寻到绿草,
Die Blumen sind erstorben 花儿已死,
Der Rasen sieht so blaß. 草地一片苍白。

Soll denn kein Angedenken 难道没有什么纪念物
Ich nehmen mit von hier? 可让我从这儿带走?
Wenn meine Schmerzen schweigen, 当我的痛苦静止时,
Wer sagt mir dann von ihr? 谁将向我提起她?

Mein Herz ist wie erfroren, 我的心仿如死去一般,
Kalt starrt ihr Bild darin; 她的倩影僵固其中:
Schmilzt je das Herz mir wieder, 即便我心有解冻之日,
Fließt auch das Bild dahin! 她的倩影也将流失无踪。

5. 菩提树 (Der Lindenbaum)

Am Brunnen vor dem Tore	城门前喷泉旁边
Da steht ein Lindenbaum;	有一棵菩提树,
Ich träumt in seinem Schatten	在它的树荫底下
So manchen süßen Traum.	我做过美梦无数。
Ich schnitt in seine Rinde	在它的树皮上面
So manches liebe Wort;	我刻过情话无数,
Es zog in Freud' und Leide	欢乐和忧伤时候
Zu ihm mich immer fort.	常常走近这树。
Ich mußt' auch heute wandern	今天我又必须走过它
Vorbei in tiefer Nacht,	身边,在深深的夜里,
Da hab' ich noch im Dunkel	即使在黑暗当中
Die Augen zugemacht.	我仍闭上我的双眼。
Und seine Zweige rauschten,	它的树枝簌簌作响,
Als riefen sie mir zu:	仿佛在对我呼唤:
Komm her zu mir, Geselle,	来吧,朋友,到我这里,
Hier find'st du deine Ruh'!	你将在此找到安宁!
Die kalten Winde bliesen	寒风呼呼地吹来
Mir grad ins Angesicht;	直对着我的脸,
Der Hut flog mir vom Kopfe,	帽子从我的头上飞落,
Ich wendete mich nicht.	我不曾转首回看。
Nun bin ich manche Stunde	如今我离开那地方
Entfernt von jenem Ort,	已有好些个时辰,

Und immer hör' ich's rauschen: 　　然而我仍听到那簌簌声：
Du fändest Ruhe dort! 　　那儿你会找到安宁！

6. 洪水（*Wasserflut*）

Manche Trän' aus meinen Augen 　　许多泪自我的眼睛
Ist gefallen in den Schnee; 　　坠入雪中，
Seine kalten Flocken saugen 　　冰冷的雪片饥渴地
Durstig ein das heiße Weh. 　　吸吮我炽热的苦痛。

Wenn die Gräser sprossen wollen 　　当青草再度发芽
Weht daher ein lauer Wind, 　　和风轻轻吹拂，
Und das Eis zerspringt in Schollen 　　冰块将纷纷碎裂，
Und der weiche Schnee zerrinnt. 　　软雪也将溶解。

Schnee, du weißt von meinem Sehnen, 　　雪啊，你知道我的愿望：
Sag' mir, wohin doch geht dein Lauf? 　　告诉我，你将流往何方？
Folge nach nur meinen Tränen, 　　只需跟随我的眼泪，
Nimmt dich bald das Bächlein auf. 　　你将很快流入溪中。

Wirst mit ihm die Stadt durchziehen, 　　你将跟随它穿过城镇，
Munt're Straßen ein und aus; 　　进出那些热闹的街道。
Fühlst du meine Tränen glühen, 　　当你感觉我的眼泪沸腾时，
Da ist meiner Liebsten Haus. 　　那儿便是我爱人的住处。

7. 小溪旁（*Auf dem Flusse*）

Der du so lustig rauschtest, 　　明亮而狂野的小溪啊，
Du heller, wilder Fluß, 　　你一度那般欢愉地奔流着，
Wie still bist du geworden, 　　如今你变得多么静默，
Gibst keinen Scheidegruß. 　　没有一声临别的祝福！

Mit harter, starrer Rinde	硬结坚固的冰雪
Hast du dich überdeckt,	覆盖在你的身上,
Liegst kalt und unbeweglich	你冰冷静止地躺着
Im Sande hingestreckt.	横陈于沙石之上。

In deine Decke grab' ich	在你的冰壳上
Mit einem spitzen Stein	我用尖锐的石块
Den Namen meiner Liebsten	刻下我爱人的名字,
Und Stund' und Tag hinein:	以及时辰和日期:

Den Tag des ersten Grußes,	我初遇她的日子,
Den Tag, an dem ich ging;	我离去的日子,
Um Nam' und Zahlen windet	围着名字和数字
Sich ein zerbroch'ner Ring.	是一只断裂的指环。

Mein Herz, in diesem Bache	我的心啊,你可曾在
Erkennst du nun dein Bild?	这小溪中认出自己的影像?
Ob's unter seiner Rinde	在它的壳下
Wohl auch so reißend schwillt?	可也藏着狂暴的激流?

8. 回望 (*Rückblick*)

Es brennt mir unter beiden Sohlen,	我的脚跟在燃烧,
Tret' ich auch schon auf Eis und Schnee,	虽然走在冰雪之上。
Ich möcht' nicht wieder Atem holen,	我不愿停下脚步呼吸,
Bis ich nicht mehr die Türme seh'.	在尖塔消逝于视线之前。

Hab' mich an jeden Stein gestoßen,	石块让我伤痕累累,
So eilt' ich zu der Stadt hinaus;	在我仓卒离开城镇之时;
Die Krähen warfen Bäll' und Schloßen	乌鸦自每个屋顶上方

Auf meinen Hut von jedem Haus.	对我的帽子抛掷雪与冰雹。
Wie anders hast du mich empfangen,	你当初待我何其不同,
Du Stadt der Unbeständigkeit!	善变的城镇!
An deinen blanken Fenstern sangen	在你明亮的窗前
Die Lerch' und Nachtigall im Streit.	云雀和夜莺争鸣。
Die runden Lindenbäume blühten,	圆圆的菩提树开着花,
Die klaren Rinnen rauschten hell,	清澈的泉水飞溅,
Und ach, zwei Mädchenaugen glühten. —	还有她一双闪耀的明眸——
Da war's gescheh'n um dich, Gesell!	你因此,朋友啊,失了魂魄。
Kommt mir der Tag in die Gedanken,	当我回想起那一日,
Möcht' ich noch einmal rückwärts	我渴望再次回望,
Möcht' ich zurücke wieder wanken,	好想跌跌撞撞回去,
Vor ihrem Hause stille steh'n	静静伫立她的屋前。

9. 鬼火 (Irrlicht)

In die tiefsten Felsengründe	鬼火逗引我
Lockte mich ein Irrlicht hin:	走进山区深处:
Wie ich einen Ausgang finde,	如何再次找到出去的路
Liegt nicht schwer mir in dem Sinn.	我并不太担忧。
Bin gewohnt das Irregehen,	我已习惯迷途,
's führt ja jeder Weg zum Ziel:	每条小径都通往目的地。
Uns're Freuden, uns're Wehen,	我们的欢乐,我们的哀愁,
Alles eines Irrlichts Spiel!	全是鬼火的诡计。
Durch des Bergstroms trock'ne Rinnen	穿过山溪干涸的河床,

Wind' ich ruhig mich hinab,　　　　我冷静地继续前行。
Jeder Strom wird's Meer gewinnen,　　每一条溪都将流入大海,
Jedes Leiden auch ein Grab.　　　　一切忧伤都将进到坟场。

10. 休息(Rast)

Nun merk' ich erst, wie müd' ich bin,　　现在我躺下休憩,
Da ich zur Ruh' mich lege;　　　　才发觉自己是多么地疲惫;
Das Wandern hielt mich munter hin　　流浪使我的精神振作
Auf unwirtbarem Wege.　　　　　　在无处可歇的荒远的路上。

Die Füße frugen nicht nach Rast,　　我的脚未曾要我休息,
Es war zu kalt zum Stehen;　　　　它冰冷到无法站稳;
Der Rücken fühlte keine Last,　　　我的背不觉沉重,
Der Sturm half fort mich wehen.　　暴风驱我前行。

In eines Köhlers engem Haus　　　　在一个烧着炭的小屋
Hab' Obdach ich gefunden;　　　　我找到了避风处;
Doch meine Glieder ruh'n nicht aus;　但我的四肢不得安宁,
So brennen ihre Wunden.　　　　　伤口疼痛万分。

Auch du, mein Herz, in Kampf und Sturm　还有你,我的心啊,在搏斗与风雨之中
So wild und so verwegen,　　　　　如此狂野,如此勇敢,
Fühlst in der Still' erst deinen Wurm　只有在这安静时刻,才察觉
Mit heißem Stich sich regen!　　　剧痛在其中翻搅。

11. 春之梦(Frühlingstraum)

Ich träumte von bunten Blumen,　　我梦见百花争艳,
So wie sie wohl blühen im Mai;　　如同盛开在五月天;
Ich träumte von grünen Wiesen,　　我梦见草原青青,

Von lustigem Vogelgeschrei.	还有轻快鸟鸣。
Und als die Hähne krähten,	而当公鸡啼叫,
Da ward mein Auge wach;	我睁开双眼;
Da war es kalt und finster,	四下寒冷漆黑,
Es schrien die Raben vom Dach.	乌鸦在屋顶聒噪。
Doch an den Fensterscheiben,	但谁在那里的窗玻璃上
Wer malte die Blätter da?	画了许多树叶?
Ihr lacht wohl über den Träumer,	你可是嘲笑寻梦者
Der Blumen im Winter sah?	在冬日见到繁花?
Ich träumte von Lieb' um Liebe,	我梦见爱情有了回报,
Von einer schönen Maid,	梦见一位美丽的少女,
Von Herzen und von Küssen,	梦见拥抱和亲吻,
Von Wonne und Seligkeit.	梦见欢乐与狂喜。
Und als die Hähne kräten,	而当公鸡啼叫,
Da ward mein Herze wach;	我的心惊醒;
Nun sitz ich hier alleine	我独自坐在这里,
Und denke dem Traume nach.	回想我的梦境。
Die Augen schließ' ich wieder,	我再次闭上双眼,
Noch schlägt das Herz so warm.	心依然温热地跳动。
Wann grünt ihr Blätter am Fenster?	窗上的叶子啊,你何时会变绿?
Wann halt' ich dich, Liebchen, im Arm?	何时我才能拥我爱人入怀?

12. 孤寂 (Einsamkeit)

Wie eine trübe Wolke	如一片阴郁的浮云

Durch heit're Lüfte geht,
Wann in der Tanne Wipfel
Ein mattes Lüftchen weht:

So zieh ich meine Straße
Dahin mit trägem Fuß,
Durch helles, frohes Leben,
Einsam und ohne Gruß.

Ach, daß die Luft so ruhig!
Ach, daß die Welt so licht!
Als noch die Stürme tobten,
War ich so elend nicht.

飘过清朗天空，
当一阵微风
吹过枞树顶上：

我如是前行，
拖着迟缓的步履，
穿过明亮欢愉的生命，
孤寂且无人问讯。

啊，空气何其宁静！
世界何其亮眼！
暴风雨肆虐之时，
我也不曾如此悲惨。

13. 邮车(Die Post)

Von der Straße her ein Posthorn klingt.
Was hat es, daß es so hoch aufspringt,
Mein Herz?

Die Post bringt keinen Brief fürdich.
Was drängst du denn so wunderlich,
Mein Herz?

Nun ja, die Post kömmt aus der Stadt,
Wo ich ein liebes Liebchen hatt',
Mein Herz!

Willst wohl einmal hinüberseh'n
Und fragen, wie es dort mag geh'n,

路边传来邮车号角声。
你怎么跳得如此狂烈啊，
我的心？

邮差并不会捎来你的信。
你何以如此奇异地抽搐着，
我的心？

噢，原来是因为邮车来自我
深爱过的伊人所住的城镇，
我的心！

你可想去造访那儿，
问问她近况如何，

Mein Herz? 我的心?

14. 白头 (Der greise Kopf)

Der Reif hatt' einen weißen Schein 霜雪将我的头发
Mir übers Haar gestreuet; 覆上一层灰白的色泽；
Da meint' ich schon ein Greis zu sein 我以为已然老去，
Und hab' mich sehr gefreuet. 满心欢喜。

Doch bald ist er hinweggetaut, 但不久霜雪融化，
Hab' wieder schwarze Haare, 我又乌发再现。
Daß mir's vor meiner Jugend graut— 青春让我感到惊惧——
Wie weit noch bis zur Bahre! 到坟场之路还如此遥远！

Vom Abendrot zum Morgenlicht 从夕暮到黎明
Ward mancher Kopf zum Greise. 许多人白了头，
Wer glaubt's? und meiner ward es nicht 谁会相信经过漫长旅程
Auf dieser ganzen Reise! 我的发色依然乌黑？

15. 乌鸦 (Die Krähe)

Eine Krähe war mit mir 一只乌鸦随我
Aus der Stadt gezogen, 从城里出来，
Ist bis heute für und für 在我头上盘旋不去，
Um mein Haupt geflogen. 直到现在。

Krähe, wunderliches Tier, 乌鸦，奇异的动物，
Willst mich nicht verlassen? 你不想离开我吗？
Meinst wohl, bald als Beute hier 是不是以为很快地
Meinen Leib zu fassen? 就可以饱餐我的身躯？

Nun, es wird nicht weit mehr geh'n 　　啊,我的手杖伴我
An dem Wanderstabe. 　　前行的路已无多了。
Krähe, laß mich endlich seh'n, 　　乌鸦,让我终于看到一次
Treue bis zum Grabe! 　　至死方休的忠贞吧!

16. 最后的希望(*Letzte Hoffnung*)

Hier und da ist an den Bäumen 　　四处仍可见一片
Noch ein buntes Blatt zu seh'n, 　　色彩斑斓的叶子在树上,
Und ich bleibe vor den Bäumen 　　我时常在那些树前
Oftmals in Gedanken steh'n. 　　驻足沉思。

Schaue nach dem einen Blatte, 　　看着那仅存的一叶,
Hänge meine Hoffnung dran; 　　将我的希望寄托其上;
Spielt der Wind mit meinem Blatte, 　　如果风逗弄我的叶子,
Zitt'r' ich, was ich zittern kann. 　　我全身颤抖。

Ach, und fällt das Blatt zu Boden, 　　啊,如果叶子掉落地上,
Fällt mit ihm die Hoffnung ab; 　　我的希望随之落土,
Fall' ich selber mit zu Boden, 　　我也跟着倒地,
Wein' auf meiner Hoffnung Grab. 　　在我希望的坟上哭泣。

17. 在村中(*Im Dorfe*)

Es bellen die Hunde, es rascheln die Ketten; 　　群狗吠叫,震响身上的铁链;
Die Menschen schnarchen in ihren Betten, 　　人们在床上安睡,
Träumen sich manches, was sie nicht haben, 　　梦着他们未能拥有的东西
Tun sich im Guten und Argen erlaben; 　　或好或歹,让自己精神重振。

Und morgen früh ist alles zerflossen. 　　到了早晨,一切烟消云散。
Je nun, sie haben ihr Teil genossen 　　然而他们已享受过他们的份额,

Und hoffen, was sie noch übrig ließen, 且希望仍能在枕上
Doch wieder zu finden auf ihren Kissen. 与未竟的旧梦重逢。

Bellt mich nur fort, ihr wachen Hunde, 尽管对我吠吧,你们这些看门狗,
Laßt mich nicht ruh'n in der Schlummerstunde! 让我在睡眠的时刻不得安歇吧!
Ich bin zu Ende mit allen Träumen. 我早已把梦做光,
Was will ich unter den Schläfern säumen? 为何还要流连于睡眠的人群中?

18. 暴风雨的早晨 (*Der stürmische Morgen*)

Wie hat der Sturm zerrissen 暴风雨撕破
Des Himmels graues Kleid! 天空的灰袍!
Die Wolkenfetzen flattern 疲于战斗的云的
Umher im matten Streit. 碎片四处飞散。

Und rote Feuerflammen 通红的火焰
Zieh'n zwischen ihnen hin; 自其间射出:
Das nenn' ich einen Morgen 这才是我说的早晨,
So recht nach meinem Sinn! 与我的心境相符!

Mein Herz sieht an dem Himmel 我的心在天空中
Gemalt sein eig'nes Bild— 看到它自己的形象——
Es ist nichts als der Winter, 这就是冬天,
Der Winter, kalt und wild! 寒冷,凶暴的冬天!

19. 幻影 (*Täuschung*)

Ein Licht tanzt freundlich vor mir her, 一道友善的光在我面前舞动
Ich folg' ihm nach die Kreuz und Quer; 我随其线条回旋起舞;
Ich folg' ihm gern und seh's ihm an, 我心甘情愿地跟随它,
Daß es verlockt den Wandersmann. 看着它诱惑流浪者偏离正途。

Ach! wer wie ich so elend ist,	啊,只有像我这样的可怜人,
Gibt gern sich hin der bunten List,	才会欢喜地落入这璀璨的陷阱:
Die hinter Eis und Nacht und Graus	在冰雪、黑夜和恐惧的另一端,
Ihm weist ein helles, warmes Haus.	看到一间明亮温暖的屋子。
Und eine liebe Seele drin. —	里面住着一个亲爱的人——
Nur Täuschung ist für mich Gewinn!	啊,幻影是我唯一的战利品。

20. 指路碑 (Der Wegweiser)

Was vermeid' ich denn die Wege,	为什么我避开别的
Wo die ander'n Wand'rer gehn,	旅人们所选的路,
Suche mir versteckte Stege	专找那些穿越积雪
Durch verschneite Felsenhöh'n?	岩顶的隐僻小径?
Habe ja doch nichts begangen,	我没有犯什么错
Daß ich Menschen sollte scheu'n, —	须避开世人——
Welch ein törichtes Verlangen	是什么愚蠢的渴求
Treibt mich in die Wüstenei'n?	驱使我走入荒野?
Weiser stehen auf den Strassen,	指路碑沿路立着,
Weisen auf die Städte zu,	指向一座座城镇,
Und ich wand're sonder Maßen	我不停不停地流浪,
Ohne Ruh' und suche Ruh'.	不安地寻找安宁。
Einen Weiser seh' ich stehen	我看到一座指路碑
Unverrückt vor meinem Blick;	一动也不动地立在眼前;
Eine Straße muß ich gehen,	有一条路我必须要走,
Die noch keiner ging zurück.	没人从那条路回来过。

21. 客栈（Das Wirtshaus）

Auf einen Totenacker
Hat mich mein Weg gebracht;
Allhier will ich einkehren,
Hb' ich bei mir gedacht.

我的路把我
带向墓地，
我将在此投宿，
我这么想。

Ihr grünen Totenkränze
Könnt wohl die Zeichen sein,
Die müde Wand'rer laden
Ins kühle Wirtshaus ein.

悼念死者的绿色花环啊，
你们就是指路碑，
邀请疲惫的旅人
进入清凉的旅店。

Sind denn in diesem Hause
Die Kammern all' besetzt?
Bin matt zum Niedersinken,
Bin tödlich schwer verletzt.

这屋子里所有的
房间可都住满了？
我累得即将倒地，
伤痛欲绝。

O unbarmherz'ge Schenke,
Doch weisest du mich ab?
Nun weiter denn, nur weiter,
Mein treuer Wanderstab!

噢无情的客栈，
你就这样赶我走吗？
我们走吧，忠实的
手杖，我们往前走！

22. 勇气（Muth!）

Fliegt der Schnee mir ins Gesicht,
Schüttl' ich ihn herunter.
Wenn mein Herz im Busen spricht,
Sing' ich hell und munter.

如果雪飞击我的脸，
我就将它挥开。
倘若我的心在胸间哭诉，
我就大声、欢乐地歌唱。

Höre nicht, wases mir sagt,

我听不见它说什么，

Habe keine Ohren;	我没有耳朵；
Fühle nicht, was es mir klagt,	我不为它的悲叹所动，
Klagen ist für Toren.	傻瓜才会怨叹。
Lustig in die Welt hinein	愉快地走入世界，
Gegen Wind und Wetter!	迎向风刀霜剑！
Will kein Gott auf Erden sein,	假如世上没有上帝，
Sind wir selber Götter!	我们自己就是神明！

23. 幻日 (*Die Nebensonnen*)

Drei Sonnen sah ich am Himmel steh'n,	我看到天上有三个太阳，
Hab' lang und fest sie angeseh'n;	我凝视久久；
Und sie auch standen da so stier,	它们也停在那里盯望，
Als könnten sie nicht weg von mir.	仿佛舍不得离开我。
Ach, *meine* Sonnen seid ihr nicht!	啊，你们不是**我的**太阳！
Schaut Andren doch ins Angesicht!	去看别人的脸吧！
Ja, neulich hatt' ich auch wohl drei;	不久前，没错，我的确有三个太阳；
Nun sind hinab die besten zwei.	但现在最好的两个已陨落。
Ging nur die dritt' erst hinterdrein!	让第三个太阳也落下吧！
Im Dunkeln wird mir wohler sein.	在黑暗中我感觉更惬意。

24. 摇琴人 (*Der Leiermann*)

Drüben hinterm Dorfe	在村庄后面，
Steht ein Leiermann,	站着一位手摇风琴师，
Und mit starren Fingern	他用冻僵的手指
Dreht er, was er kann.	尽其所能地摇出歌。

Barfuß auf dem Eise
Schwankt er hin und her
Und sein kleiner Teller
Bleibt ihm immer leer.

Keiner mag ihn hören,
Keiner sieht ihn an,
Und die Hunde brummen
Um den alten Mann.

Und er läßt es gehen
Alles, wie es will,
Dreht und seine Leier
Steht ihm nimmer still.

Wunderlicher Alter,
Soll ich mit dir geh'n?
Willst zu meinen Liedern
Deine Leier dreh'n?

他赤足冰上，
身体前后晃动，
他的小盘子
始终是空的。

没有人听他，
没有人看他，
只有狗围着
这老人吠叫。

而他毫不在意，
一切顺其自然，
继续摇着他的
风琴，不让声音中断。

奇妙的老者啊，
我可以与你同行吗？
你愿意伴着我的歌
摇奏你的风琴吗？

- 音乐颂（An die Musik）
  /萧伯（Schober, 1796—1882）诗

Du holde Kunst, in wieviel grauen Stunden,
Wo mich des Lebens wilder Kreis umstrickt,
Hast du mein Herz zu warmer Lieb entzunden,
Hast mich in eine beßre Welt entrückt!

Oft hat ein Seufzer, deiner Harf' entflossen,

噢可亲的艺术，多少次在阴暗的时刻，
当我身陷生命狂乱的圈套，
你在我心中燃起温暖的爱，
引我到一个更好的世界！

多少次，你竖琴传出的柔音，

Ein süßer, heiliger Akkord von dir
Den Himmel beßrer Zeiten mir erschlossen,
Du holde Kunst, ich danke dir dafür!

你甜美神圣的乐声，
为我开启了幸福的天堂美景，
噢可亲的艺术，为此我感激你！

- 圣母颂(Ave Maria)
  /司各特(Scott, 1771—1832)原作 · Storck(1780—1822)德译

Ave Maria! Jungfrau mild,
Erhöre einer Jungfrau Flehen,
Aus diesem Felsen starr und wild
Soll mein Gebet zu dir hinwehen.
Wir schlafen sicher bis zum Morgen,
Ob Menschen noch so grausam sind.
O Jungfrau, sieh der Jungfrau Sorgen,
O Mutter, hör ein bittend Kind!

福哉玛丽亚！仁慈童贞女，
请听一个童女的祈求，
从这坚硬荒凉的岩石上，
我的祈祷飞向你。
愿我们安睡到天明
不论人们多么残忍。
噢童贞女，请看一个童女的心事，
噢圣母，请听一个孩子诉愿！

Ave Maria! Unbefleckt!
Wenn wir auf diesen Fels hinsinken
Zum Schlaf, und uns dein Schutz bedeckt
Wird weich der harte Fels uns dünken.
Du lächelst, Rosendüfte wehen
In dieser dumpfen Felsenkluft,
O Mutter, höre Kindes Flehen,
O Jungfrau, eine Jungfrau ruft!

福哉玛丽亚！无瑕圣母！
当我们在这岩石上受你
眷顾，沉入梦乡，
岩石对我们似乎是软的。
你的微笑，以及玫瑰芳香
飘荡于这黑暗的洞穴。
噢圣母，请听一个孩子的祈求，
噢童贞女，一个童女向你呼唤！

Ave Maria! Reine Magd!
Der Erde und der Luft Dämonen,
Von deines Auges Huld verjagt,
Sie können hier nicht bei uns wohnen,

福哉玛丽亚！纯洁圣母！
地上与空中的魔鬼
被你慈悲的目光驱离，
不会在这儿与我们同住。

Wir woll'n uns still demSchicksal beugen, 我们将平静地顺从命运，
Da uns dein heil'ger Trost anweht; 你的慈恩既已垂临我们。
Der Jungfrau wolle hold dich neigen, 请俯身聆听这个童女，
Dem Kind, das für den Vater fleht. 这个为父亲祈祷的孩子！

- 死与少女(*Der Tod und das Mädchen*)
  /克劳狄斯(Claudius, 1740—1815)诗

Das Mädchen: 少女：
　"Vorüber! ach, vorüber! 　"走开吧！啊,走开！
　Geh, wilder Knochenmann! 　快走开,你这粗暴的骷髅客。
　Ich bin noch jung, geh, Lieber! 　我还年轻,走开吧,亲爱的！
　Und rühre mich nicht an." 　不要来碰我。"

Der Tod: 死神：
　"Gib deine Hand, du schön und zart Gebild', 　"把你的手给我,娇美的人儿！
　Bin Freund und komme nicht zu strafen. 　我是你的朋友,不会让你受苦。
　Sei gutes Muts! Ich bin nicht wild, 　开心些！我并不粗暴,
　Sollst sanft in meinen Armen schlafen." 　在我的怀里安睡吧。"

- 流浪者的夜歌 II (*Wandrers Nachtlied* II)
  /歌德(Goethe, 1749—1832)诗

Über allen Gipfeln 在一切的峰顶
ist Ruh, 是静,
in allen Wipfeln 在一切的上方
spürest du 你不觉
kaum einen Hauch; 有一丝风。
die Vögelein schweigen im Walde, 鸟儿在林间悄然无声。

warte nur, balde	等着吧,很快
ruhest du auch!	你也要歇息!

注:此诗为1780年9月2日至3日之夜,歌德在伊尔美瑙的吉息尔汉山山顶木屋题壁之作。30年后,在1813年8月29日(歌德诞辰之次日),歌德再游时曾将壁上题诗的铅笔笔迹加深。又20年后,1831年8月27日,歌德生前最后一次诞辰,又游该山,重读题壁,感慨无穷,自言自语念道:"很快你也要歇息!"然后抆泪下山。次年3月22日果然永远安息。

图书在版编目(CIP)数据

世界的声音/陈黎著.--上海:华东师范大学出版社,2017
ISBN 978-7-5675-6598-2

Ⅰ.①世… Ⅱ.①陈… Ⅲ.①散文集-中国-当代 Ⅳ.①I267

中国版本图书馆 CIP 数据核字(2017)第 154952 号

华东师范大学出版社六点分社
企划人 倪为国

本书著作权、版式和装帧设计受世界版权公约和中华人民共和国著作权法保护

世界的声音

著　　者　陈　黎
责任编辑　刘　琼
封面设计　林　俊

出版发行　华东师范大学出版社
社　　址　上海市中山北路3663号　邮编　200062
网　　址　www.ecnupress.com.cn
电　　话　021-60821666　行政传真　021-62572105
客服电话　021-62865537　门市(邮购)电话　021-62869887
地　　址　上海市中山北路3663号华东师范大学校内先锋路口
网　　店　http://hdsdcbs.tmall.com

印刷者　上海盛隆印务有限公司
开　　本　890×1240　1/32
插　　页　2
印　　张　11
字　　数　225千字
版　　次　2017年9月第1版
印　　次　2017年9月第1次
书　　号　ISBN 978-7-5675-6598-2/J·310
定　　价　58.00元

出版人　王　焰

(如发现本版图书有印订质量问题,请寄回本社客服中心调换或电话021-62865537联系)